한국고전소설의
교육적 확산과 문화적 전파

한국
고전소설의
교육적 확산과
문화적 전파

정선희 지음

보고사
BOGOSA

머리말

　이 저서는 한국고전소설의 현대적 의의와 가치를 높이고자 교육적, 문화적으로 접근하여 분석하고 활용하며, 세계적인 확산을 위해 문화콘텐츠로의 기획, 한국어와 한국문화 교육 제재로의 활용, 적절한 번역물 출판 등을 제안하는 연구이다. 고전문학 연구자와 교육계, 문화계, 출판계를 비롯한 여러 분야의 전문가, 일반인과의 소통을 제고하는, 21세기 인문학의 구체적인 실천이자 한국고전문학의 세계화를 위한 노력의 일환으로 마련하였다.

　지금까지의 고전소설에 대한 연구는 작품론과 작가론, 유형론, 향유층의 의식 성향을 분석하는 작업에 이르기까지 상당한 성과가 축적되어 있다. 최근에는 창작 방식이나 서술방식, 미학이나 표현 등에 대한 세밀한 접근도 이루어지고 있으며, 현대적인 활용방안에 대한 연구도 시작되고 있다. 하지만 그 연구 결과들은 고전소설 분야의 연구진 사이에서만 공유되고 있을 뿐이어서, 평생교육이나 교양교육, 중고교 교육의 현장에 효과적으로 제공되고 있지 못한 실정이다. 그래서 이 저서에서는 고전소설을 일반 독자가 이해하기 쉬우면서도 자신의 실제 삶과 연계하여 생각해 볼 수 있도록 하기 위해, 교육, 문화, 세계화에 주목하여 고찰하려 하였다.

물론 고전소설 교육에 대한 논의는 예전부터 있어왔지만, 대학에서의 고전소설 교육이나 교양교육에 활용하는 방안에 관한 논의는 소략하다. 그렇기에 대학생들의 인문교양교육, 전통의 계승과 활용의 측면에서 고찰할 필요가 있다. 또한 고전소설의 문화적 접근에 있어서도 최근 관심이 고조되고는 있지만 그 당위성과 의의를 논하는 데에서 머물고 있으므로 구체적인 제안이나 해석, 적용, 기획 방안을 논해 보았다.

한편, 고전소설의 세계적 확산에 있어서도 관심을 가질 필요가 있는데, 최근 들어 외국인 교환학생과 유학생이 기하급수적으로 늘고 있고 한류 덕분에 한국고전문학에 대한 관심도 커지고 있다. 그런데도 외국인을 위한 한국문화 교육의 제재로는 몇 작품만 활용되고 있거나, 번역되어 제공되는 고전소설도 춘향전, 심청전, 운영전 등 극히 제한적이다. 그렇기에 외국인을 위한 고급 교재, 세계적 전파를 위한 좀 더 다양하고 적확한 번역서들을 만들기 위한 방안을 고민하였다.

이 저서에서 논하는 '한국고전소설의 교육적 확산과 문화적 전파'는, 문학을 통해 그 사회·역사적 맥락을 이해하여 그것이 산출된 당대인들과 대화하고 공유할 수 있는 토대를 체득하게 한다는 문학교육 목표에 부합한다. 또한 문학은 구체적인 사실에 대한 체험을 기반으로 형성되는 사상과 감정을 다룸으로써 이 세상의 다양함, 인간 삶의 다양함을 알게 하고 깨닫는 경험을 확충하여 결과적으로 개인의 정신적 성장을 이루게 할 수 있다는 목표도 성취하도록 도울 것이다.

또한 우리 문학을 문화콘텐츠의 소재로 가공하고 외국어로 번역하여 출판하고 교육의 제재로 활용함으로써 우리나라와 세계 간에 상호 문화 이해와 소통의 장이 열릴 것으로 기대한다. 번역물을 읽고 콘텐츠를 접함으로써 그동안 몰랐던 우리 고전소설에 대한 관심이 커지고 그 관심으로 우리나라에 대한 거리감이 줄어 자국의 문학을 우리 언어로 출간하고픈 마음도 생길 듯하다. 그렇게 하여 소통하게 된다면 나라 간의 문학과 문화, 언어가 고립되지 않고 공유하는 일이 가능할 것이며 그 결과 세계문학사도 풍부해질 것이다.

제1부에서는 한국고전소설의 교육적 확산을 시도하였다. 1장 '교양교육에서 고전소설 활용 방안'에서는 대학 교양교육에서 고전문학 활용의 의의를 점검하고, 최근 대학 교양교육의 흐름을 짚어본 후에 인문교양교육의 중요성과 고전소설의 활용방안에 대해 논하였다. 2장 '대학에서의 고전소설 교육 방안'에서는 대학에서의 교육 현황과 문제점을 살피고 이를 해결하기 위해 고전소설 연구와 교육의 소통을 제안하면서 발전 방안을 제시하였다. 3장 '고전소설을 활용한 한국문화교육 방안'에서는 고전소설을 활용한 한국문화교육의 필요성, 그 제재로서의 고전소설의 의의를 논한 뒤, 이를 통해 보는 한국의 전통적 가치관과 생활문화를 분석하였다. 4장 '외국인을 위한 고전문학교육 방안'에서는 외국인을 위한 한국문화교육에 있어 문학 교육의 효과와 필요성을 논한 뒤, 그 구체적인 수업 방안을 제안하고 이를 통해 어떠한 한국문화를 교육할 수 있는지를 밝혔다. 5장 '고전소설 문화콘텐츠화 교육 방안'에서는 문화콘텐츠 기획 교육의 필요성을 논한 뒤, 고전소설을 활용한 문화콘텐츠 기획 교육의

과정과 결과를 제시하였다. 아울러 바람직한 콘텐츠화 방향과 교육
방법을 제안하였다.

제2부에서는 한국고전소설의 문화적 전파를 시도하였다. 1장 '문
화콘텐츠 원천소재로서의 고전서사문학'에서는 고전서사문학이 문
화콘텐츠 원천소재로서 갖는 의의를 역설한 뒤, 『삼국유사』와 한문
소설 등을 문화콘텐츠 원천소재로 제안하였다. 2장 '이방 문화 체험
으로서의 고전소설'에서는 19세기 한문소설에서 엿볼 수 있는 당시
의 동아시아 구도와 이방 넘나들기에 대해 고찰하고 주인공의 이방
여정과 만나는 이방인들, 결연하는 이방 여인들에 대해 고찰한 뒤
그 체험의 의미를 밝혔다. 3장 '여성문화와 사유의 보고로서의 고전
소설'에서는 여성과 관련된 문화와 사유, 가치관을 알 수 있는 작품
들을 탐색하여 그 구체적인 내용과 특성을 통시적으로 밝혔다. 4장
'여성의 삶과 욕망 표출로서의 고전소설'에서는 여성의 삶과 욕망의
표출로서 고전소설 읽기를 제안하면서 특히 여성보조인물을 통해 본
여성 서사의 양상과 의의를 논하였다. 5장 '고전서사문학의 번역과
세계화 방안'에서는 고전서사문학의 번역과 출판의 양상을 살피고
적절한 번역 대상과 번역 방안을 제시함으로써 한국문학의 세계문학
으로의 가능성을 타진하였다.

이 저서를 통해, 고전소설 연구의 성과가 학교 교육, 성인 교육,
문화 기획자 교육, 번역과 출판 종사자 교육 등 교육과 문화 현장에
좀 더 효과적으로, 수월하게 반영되었으면 한다. 일반인과 교육 종사
자, 문화 종사자들 간의 소통이 활발히 이루어져 우리 고전소설의
확산과 전파가 가능해지리라 기대하는 것이다. 이렇게 된다면 더 많

은 사람들이 고전소설을 통해 우리 민족의 가치관과 생활 문화, 미학 등을 체화하고 감상하여 정서와 교양이 풍부해질 것이며, 한류를 선도할 문화콘텐츠와 번역서적의 원천 소재가 다양하고도 품격 있어질 것이다.

인문학 서적임에도 불구하고 늘 흔쾌히 출판해 주시는 보고사의 김흥국 사장님, 박현정 편집부장님, 황효은 편집과장님께도 진심으로 감사드린다.

2019년 1월
정선희

차례

외국인을 위한 고전문학 교육 방안

고전소설 문화콘텐츠화 교육 방안

2부

한국고전소설의 문화적 전파

문화콘텐츠 원천소재로서의 고전서사문학

이방 문화 체험으로서의 고전소설

1부

한국고전소설의
교육적 확산

교양교육에서
고전소설 활용 방안

1. 대학 교양교육에서 고전문학 활용의 필요성과 의의

이 글에서는 대학에서의 인문 교양교육의 실태를 고찰하고 그 문제점을 해결할 방안으로 고전문학[1]의 활용을 제안하려 한다. 즉 대학 교양교육에서의 고전문학의 역할과 의의를 논의하고, 나아가 고전문학을 활용한 교양과목을 개발하고자 하는 것이다. 이는 고전문학을 국어국문학과의 전공과목의 하나로만 인식하던 것에서 벗어나 그 다양한 현재적인 가치를 교육하는 방법을 모색하는 일이기도 하다. 대학생들이 우리의 고전문학을 통해서 민족의 문학적 전통과 정체성을 파악하고 한국 문화를 다층적으로 조망할 수 있었으면 하는 것이다.

---

1 대학 교양교육에서 한국의 고전문학을 적극 활용해야 할 필요성과 의의, 효과에 대해 논하는 1, 2장에서는 고전문학 전반에 대해 논의하고, 그 구체적인 방안을 모색하는 3장에서는 고전소설을 중심으로 하여 논한다.

아울러 고전문학과 현대문학을 주제별로 연계하여 가르친다면 한국문학의 통시성도 체험할 것이며, 고전문학을 현대의 시·소설·영화·드라마 등으로 재창작하는 아이디어와 방법을 생각해냄으로써 현재적인 가치도 느낄 수 있을 것이다.

이 논의는 현재 대학생들의 인문학적 소양과 사고의 확장에 도움을 줄 수 있는 '교양교육' 활성화와 정상화를 위해 필요한 일이다. 대학생들의 의사소통 능력 및 표현력과 논리적 사고력 함양을 위한 읽기·말하기·쓰기 교육을 위해 우리의 '고전문학'을 적극적으로 활용할 필요가 있다. 고전문학은 옛 문인, 사상가들이 정제된 문체와 논리적인 구성으로 깊이 있는 사상이나 문학적인 감수성을 다채롭게 표현해낸 작품들이기에 교양교육 제재로 적합하다. 이렇게 고전문학을 활용한 교양과목을 수강함으로써 대학생들은 고전문학을 좀 더 친근하게 감상하고 이에 담긴 미학과 표현, 의식 세계 등에 정서적으로 감동하고 체득할 수 있을 것이다. 지금의 학생들에게 중요한 문제들을 주제로 설정하여 고전문학과 현대문학을 연계하여 읽도록 한다든지, 현대 소설이나 영화·드라마·게임 등 문화콘텐츠의 원천소스로 소개한다든지 하는 교육 방법을 통한다면 효과적일 것이다.

이러한 논의를 통해 고전문학이 대학 교양교육에서 활용된다면, 인문교양교육이 정상화되어 대학생들이 다양한 지적 활동과 학문 활동을 할 수 있는 기반이 마련될 것이다.[2] 대학에서의 교양 과목은 대

---

2 대학 교양교육의 중요성을 다시금 상기하고 그 발전방안을 모색하려는 시도를 영미문학연구회에서 2013년에 기획한 바 있다. 미국과 유럽의 대학 교양교육의 역사와 현황을 짚어보고 우리나라의 경우 어떤 식으로 발전시킬까를 고민하는 가운데, 인문학을 전공인 문학에서 나아가 교양인문학으로 확산해야 한다는 논의도 나왔다. 여기서는 방향성과

학에 입학한 학생들이 그 이전 교육 과정에서와는 다른 학문적 담론 체계를 학습하고 의사소통 능력 및 표현력을 길러 다양한 지적 활동을 하면서 전공 교육을 받기 위한 자질을 함양하는 데에 기여해야 한다. 그리하여 대학생들이 능동적인 지식인으로 양성될 수 있도록 해야 하는 것이다. 따라서 고전문학의 다양한 텍스트들을 읽고 분석하고 감상함으로써 사회와 문화, 인간을 이해하고 언어 표현력과 미학을 체득하는 데에 목표를 두는 교양 과목 개설 방안을 검토하는 본 연구를 통해 인문교양교육이 정상화되는 효과를 거둘 수 있을 것이다.

다음으로는 대학생들의 고전문학 읽기를 유도하여 고전문학에 대한 제한적인 독서와 이해를 확대할 수 있는 계기가 될 것이다. 현대 사회는 세계화되어 있지만 이런 시대일수록 무엇보다 선행되어야 할 일이 한국인의 문화적 정체성을 확립하는 일이다. 그럼에도 이제까지는 우리의 전통적 문화 자산을 대학생들에게 효과적으로 소개하고 교육하지 못하였기에, 본 연구를 통해 대학생들의 고전문학 작품 독서를 적극적으로 권장할 수 있을 것이다.

대학에서의 고전문학 교육에 대해서는 중고등학교 교육에 비해 다소 소홀하게 연구되어 왔다. 2007년도에 몇 편의 논문이 기획되었는데[3], 이들은 주로 각 분야의 전공과목으로서의 교육에 관한 논의였

당위를 확인하는 데에서 그쳤지만, 필자는 그 구체적인 방안으로 한국 고전문학을 인문교양교육에 활용할 것을 제안하려는 것이다.
3 정병헌, 「대학 고전문학 교육의 현상과 전망」, 『한국고전연구』 15집, 2007. ; 권순긍, 「대학 고전소설교육의 지향과 방법」, 『한국고전연구』 15집, 2007. ; 신동흔, 「21세기 구비문학 교육의 한 방향 - "신화의 콘텐츠화" 수업 사례를 중심으로」, 『한국고전연구』 15집, 2007. ; 최규수, 「대학생을 위한 고전시가 '교육'의 몇 가지 키워드」, 『한국고전연구』

다. 대학에서의 고전문학 교육의 현상과 전망을 짚은 연구, 대학 고
전소설교육의 지향과 방법을 제시한 연구, 구비문학 교육의 한 방향
으로 신화의 콘텐츠화에 관해 수업한 사례를 제시한 연구, 고전시가
교육에서 중요하게 다루어야 할 문제에 관한 연구 등이었다. 이후,
고전문학을 활용하여 대학 교양교육을 해보자는 논의들[4]에서 그 필
요성과 효용에 대해서는 충분히 공감되었지만 현실적인 방안을 모색
하는 데에는 한계가 있었다. 각 분야의 전공자들이 그 분야에서 몇몇
작품을 활용하여 교양 과목 수업을 하는 방안을 제시하는 시도를 했
다는 점에서 의의가 있었다. 그러나 여전히 한국의 고전문학을 활용
하여 대학 교양과목을 개설한 학교는 많지 않다.[5]

　이에 이 글에서는 고전문학 중에서 특히 고전소설을 활용한 교양
과목을 개설하여 교육하는 방안을 구체적으로 논의해 보려 한다. 고

4　김종철, 「대학 교양교육으로서의 한국고전문학교육의 과제」, 『한국고전연구』 22집, 2010. ; 신상필, 「대학 교양교육으로서의 한문교육과 동아시아 한자문화권」, 『한국고전연구』 22집, 2010. ; 조현우, 「고전소설의 현재적 가치 모색과 교양교육」, 『한국고전연구』 22집, 2010. ; 정선희, 「고전소설 속 여성생활문화의 교육적 활용방안 연구 - 국문장편소설을 중심으로」, 『한국고전연구』 22집, 2010. ; 이수곤, 「인문교양으로서의 고전시가 강좌의 한 예 - '이중자아'와 '금지된 사랑, 불륜' 모티프를 대상으로」, 『한국고전연구』 22집, 2010. ; 강성숙, 「구비문학 관련 강좌의 현황과 교양 과목으로서의 구비문학」, 『한국고전연구』 22집, 2010.

5　한국의 고전문학이 독서 대상으로 선택된 경우가 간혹 있지만, 〈구운몽〉, 〈열하일기〉, 〈춘향전〉, 〈삼국유사〉 정도에 국한되고 있다.(김현주, 「인문교양교육과 독서토론」, 『교양교육연구』 5권 1호, 2011, 246쪽 참조.) 현재의 교양교육에서 독서 대상이 서구의 고전으로만 채워지는 것에 대해 문제를 제기하고 동양의 고전을 활용하자는 제안에서도 〈삼국사기〉, 〈동호문답〉, 〈난중일기〉, 〈목민심서〉 등 산문이나 역사·사상서가 거론되었을 뿐 고전서사문학은 빠져 있다.(함정현·민현정, 「대학 교양교육에서 고전 활용에 대한 연구 - 한국·일본·미국 대학의 교양 고전교육 사례 비교」, 『동방학』 30, 2014. 2, 483~509쪽 참조.)

전소설이 지닌 '문학 작품'으로서의 특성과 가치를 보다 흥미롭게 교육하는 방법을 모색하려는 것이다. 이를 위해 우선 작품의 구조적 특성, 의의, 향유 방식, 주제 탐구 등을 교육의 내용으로 구조화할 것이다. 아울러 고전소설의 경우에는 그 문학이 탄생된 시대에 대한 문화적, 역사적 이해도 중요하므로 이 점도 염두에 둘 것이다. 이런 일련의 교육과정에서 가장 중심이 되어야 하는 것이 바로 문학 수용자 즉 학생들이므로 그들이 고전문학을 제대로 이해하고 감상하게 할 수 있는 방법에 주안점을 두는 것이다. 어떤 주제나 소재가 고전소설에서는 어떻게 나타났는지를 고찰한 뒤 현대문학에서는 어떻게 계승되거나 변화, 발전되었는지 등을 살펴볼 것이다. 이렇게 추출된 옛 사람들의 생활문화와 가치관은 현대문학이나 사회학, 신문방송학, 외국 문학 등의 교과목에서도 활용될 수 있을 것이며, 고전문학을 통해 말하기와 글쓰기 방식을 교육하는 방법은 글쓰기나 논술 교육, 문화콘텐츠 창작 전문가 등을 양성하는 교육 제재로도 활용될 수 있을 것이다.

2. 대학 교양교육의 흐름과 인문 교양교육의 중요성

우리나라에서 흔히 말하는 대학의 교양교육은 본래적 의미의 인문 교양교육(liberal arts and sciences education)과 동일한 것은 아니다. 전공과정에 진입하지 않은 저학년 학생들에게 대학생으로서 갖추면 좋을 것이라 생각되는 기초과목들을 제공하는 영역 정도로 여겨지고 있다. 즉 서구의 고전적 교육 전통 중 문과에 해당하는 문법, 논리,

수사, 이과에 해당하는 산수, 기하, 음악, 천문이 합해진 것으로, 정통 보편 학문이라 할 수 있다. 이후 르네상스의 인본주의적 정신과 계몽주의의 영향을 받아 문학, 역사학, 철학, 과학 등을 기본으로 하며 이성적, 탈종교적인 방식으로 학문을 가르치고 연구하는 쪽으로 바뀌었다. 즉 분과학문이나 전문지식이 아니라 일반지식과 보편적 이성을 추구하는 교육이 바로 인문교양이라 할 수 있는 것이다.[6]

좀 더 구체적으로 교양교육의 목적을 살펴보면, 첫째, 명확하고 효과적으로 사고하며 이를 글로 표현할 수 있어야 한다. 둘째, 우주와 사회와 인간을 이해하는 안목을 지녀야 한다. 셋째, 다른 문화와 역사에 무지해서는 안 된다. 넷째, 윤리적·도덕적 문제에 대한 이해와 고찰의 경험을 가져야 한다. 다섯째, 특정 학문분야에 대한 깊이 있는 지식을 가져야 한다.[7] 등으로 요약될 수 있겠다. 이 같은 능력을 키우기 위해, 작문, 외국어, 수학 과목이 개설되는 것이며, 글쓰기와 토론에 시간을 많이 할애하는 것이다. 즉 명확하고 효과적으로 사고하며 이를 글로 표현할 수 있는 능력을 개발하는 것이 주요 목표인 것이다.[8] 그래서 미국의 많은 대학에서 이 같은 목표를 달성하기 위한 교양교육이 이루어지고 있는데, 특히 어떤 대학에서는 생물학이나 수학 같은 과목에서까지도 글쓰기를 강조하며 4학년 학생은 전공분야에서 전문가 수준의 글쓰기 능력을 갖출 것을 요구받는다. 서구 전통, 고전, 종교, 가치관 탐구 등을 반드시 수강해야 하며 토론과

---

6 조효제, 「유럽 대학의 교양교육」, 『안과 밖』 34권, 2013, 200~201쪽.
7 하버드 대학의 학생 요강에 제시된 교양교육의 목적이다. 오길영, 「대학의 몰락과 교양교육 – 미국 대학의 교양교육 현황」, 『안과 밖』 34권, 2013, 187쪽 참조.
8 앞의 논문, 188쪽.

글쓰기 수업을 중시하는데 이렇게 하는 이유는, 학생이 자신의 교육 내용에 적극적으로 관여하게 하기 위해, 또 하나는 강의 수업에 비해 학생들이 더 많은 수업준비를 하도록 하기 위해서이다. 즉 지식을 기계적으로 주입하는 것이 아니라 대학 졸업 이후의 삶에 필요한 능력을 계발하는 것을 목표로 삼은 것이다.[9]

유럽에서도 대학생이라면 누구든 이성과 비판 정신, 인본적 가치를 습득하는 일을 우선해야 한다는 인식이 대학 교육의 근저에 깔려 있으며, '가득 찬 머리'가 아니라 '잘 만들어진 머리'를 양성해야겠다는 목표하에 지혜 즉 판단력과 진리를 분별할 수 있는 이성적 능력, 선에 이를 수 있는 양심의 함양 등을 지향하는 인문 교양교육이 대학의 존재 의의로 받아들여지고 있다.[10]

대학 교양교육의 위상을 논하기 위해서는 대학의 방향성을 어떻게 잡을 것인가도 중요한 문제이다. 유럽 등지에서도 인문교양파와 전문 연구파가 팽팽히 맞섰듯이 우리의 대학에서도 미묘한 지점인 듯하다. 물론 각 전공과목의 교육을 통하여 소수정예 인재를 선발하여 국가가 교육시키고 공적인 자원으로 키우는 제도도 필요하고, 과학적이고 실증적인 연구를 통하여 지식의 진보에 기여해야 한다는 교육 철학도 타당하다.[11] 하지만 현재의 우리 사회는 인간적인 가치를 체화한 '온전한 인간'을 양성하는 고전적 교양교육의 이념을 실현할 대학 교양교육이 필요한 때이다. 이러한 교육을 통하여 폭넓은

---

9 앞의 논문, 193~194쪽.
10 조효제, 앞의 논문, 201쪽.
11 앞의 논문, 204~207쪽.

시야, 통합적 구성력, 창조적 상상력, 튼실한 판단력의 자질을 갖춘 자유롭고도 책임감 있는 시민이 양성되어야만[12] 사회 전체가 긍정적인 방향으로 나아갈 수 있을 것이기 때문이다.

위에서 살핀 바와 같이, 교양을 갖춘 온전한 인간을 양성하고, 전공 학문에 수월하게 진입하게 하기 위해 우리나라에서도 교양교육을 강화하는 추세에 있다. 전자를 위한 쪽에 무게 중심이 가 있는 과목들은 주로 중핵 교양과목으로 선택하여 수강하도록 되어 있으며 4년 중 어느 때에 수강해도 상관이 없다. 후자를 위한 쪽에 무게 중심이 가 있는 과목들은 주로 필수 교양과목으로 수강하도록 되어 있으며 주로 1학년 때에 수강하도록 되어 있다. 이 중에서 필자가 제안하는 인문 교양교육은 전자를 위하여 더욱 필요하며, 이때에 한국의 고전소설을 활용할 필요가 있다는 것이다. 2000년대 초반 일본에서는 침체에 빠진 일본을 되살릴 새로운 부국강병의 원리로 교양과 인문학을 호출했으며, 최근에는 성공한 잡스와 게이츠가 유동성과 유연성을 강조하는 21세기 경영학의 충실한 우군으로 인문학을 호출하고 있다. 미국의 세인트존스 대학은 4년간 고전 100권을 읽고 토론하는 것으로 교육과정 전체가 구성되어 있기도 할 만큼 인문학, 인문 교양교육이 중요시되고 있다.[13]

그런데 현재 우리나라의 각 대학의 교양과목들을 살펴보면 인문 교양이라고 할 수 있는 철학, 역사학, 문학과 관련된 과목이 적을 뿐만 아니라 한국의 고전문학을 활용한 교양과목은 거의 찾아볼 수가

---

12 송승철, 「인문대를 해체하라 – 전공인문학에서 교양인문학으로」, 『안과 밖』 34권, 2013, 153쪽.
13 앞의 논문, 150쪽, 168~169쪽.

없다.[14] 융합적 인재 양성, 통섭, 창조성 등을 논할 때에 늘 중요하게 거론되는 것이 인문교양이면서도 그 실제적 교육의 면은 아직 제대로 시행되지 않고 있는 것이다. 이렇게 중요성은 인정되지만 실제 교육 현장에서는 아직 활성화가 되어 있지 않은 인문교양교육 중에서 매우 중요한 역할을 할 수 있는 것이 우리의 고전문학이다. 주지하다시피 고전문학은 오랜 시간 동안 우리 민족에게 가치 있다고 여겨지면서 계승되어온 작품들이기에 우리의 사상, 미학, 생각과 생활이 모두 담겨 있다고 해도 과언이 아니다. 그럼에도 불구하고 이제는 많은 사람들의 관심을 받지 못하고 교육되지도 않은 채로 국문학과의 전공과목으로만 개설된다면, 우리의 고전문학은 더 이상 문학으로 감상되거나 후대로 계승되지 못할 수도 있다. 중고등학교에서의 고전문학 교육은 대체로 입시 위주의 주입식 교육이었기에 요점만 간단히 알고 있으며, 알고 있는 작품의 종류나 수도 매우 제한적이다.

따라서 이러한 상황을 개선하기 위해[15], 대학생들이 한국고전문학

---

14 최근에 늘어나고 있는 독서와 토론 관련 과목들에서도 주로 서양의 고전문학이나 역사학, 철학 관련 서적들이 주요 텍스트가 되고 있다. 이 같은 현상은 교양서적에서 주로 다루는 텍스트 목록에서도 마찬가지이다. 최근 인문교양서적 분야의 베스트셀러를 연이어 출간하는 어떤 저자의 책 중에는 인간의 감정을 48가지로 나누어 설명한 스피노자의 철학에 따라 명작들을 함께 소개하는 것이 있다. 48권의 책이 설명되고 있지만, 한국의 문학 작품은 없다.

15 최근의 논문 중 「대학 교양교육에서 고전 활용에 대한 연구 – 한국·일본·미국 대학의 교양 고전교육 사례 비교」(함정현·민현정, 『동방학』 30, 2014.)가 있으나, 여기서 다루는 한국 고전은 동호문답, 난중일기, 목민심서와 같은 산문 기록들이지 문학의 본령은 아니다. 또한 인문 교양 중심의 읽기·쓰기 연계 과목의 중요성과 효과에 대해 역설한 논문(홍인숙, 「대학 글쓰기 심화과정에서 '인문 교양' 중심의 읽기·쓰기 연계과목의 효과와 의의 – 이화여대 〈명작명문의 읽기와 쓰기〉 수업 사례를 중심으로」, 『어문논집』 51,

을 읽고 감상하면서 자신과 자신이 속한 사회의 문제를 확인하고 해결하는 현재적인 텍스트로 바라볼 수 있도록 하는 교육 방법을 고민하고자 하는 것이다. 이에 인문 교양교육에서 기초가 되는 읽기·말하기·쓰기 교육에서 고전소설을 활용하는 방안을 먼저 생각해 보고, 다음으로는 우리 문학의 전통과 통시성을 교육하는 방안을, 더 나아가 현대문학과 문화예술 콘텐츠의 소재로 활용하면서 창작을 교육하는 방안을 생각해 보도록 한다. 인문교양이라는 것은 기본적으로 독서의 토대 위에서만 가능하다. 실용적·도구적 의미에서의 글쓰기 강좌에서 한걸음 나아가 독서와 토론과 유사한 과목들이 많아지는 것도 이 때문이다. 이런 과목들의 독서의 대상으로도 한국의 고전소설이 채택되었으면 한다. 고전소설에는 다양한 개성의 인물들이 등장하므로 흥미를 불러일으키며, 서사 내의 갈등 양상은 예나 지금이나 보편적으로 있을 수 있는 것들이기에 공감을 불러일으킬 수 있을 것이다.

3. 대학 교양교육에서 고전소설의 활용방안

1) 읽기·말하기·쓰기 교육의 제재 – 고전소설 읽기와 글쓰기

대학에서의 교양교육은 학생들이 스스로 읽고 생각하고 쓰는 학문적 소통 능력 및 표현력을 함양하여 다양한 지적 활동과 전공 교육

2012.)에서 주로 거론한 명작명문 읽기와 쓰기 과목의 읽기 텍스트 목록 21권 중에서도 한국 고전문학은 고전소설 〈춘향전〉 한 작품뿐이었다.

을 위한 기반을 마련해 줄 수 있어야 한다. 그리하여 대학생들이 새로운 지식과 정보를 생산하는 능동적인 지식인이자 지도자로 양성될 수 있도록 해야 한다. 중·고등학교에서와는 다른 담론 체계를 학습하고 종합적인 지식 체계를 이해할 수 있는 사고력을 배양해야 하며, 다양한 텍스트들의 의미를 분석하고 그 사회·문화적 맥락에 대해 정확하게 파악하고 비판적으로 검토할 수 있는 자질을 함양해야 하는 것이다. 아울러 자신이 속한 공동체의 제반 문제를 인식하고 그 해결 방안을 모색하는 등 삶과 가치관, 의식 세계에 대해 고민한 후, 이에 대한 자신의 생각과 느낌을 논리적으로 표현할 수 있는 능력이 키워져야 한다.

그래서 많은 대학들에서 개설하고 있는 교양 필수 과목인 글쓰기 관련 강좌들은 학생들이 학문공동체 내에서 원활하게 소통하고 전공 과목을 효율적으로 학습할 수 있도록 하는 데에 목표를 두고 있다. 독서와 토론 관련 과목들도 부쩍 늘고 있는데 읽기와 말하기에 주력하다 보니 쓰기와는 긴밀히 연결되지 않는 경우들도 많다. 그러나 문학 작품 읽기를 통한다면 자신의 문제의식과 내적 성찰을 토대로 하여 심화된 글쓰기를 할 수 있도록 안내하기에 좋을 것이다.[16] 고전 문학을 글쓰기 이론과 실제에 활용해 보려는 연구가 한문학과 고전시가 분야에서 시도되었는데[17], 일각에서는 우리 고전을 글쓰기 교육

---

16 몇몇 대학의 예를 본다면, 서울대의 '고전읽기 강화교육', 연세대와 중앙대, 동덕여대, 영남대의 '독서와 토론', 숙명여대의 '인문학 독서토론', 동국대의 '고전세미나' 등이 있다.(홍인숙, 앞의 논문, 167쪽 참조.) 2014년부터 이화여대에서는 2학년 필수교양과목으로 '고전 읽기와 글쓰기'를 개설하여 심화된 글 읽기와 쓰기를 유도하고 있다.
17 김철범, 「한문고전의 글쓰기 이론과 그 현재적 의미」, 『작문연구』 1집, 2005. ; 강혜선, 「조선후기 소품문과 글쓰기 교육」, 『작문연구』 5집, 2007. ; 심경호, 「한문산문 수사

의 도구나 자료 차원으로 머물게 해서는 안 될 것이며 그 본질적 가치와 그에 담긴 인간과 세계에 대한 통찰, 문학성과 예술성을 이야기하고 쓰게 해야 한다[18]고 우려를 표명하기도 하였다. 따라서 고전소설을 활용하여 읽기·말하기·쓰기 교육을 할 때에도 학생들이 작품을 오독(誤讀)하지 않도록 정확하게 가르친 후에 다양하게 재해석하고 자기화하도록 해야 할 것이다.

우리나라가 자랑한 만한 고전문학 작품 중의 하나는 국문장편 고전소설들이다. 이들은 조선 후기에 상당히 많은 독자를 확보했었고 세련된 소설 기법을 보여주었으며 옛 여성들의 생활과 문화, 의식 세계를 반영한 작품들이다. 길이가 길어서 수업 제재로 사용하기에 다소 어려운 면이 있기는 하지만, 서구의 고전문학 작품 중에서 괴테나 셰익스피어의 작품, 〈제인에어〉나 〈오만과 편견〉, 〈어린 왕자〉 등을 강독하는 과목이 있는 것처럼 우리의 장편소설 〈소현성록〉 본전(本傳)[19]을 강독하는 과목을 개설할 수 있을 듯하다. 특히 이 작품에는 옛 여성들의 일상생활이 소상하게 들어 있어 학생들이 실감 나게 당대의 생활문화를 알 수 있고, 가족 내의 인간관계 설정과 묘사를 통해 자기 존재에 대한 성찰과 더불어 가족 의식을 제고할 수 있으

법과 현대적 글쓰기」, 『작문연구』 5집, 2007. ; 박수밀, 「〈상기(象記)〉에 나타난 박지원의 글쓰기 전략」, 『국어교육』 122집, 2007. ; 박경남, 「김창협의 산문 비평을 통해 본 글쓰기 방법론」, 『국문학연구』 21호, 2010. ; 조희정, 「고전시가를 활용한 투사적 글쓰기 방법 연구 - 〈오우가〉를 중심으로」, 『문학교육학』 28호, 2009.

18 윤승준, 「우리 고전을 읽고 쓴다는 것」, 『대학작문』 3집, 2012.

19 〈소현성록〉 원전은 총 15권으로 되어 있으며 1권에서 4권까지가 본전(本傳), 5권에서 15권까지가 별전(別傳)이다. 원문 입력본과 현대역이 출간되어 있는데 본전은 단행본 1권으로 되어 있으니 수업의 제재로 사용하기에 그다지 부담스럽지 않을 것이다.

며, 작품 내에서의 팽팽한 긴장을 이완시키고 인물 간의 화해와 교류를 유도하는 놀이와 여가문화를 통해 서사 진행의 완숙미도 감상할 수 있다.[20] 또한 작품 속 여성들은 자신의 존재나 위상이 흔들려서 정체성이 흔들린다고 느낄 때에 자신의 존재 의의를 확인하고 자존감을 회복하려 하는데, 이때에 자신의 생애를 회고하면서 감정을 다스리고 비슷한 경우로 괴로워하는 상대를 위로하기도 한다. 이런 대목을 함께 읽은 뒤에 학생들도 자신의 생애 중 가장 힘들었던 때나 보람 있었던 때, 슬펐던 때 등을 말하게 한다. 그런 뒤 자기소개서의 일부에 반영하여 쓰게 한다든지 자서전을 써보게 한다면 대학생들에게 필요한 '자기성찰'적 글쓰기에 도움이 될 것이다. 또한 장편소설의 여성 인물들 중 당당하게 자신의 의사를 논리적으로 표현하는 인물들이 있는데, 이들은 남편, 시아버지, 어머니, 유모 등 다양한 대상들에게 자신의 의지나 입장을 설명하고 설득한다. 질문에 답하고 재질문에 반박하는 등의 심도 있는 논쟁 장면들[21]을 읽은 뒤 그 논리 전개 양상을 정리하고 찬반 양론에 대한 토의를 한 뒤 이에 대한 최종 의견에 대해 글을 써보라고 할 수 있다.[22]

---

20 정선희, 「고전소설 속 여성생활문화의 교육적 활용방안 연구 – 국문장편소설을 중심으로」, 『한국고전연구』 22집, 2010.

21 예를 들어, 〈소현성록〉에서 소운명의 아내인 임 씨가 시아버지인 소현성과 네 차례의 문답을 통해 시아버지가 탄복하게 만드는 장면이 있다. 순종해야 할 대상인 남편이 만약 잘못한다면 어떻게 해야 하느냐는 질문에, 바람직한 아내의 태도는 평상시에는 유순하고 온화하게 남편에게 순종하지만 남편이 행동을 잘못했을 때에는 바른 소리를 할 줄 아는 것임을 말하거나, 어느 정도가 겸손한 것인지 묻는 질문에 적절한 정도를 들어 소신 있게 이야기하는 대목 등이다. 〈소현성록〉 9권 89~91쪽. 자세한 것은 정선희, 「조선후기 여성들의 말과 글 그리고 자기표현 – 국문장편 고전소설을 중심으로」(『한국고전여성문학연구』 27, 2013.)를 참고하기 바람.

22 이상을 토대로 하여, **교양과목으로 "고전소설(소현성록) 읽기와 글쓰기(가칭)"를 개**

한문소설 〈운영전〉도 대학생들이 함께 읽고 토의하기에 적절한 교육 제재이다. 인생을 건 사랑, 극복할 수 없을 만큼 큰 장벽, 서로 다른 곳을 바라보는 슬픈 삼각관계를 다루고 있어 젊은이들의 사랑에 대한 생각과 감정을 끌어내기에 적합하다. 또한 운영을 돕고자 각자 자신의 생각을 말하는 열 명의 궁녀들의 논리와 기지, 찬반이 팽팽한 사랑론, 고전소설사상 최초의 악인 캐릭터라 할 수 있는 특이라는 인물의 의의 등에 대해 토의하고 글을 쓸 수도 있을 것이다. 또 열 명의 궁녀들이 지어 읊조리는 한시(漢詩)들처럼 학생들도 한시 다

설할 수 있을 것이며, 주차별 강의 내용을 다음과 같이 구성할 수 있다.

1주 : 강의 내용과 방향 소개
2주 : 한국고전소설사와 〈소현성록〉의 위상
3~5주 : 〈소현성록〉 읽기
6주 : 〈소현성록〉으로 조선의 사회와 문화, 정치 읽어내기와 토의
7주 : 〈소현성록〉으로 조선의 남녀상과 인간관계 읽어내기와 토의
8주 : 중간고사
9주 : 글쓰기의 방법1 묘사 – 인물 선택하여 외모, 성격 묘사하기
　　　글쓰기의 방법2 서사 – 인물 선택하여 일대기 쓰기, 사건 선택하여 서사문 쓰기
10주 : 글쓰기의 방법3 분류 – 선인/악인, 주동인물/조력자, 주인공/적대자 등으로 분류해 특징 쓰기
　　　글쓰기의 방법4 비교 – 남주인공 비교(현성/운성, 운경/운성), 여주인공 비교 (화 부인/석 부인)
11주 : 글쓰기의 실제1 자기소개서 – 인물의 자기표현 양상, 생애 정리하기
　　　자신의 자기소개서 쓰기
12주 : 글쓰기의 실제2 설명문 – 소설의 공간적 배경, 역사적 배경 설명하기, 소설에서 생소했던 단어를 하나 선택하여 설명하는 글쓰기
13주 : 글쓰기의 실제3 논증문 – 소설에서 인물 간 논쟁 장면 정리하기
　　　논쟁 사안에 대한 자신의 입장을 논증하는 글쓰기
14주 : 글쓰기의 실제4 문화비평문 – 소설 속 문화·사회 현상 추출하여 더 알아보기
　　　문화·사회 현상 중 하나를 선택하여 비평하는 글쓰기
15주 : 고전소설 읽기를 통한 글쓰기의 효과와 의의 총평

시 써보기를 하면 흥미로울 것이다. 특히 안평대군(1418~1453)이 운영의 사랑과 자유를 방해하는 장애요소로 설정되어 있기는 하지만, 그 한 명보다는 중세적 지배체제 전체를 악역으로 부각하는 작품이다.[23] 작품 내에서의 그의 위상과 사랑의 관계 내에서의 위치, 악역인가 아닌가 등에 대해서도 토론할 수 있다. 한편, 이 작품의 의의 중 하나는 소설사적으로 매우 이른 시기에 여성서술자의 목소리를 전면에 내세웠다는 점이다. 애정전기소설의 전통에서 이질적이지만, 고백 형식을 통해 여성의 내밀한 내면을 잘 드러내었고 그녀의 고민과 소망을 전면적으로 조명할 수 있게 하였다. 따라서 학생들도 자신의 내면세계와 그 변화의 추이를 담은 서사체를 써본다든지 주인공의 은밀한 이야기를 서술하는 방식으로 소설을 창작해보게 하는 것도 좋을 듯하다. 작가가 서술자의 내면을 그대로 따라가는 듯한 문체를 사용함으로써 독자가 그 진실성에 감동하고 감정을 이입하는 단계에 이르게 했던 것처럼 말이다.

---

23 안평은 불행한 삶을 살았던 대군으로 계유정난 때에 죽임을 당했고 아들도 처형되고 처첩들은 관비가 되었다. 작품 속에서 그는 여성의 재주를 인정하는 개방적 사유의 소유자였고 궁녀들에게 은애와 자애를 베푸는 교육자였다. 하지만 외부와의 접촉을 차단하고 궁녀들의 존재를 은폐하려는 절대권력자의 모습도 있기는 하다. 그러나 이런 군주의 모습은 상식적인 것이지 잘못이 아니다. 그런데도 운영이나 궁녀들은 자신들을 가두어 기르는 것으로 인식하여 불행해하게 된다. 대군이 운영을 은근히 사랑하지만 운영은 대군의 부인의 은혜를 이유로 거절하고 대군도 그녀의 사랑을 강요하지 않고 존중하니 사랑만 놓고 보면 가여운 사람이고 슬프고 허둥대는 패배자라고도 할 수 있다. 대군은 운영이 김 진사와 사랑한다는 걸 알고도 목숨 구해주고 시에 상도 주는 파격을 보이기도 한다. 그러나 그녀의 금은보화가 궁궐 밖으로 나갔다는 소문을 듣고는 화를 내고 혼도 내려 한다. 결국 작가는 궁녀 은섬과 자란 등의 목소리에, 남녀에게는 모두 정욕이 있다, 운영의 원한을 풀어주어야 한다는 메시지를 담고, 그녀들의 말에 대군은 그들을 풀어주고 운영만 가두어둔다. 그러나 운영은 더 이상 자유가 없는 삶을 살기 싫어서 그리고 지인들에게 미안해서 자결을 하고 만다.

요컨대, 고전소설을 학생들이 정독하게 한 뒤, 인상 깊었던 구절, 자신에게 문제를 던지거나 감동을 주었던 구절이나 장면을 중심으로 하여 이야기하고 이를 다듬어 글을 쓰게 한다면, 그 과정에서 자신의 미적 취향이나 정치적 견해, 인생관, 가치관까지도 점검할 수 있을 것이다.

2) 한국문학의 전통과 통시성 교육의 제재 – 고전소설로 삶 읽기

고전소설을 통하여 한국문학의 전통과 통시성을 교육하는 일은 주제별로 접근할 수 있다. 고전문학에 나타난 자연, 교육, 가족, 사랑, 놀이 등에 관심이 있다면 이에 대해 먼저 다루고 현대문학에서는 같은 주제가 어떤 방식으로 드러나는지를 함께 검토하는 것이다. 『한국문학 주제론–우리 문학은 어디에서 왔는가』[24]를 참고할 수 있는데, 이 책에서는 기형적 탄생, 금기와 수행, 변신, 악(惡), 거울, 수수께끼, 꿈, 몸, 길, 술, 죽음, 금전, 집, 동물 등의 주제별로 그 문학적 연원을 찾아보고 현대문학에서의 형상을 논의하였다. 그러나 고전서사문학은 신화와 설화, 춘향전과 흥부전 등 극히 제한된 작품에 한정되어 있어 아쉽다.

한편, 최근에 여성과 관련된 주제어별로 고전문학과 현대문학을 통시적으로 고찰한 『한국어문학 여성주제어사전』 1~5권[25]을 참고할 수도 있는데, 좀 더 폭넓게 고전문학 작품이 다루어지기는 했으나

---

24 이재선, 서강대 출판부, 2009(재판).
25 김미현·최재남·정선희 외, 보고사, 2013.

여성주의적 시각으로 유의미한 것들로만 구성되어 있다는 점이 아쉽다. 하지만 몇 가지 흥미로운 주제들을 선택하여 교육의 제재로 삼는다면 효과적일 것이다. 예를 들어 '공간' 분야의 주제어들을 살펴본다면, 고전소설을 비롯한 고전문학에서는 여성을 가두고 억압하는 집과 방이라는 공간이 두드러졌지만 그곳이 또한 여성을 교육하고 쉬게 하기도 하는 이중적 공간이었음이 드러난다. 중당이라는 곳에서는 소통이 가능했지만 여성에게는 막히고 답답한 방의 의미가 컸고, 애인이나 남편이 함께 있지 않기에 그리움만 깊어가게 한 소외의 공간으로 자리했다. 하지만 옛 기억을 환기시켜 정서가 충만하게 하거나 여성들끼리 담소하며 즐거운 시간을 보낼 수 있게 하는 마당이나, 그리운 친정집 등은 마음의 안식처로 자리하고 있었다. 한편, 현대문학에서는 새장, 늪처럼 답답한 집에서부터 감옥 같은 부엌, 가출환상을 자아내는 마당 등 부정적인 면의 가정 내 공간이 부각된다. 하지만 몸과 마음이 깨어나 성장하게 하는 나만의 방이나 자족하게 하는 부엌 등 긍정적인 면도 보여주는 점 등[26]을 이야기할 수 있을 것이다. 또 '인간·관계' 분야의 '아버지' 관련 주제어들을 본다면, 고전문학에서는 딸의 교육자, 애정과 부정의 발현·신성한 상징 등이 추출되었지만 현대문학에서는 패덕(悖德)과 무정(無情), 증오와 연민의 모순된 이름, 유전(遺傳) 혹은 콤플렉스의 기원, 불량 아빠와 백치 아비 등이 추출되었다. 특히 국문장편 고전소설에서 아버지는 딸에게 위압적인 모습을 보이기보다는 딸을 대견해하고 북돋우면서 교육

---

26 정선희, 「『한국어문학 여성주제어 사전』의 체제와 내용 – 고전소설 분야를 중심으로」, 『한국고전여성문학연구』 24, 2012, 420~421쪽.

하는 따뜻한 면, 애정으로 감싸주거나 예뻐하면서 살가운 정을 보이는 면을 보였다. 하지만 현대문학으로 오면, 딸에게 아버지는 무정하고 부도덕하거나 불량하여 딸이 아버지를 증오하거나 수치스럽게 생각하면서도 자신의 근원이자 기원이므로 인정해야만 하는 존재, 연민을 일으키는 존재로 형상화됨을 알 수 있다.[27] 이렇게 학생들이 관심을 가질 만하면서도 고전과 현대 문학의 통시성과 변화 양상을 파악하기에 좋은 주제별 접근을 하면 효과적일 것이다.

〈숙영낭자전〉 같은 19세기 후반의 애정소설을 통해서는 당대인들의 애정관, 부부관, 부자관, 세계관과 이와 관련된 사회문화적 분위기, 전통적인 혼례나 제례 등에 대해 교육할 수 있을 것이다. '사랑'에 대한 주제로 논의하고자 한다면, 앞에서 본 〈운영전〉과 함께 〈주생전〉을 더 읽을 수 있다. 〈주생전〉은 17세기의 한문 소설로, 우리 고전소설 중 최초로 삼각관계의 비극을 담았기에 사랑으로 인한 아픔과 감정 중독, 절대적 사랑의 가벼움, 사랑의 파탄으로 인한 분노와 슬픔까지 읽어낼 수 있어[28] 현대 애정서사물들로 이어지는 통시적 맥락도 논할 수 있을 것이다. 우리를 행복하게도 하고 힘들게도 하는 '가족'에 대해 논의한다면, 〈심청전〉·〈장화홍련전〉 등을 통해 효심과 부녀 관계를, 〈홍길동전〉과 〈사씨남정기〉 등을 통해 부부 관계와 가문 계승의 문제를 이야기를 할 수 있을 것이다.

〈홍계월전〉이나 〈방한림전〉 등을 비롯하여 여성 영웅의 서사적 전통을 살피는 것도 흥미로울 것이다. 여성 영웅이라는 말을 무용(武

---

27 김미현 외, 앞의 책, 1권 76~113쪽. ; 앞의 논문, 394~395쪽.
28 김수연, 「〈주생전〉의 사랑과 치유적 독법」, 『문학치료연구』 29, 2013, 41~68쪽.

勇)이나 출장입상(出將入相)과 같은 외적인 데에만 국한하지 않고 여성의 자아성취라는 내적인 자족성과 연결되는 개념으로 파악[29]한다면 요즘의 학생들에게 거리감이나 반감을 주지 않고 논할 수 있을 듯하다. 남성(남편)을 통해 대리적으로 드러나는 잠재적 능력 발휘나 자아성취가 조선 후기의 소설 〈금방울전〉, 〈창선감의록〉 등에서 지속적으로 드러나며, 여성의 영웅성이 좀 더 구체적으로 실현되는 소설들도 출현한다. 출장입상이나 부모의 원수를 갚기 위해 혹은 불가피한 선택에 의해 남장(男裝)을 하여 비범한 능력을 발휘하다가 여성으로서의 정체가 드러나 혼인한 뒤 다시 여성으로서의 삶을 살아가는 게 대부분인데, 여기서 나아가 자신들의 자아실현을 위해 남성적 삶을 지향하고 동성혼을 선택하는 파격적인 작품 〈방한림전〉[30]도 있음을 소개하면서 학생들의 호기심과 논쟁을 불러일으킬 수 있을 듯하다. 유교적 규범의 제도화와 정착이 여성에게 사회 진출의 기회와 활동을 제한하던 조선 후기의 모습이 현대의 학생들에게 낯설지도 모르지만 작품 곳곳에 스며들어 있는 남녀차별적 요소들을 이야기하면서 자신이 요즘 느끼는 점들, 현대문학에서 읽었던 것들과 함께 비교하면 좋을 것이다.[31]

---

29 김용기, 「여성영웅의 서사적 전통과 고소설에서의 수용과 변모」, 『우리문학연구』 32집, 2011, 36쪽.

30 앞의 논문, 57~61쪽.

31 이상을 토대로 한다면, **교양과목으로 "고전소설로 삶 읽기(가칭)"를 개설**할 수 있을 것이며, 주차별 강의 내용을 다음과 같이 구성할 수 있겠다.

　1주 : 고전소설과 삶 : 주제로 읽는 고전소설
　2~4주 : 사랑 – 〈만복사저포기〉 나를 알아준다면 귀신이라도 괜찮아.
　　　　　〈주생전〉 중독된 사랑, 그러나 변하는 사랑.
　　　　　〈운영전〉 그 무엇도 사랑을 막을 수 없어.

3) 현대문학과 문화예술작품 창작 교육의 제재
- 고전소설로 작품 짓기

대학의 학과 중에서 미술대학의 동양화과나 서양화과, 조소과, 미술사학과, 예술학과 등의 학생들도 우리 고전문학을 좀 더 잘 안다면 우리 전통과 미학, 생활, 의식세계 등에 대해 더 풍부한 지식을 쌓을 수 있을 것이고 창작활동을 할 때에도 이를 소재로 하여 참신한 작품을 만들어 낼 수 있을 것이다. 옛 선인들도 당대의 대표 작품들의 내용을 그림으로 표현하기를 좋아 하였기에, 〈구운몽도〉 같은 것이 수십 편 남아 있다. 서양에서는 그 나라의 고전문학이나 신화의 내용으로 미술 작품을 많이 만드는 것처럼 우리도 그런 분위기를 만들 필요가 있다. 국문학과의 고전소설 전공 교수가 현대문학이나 문화 예술 창작 분야를 직접 가르칠 수는 없지만, 고전소설을 폭넓게 소개하여 타과의 대학생들이 알게 한다면 다양한 작품을 생산해 내는 기폭제가 될 수 있을 것이다.[32]

5~7주 : 가족 – 〈사씨남정기〉 가문의 계승이 제일 중요해.
　　　　　　　〈심청전〉 아버지를 위해서라면 목숨도.
　　　　　　　〈최고운전〉 특별한 탄생, 부모도 두려워하는 아이.
8주 : 중간고사
9~11주 : 전쟁 – 〈김영철전〉 누구도 지켜주지 못한 백성.
　　　　　　　〈박씨전〉 통쾌하게 한바탕 꿈처럼.
　　　　　　　〈강도몽유록〉 우린 억울해. 잘못은 당신들이 해놓고.
12~14주 : 남녀 – 〈숙향전〉 전생의 연분대로 그를 찾아.
　　　　　　　〈오유란전〉 남자의 가식, 내가 벗기겠어.
　　　　　　　〈홍계월전〉 남자보다 뛰어난 여장부.
15주 : 기말고사

32 이에 대해 권순긍 교수도 제안한 바 있다. 고전소설과 디지털 서사라는 과목을 개설하여 게임이나 판타지 소설을 고전서사와 연결하는 시도를 하였으며, 고전소설의 환상성

실제 수업에서, 고전소설 중 흥미로운 서사를 지녔거나 다양한 갈등과 삶의 굴곡을 겪는 인물들이 나오는 소설들을 소개한 뒤에 이를 현대소설이나 시로 창작하거나 그림이나 조각 등 예술 작품을 만드는 안을 기획하게 할 수 있다. '다모'라는 특수직 여성에 관한 기록들을 소재로 하여 조선 후기의 문인(文人) 송지양이 〈다모전(茶母傳)〉을 지었듯 이런 기록들을 소재로 하여 퓨전 사극 〈다모〉가 만들어졌고[33], 제주도에 살았다는 여성 상인 김만덕에 관한 기록들을 소재로 하여 채제공이 〈만덕전(萬德傳)〉을 지었듯 이런 기록들을 소재로 하여 사극 〈거상 김만덕〉이 만들어진 바 있다. 정조 시대의 문인 이덕무가 당시에 있었던 실제 살인 사건과 재판과정을 소설화한 한문소설 〈은애전〉은 이웃 할미의 근거 없는 모함과 유언비어로 고통 받던 18세의 여성 은애가 할미를 열여덟 군데나 찔러 죽인 이야기이다. 끔찍한 살인이지만, 그 내막을 들은 관리나 임금이 이는 모함에 대한 복수이니 용서하는 쪽으로 결론을 지으면서 의협(義俠)의 일종으로 보고 있다. 현대에도 온라인이나 오프라인에서 비방과 언어폭력이 상대에게 극심한 피해를 줄 수 있다는 점, 법과 도덕이나 양심의 경

과 비현실성의 효용성을 현대소설에서 불가능했던 상상력을 확장시키는 방편으로 활용하자고 하였다. 또한 이를 디지털 서사와 연결하여 콘텐츠화하는 원천으로 활용하자고 하였다. 또 영화와 관련하여, 고전소설과 영화 등의 강좌를 개설하여 고전소설이 영화화된 자료들을 비교 분석하고 앞으로 어떤 방향과 방식으로 두 장르가 연계되면 좋을지 등에 대해 모색해 보자고 하였다. 「대학 고전소설교육의 지향과 방법」, 『한국고전연구』 15집, 2007 참조.

33 원천소재가 된 이야기들은 실록 등에 기록되어 있거나 구전되어 왔을 터이며, 조선 후기에는 한문소설로도 지어졌다. 현대의 작가들이 이를 실마리로 하여 14부작의 긴 이야기를 만들어냈고 다모 폐인이라는 말이 생길 정도로 인기를 끌었던 것에서, 고전 서사의 현대물화에 좀 더 관심을 쏟을 필요가 있음을 느끼게 된다.

계는 어디까지인지, 정당방위나 인지상정은 어디까지 적용될 수 있을지 등의 문제 제기가 가능할 것이기에 현대소설이나 영화로 기획하면 적절할 듯하다. 이덕무가 지은 또 한 편의 한문소설 〈김신부부전〉은 노처녀와 노총각을 혼인시키는 이야기이므로 코믹로맨스로 재구성하면 좋을 것이다. 이옥이라는 문인의 〈이홍전〉은 희대의 사기꾼 이홍이 도도한 기생 부녀를 속이고 아전과 스님을 속인 이야기인데 서민을 수탈하거나 자신들만 호의호식하는 부류들을 통쾌하게 골려주는 이야기, 서로 속고 속이는 못 믿을 세태를 비판하는 이야기를 담은 드라마로 만들 수 있을 것이다.

이렇게 한문소설들은 작가들이 당대에 중요하게 부각되던 사회 문제들이나 인구에 회자되던 특이한 사람들을 소재로 하여 자신의 의도를 담아 지었기 때문에 시대를 막론하고 보편적으로 문제가 되는 중요한 지점들을 다룰 수가 있다. 전쟁이라는 것이 얼마나 사람을 힘들게 하는지를 보여주는 소설들도 있는데, 〈강도몽유록〉은 병자호란이라는 전쟁에서 자결하거나 자결이 종용되어 죽은 여성들에 관한 소설이다. 강화도로 피난 가서 죽은 여성들이 모여 앉아 자신의 억울한 사연을 말하면서 남편과 아들, 시아버지, 통치자 등을 비판하는 내용이므로 가정과 사회, 국가의 여러 문제점들을 추가하고 복합하여 다룰 수 있을 것이다. 각 여성들마다 한 장면의 주인공을 맡을 수 있으므로 옴니버스식 영화나 뮤지컬, 연극 등으로 만들 수 있을 것이다. 〈김영철전〉도 전쟁으로 인해 일생 내내 파란만장한 우여곡절을 겪은 불행한 한 남자의 이야기를 실감나게 묘사하고 있으므로 전쟁이 사람을 얼마나 비참하게 하는지, 개인과 가족과 국가의 관계는 어떠해야 할지 등을 성찰하게 할 수 있다는 면에서 현대문학이나 영화로 재창작하면 좋을 듯하다. 고난을 겪으면서도 우연한 행운과 은인과의 만남 등으로 다시 구출되곤 하는 상황을 현대의 독자나 관람자들이 설득될 수 있도록 서사를 변형한다면 어떤 식으로 하면 좋을지 등을 토의한 뒤 재창작하게 할 수 있을 것이다. 한편, 김부식이 지은 〈온달전〉은 인물들 간의 갈등과 대립 구도가 중층적이어서 그 얽혀 있는 관계들을 잘 살리면 흥미로운 서사가 될 것이다. 이들의 대립을 각각의 퀘스트로 만들어 액션 어드벤처 게임으로 제작한다든지, 공주가 온달을 교화하고 성장시키는 점을 부각하여 육성 시뮬레이션 게임으로 제작할 수 있다. 이처럼 한문소설들은 전쟁이나 사랑, 살인 사건과 소송, 득도와 수련 등 특별하면서도 보편적인 공감을 불러일으킬 수 있는 서사와 인물들을 담고 있기에 이들을 원천소재로 하여 현대의 문화콘텐츠를 창작하는 교육의 제재로 활용할 수 있을 것이다.[34]

고전소설의 대표작 〈구운몽〉은 이미 최근에 게임으로 만들어져 인기를 끌고 있다. 이 작품은 조선 후기에도 〈옥련몽〉, 〈옥루몽〉 등 패러디 소설로 지어졌을 만큼 서사가 풍부하고 흥미를 끌기에 현대 소설이나 문화예술 작품으로 활용하기에 좋을 듯하다. 여성 인물인 강남홍과 벽성선 등은 개성이 강하고 매력적이기에 이 부분만 분리하여 독립된 작품이나 예술품을 만들어도 좋을 것이다.

고전소설을 캐릭터별로 정리해 놓은 책을 참고로 하면 학생들이 쉽게 접근할 수 있을 것인데, 예를 들어 〈구운몽〉의 양소유를 다정다

---

34 정선희, 「문화콘텐츠 원천소재로서의 고전서사문학 – 〈삼국유사〉와 한문소설 활용을 중심으로」, 『우리말글』 60집, 2014 참조.

감한 꽃미남으로, 〈사씨남정기〉의 사씨를 치밀한 가문 경영자로, 〈옥원재합기연〉의 이현영을 자아 찾기라는 험난한 여정을 꿋꿋하게 밟아가는 자존심 센 여성으로, 〈오유란전〉의 오유란을 남성이 좋아하는 여성상을 잘 파악해 유혹하는 대담하고 적극적인 여성으로 설명해 놓았다.[35] 학생들이 이 소설들을 읽고 가상 주목하거나 공감한 인물을 선택하여 그를 중심으로 제목을 다시 붙여보고 작품을 재구성하여 현대물로 창작하게 할 수 있을 듯하다.[36]

✠ 이상에서 필자는 대학에서의 인문교양교육의 흐름과 그 중요성을 파악한 뒤, 현재 우리 대학들에서 교양교육의 질적 향상과 대학생들의 인문학적 소양 강화, 사고의 확장, 읽기와 쓰기 능력 함양, 한국

---

35 서대석 외, 『우리 고전 캐릭터의 모든 것』 1~4권, 휴머니스트, 2008.
36 이상을 토대로 한다면, **교양과목으로 "고전소설로 작품 짓기(가칭)"를 개설**할 수 있을 것이며 주차별 강의 내용을 다음과 같이 구성할 수 있겠다.
    1주 : 강의 내용과 방향 소개
    2주 : 고전소설을 활용한 문화콘텐츠 창작의 필요성과 의의
    3주 : 고전소설을 활용한 문화콘텐츠 개관
    4주 : 문화콘텐츠 기획과 주제 설정의 방법
    5주 : 자료 수집과 기획서 쓰기
    6주 : 스토리와 표현방식 구상하기
    7주 : 원소스 멀티유즈 전략 구상하기
    8주 : 중간고사
    9주 : 〈이생규장전〉, 〈만복사저포기〉 읽기와 애정 환타지물 기획하기
    10주 : 〈최척전〉, 〈육미당기〉 읽기와 여행서사 기획하기
    11주 : 강남홍, 만덕 읽기와 여성호걸 주인공 서사 기획하기
    12주 : 〈운영전〉, 〈강도몽유록〉 읽기와 다수 여주인공 옴니버스식 서사 기획하기
    13주 : 가정·가문 소설 읽기와 가족서사 기획하기
    14주 : 연암 소설 읽기와 사회풍자물 기획하기
    15주 : 강의 총평

문학의 전통 계승, 문화예술 작품 창작 등에 도움을 줄 수 있도록 고전소설을 활용할 것을 제안하였다.

고전소설을 포함한 고전문학은 옛 문인과 사상가들이 자신의 사상이나 감수성을 정제된 문체와 논리적인 구성으로 다채롭게 표현해 낸 작품들이기에 그 내용과 표현의 면에서 교양교육의 제재로 적합하다. 오랜 시간 동안 우리 민족에게 가치가 있다고 여겨지면서 계승되어온 작품들이기에 우리의 사상과 미학, 생활이 모두 담겨 있는 것이다. 그럼에도 불구하고 이제는 많은 사람들의 관심을 받지 못하고 있으며 교육 현장에서도 활용되지 못한 채로 국문학과나 국어교육과의 전공과목의 하나로만 교육되고 있다. 이런 상황이 계속된다면 우리의 고전문학은 더 이상 문학으로 감상되거나 계승되지 못할 수도 있다. 특히 중고등학교에서의 고전문학 교육은 대체로 입시 위주의 주입식 교육이었기에 작품에 대한 요약적 지식만 전수되었을 뿐이고 그나마 알고 있는 작품의 종류나 수도 매우 제한적이다. 따라서 이러한 상황을 개선하기 위해, 대학생들이 고전문학을 읽고 감상하면서 자신과 자신이 속한 사회의 문제를 확인하고 해결하는 현재적인 텍스트로 바라볼 수 있도록 하는 교육 방법을 고민한 것이다.

이에 인문 교양교육에서 기초가 되는 읽기·말하기·쓰기 교육에서 고전소설을 활용하는 방안을 생각해 보았고, 다음으로는 우리 문학의 전통과 통시성을 교육하면서 삶의 다양한 국면들을 논의할 수 있는 방안을, 더 나아가 현대문학과 문화예술 콘텐츠의 소재로 활용하면서 창작을 교육하는 방안을 생각해 보았다. 인문교양이라는 것은 기본적으로 독서의 토대 위에서만 가능하다. 실용적·도구적 의미에서의 글쓰기 교육에서 한걸음 나아가 '독서와 토론'과 유사한 과목들이 많아지는 것도 이 때문이다. 이런 과목들의 독서의 대상으로도 한국의 고전소설들이 채택되었으면 한다. 고전소설에는 다양한 개성의 인물들이 등장하므로 학생들의 흥미를 불러일으킬 것이며, 서사 내의 갈등 양상은 시대를 막론하고 보편적으로 있을 수 있는 것들이기에 공감을 불러일으킬 수 있을 것이다.

고전문학의 다양한 작품들을 읽고 분석하고 감상함으로써 사회와 문화, 인간과 세계를 이해하고 언어 표현력과 미학을 체득하는 데에 목표를 두는 교양 과목들을 개설하는 방안을 제안한 본 연구를 통해 인문교양교육이 정상화되는 계기를 마련했으면 한다. 간혹 이러한 문제에 대해 공감하는 논의가 있기는 했지만 현실적인 방안을 모색하는 데에는 한계가 있었기에 여전히 한국의 고전문학을 활용하여 대학 교양 과목을 진행하는 학교는 거의 없다. 하지만 현대 사회가 세계화될수록 우리의 문화적 정체성은 더욱 확고히 자리하고 있어야 할 것이기에 고전문학의 교양교육 제재로의 활용은 시급한 과제이기도 하다. 아울러, 앞에서도 언급했듯이, 고전문학을 교양교육의 제재로 활용할 때에는 고전문학 고유의 문학성과 예술성, 그에 담긴 통찰력과 시대상 등을 먼저 충분히 가르친 후에 정확한 이해의 토대 위에서 후행 교육이 이루어져야 할 것이다.

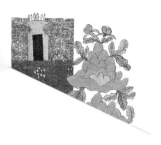

대학에서의
고전소설 교육 방안

1. 대학에서의 고전소설 교육 연구와 교육 현황

　이 글에서는 대학에서의 고전소설 교육에 대한 연구들과 교육 현황을 살핀 뒤 그 문제점을 파악하고 개선 방안을 마련하려 한다. 특히 고전소설 전공 학자들의 연구는 매년 축적되어가고 있지만 이것이 교육에는 적용되지 않고 연구자들만을 위한 연구에 그치고 있는 점, 단편적인 지식이나 교훈만을 추출하는 식의 교육에 그치고 있는 점 등에 문제를 제기하고 고전소설 연구와 교육이 소통하면서 함께 발전할 수 있는 새로운 방향을 모색해보고자 하는 것이다. 현재의 소통 부재 상황에 대해 고전소설 연구자들이 반성적으로 고찰하여 대학생들이 고전소설을 읽고 감상하면서 자신과 자신이 속한 사회의 문제를 확인하고 해결하는 현재적인 텍스트로 바라볼 수 있도록 하는 교육 방법을 고민하면서 강의 계획을 수립하고자 하는 것이다.
　'대학에서의 고전소설 교육'에 대한 연구는 중고등학교에서의 교육에 대한 연구들에 비하면 매우 미미하다. 2005년에 한국고소설학회에서 기획한 연구들 중에서 고전소설의 이해 확산을 위한 교육 방안을 논의하는 중에 장래의 교사, 연구자, 일반인이 될 대학생의 역할에 주목하여 이들의 교육에 좀 더 관심을 가져야 한다는 제언이 있었고[1], 대학 고전소설 교육의 현실을 진단하고 앞으로의 방향과 과제를 제시하는 논의가 있었다.[2] 특히 고전소설론 강의를 중심으로 하여 논하였는데, 고전소설작품론이 그 본령이 되었으면 하는 제언을 하면서 강의에서 텍스트로 사용할 수 있는 꼼꼼한 교감 선본(善本)과 잘 윤문된 현대어 번역본이 출간되는 것이 병행되어야 한다고 하였다. 또 다른 연구자[3]는 그 당시의 고전소설 관련 교과목 개설 현황과 교재 현황을 살핀 뒤에 몇 대학의 국문학과 학생의 설문조사 결과를 통해 학생들의 고전소설에 대한 관심과 인식에 대해 보고하면서 고전소설에 대한 분석적 재미와 감상적 재미를 함께 느낄 수 있도록 해야 할 것이라고 하였다. 그렇게 하기 위해서는 학부 강의를 위한 균형 잡힌 시각의 교재가 공동개발·집필되어야 하고, 강의 대상 작품이 확대되어야 하며, 원전에 충실하면서도 읽기 쉬운 번역 및 역주본이 나와야 한다고 하면서, 현대의 다양한 문화장르와의 비교나 재창작에 대한 관심을 제고해 줄 수 있도록 참신한 작품 해석 시각도 보여주어야 한다고 하였다.

---

1 임치균, 「고전소설의 이해 확산을 위한 교육 방안」, 한국고소설학회 편, 『고전소설 교육의 과제와 방향』, 월인출판, 2007.

2 정병설, 「대학 고전소설 교육의 현실, 방향, 과제」, 한국고소설학회 편, 『고전소설 교육의 과제와 방향』, 월인출판, 2007.

3 김기형, 「대학 고전소설 교육의 현황과 전망」, 한국고소설학회 편, 『고전소설 교육의 과제와 방향』, 월인출판, 2007.

이후, 2007년에 한국고전연구학회에서 기획하여 대학에서의 고전문학 교육에 대해 논의한 연구들[4] 중에서 고전소설 분야를 담당한 분들이 있었는데, 특히 지방사립대학에서 국문학과 졸업생들의 취업률 향상을 위해 문화·예술과 접목할 수 있도록 안내하는 쪽의 강의 방향과 방법을 제안하였다. 고전소설론, 고전소설강독 등의 전공과목을 교육할 때에 변화된 대학 교육 환경에 어떻게 발맞출 것인가를 고민하여 문화콘텐츠로 만드는 것을 수업하는 식의 실용적 활용을 주로 다룬 것이다.

한편, 대학에서의 교양교육에 고전소설을 활용해 보자는 논의도 있었다. 2010년도에 한국고전연구학회에서 기획하여 고전문학의 각 분야의 학자들이 각 영역의 명작을 교양교육에서 활용하는 방법을 제안하는 논문들이 제출되었는데[5], 그 중 고전소설을 담당한 연구자 중 한 명은 〈방한림전〉을 활용하여 가족 간의 관계와 의미를 탐색할 수 있음을 말하였고, 또 한 명은 국문장편 고전소설을 활용하여 조선

---

4 정병헌, 「대학 고전문학 교육의 현상과 전망」, 『한국고전연구』 15집, 2007. ; 권순긍, 「대학 고전소설교육의 지향과 방법」, 『한국고전연구』 15집, 2007. ; 신동흔, 「21세기 구비문학 교육의 한 방향 – "신화의 콘텐츠화" 수업 사례를 중심으로」, 『한국고전연구』 15집, 2007. ; 최규수, 「대학생을 위한 고전시가 '교육'의 몇 가지 키워드」, 『한국고전연구』 15집, 2007.

5 김종철, 「대학 교양교육으로서의 한국고전문학교육의 과제」, 『한국고전연구』 22집, 2010. ; 신상필, 「대학 교양교육으로서의 한문교육과 동아시아 한자문화권」, 『한국고전연구』 22집, 2010. ; 조현우, 「고전소설의 현재적 가치 모색과 교양교육」, 『한국고전연구』 22집, 2010. ; 정선희, 「고전소설 속 여성생활문화의 교육적 활용방안 연구 – 국문장편소설을 중심으로」, 『한국고전연구』 22집, 2010. ; 이수곤, 「인문교양으로서의 고전시가 강좌의 한 예 – '이중자아'와 '금지된 사랑, 불륜' 모티프를 대상으로」, 『한국고전연구』 22집, 2010. ; 강성숙, 「구비문학 관련 강좌의 현황과 교양 과목으로서의 구비문학」, 『한국고전연구』 22집, 2010.

시대 여성들의 생활과 문화, 의식세계에 대해 교육할 수 있음을 논하였다. 대학 교양교육에서 고전소설을 활용할 필요성과 효용에 대해서는 충분히 공감하게 하였지만 현실적인 방안을 모색하는 데에는 한계가 있었다. 또 교양교육에 활용하는 방안에 관한 것이므로 이 글에서 대학 전공과목으로서의 고전소설 교육에 관하여 논하려는 바와는 다소 거리가 있다.

이상과 같은 연구사적 흐름과 대학 교육 현장의 실태와 경향에 대해 문제의식을 가지고 좀 더 적극적으로 대학 고전소설 교육에 대해 고민하고 연구할 필요성을 제기하고자 한다. 이에 각 대학에서의 전공과목으로서의 고전소설 과목 개설 현황과 교육 내용을 점검하고, 변화된 대학 교육 환경과 고전소설 수용자인 대학생들에게 어떻게 맞추어 교육하면 좋을지, 어떤 방향으로 교육 목표를 설정하면 좋을지 등을 논의할 것이다. 이는 고전소설 연구자들의 연구 성과가 교육 현장과 연계되지 못하는 현실을 벗어나 활발하게 소통하고 발전하는 방안을 모색하는 자리이기도 하다. 고전소설 연구의 성과가 교육 현실에 충실하게 반영될수록 교육의 질과 효율이 높아질 것이므로 고전소설 연구와 교육의 소통이 곧 대학 고전소설 교육의 개선 방안이 될 수 있을 것이다.

이제, 대학에서의 고전소설 교육의 현황을 파악해 보기로 한다. 2014년 4월 전국의 90여 개 4년제 대학의 국어국문학과와 국어교육과의 고전소설 관련 교과목 개설 현황을 조사하였다.

고전소설 관련 교과목 개설 현황

■ 조사 범위 : 전국 4년제 대학 중 '고전소설'과 관련된 교과목이 개설된 국어국문학과, 국어교육과

■ 조사 대상 : 전국 93개 대학, 81(캠퍼스 포함 86)개의 국어국문학과[6], 39개의 국어교육과[7]에 개설된 '고전소설' 관련 교과목 289강좌

'고전소설'과 관련된 과목명으로 개설

국어국문학과	
교과목명	개설 학교 수
고전소설론[8]	56
고전소설 강독[9]	29
고전소설의 이해[10]	19
고전소설 서사 분석 연습	1
고소설 작품 연구	1
한국 고전소설 연구	1
고소설론과 작가	1
한국 고전소설사	1
고전소설과 이야기	1
판소리계 소설과 매체	1
판소리와 조선 후기 문예	1
고전문학의 이해	1

국어교육과	
교과목명	개설 학교 수
고전소설론[11]	15
고전소설 교육론[12]	14
고전소설 강독[13]	3
고전소설 작품론	2

---

6 한국어문학부/과, 한국언어문학, 한국어학과, 한국어전공을 포함함.

7 한국어교육과, 한국어교원학과, 한국어교원전공, 한국어교육전공을 포함함.

8 '한국 고전소설론, 고소설론, 한국 고소설론, 이야기문학과 한국 옛 소설론, 고전소설론 입문, 한국 고전소설'로 개설된 과목 포함.

9 '한국 고전소설 강독, 고소설 강독, 옛 소설 강독, 이야기문학과 옛 소설 읽기, 고소설 감상, 고전소설 읽기, 조선 후기 소설 강독, 한글 고전소설 읽기, 고전소설 텍스트 읽기,

'고전산문'이 들어간 관련 교과목

국어국문학과	
교과목명	개설 학교 수
고전산문 강독[14]	6
고전산문의 이해[15]	2
고전산문론[16]	2
고전산문 세미나	1

국어교육과	
교과목명	개설 학교 수
고전산문 교육론[17]	11
고전산문론	5
고전산문 강독[18]	5

'서사'가 들어간 관련 교과목

국어국문학과	
교과목명	개설 학교 수
고전 서사문학[19]	3
한국 서사문학 특강	1
한국 서사문학의 세계	1

고전 서사와 스토리텔링	1
고전 서사문학 강독	1

고전문학 강독(교과개요에 소설 〈춘향전〉을 지정함/상지대-국문과)'으로 개설된 과목 포함.

10 '고전소설의 세계, 고소설의 이해, 옛 소설의 이해, 한국 고전소설의 이해, 명작 소설의 이해'로 개설된 과목 포함.

11 '한국 고전소설론, 한국 고대소설론, 고소설론'으로 개설된 과목 포함.

12 '한국 고전소설 교육론, 고소설 교육론, 한국 고소설 교육론, 고대소설 교육론, 고전소설의 이해와 지도, 고전문학 교육 연습(교과개요에 소설 작품을 지정하고 있음/홍익대-국어교육과)'으로 개설된 과목 포함.

13 '고소설 강독, 고소설 교육자료 강독'으로 개설된 과목 포함.

14 '한국 고전산문 강독, 고전명작 읽기'로 개설된 과목 포함.

15 '고전산문의 세계'로 개설된 과목 포함.

16 '고전산문'으로 개설된 과목 포함.

17 '한국 고전산문 교육론'으로 개설된 과목 포함.

18 '한국 고전산문 강독, 고전산문 교육 작품 강독, 고전산문의 미학'으로 개설된 과목 포함.

이상 총 93개 학교의 국어국문학과와 국어교육과의 상황을 다시 정리한 것이 다음의 표이다.

고전소설 관련 교과목

국어국문학과[20]		
	교과목명	개설 학교 수
고전소설	고전소설론	33
	한국 고전소설론	8
	고소설론	9
	한국 고소설론	2
	고대소설론	1
	이야기문학과 한국 옛 소설론	1
	고소설론과 작가	1
	한국 고전소설	1
	한국 고전소설사	1
	고전소설 강독	14
	한국 고전소설 강독	3
	고소설 강독	2
	옛 소설 강독	1
	이야기문학과 옛 소설 읽기	1
	고소설 감상	1
	고소설 작품 연구	1
	고전소설 읽기	1

국어교육과[21]		
	교과목명	개설 학교 수
고전소설	고소설 교육론	4
	한국 고소설 교육론	1
	고대소설 교육론	1
	고전소설 교육론	5
	고전소설의 이해와 지도	1
	한국 고전소설 교육론	1
	고소설 교육자료 강독	1
	고전문학 교육 연습	1
	고소설 강독	1
	고전소설 강독	1
	고전소설론	10
	한국 고전소설론	3
	한국 고대소설론	1
	고소설론	1
	고전소설 작품론	2

---

19 '전통서사론, 전통문학론'으로 개설된 과목 포함.
20 한국어문학부/과, 한국언어문학, 한국어학과, 한국어전공을 포함함.
21 한국어교육과, 한국어교원학과, 한국어교원전공, 한국어교육전공을 포함함.

	조선 후기 소설 강독	1
	한글 고전소설 읽기	1
	고전소설의 세계	1
	고전소설의 이해	14
	고소설의 이해	1
	옛 소설의 이해	1
	한국 고전소설의 이해	1
고전소설	고전소설 텍스트 읽기	3
	고전소설 서사 분석 연습	1
	고전소설과 이야기	1
	명작 소설의 이해	1
	고전문학 강독	1
	한국 고전소설 연구	1
	고전소설론 입문	1
	판소리계 소설과 매체	1
	판소리와 조선 후기 문예	1
	고전문학의 이해[22]	1
	고전산문 강독	4
	한국 고전산문 강독	1
	고전 명작 읽기	1
고전산문	고전산문의 이해	1
	고전산문의 세계	1
	고전산문론	1
	고전산문 세미나	1
	고전산문	1
	한국 서사문학 특강	1
	한국 서사문학의 세계	1
고전서사	고전 서사문학	1
	고전 서사문학 강독	1
	고전 서사와 스토리텔링	1
	전통서사론	1
	전통문학론	1

	고전산문 교육론	10
	한국 고전산문 교육론	1
고전소설	고전산문론	5
	고전산문 교육 작품 강독	1
	고전산문 강독	2
	한국 고전산문 강독	1
	고전산문의 미학	1
기타	고전문학 교육론	1

이상, 현황의 특징을 크게 몇 가지로 정리할 수 있다.

고전소설론 관련 과목은 81개의 국문학과 중 78개의 학과에서, 39개의 국어교육과 중 29개의 학과에서 개설하였고, 고전소설 강독 관련 과목은 81개의 국문학과 중 32개의 학과에서, 39개의 국어교육과 중 5개 학과에서 개설하였다. 고전산문이나 고전서사문학에 고전소설이 큰 비중으로 들어가는 경우가 많으므로 이것까지 합한다면 숫자는 조금 늘어날 것이다.

요컨대, 고전소설론 과목은 이름만 조금 다르게, 고전소설의 이해, 한국 고전소설 연구, 고소설론과 작가, 고전소설사라는 과목명으로 거의 모든 국문학과에 개설되어 있다. 그러나 고전소설강독 과목은 소설론의 반에도 못 미치는 32개 학교에만 개설되어 있는 것이 특징적인 현상이다. 그런데 고전소설론 수업은 고전소설에 대한 전반적인 특성(세계관, 작가, 독자, 유통방식, 서사구조 등) 이해, 하위 유형별 특성과 사적 흐름의 이해에 초점이 맞추어져 있는 듯하다. 이렇게 개괄적으로 고찰하는 방식의 수업이 전개되므로 작품을 원전으로 읽는다거나 작품을 어떤 방법론을 적용하여 읽는 등의 시간은 마련되기 힘들다. 그래서 고전소설강독 과목이 별도로 개설되어 있는 학교가 30여 개 정도 되며, 여타의 더 많은 학교들에서는 소설론 시간에 약간의 시간을 할애하여 강독의 경험을 하도록 하고 있다.

이런 상황에 대해 대학생들은 어떻게 생각하고 있는지, 고전소설 작품에 대한 선지식은 어느 정도인지, 어떤 작품을 선호하는지 등에 대해 알아보고자 2014년 5월에 약 50명의 학생들(고전소설원전강독 수

---

22 한남대학교 국문과, 교과목개요-방각본, 필사본 소설 읽기를 통한 이해와 감상.

강생임. 국문학과 1학년 30명, 그 외의 학년 20여 명)에게 물었다.

먼저 고전소설을 원전으로 읽는 수업의 필요성에 대해 물으니 83%의 학생이 필요하다고 답하였다. 이들이 원전 강독이 필요하다고 느낀 이유를 주관식으로 물었는데, 한글 고어에 흥미가 생겼고 고전소설이 재미있다는 것을 느꼈다는 것이 가장 큰 이유였다. 다음으로는 옛 소설을 그 당대의 분위기와 정서를 실감하며 읽을 수 있어서라고 했으며, 국문학과생으로서의 자부심을 느끼게 되어서라는 답도 많았다. 하지만 20% 정도의 학생은 어렵고 지루하다고 느꼈다고 했다. 그런데 주목할 점은, 학생들이 소설을 원전으로 읽어 보니 고전소설을 현대역본으로 읽을 때보다 부분 부분에 좀 더 집중하여 생각하고 상상하고 느낄 수 있었다고 한 점이다. 현대역본은 쉽게 읽히기 때문에 줄거리 위주로 빨리 책장을 넘기게 되므로 주인공이나 인물들의 입장이 되어 천천히 음미하지 못하는 경우가 많았다고 한다. 하지만 고어로 읽으니 마치 그 시대의 그 인물이 된 것처럼 느낄 수 있었다고 한다.

또 고전소설에 대해 배우면 자신의 어떤 능력이 함양되리라 생각하는지 묻는 질문에는, 한자나 고어 실력, 옛 생활문화 지식, 사고의 다양성과 깊이, 현대문학이나 예술의 창작 능력 순으로 응답자가 많았다. 수강생 중 고전소설을 소재로 하여 현대 문학으로 재창작하거나 문화콘텐츠로 창작하는 일에 관심이 있다고 한 학생은 반 정도 되었으며, 다른 고전문학 장르에 비해 고전소설이 가독성이 높고 흥미롭기에 학습의 효용성이 있다고 답하였다.

이 과목을 수강하기 전에 고전소설 작품 전체를 읽어본 것은 〈춘향전〉, 〈홍길동전〉, 〈구운몽〉, 〈박씨전〉, 〈이생규장전〉만 5명 정도씩 있을 뿐이었다. 만화나 어린이용을 제외하였더니 생각보다 적은 작품이 나왔으며 읽어본 학생 수도 적었다. 그만큼 고전소설의 독서는 폭넓게 이루어지지 않고 있는 것이 현실이다. 그 학기에 강독한 작품이 〈홍길동전〉, 〈숙향전〉, 〈춘향전〉, 〈이생규장전〉 등인데, 이 중에서 〈홍길동전〉을 가장 선호했으며 다음으로 〈숙향전〉, 〈춘향전〉 순이었다. 그래서인지 외국인에게 우리나라의 대표작이라고 소개하고 싶은 소설 1위도 〈홍길동전〉이 차지했다. 다름으로 〈춘향전〉, 〈심청전〉 순이었다. 앞으로 원전으로 읽어보고 싶은 소설로는 〈심청전〉, 〈구운몽〉이 꼽혔으며, 〈허생전〉과 〈금오신화〉가 그 뒤를 이었고, 〈박씨전〉, 〈장화홍련전〉, 〈사씨남정기〉, 〈최척전〉, 〈흥부전〉 등도 거론되었다.

그런데 〈홍길동전〉을 원전으로 강독해 보지 않은 국문학과 학생들은 외국인에게 소개하고 싶은 작품으로 〈춘향전〉을 가장 많이 꼽았으며, 〈구운몽〉과 〈호질〉이 그 다음이었고 〈홍길동전〉은 4위였다. 이 결과로 보아도 같은 작품을 현대역으로 읽었거나 줄거리로만 읽은 학생들보다 원전으로 읽은 학생들의 공감도와 선호도가 높음을 알 수 있었다.

위의 결과를 본다면, 대학에서의 고전소설 교육은 작품을 원전으로 읽는 경험을 함으로써 당대인의 심리와 생활, 역사 문화적 배경, 분위기 등을 실감할 수 있도록 하는 것이 중요함을 다시 한 번 느낄 수 있다. 그런데 문제는 고전소설 관련 과목 개설을 한 과목 이상 배정하기 힘들다는 점이다. 또 한 가지는 학생들이 대학 입학 이전 또는 고전소설 관련 교과목을 수강하기 이전에 고전소설 작품을 완독한 경험이 아주 적으며, 그 작품의 수도 5개 정도로 제한적이라는 점도 알 수 있었다. 따라서 대학생들이 고전소설 작품을 좀 더 폭넓고도 깊이 있게 읽고 분석해낼 수 있도록 해야 할 것이다. 이러한 현 상황을 인식하면서, 다음 절에서는 대학에서의 고전소설 교육의 문제점에 대해 좀 더 구체적으로 논의하도록 하겠다.

2. 대학 고전소설 교육의 문제점

앞에서 살핀 것처럼 대학에서의 고전소설 교육은 주로 '고전소설론' 유형의 과목을 통해 주당 3시간 1학기 동안 이루어지며 30% 정도의 학교에서만 '고전소설강독' 유형의 과목을 더하여 총 6시간 2학기에 걸쳐 이루어지고 있다. 따라서 고전소설론 수업에서는 주로 고전소설의 유형과 특징, 역사를 개괄하는 내용과 작품 분석론을 다루고 있다.[23] 이렇게 제한된 시간 내에 고전소설에 대한 많은 정보를 교육하다보니 고전소설에 대한 다양하고도 깊이 있는, 최신의 연구 결과들이 반영되기 어려운 실정이다. 그렇다면 이 같은 상황은 어떻게 극복할 수 있을까?

국문학과나 국어교육과 학생들에게는 고전소설에 대한 포괄적인 지식 전수가 중요할까, 다각적인 작품 해석이나 새로운 분석 방법 제시가 중요할까? 포괄적인 지식은 혼자서 책을 읽고도 어느 정도는 가능하리라 생각한다. 그래서 필자는 고전소설론 수업을 반 정도로

---

23 필자가 앞에서 조사한 90여 개의 대학의 국문학과와 국어교육과의 개설 교과목 소개의 내용과 몇몇 강의계획서에 의거한다. 이것이 그대로 수업에 반영되지 않는 경우도 있겠지만 큰 틀은 그 설명대로일 듯하다.

나누어 수업한다. 반은 포괄적인 지식을 설명하는 시간, 반은 학생들이 작품을 읽어 오고 수업 시간에는 발표와 토의로 작품에 대한 이해를 돕는 시간으로 구성한다.

작품을 읽고 분석하고 토의하는 수업을 위해 학기 초반에는 필자가 몇 가지의 시범적인 분석을 통해 작품을 해석하는 방법을 전수하기도 하고, 특별한 방법론을 사용한 작품 분석 논문을 읽어 오게 하고 논평하게 한다. 이를 토대로 학생들이 실제로 고전소설 작품을 분석해 보도록 하는 것이다. 이렇게 하면 학생들이 그동안 줄거리 위주로 알고 있던 작품을 꼼꼼히 뜯어보게 되고 고어나 한자 해석에도 궁금증을 가지고서 더 찾아보고 다각적으로 해석해 보려는 태도가 생기는 것을 경험할 수 있었다. 예를 들어, 〈운영전〉을 읽어 오게 하고 대표 발표조가 그 작품을 읽으면서 가장 인상적이었던 장면, 인물 해석에 있어 중요하게 생각한 장면, 함께 이야기해보고 싶은 장면이나 한시들을 선택해서 발표하게 하고 이에 대해 조별로 토의한 뒤 수강생 전체가 다시 토의하는 방식으로 진행하였다. 그 결과 운영, 김 진사, 안평대군 등 인물에 대해 심도 있는 토의가 이루어졌는데 특히 안평대군을 단순히 사랑의 방해자로만 생각하던 데에서 나아가 당시의 시대상황이나 궁궐의 삶, 여성 교육, 사랑에 대한 여러 가지 국면을 고려하면서 평가하는 데에까지 나아갈 수 있었다. 또한 궁녀들의 시들을 전고나 숨은 뜻을 알아가며 감상하는 방법도 익힐 수 있었다.

두 번째 문제는, 학생들이 고전소설을 문학 작품으로 느끼면서 읽을 수 있도록 해주고 있는가 하는 점이다. 학생들이 고전소설을 좋아하게 하려면, 그들이 흥미를 느끼고 주목하는 부분을 잘 알고 그 부분을 자극해야 할 것이다. 예를 들어 〈홍길동전〉의 경우 학생들이 어떤 부분에 가장 감동을 받거나 인상 깊다고 느낄까? 중고등학교에서 배웠던 영향인지 이 작품의 사회비판적인 면과 그 한계를 드러내는 율도국 건설 관련 부분에 주목하고 있었다. 그러면서 조선의 개선이 아니라 왜 여기는 버려두고 새로운 나라를 건설했는지 문제를 제기하면서 그 모순적이고 개인적인 해결 방법에 실망스럽다고 했다. 병조판서로 제수 받는 장면은 자신의 신분적인 한계를 뛰어넘어 꿈을 실현하는 장면이므로 인상적이었다고도 했다. 또 길동이 첩의 자식으로 출생하여 차별에 울분을 토하면서 슬퍼하는 장면, 홍 판서와 길동의 부자 관계 등을 꼽았다. 〈홍길동전〉을 원전으로 읽고 새로운 재미를 느꼈으며 가장 자랑스러운 우리 고전소설로 소개하고 싶다고 하는 등 긍정적인 반응이었지만 작품에서 주목한 부분이 새롭지는 않았다.

이에 비해, 학생들의 〈춘향전〉 감상은 현대적인 시각이나 세태가 조금 더 반영되었다. 수강생들이 꼽은 〈춘향전〉에서 가장 인상적인 장면은, 춘향이 절개를 지키는 부분이었다. 그런데 이 부분을 해석하는 방식은 새로웠다. 적극적이고 진취적이며 당찬 여성인 춘향이 당대의 지배적인 이념인 절개 지키기를 통해 행복을 얻는 모습이 좋았다고 했다. 그런 당찬 모습의 연장선에서 이별 장면도 인상적이라고 했는데, 춘향이 순종적이거나 참하기만 한 숙녀의 모습이 아니라 발악을 하면서 끝까지 기다리겠다고 말하는 부분이 나중에 변 사또의 수청을 거부하는 완강한 저항을 보이는 부분과 맞닿아 그녀의 주체성을 보여주므로 중요하다고 여겼다. 그러면서도 이 도령이 거지꼴로 돌아왔을 때에 그를 박대하지 않고 진심으로 걱정해 주면서 어머니에게 잘 해주라고 부탁하는 등 변함없는 사랑과 따뜻한 마음을 보이는 점이 인상적이었다고 했다.

이 도령과 관련해서는 관심이 덜했는데, 주로 만남 부분에서 인상적이었다고 했다. 이 도령이 춘향을 기생의 딸이니 마음대로 불러도 될 사람으로 여긴 점에서 신분의 한계를 드러낸다고 느꼈고 이때에도 춘향이 곧바로 간 게 아니라 일단 거절한 점에서 그녀의 주체성이 느껴졌다고 했다. 이 도령이 춘향에게 미혹하여 천자문을 바꿔 읽는 장면이나 구애하는 장면도 재미있었다고 했다. 〈춘향전〉 전체에서 두 주인공의 만남에서 사랑 부분이 많은 분량을 차지하는 점과 관련하여 이 작품이 춘향의 절개 지키기가 우선이 아니라 둘의 사랑 지키기가 우선이라고 느꼈다는 평이 많았다.

〈박씨전〉의 경우, 병자호란이라는 전쟁을 체험한 여성들의 기억을 담고 있으며 남성적인 지배질서의 허위의식에 대한 비판의 면도 담고 있어 학생들의 흥미를 끌었다. 현대의 소설이나 영화들에서도 전쟁은 자주 다루어지는 소재이며 이를 겪으면서 일어나는 인간 군상들의 여러 가지 면들, 그에 따른 상흔들, 문학을 통한 치유 등이 공감을 불러일으켰다. 또한 현대의 외모지상주의에 대한 반감, 남성이나 시대 중심적인 가족 구조 등에 대한 비판과도 연결하여 다양한 토의가 이루어졌다.

전쟁의 참담함과 그에 따른 고통 등은 〈김영철전〉을 통해 실감나게 읽을 수 있었으나, 김영철이 여러 중국인들의 도움을 받거나 도망하고 구출되고 하는 부분들이 지나치게 우연적인 행운으로 느껴졌다는 의견이 많았다. 학생들은 〈박씨전〉처럼 아예 드러내놓고 환상적으로 독자들의 욕망을 충족시키거나 위로하는 소설은 인정하지만,

〈김영철전〉처럼 사실적으로 그리는 소설에서 구출과 도움 부분만 행운으로 처리하는 것은 인정하지 못하는 듯했다. 〈강도몽유록〉과 같이 전쟁으로 인해 억울하게 죽을 수밖에 없었고 기막힌 사연들을 갖고 있던 여성인물들의 이야기에는 공감하면서 당대 사회의 부조리와 차별 등에 대해 비판할 수 있었다.

〈옥루몽〉이나 〈구운몽〉을 읽고 나서는 인간의 욕망과 실제 삶의 괴리, 소설을 통한 대리만족, 활약하는 여성들에 대한 감탄과 같은 반응이 나왔으며, 〈오유란전〉이나 〈이춘풍전〉과 같은 세태소설을 읽고 나서는 성(性)이나 남녀 관계와 관련한 달라진 풍속도를 이야기하면서 재미있다는 반응을 보였다.

이상에서 살핀 바와 같이 대학생들이 고전소설 작품에서 어떤 점에 흥미를 느끼고 주목하는지를 파악하여 이를 어느 정도 충족시켜 주는 방향으로 고전소설 교육의 제재를 선택하고 교육 방법을 설계해야 할 것이다. 그러면서도 교육적 가치가 있으며 소설사적, 문학사적으로 중요한 작품들에 대한 중요한 논의들을 포함해야 한다는 데에 우리의 어려움이 있다.

3. 고전소설 연구와 교육의 소통과 개선

앞에서 필자는 현재 대학에서의 전공과목으로서의 고전소설 교육의 현황을 살피고 나서, 대학생들의 고전소설에 대한 인식과 선호도를 알 수 있는 설문조사, 수업 시간의 반응, 과제물 등을 통해 알 수 있었던 현 상황에 대한 진단을 하였다. 거의 모든 대학의 국문학과와 국어교육과에는 고전소설론이나 고전소설교육론 등 1강좌 정도가 개설되어 있어서 고전소설론과 고전소설사를 강의할 시간은 마련되어 있지만, 작품을 읽고 분석하거나 토의할 수 있는 시간은 부족하였다. 그런데 대학생들은 고전소설 작품을 고어로 읽는 데에도 흥미를 보였고 그 감동의 정도가 높았다고 고백할 만큼 큰 관심을 갖고 있었다. 따라서 이 관심을 키우면서도 우리가 목표로 삼아야 하는 학문적 성장과 인격적 성장, 현실적 활용 등에 도움을 주는 방법을 모색해야 할 듯하다. 이렇게 교육의 질을 높이면서도 학생들의 요구에 부응하기에 가장 좋은 방법은 당연히 고전소설 관련 과목의 증설이다. 학계에 축적된 연구의 다양한 성과들을 반영하면서 작품 강독 시간도 늘리고 충분히 토의하면서 학생들 자신의 생각으로 소설을 감상하고 분석하게 되는 데에까지 나아갈 수 있을 것이기 때문이다. 하지만 각 대학의 현실상 그렇게 하기는 어려우니 제한된 시수 안에서의 개선 방안을 고민하도록 한다.

한편, 대학생들의 고전소설 교육에 있어서의 문제점 중 하나인 독서 경험과 선지식의 부족은 중고등학교에서의 교육에서 기인했으리라 생각된다. 그런데 이 문제는 교사가 될 대학생들의 교육, 중고등학교의 교과서 집필 등이 얽혀 있는, 즉 고전소설 연구자와 고전소설 교육 연구자, 고전소설 교육자의 활동 영역·역학관계 등과 관련되는, 복잡하고 민감한 사안이라 할 수 있다. 하지만 중고등학교든 대학교든 간에 고전소설 교육의 질을 높이고 학생들의 요구에도 부응하기 위해서는 학계의 의미 있는 연구 성과들이 교육 현장에서도 충분히 반영될 수 있도록 하는 것이 최선의 해법일 것이다. 반대로 고전소설 연구자들도 교육 현장에서 활용될 수 있거나 방향타가 될 수 있는 연구 논문을 많이 발표했으면 한다. 이는 연구자나 교육자 개인의 노력과 부지런함과 더불어 공적인 부분에서의 소통과 협력이 요구되는 일이다.

고전소설을 교육함에 있어 '고전'에 중심을 둔다면 당대의 삶의 모습을 담고 있는 자료로서 문화의 원형을 보여준다는 점을 부각하게 될 것이고, '소설(문학)'에 중심을 둔다면 인간의 보편적인 삶에 대한 체험을 확대하고 자기실현에 도움이 된다는 점[24]을 부각하게 될 것이다. 이 두 가지 면을 조화롭게 교육하면서도 요즘 대학생들에게 필요한 실용 교육적 측면까지 고려하여 고전소설을 교육할 수 있는 방안에는 무엇이 있을지를 제안하면서 글을 맺고자 한다.

첫째, 고전소설 연구의 성과를 반영하여 다양한 방법론으로 작품을 분석하는 방법을 알려 주었으면 한다. 이는 문학을 교육할 때에 메타텍스트적 지식[25]을 중시하는 태도이다. 메타텍스트적 지식은 작품의 본문 자체를 해석하는 텍스트적 지식, 창작과 향유에 관련된 콘텍스트적 지식과 아울러 중요하게 교육해야 할 부분이라고 생각하는데, 중등 교육에서는 중요하게 다루어지지 않기에, 대학에서는 이 부분이 좀 더 강조되었으면 한다. 이는 고전소설의 가치를 새롭고 흥미롭게 해석한 연구 성과들을 교육 현장에서도 활용할 수 방안이 될 것이다. 여성주의적으로 작품을 해석하는 방법론은 십여 년 전부

---

24 김중신, 「고전시가의 문학교육적 자질」, 『문학교육의 이해』, 태학사, 1997.
25 문학 지식은 텍스트적 지식, 콘텍스트적 지식, 메타텍스트적 지식 등 셋으로 나눌 수 있는데, 이 중에서 메타텍스트적 지식은 작품의 내재적 요소를 설명하거나 감상할 때 동원되는 전문적인 용어의 개념 등에 대한 지식을 가리킨다.(류수열, 「문학교육과정의 경험 범주 내용 구성을 위한 시론」, 『문학교육학』 19, 2005, 135~136쪽.)

터 꾸준히 있어왔는데 고전소설 분야는 최근에 주춤하는 듯도 하다. 하지만 장편고전소설, 여성영웅소설 등에서 여성들의 욕망과 삶 등을 고찰하는 연구나 소설사적으로 중요한 작품들을 여성 주인공을 중심으로 하여 독해하는 논문이나 저서[26] 등을 소개할 수 있다. 〈소현성록〉, 〈하진양문록〉, 〈홍계월전〉, 〈운영전〉, 〈강도몽유록〉 등의 작품이 교육 제재로 첨가될 수 있으며, 남녀 관계에 민감한 학생들의 호기심과 호응도 끌어낼 수 있을 것이다.

최근에는 문학으로 마음을 치유하려는 문학치료적 연구들이 이루어지고 있는데, 특히 고전소설의 서사가 독자 자신의 자기서사와 겹쳐질 수 있도록 지도하면서 독자의 내적인 상처를 치유하고 질적인 변화를 가져오기를 유도하는 방법론을 지향하고 있다[27]는 면에서 대학생들의 고전소설 읽기에 현실적인 자극을 줄 수 있을 것이다. 또한 특별한 방법론은 아니지만 전문 연구자가 텍스트의 서사전략과 표현 방식을 꼼꼼하게 읽어내면서 작가의 세심한 배려와 의도, 기교를 분석하여 소설 작품 읽는 재미를 느끼게 해 줄 수 있는 안내자의 역할을 하는 논문이나 저서[28]를 활용하도록 한다.

둘째, 대학생들이 관심 있어 하는 주제를 택하여 주제론적으로 접근하는 방법을 활용하는 것이다. 현행 문학교과서도 큰 범주에서는

---

26 정출헌 외, 『고전문학과 여성주의적 시각』, 소명출판, 2003. ; 조혜란, 『옛 여인에 빠지다』, 마음산책, 2014. ; 학술지 『한국고전여성문학연구』의 논문들.

27 김수연, 「〈최고운전〉의 '이방인 서사'와 고전 텍스트 읽기 교육」, 『문학치료연구』 23, 2012.

28 전성운(「〈구운몽〉의 서사전략과 텍스트 읽기」, 『문학교육학』 17호, 2005, 99~125쪽.)의 논문을 비롯하여 소설문학교육에 대한 고민과 실제적 독해가 섬세하게 들어 있는 연구들을 참고할 수 있다.

그러하지만 해당 항목 설정이 작품의 실상이나 주안점과는 다소 거리가 먼 경우[29]도 있다. 따라서 작품에 대한 정확한 독해와 연구사적 정리를 바탕으로 한 작품 선택과 주제론적 분석을 한다면 효과적인 교육법이 될 것이다. 예컨대, 〈숙영낭자전〉을 통해 가족관계와 출세관을, 〈윤지경전〉, 〈주생전〉, 〈포의교집〉 등을 통해 사랑을, 〈남궁선생전〉, 〈김영철전〉을 통해 자신의 욕망이나 행복과 어긋나는 인생을, 〈흥부전〉을 통해 재물관, 형제애 등을 생각하게 한다. 이렇게 현재에도 관심 있는 주제를 고전소설을 중심으로 하여 설명하되 현대소설에까지 범위를 넓혀 한국소설의 사적 맥락과 연계성[30]을 알려줄 수도 있을 것이다. 그런데 이 경우는 한정된 시간에 많은 책을 독서해야 한다는 부담감이 있다. 거의 모든 독서와 토의 관련 과목의 딜레마이듯 고전소설을 읽고 토론하는 방식에서도 주의할 부분이다. 특히 고전소설은 많은 한자어와 생소한 고어와 전고, 낯선 시대배경과 사상 등의 면에서 학생들이 쉽게 이해하기 힘든 부분이 많아 여전히 고전소설은 어렵다는 거부감을 확대시키거나 겉핥기식 독서에 그치게 할 우려가 있다. 따라서 학생들이 선호하는 한두 주제만 택하여

---

29 예컨대, 7차 교육과정 고등학교 국어에는 〈구운몽〉이 능동적 의사소통 항목에, 〈허생전〉은 정보의 조직과 활용 항목에, 〈춘향전〉은 전통과 창조 항목에 수록되어 있는데, 〈구운몽〉과 〈허생전〉이 들어 있는 대목의 제목과 작품의 실상은 다소 거리가 있는 듯하다.
30 이재선의 『한국문학 주제론-우리 문학은 어디에서 왔는가』(서강대 출판부, 2009, 재판)를 참고할 수 있다. 이 책에서는 기형적 탄생, 금기와 수행, 변신, 악(惡), 거울, 수수께끼, 꿈, 몸, 길, 술, 죽음, 금전, 집, 동물 등의 주제별로 그 문학적 연원을 찾아보고 현대문학에서의 형상을 논의하였다. 그러나 고전문학은 신화와 설화, 춘향전과 흥부전 등 극히 제한된 작품에 한정되어 있어 아쉽다. 한편, 최근에 여성과 관련된 주제어별로 고전문학과 현대문학을 통시적으로 고찰한 『한국어문학 여성주제어사전』 1~5권(김미현 외, 보고사, 2013)을 참고할 수도 있는데, 좀 더 폭넓게 고전문학 작품이 다루어지기는 했으나 여성주의적 시각으로 유의미한 것들로만 구성되어 있다.

하되, 천천히 읽으면서 탐구하고 성찰하는 개인적인 독서 시간을 거친 후, 자신에게 다가온 그 소설의 의미, 가장 감명 깊었던 장면과 대사, 가장 공감한 인물 등에 대해 구체적으로 메모하거나 글을 써오게 하여 조별 발표와 토의를 거쳐 마무리하도록 한다.

셋째, 인문학적 소양과 안목을 키우고 더 나아가 고전소설을 바람직한 방향으로 계승할 수 있도록 교육하는 방법이다. 이렇게 하기 위해서는 대학생들이 고전소설을 현대소설처럼 친근하고 재미있는 문학으로 감상하고 이에 담긴 미학과 표현, 의식 세계 등에 정서적으로 감동하고 체득할 수 있도록 안내해야 할 것이다. 따라서 그 소설이 탄생된 시대에 대한 문화적, 역사적 이해가 가능하도록 역사·사회적 자료들을 보조 자료로 사용하여 설명하며, 시청각 자료들도 적극적으로 활용할 필요가 있다. 이는 고전소설을 통한 교양교육의 문제[31]와도 연결될 수 있는데, 최근에는 고전소설과 영화와의 연계성을 탐구하는 연구[32], 고전소설과 그림의 연계에 대한 연구[33], 고전문학의 글쓰기 방법을 찾아 글쓰기 지도 자료로 활용하는 방안 연구[34] 등이

---

[31] 대학 교양교육에서의 고전소설의 역할과 의의를 부각시킬 필요가 있다. 이에 필자는 앞의 글에서 고전소설작품을 교육제재로 삼아 인문교양과목을 개설하거나 부분적으로 활용하는 방법을 제안하였다.

[32] 권순긍, 「고전소설의 영화화 – 1960년대 이후 〈춘향전〉을 중심으로」, 『고전소설의 교육과 매체』, 2007, 197~224쪽. ; 김지혜, 「영화 〈달콤한 인생〉 속 욕망과 삶 – 〈조신전〉, 〈구운몽〉과의 주제론적 대화를 중심으로」, 『영화와 문학치료』 7집, 2012, 111~133쪽.

[33] 간호윤, 『그림과 소설이 만났을 때 – 한국 고소설도 특강』, 새문사, 2014.

[34] 김철범, 「한문고전의 글쓰기 이론과 그 현재적 의미」, 『작문연구』 1집, 2005. ; 강혜선, 「조선후기 소품문과 글쓰기 교육」, 『작문연구』 5집, 2007. ; 심경호, 「한문산문 수사법과 현대적 글쓰기」, 『작문연구』 5집, 2007. ; 박수밀, 「〈상기(象記)〉에 나타난 박지원의 글쓰기 전략」, 『국어교육』 122집, 2007. 등 주로 한문학 작품들을 활용하는 방안이 제시되었으며, 2011년에는 대학작문학회에서 "대학 작문, '고전에게 말 걸다'"라는 주제

이루어지고 있다. 그러나 고전소설 연구자들이 이 분야에 좀 더 관심을 가지고 적극적으로 방안을 모색할 필요가 있다. 그래야만 보다 전문적인 교육이 가능할 것이기 때문이다.

넷째, 현대문학이나 문화 예술 분야의 작품 재창작에 도움이 되도록 하는 것이다. 그런데 이 경우에는 고전소설 작품의 재해석과 정체성 문제가 대두될 수 있다. 현대적으로 재창작했을 때에 서사의 일부와 주인공 이름이나 관계 설정 정도만 가져오고 주제의식이나 인물의 성격 등이 완전히 바뀐다면 고전소설을 소재로 했다는 점 외에는 큰 의미가 없을 것이다. 따라서 고전소설의 고유한 정신세계와 서사적 특질을 담고 있으면서도 공감대를 형성할 수 있도록 현대화된 소설[35]이나 문화·예술 콘텐츠들을 창작하는 방법을 고안할 수 있도록 지도해야 할 것이다. 한 학기 중에서 한두 시간을 시범적으로 할애한 뒤 과제로 작성하여 발표하고 공유하면서 수정하는 방식으로 진행하는 것이 효과적이다. 영화나 연극, 드라마 등의 문화콘텐츠에서 무엇보다 중요한 것은 서사 구조의 탄탄함과 등장인물의 캐릭터성이다. 그런데 우리 고전소설 작품들은 민족의 원형적인 심상과 문화를 담고 있으면서도 환상적이고 독특한 것들이 많이 있다. 타자성의 문제, 왕과 민중의 상호소통의 문제, 삶과 사랑의 문제 등을 생각하게 하는 것들도 있다.[36] 따라서 대학생들의 고전소설 교육을 활성화한다면,

---

를 기획특집으로 다룬 바 있다.

35 황혜진, 「고전서사를 활용한 창작교육의 가능성 탐색 – 〈수삽석남〉의 소설화 자료를 대상으로」, 『문학교육학』 27집, 2008, 79~105쪽. 이 논문에서는 건국대학교 국문학과의 학생들을 대상으로 하여 교육한 사례를 보고하고 있다. 고전서사는 인지적 낯섦과 시공간적 거리감이 있기에 학생들이 스스로 답을 찾아가며 서사를 납득할 만하게 재구성하고 채워갈 만한 창작 재료로서 의의가 있었다고 하였다.

지금까지 잘 알려져 있지 않았던 고전 장편소설이나 한문소설들까지 독서하고 감상하는 인구가 늘어 새롭고도 흥미로운 현대의 이야기, 문화 콘텐츠들도 많이 창작될 수 있을 것이다.

이상에서 필자는 현재의 대학 고전소설 교육이 다소 효과적으로 활성화되지 못하고 있음에 대해 문제를 제기하고, 이를 개선하기 위해서는 고전소설 분야의 전문화되고 다양화된 연구들이 교육 현장에 적용되며 아울러 고전소설 연구자들도 교육 현장을 좀 더 적극적으로 고려한 연구 논문을 발표하여 '소통'의 장이 마련되어야 함을 역설하였다. 그 구체적인 방안들도 몇 가지 생각해 보았다. 하지만 이 모든 것은 교육의 두 주체인 학생과 교수의 긴밀한 협조 하에서만 가능하며 특히 교수의 자세가 중요하다. 교수는 가르치고 학생은 수동적으로 받기만 하는 존재가 아니라, 교수는 학생의 멘토이고 하이킹 동료이며 스포츠 동아리의 팀원이며 저녁 식사의 동반자이고 친구다. 따라서 가르침은 사랑의 행위[37]라는 말을 되새기게 된다.

---

36 정선희, 「문화콘텐츠 원천소재로서의 고전서사문학 – 〈삼국유사〉와 한문소설 활용을 중심으로」, 『우리말글』 60집, 2014, 191~215쪽. 실제 수업의 사례도 제시하였다.
37 로렌 포프 저, 김현대 역, 『내 인생을 바꾸는 대학』, 한겨레출판, 2008, 13쪽.

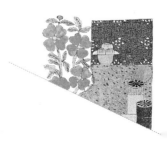

고전소설을 활용한
한국문화교육 방안

1. 한국문화교육의 필요성과 〈숙영낭자전〉의 의의

최근 몇 년 사이에 각 대학마다 외국인 교환학생과 유학생이 부쩍 늘었다. 이들은 대체로 자기 나라에서 한국과 관련된 학과의 학생으로 있다가 한국어와 한국문화를 더욱 심도 있게 배워보고자 온 사람들이다. 그래서 한국어를 어느 정도는 할 줄 알고 한국에 대해서도 기본적인 지식이 있는 중·고급 한국어 학습자들이라고 할 수 있다. 따라서 이들에게는 기초적인 한국어 회화나 단순한 어휘 학습보다는 한국 문학을 통한 언어 교육, 문화 교육이 더욱 필요하다는 의견들이 제출되고 있다.

선편을 잡은 양민정은 고전소설을 활용하여 외국인에게 한국어를 교육함으로써, 그동안 생활언어교육에 그치던 것에서 나아가 한국문화의 이해 수준을 고양시키는 문화교육으로 발전시키는 방식으로 확장, 심화해야 한다는 문제의식을 표명하였다. 그래서 고전소설 중 가장 많은 독자를 확보하였고 현대에까지도 다양하게 재생산되는 작품인 〈춘향전〉을 중심으로 하여 유사한 주제의 외국 작품인 〈로미오와 줄리엣〉과의 비교를 통한 교육 방법을 논의하였다.[1] 두 작품 간의 공통점과 차이점을 논하고 앞으로의 과제와 전망을 제시한 의의는 있지만, 읽기와 말하기, 듣기, 쓰기 등에 활용하는 방법과 두 작품의 비교에 초점을 맞추다 보니 고전문학 작품을 통하여 우리의 문화와 사고방식, 가치관 등을 추출해 내고 이를 교육에 활용하는 데에까지는 다소 미치지 못하였다. 이후, 〈단군 신화〉와 민담 〈나무꾼과 선녀〉, 속담 등을 활용하여 한국문화를 교육하는 방안을 제시하였고, 〈장자못 전설〉을 서양의 〈소돔과 고모라〉와 비교하면서 한국어와 문화를 교육하는 방안을 연구하기도 하였다.[2]

한편, 임경순은 외국인에게 한국문화를 교육하기 위해 기초적인 한국문화 지식을 정리하였다.[3] 한국문화의 전반적인 특징, 역사적 전개 양상, 한국인의 정체성과 지리 문화, 의식주, 여가와 관광 문화, 세시풍속과 의례(儀禮) 문화, 공동체 문화, 성(性)과 결혼 문화, 정치와 교육 문화, 경제와 과학기술 문화, 종교와 사상, 대중문화와 예술, 언어와 문학, 문화유산 등 무려 13항목에 걸쳐 구체적으로 정리한 의의는 있지만, 대체로 현재의 상황을 이야기해놓은 것이어서 문학 분야와는 거리가 있다.

---

1 양민정, 「고전소설을 활용한 한국어교육 방법」, 『국제지역연구』 7권 2호, 2003.
2 양민정, 「외국인을 위한 한국문화 교육 방안 연구 – 한국 고전문학을 중심으로」, 『국제지역연구』 9권 4호, 2006. ; 양민정, 「전설을 활용한 한국어 문화교육 방안 연구 – 〈장자못 전설〉을 중심으로」, 『세계문학비교연구』 27집, 2009.
3 임경순, 『한국어문화교육을 위한 한국문화의 이해』, 한국외국어대학교 출판부, 2009.

국제한국어교육학회에서도 외국인을 위한 한국어교육론에 대해 책을 편찬했다.[4] 이 책도 총 11항목이나 되는 방대한 분야를 다룬 것인데, 언어와 문화 교육의 중요성과 한국문화교육의 내용을 설명한 뒤, 한국 사회와 문화 예술, 문학과 역사에 대해 정리해 놓았다. 아울러 한국문화를 교육할 때에 내용을 선정하고 조직하는 방법, 문화를 교육하는 방법과 수업 활동, 교육 자료들에 대한 안내를 하였고, 영화나 광고, 대중매체, 멀티미디어를 활용해서 교육하는 방법에 대해서도 실질적인 도움을 주고자 했다. 그러나 이 책도 문화를 활용한 문화 교육의 성격이 짙어서 '문학'을 활용하여 어떻게 한국문화를 교육할 것인가에 대한 도움을 얻기는 어렵다.

이 두 책들은 한국의 문화를 외국인에게 교육하되 문학을 통해 가르치지는 않으며, 생활방식, 풍속 등을 실제 그대로 가르치는 방식으로 구성되어 있다는 면에서 이 글의 지향과는 거리가 있다. 오히려 그 이전에 양민정이 필요성을 제기하고 우리의 신화나 전설, 민담을 통해 교육하는 방법을 모색한 바를 계승하여, 이현주가 설화를 통해 초급 과정의 문학 교육 방안을 논한다거나 신윤경이 설화를 통해 '효'라는 가치 문화를 교육하는 방안을 논한 연구들이 맥을 같이한다.[5] 더 나아가 김종철은 외국인들 대상으로 한국어교육을 할 때에 한국의 문화를 잘 활용한다면 한국의 문화와 한국어가 국제화될 수 있을 것이며 국가 이미지를 긍정적으로 형성하는 데에도 기여할 것이라고

4 국제한국어교육학회 편, 『한국문화교육론』, 형설출판사, 2010.
5 이현주, 「외국인을 위한 한국 문학 교육 연구 – 설화를 통한 초급 과정 문학 교육」, 『새국어교육』 82호, 2009. ; 신윤경, 「한국의 가치문화 교육과 문학 활용」, 『한국어문교육』, 2011.

하였다.[6]

이상에서 살핀 바와 같이 외국인을 위한 한국어·한국문화교육에 있어 고전문학을 활용해야 하는 필요성은 어느 정도 공감대가 형성되어 있다고 할 수 있다. 하지만 아직 초기 단계이기에 다양한 모색과 실질적인 연구가 이루어지지는 못하고 있는 실정이다. 특히 고전문학 전공자들의 관심과 참여가 많지 않아 적절한 고전문학 작품 선택과 지식 공유가 어려워, 단군 신화나 설화 몇 편, 소설 중에서는 〈춘향전〉 정도가 교육 제재로 활용될 뿐이다.

이러한 상황에서 필자는 고전문학 중에서도 고전소설이 '외국인을 위한 한국 문화 교육 고급단계의 제재'로 적절하다고 생각한다. 고전소설에는 우리 민족 고유의 풍속이나 생활과 같은 일상의 모습과 가치관, 갈등 양상, 관계망 등이 구체적이고 소상하게 드러나 있다. 특히 소설은 누구나 공감할 수 있고 흡입력이 가장 큰 '이야기'로 된 문학이며, 애정, 가족, 살아가는 방식에 대한 고민, 가난, 전쟁, 탐욕, 허세 등에 대한 다양한 이야기를 담고 있다. 따라서 고전소설을 통한다면, 우리의 역사서나 사상서를 읽기에는 역부족인 외국인들이 좀 더 쉽고 실감나게 우리의 풍속과 법도, 예의와 도리 등 가치관과 생활문화를 접할 수 있을 것이다.[7]

특히 현재 우리의 언어와 문화를 교육 받기 위해 와 있는 외국인 학생들은 대부분 20대의 청년들이기에 '애정'에 대한 관심이 많을 것이고, 자신의 애정 성취와 인생 행로, 부모님 의사와의 조율 등으로

---

6 김종철, 「한국어교육에서 한국문화교육의 쟁점과 전망」, 『국어교육』 133, 2010.
7 정선희, 「고전서사문학 영역(英譯)의 필요성과 추진방안 연구」, 『한국고전연구』 16, 2007.

고민과 갈등을 겪고 있을 것이기에 고전소설 중에서도 애정소설에 흥미를 느낄 것으로 생각된다. 이에 필자는 외국인을 위한 한국의 전통적 가치관과 문화 교육의 제재로 애정소설인 〈숙영낭자전〉을 선택하였다. 〈숙영낭자전〉은 외국인들이 가장 잘 알고 있는 〈춘향전〉과 남녀 결연, 극적 반전과 정절 포상 등의 면에서 유사한 점이 있으면서도, 이 작품만의 애정관, 부부관, 세계관, 처세관 등의 가치관이 뚜렷하게 제시되어 있다. 또한 혼례(婚禮), 상례(喪禮), 제례(祭禮) 등 생활 문화도 추출할 수 있기에 한국인의 가치관과 문화를 이해하고 논하게 하는 교육의 제재로 적절하다.

　〈숙영낭자전〉은 18세기 후반에서 19세기 초에 창작되었으리라 생각되는 애정소설로, 판소리로도 불린 작품이다. 애정, 본능 지향의 진취적인 면과 함께 훼절, 정절 화소의 보수적인 면을 함께 갖고 있으며 19세기의 전환하는 의식 세계를 잘 보여주는 작품으로 평가되고 있다.[8] 판소리는 골계미와 비장미, 서민의식과 양반의식이 조화되어 있어야 하는데 이 작품은 후자가 강하므로 판소리로 계속 불리지는 않았다. 하지만 판소리 12마당에 선정되었던 것으로 보아 인기를 가늠할 수 있다. 인기가 있었다는 것은 당대인들의 세계관이나 가치관에 비추어 공감할 만하거나 그들의 꿈과 욕망을 만족시켜 주었거나 생활상을 핍진하게 그려내었음을 증명한다. 또 이 작품이 양반들의 삶을 보여주었다고는 하지만 주된 독자층은 서민들이었다고 할 수 있다. 국문본만 남아 있으며, 이본의 숫자도 필사본 66종, 판각본 4종 등 총 71종이나 되기 때문이다. 따라서 이 작품을 통해 한국의

8　김일렬, 『숙영낭자전 연구』, 도서출판 역락, 1999.

보편적인 문화와 가치관에 대해 살펴볼 수 있을 것이다.

또 〈숙영낭자전〉은 적강(謫降)한 선녀와 신선이 주인공으로 설정되어 있고, 천상계와 지상계가 연결되어 있으며, 천상계의 힘의 현시(顯示)로 '꿈'이 자주 활용되는 등의 특징을 통해 '선한 사람은 하늘이 돕는다.'라는 관념을 투영하고 있다. 여기에 더하여 시비(侍婢)의 질투와 모해, 죽은 여주인공의 재생 모티브 등을 넣어 흥미롭게 구성한 작품이다. 따라서 이 작품을 통하여 외국인 고급 학습자들은 한국인의 애정관, 부부관, 세계관, 처세관 등을 알 수 있을 뿐만 아니라 두 주인공의 혼례, 숙영낭자의 죽음 장면과 관련한 상례와 제례 등과 관련한 생활 문화[9]에 대해 교육받을 수 있을 것이다.

이에 이 글에서는 고전소설 전공자가 아닌 한국어·한국문화 교육자들이 교육 현장에서 〈숙영낭자전〉을 제재로 하여 한국의 가치관과 문화를 교육할 수 있도록, 작품의 내용을 각 항목에 맞게 재구성하고 해석하는 데에 주안점을 둘 것이다. 현재, 외국인을 위한 한국어·한국문화 교육 제재로 활용되는 고전소설은 〈춘향전〉 정도에 그치고 있기 때문이다. 물론 소설은 허구이고 재미를 위해 갈등 위주로 서사를 엮어 냈기에 당대 현실을 그대로 담고 있지 않으며, 이 작품이 고전소설의 대표성을 띠는 것도 아니다. 하지만 이 작품에서 우리의

---

9 이 작품은 특히 경상도 안동을 공간적 배경으로 제시하고 있어 조선의 구체적인 지명을 배경으로 하는 몇 안 되는 소설이기도 하기에 작가가 작품의 현실성을 높이기 위해 꽤 신경을 썼다고 할 수 있다. 우리의 고전소설은 대체로 중국을 배경으로 하고 있어서, 우리나라의 어떤 지역을 어느 정도 유의미하게 배경지로 설정한 작품은 스무 작품밖에 되지 않는다는 점에서 더욱 그러하다. 그 중에서도 남원, 평양, 한양 등 종종 배경화되는 곳들을 제외하면, 〈숙영낭자전〉의 배경지인 경상북도 안동, 〈장화홍련전〉의 평안도 철산, 〈양반전〉의 강원도 정선, 〈심청전〉의 황해도 해주, 〈배비장전〉의 제주 등 몇 곳에 지나지 않는다.

전통적인 가치관과 생활문화에 대해 알려주는 예문들을 추출하고 이와 관련된 당대의 현실과 그 굴절 양상에 대해 함께 논함으로써, 외국인 학생들에게 우리 고전소설을 통한 문화 교육을 시도해보고자 한다. 수업 방식이나 교육 방향 등에 대해서는 간략하게 제안하는 선에서 마무리하도록 하겠다.

2. 〈숙영낭자전〉을 통해 보는 전통적 가치관

1) 애정관

〈숙영낭자전〉은 백선군과 숙영 낭자의 결연을 중심 서사로 하는 애정소설이다. 따라서 주인공의 애정 양상을 통해 소설 향유층의 애정관과 당대의 사회문화적 분위기를 알 수 있다. 우리의 초기소설사를 장식한 애정전기소설의 남주인공들은 마음이 맞는 여성이라면 귀신이라도 아랑곳하지 않고 사랑을 나눈다. 한 번 마음을 빼앗긴 후에는 그녀를 잊지 못해 병이 든다든지 세상을 등지는 등 인생 전체가 흔들리게 되므로 그들에게 사랑은 삶의 가장 중요한 가치였음을 알 수 있다. 17세기의 작품 〈구운몽〉에서는 남녀 간의 자유로운 성적 교류, 남성의 성적 환상 등이 표출되기도 하지만, 이같이 능동적, 적극적인 사랑과 혼인의 양상은 그리 많은 작품에 나타나지는 않는다. 같은 17세기의 작품인 〈소현성록〉의 소운성처럼 몇몇 국문장편소설의 남성 인물이 사랑에 연연해하고 사랑에 울기는 하지만, 한두 명의 주인공만을 내세우는 단편소설들에서는 그렇게 일반적인 남성상은 아니다.

〈숙영낭자전〉의 남주인공 선군은 꿈에 본 낭자를 잊지 못해 상사병(相思病)에 걸린다. 온갖 약을 먹어도 효험이 없고 더욱 깊어만 가는데, 이 같은 상황을 안 숙영이 선군의 꿈에 나타나 타이르면서 불로초(不老草), 불사초(不死草), 만병초(萬病草)까지 주지만 이것들을 먹어도 낫지 않는 심각한 상사병이다. 계속해서 병이 낫지 않자 숙영은 하녀 매월에게 그를 시중들게 하여 울적함을 달래라고 하지만 매월은 그에게 큰 위로가 되지는 못한다. 사랑하는 여인을 그리워하여 죽을 지경에 이르기까지 하는 남성의 모습이 그려지는 것이다.

이렇게 선군이 갈수록 숙영에 대한 그리움이 더욱 깊어 가고 매일 우울하게 지내니 숙영은 그가 죽을까 두려워하면서 꿈에 나타나 옥연동 가문정이라는 곳으로 오라고 한다. 그러자 선군은 그 말을 듣고 '너무 기쁘고 황홀하여' 즉시 부모님께 말하고, 이에 반대하는 부모님께 "비록 부모님의 뜻을 어길지라도 어쩔 수 없나이다. 제 병이 이렇듯 심각하니 옥연동으로 낭자를 찾아가겠나이다."[10]라고 하면서 떠난다. 그는 옥연동에 가서도, 아직 기다려야 하는 기한 3년이 안 되었으므로 선군의 목숨이 위태로울까 염려하는 숙영의 말에 아랑곳하지 않는다. 낭자를 보고는 너무너무 반가워하면서 이때를 놓치면 다시는 낭자를 만날 수 없을까 두려워하면서 가까이 다가간다. 그는 '정신이 황홀해져 당장 달려가서 낭자를 껴안고 싶어' 하며, "꽃을 본 나비가 불이 무서운 줄 어찌 알며, 물을 본 기러기가 어부를 어찌 겁내리오? 오늘 이렇게 낭자를 만났으니 나는 이제 죽어도 여

---

10 〈숙영낭자전〉 219쪽. (이상구 역주, 『숙향전·숙영낭자전』(문학동네, 2011.)에서 인용한다. 이하 동일하므로 쪽수만 밝히기로 한다.)

한이 없나이다."[11]라고 말할 정도로 기뻐한다. 3년 뒤에 육례(六禮)를 갖추어 혼인하자는 말에는 다음과 같이 답하면서 사생(死生)을 결단하려 한다.

"내 지금 심정은 일일여삼추(一日如三秋)인데, 3년이면 몇 삼추(三秋)나 되겠습니까? 낭자가 만약 그냥 돌아가라고 한다면 내 목숨은 오늘로 끝날 겁니다. 내가 저승에서 외로운 혼백이 되면 낭자의 목숨인들 온전하겠습니까? 엎드려 바라건대 낭자는 송백(松柏) 같은 정절을 잠깐 굽히시어 불 속에 든 나비와 그물에 걸린 고기를 구해 주옵소서."[12]

이렇게 사랑에 목을 맨 끝에 드디어 숙영과 혼인하게 된 선군은 혼인한 지 8년이 되도록 매일 낭자와 함께 노닐면서 노래 부르고 거문고 타면서 즐기기만 한다. 낭자의 아름다운 자태를 보면 너무 사랑스러워 마음을 진정하지 못했다고 서술될 정도로 푹 빠져 지내는 것이다. 과거 시험을 보러 가라는 아버지의 말에도 수긍하지 못하고 왜 자신이 과거에 급제해야 하냐고 하면서 시험 볼 생각이 없다고 한다.[13] 남자라면 당연히 과거 시험을 보아 입신양명(立身揚名)하겠다는 뜻을 품어야 하는데, 그는 그런 데에는 전혀 관심이 없다.

길을 떠나서도 낭자를 그리는 마음이 간절하여 하루 종일 겨우 30리를 가서 숙소를 정하고 음식에 손도 대지 않으면서 오로지 낭자만

---

11 〈숙영낭자전〉 222쪽.
12 〈숙영낭자전〉 222쪽.
13 〈숙영낭자전〉 225쪽.

생각한다. 그러다가 '낭자의 얼굴이 눈에 삼삼하고 말소리가 귀에 쟁쟁하여 잠을 이루지 못하고, 하인들 몰래 숙소에서 나와 집으로 돌아와 담장을 넘어 낭자의 방에 들어간다.'[14] 다음날에도 또 서울을 향해 길을 떠나지만 낭자 생각에 마음을 정하지 못하고 겨우 오십 리를 가서 숙소를 정한다. 그런데 또 밤에 혼자 누워 있으니 낭자 생각이 더욱 간절해서 병이 날 지경이 되어 남몰래 집으로 돌아가 낭자를 찾는다.[15] 이렇게 그는 온통 그녀 생각뿐인 것이다.

그가 아내를 얼마나 사랑하는지를 아는 어머니 정 씨는 숙영 낭자가 자결하려 하자 나중에 아들이 알면 자기도 반드시 죽으려 할 것이라고 예측하면서 더욱 안타까워한다. 과연, 그는 과거 시험을 보고 돌아와서 낭자가 죽었음을 알고는 '눈물을 샘솟듯이 흘리며' 대성통곡을 하고 허둥지둥 별당으로 들어간다. 처음에는 아이들을 안고 '통곡하다가' 나중에는 낭자의 시신을 안고 '기절하기까지' 한다. 한참 후에야 겨우 정신을 차리고는 또 통곡한다.[16] 낭자의 가슴에 꽂힌 칼을 빼자 청조(靑鳥) 세 마리가 나오고 그제야 겨우 낭자의 시신이 점차 상하기 시작하는데, 이때 선군이 숙영의 시신을 안고 오열하는 장면을 보자.

"슬프다, 낭자여! 어미를 찾으며 우는 춘향과 동춘의 거동도 보기 싫다. 불쌍하다, 낭자여! 어린 동춘에게 젖을 먹이소. 어여쁜 우리 낭자여! 나를 버리고 어디로 가는고? 절통하다, 낭자여! 나도 데려가소.

---

14 〈숙영낭자전〉 227~228쪽.
15 〈숙영낭자전〉 229쪽.
16 〈숙영낭자전〉 254쪽.

원수로다, 원수로다. 과거 길이 원수로다! 과거에 급제한들 무엇하며, 한림학사가 된들 무엇하리? 옥 같은 낭자의 얼굴 보고지고! 한순간을 못 보아도 삼 년을 못 본 듯한데, 이제 우리 낭자가 죽었으니 어느 천 년에 다시 볼꼬? 어린 자식들은 어찌하며, 낭자 없는 나는 잠시라도 어찌 살꼬? 더 이상 살 뜻이 없으니, 나도 죽어 저승에서 낭자와 상봉하사이다. 처량하다, 춘양아! 너는 어찌 살리오? 애달프다, 동춘아! 너를 어찌할꼬?"[17]

그는 이렇게 애통해 하고, 과거 보러 간 일을 원망하면서 대성통곡하다가 또 기절하고 만다. 그만 한탄하시라는 딸의 말을 듣고 그제야 겨우 정신을 차리지만, 딸이 주는 백화주(百花酒)를 받아들고 또다시 흐느낀다. 술을 마시려 하니 눈물이 술잔에 떨어져 술이 넘쳐흐르며, 딸이 꺼내 보여주는, 숙영이 만들어 놓은 도포와 관대를 보고는 '한 번 보니 억장이 무너지고, 두 번 보니 가슴이 막히고, 세 번 보니 어안이 벙벙하고, 네 번 보니 눈이 희미해지며 일천 간장이 굽이굽이 썩어 문드러지는 듯했다'라고 서술되고 있다. 아내의 죽음에 정신을 놓고 통곡하는 남성의 모습이 매우 실감나게 그려지고 있는 것이다.

이렇게 이 작품에서 애정 중심적이고 감성적인 남주인공을 형상화한 것은 당대 여성 독자들의 욕망과 환상을 반영한 것으로 보인다. 그들의 욕망을 낭만적으로 재현하였기에 독자들은 소설을 읽으면서 만족감을 느낄 수 있었을 것이다. 자신을 사랑해주고 인정해 주며 자기만을 생각해 주는 남편을 꿈꾸는 여성 독자들의 염원인 것이다. 하지만 실제 생활에서는 남녀유별의 규범이 엄격했고 자유연애도 엄

17 〈숙영낭자전〉 257쪽.

하게 규제되었기에, 소설 속 인물인 숙영과 선군의 애정도 옥황상제의 도움을 받아 숙영이 되살아나서야 완성되고 지속될 수 있었다. 조선 후기 유교적 지배 체제가 공고하고 애정을 과잉 억압하는 사회였기에 그에 대한 반동으로 애정소설이 확산되었으며, 이를 통해 사적 가치인 애정을 지배적 가치로 제약하며 예(禮)로 순치시키려는 공식 문화를 비판하려 했다[18]고 할 수 있다. 따라서 교육자는 이 작품의 애정관을 교육하면서 이러한 현실적 정황과 소설문학적 굴절을 함께 설명하여, 실제 상황의 반대급부로서의 여성들의 바람이 담겨 있음도 알려주어야 할 것이다.

2) 부부관

한편, 우리 고전소설 중에는 '적강(謫降)소설'이라는 하위유형을 둘 수 있을 정도로 적강한 주인공들이 많이 등장한다. 하늘에서 살던 신선이나 선녀가 죄를 지어 인간 세상으로 귀양 왔다는 설정이다. 이 작품에서도 남주인공 선군이 원래는 천상의 선관(仙官)이었고 그곳에서 숙영 낭자와 희롱하다가 벌을 받아 지상으로 귀양 온 것이라고 되어 있다.

> 사내아이가 태어났다. 이때 하늘에서 한 선녀가 내려와 향수로 아이를 씻겨 부인 곁에 누이며 말하기를,

---

18 황혜진, 『애정소설과 가치교육』, 지식과 교양, 2012, 50~51쪽. 이 책에서는 애정이 다른 가치관과 갈등하는 양상을 고찰하였는데, 〈이생규장전〉을 통해 애정과 효(孝)의 갈등을, 〈운영전〉을 통해 애정과 충(忠)의 갈등을, 〈춘향전〉을 통해 애정과 신분 간의 갈등을, 〈주생전〉을 통해 애정과 열(烈)의 갈등을 다루었다.

"이 아기는 본래 천상의 선관으로 요지연에서 수경낭자와 함께 희롱했는데, 옥황상제께서 그것을 아시고 인간 세상에 귀양 보내어 그대의 집에 태어나게 했나이다. 이 아기는 수경낭자와 삼생연분이 있으니, 부디 귀하게 길러 하늘의 뜻을 어기지 마옵소서."[19]

〈구운몽〉의 성진과 팔선녀를 연상하게 하는 대목이다. 곧이어 여주인공 숙영낭자도 인세(人世)에 태어나게 되는데, 선군이 천상의 일을 기억하지 못하는 것과는 달리 숙영은 전생을 선명히 기억하고 있을 뿐만 아니라 앞으로의 운명이나 두 사람의 인연, 숙명 등에 대해서도 예견한다. 그녀가 선군의 꿈에 나타나 알려 주는 경우가 많다. 선군이 다른 가문에 구혼하기 전에, 둘이 천정 인연이 있음을 알려주는 부분이다.

이때 수경 낭자도 천상에서 선군과 희롱한 죄로 옥연동에 귀양 와 있었는데, 선군이 인간 세상에 태어난 까닭에 자기와 천생연분인 줄 모르고 다른 가문에 구혼하는 것을 알게 되었는지라. 낭자가 생각하기를, '우리 두 사람은 인간 세상에 귀양 와서 백년가약을 맺기로 되어 있는데, 이제 낭군이 다른 가문에 구혼하면 우리의 천생연분은 속절없이 되리라'라고 하며 슬퍼했다.[20]

이렇게 둘은 천정(天定) 인연(因緣)으로 부부가 될 운명이지만, 곧바로 혼인해서는 안 되고 3년을 기다려야만 하는 운명이었다. 이것도 낭자가 선군의 꿈에 나타나 알려주지만, 선군은 계속하여 그녀를

---

19 〈숙영낭자전〉 214쪽.
20 〈숙영낭자전〉 216쪽.

잊지 못해 병에 들고 만다. 이 상사병은 그 무엇으로도 낫지 않아, 3년을 유예해야 한다는 운명을 어기고 사랑을 나누게 된다. 둘은 집 안끼리 미리 정혼한 뒤 육례(六禮)를 갖추어 혼인해야 하는 당시의 법도를 어기고 둘이 먼저 만난 것이기에 숙영이 나중에 시아버지 백 상공으로부터 예우를 받지 못하는 이유가 되기도 한다. 하지만 이 둘이 천정 인연을 지니고 있기에 부부가 된 것은 둘의 사랑의 필연성을 강조함과 동시에 역경을 이겨내는 힘을 주는 역할을 한다.

　숙영은 죽을 때에 남긴 혈서에 '이내 몸이 천상에서 죄를 짓고 인간 세상에 내려왔으나…'[21]라고 쓰는데, 이렇게 자신이 전생에 선녀였고 지금은 적강(謫降)해서 내려온 것임을 분명히 인지하여 천상계의 남녀가 적강하여 내려온 것이라고 한다거나 주인공이 두 사람의 인연이 미리 예정된 것이라고 하는 등의 설정은 〈숙향전〉과 비슷한 면이기도 하다. 〈숙향전〉에서도 전생 인연을 설정하고 그것이 실현되는 과정을 통해 환상성을 강화함과 동시에 현실에서의 고난을 이겨낼 수 있는 힘과 희망을 주는 효과를 낸다. 거개의 영웅소설들에서도 천상계에서 적강해온 인물들이 주인공이며, 그들이 곤경에 처하면 꿈을 통해 계시가 내려오거나 심지어 천상계와 지상계를 매개하는 도인이나 노승이 직접 돕기도 한다.

3) 세계관

　천정(天定) 인연으로 부부가 된다는 인식은 하늘의 뜻과, 하늘에서

---

21 〈숙영낭자전〉 243쪽.

의 전세(前世)가 현세(現世) 즉 인세(人世)에 영향을 미친다는 생각에 근거한 것이다. 이 작품에서 하늘은 항상 선한 인물에 조응하는데, 꿈에서 현시되거나 자연물을 통해 그 힘이 발휘되기도 한다. 현실의 문제를 하늘에 의지하여 해결하거나 합리화하는 '초월주의적 세계관'을 바탕으로 한 것이다.

한 예로, 숙영 낭자의 시신을 옮기는 장면을 보자. 옥연동 연못이 큰물이 넘쳐흐르고 있었는데, 갑자기 천지가 어두워지고 산천이 빛을 잃으면서 연못의 물이 빠져 육지같이 된다. 그 연못 가운데에는 석관(石棺)이 하나 있어 거기에 낭자의 시신을 넣어 안장하는데 그 관을 꺼내니 또 갑자기 뇌성벽력이 일어나고 오색구름이 둘러싸더니 순식간에 연못에 물이 가득 넘친다. 수장(水葬)이 된 셈이다. 선군이 더욱 슬퍼하면서 엎드려 통곡하고 제문(祭文)을 지어 읽자, 이번에는 더욱 기적 같은 일이 일어난다. 낭자가 녹의홍상(綠衣紅裳)에 칠보(七寶)로 단장하고 푸른 사자 한 쌍을 몰고 물에서 나오는 것이다. 있을 수 없는 일이 하늘의 힘을 빌려 일어나는 것이다.

> 한림의 땅에 엎어져 무수히 통곡하니, 온갖 초목과 짐승들이 우는 듯하고 산천이 무너지는 듯하더라.
> 그런데 제를 마치자마자 놀라운 일이 일어났다. 낭자가 녹의홍상에 칠보단장을 한 채 푸른 사자 한 쌍을 몰고 물에서 나오는 것이었다. 이것을 본 조문객들이 모두 놀라며 말했다.
> "낭자님이 죽은 지 열흘 남짓이요, 또한 이미 수중 혼백이 되었는데 어찌 이렇게 다시 살아나온단 말인가?"
> 선군 역시 너무 놀라고 기뻐서 낭자를 붙들고 대성통곡하니, 낭자가 붉은 입술에 흰 이를 반만 열고 이르기를,

"낭군은 이제 더 이상 염려하지 마소서. 저와 함께 부모님을 찾아뵙고 천궁(天宮)으로 가사이다." 하고 함께 푸른 사자를 타고 집으로 돌아왔다.[22]

이렇게 백선군의 기도와 하늘의 응답으로 되살아난 낭자는 선군에게 천궁(天宮)으로 함께 가자고 한다. 자신이 누명을 쓰고 죽게 된 것은 모두 천상에서 지었던 죄 때문이었다며 이 모든 것이 천명(天命)이 아닌 것이 없다고 설명한다. 이제 옥황상제께서 천상으로 올라오라고 하시니 천명을 거스르지 말고 올라가자고 권하기도 하고, 시부모님께 백학선(白鶴扇)과 약주 한 병을 드리고 나중에 돌아가시면 불국(佛國)의 연화궁으로 모셔갈 것이니 걱정하지 마시라고 전하기도 한다.[23] 이렇게 숙영은 하늘 즉 천명을 알아차리는 인물이며 천명에 응하는 인물이기에 그런 그녀를 통해 천상과 지상은 연결되며, 이런 인물과 서사에 공감하던 독자들은 초월주의적 세계관을 지니고 있었다고 할 수 있는 것이다.

이후, 숙영 부부와 그 자녀들은 푸른 사자를 타고 무지개를 건너 하늘로 올라가고 백 상공 부부도 별세하게 되는데, 이때에 소백산 주령봉에는 곡소리와 함께 안개가 자욱하더니 상공의 집을 덮은 채 사흘 동안 머문다. 그래서 사람들이 "소백산 주령봉은 신선이 놀던 곳이다."[24]라고 했다고 한다. 즉 낭자 부부는 애초에 하늘에서 내려온 사람들이었고, 그 가족들도 사후에는 산에서 노닐던 신선으로 자리

---

22 〈숙영낭자전〉 263쪽.
23 〈숙영낭자전〉 264쪽.
24 〈숙영낭자전〉 265쪽.

매김한 것으로 되어 있는 것이다.

또한 이 작품에서 중요한 일들은 거의 꿈을 통해 예견되고 해결된다는 면에서, 꿈은 하늘의 뜻이 전달되고 선한 사람이 복을 받도록하는 데에 기여한다고 할 수 있다. 선군의 꿈에 숙영이 나타나 둘의천생연분에 대해 알려주면서 3년을 기다리라고 하는 대목, 선군이상사병이 나자 꿈에 금동자(金童子) 한 쌍과 그림 하나를 갖다 주면서금동자로 인해 부귀하게 될 것이고 그림을 덮고 자면 병이 나을 것이라고 하는 대목, 숙영이 죽고 나서 선군의 꿈에 나타나 자신을 모함해 죽게 한 사람이 매월이라고 알려주는 대목, 선군이 매월과 돌쇠를죽이자 숙영이 꿈에 나타나 이제 누명이 벗겨졌으니 한이 없다고 하면서 옥연동 못에 묻어달라고 한 대목 등에서 그러하다. 즉 이 작품에서 꿈은 하늘이 착한 이를 돕는다는 '인과응보'의 관점을 시현하는도구 또는 징표로 활용되고 있는 것이다.

이렇게 꿈이라는 장치를 통해 부부의 천정 인연도 강조되며, 아울러 갖은 시련을 겪은 착한 여주인공에게 하늘의 보상이 주어지기도한다는 면에서 당시 사람들의 운명론과 천정론적 관념을 알 수 있다.이는 부부관 항목에서 논한 바와도 같으며, 이 보상은 그녀가 재생하는 것으로 단적으로 표현된다.[25] 부부의 인연을 다하지 못하고 억울하게 죽어서는 안 되니 다시 살려주어 원한을 풀어주고 함께 하늘로올라가 행복하게 살았다고 하는 것이다. 이렇게 우리 선인들은 하늘의 일과 지상의 일이 연결되어 있다고 여겼으며, 특히 하늘의 뜻과

---

25 이처럼 우리 소설사에서 여성 주인공이 억울함을 겪고 자결했다가 재생하는 경우는〈삼한습유〉에도 등장한다. 천상계 인물들의 토의와 판결, 동의에 따라서 말이다.

운명은 꿈을 통한 계시로 전달되고 선한 인물들에게 복을 주는 방향
으로 실현된다고 믿었다.[26]

4) 처세관

애정소설인 이 작품에서는 선인들의 처세관(處世觀)도 알 수 있다.
아들의 애정관과 처세관이 아버지의 처세관과 대립되어 갈등을 빚고
있기 때문이다. 여기서 '처세관'은 소위 유가(儒家)의 적극적인 현실
참여나 도가(道家)의 탈속적인 은일(隱逸) 중 어떤 것을 택할 것인가
등의 거창한 의미는 아니며, 어떻게 살아갈 것인가? 무엇을 중시하
며 살 것인가? 정도의 의미이다. 애정관 항목에서 보았듯이 이 작품
의 남주인공은 무엇보다 부부사이의 애정을 중시한다. 전통적으로
우리나라의 남성들이 부부 사이의 정서적인 친밀감보다는 공적인 성
취를 중시하는 성향을 보인 것과는 다른 면모이기에 작품 속에서도
갈등 양상이 드러난다.

〈숙영낭자전〉의 두 남성 인물 즉, 백선군과 그의 아버지 백 상공
은 다른 처세관을 가지고 있기에 갈등이 빚어지는 것이다. 선군은
가문의 위상이라든지 부모에 대한 효(孝)나 입신양명(立身揚名)보다
는 자신의 애정 성취, 아내와 즐겁게 지내는 것 등을 중시한다. 하지
만 백 상공은 아들이 과거(科擧)를 보아 출세하기를 바라며 며느리도
좋은 가문의 여식으로 정식 혼인절차를 밟아 맞이하기를 바란다. 당

---

26 현대의 우리들은 운명론이나 천정론적 관념, 초월주의적 세계관 등이 많이 희미해지
기는 했지만, 착한 일을 하면 복을 받는다든지, 부부는 전생의 인연이 있다든지 하는
정도는 무의식적으로 믿는 듯도 하다.

시의 보통 양반들이 거의 상공과 같은 생각을 지녔을 것이지만, 젊은 이들은 점차 이런 생각보다는 자신이 원하는 여성과 자유롭게 연애하고 혼인하여 마음껏 정을 나누며 살고 싶어 했던 듯하다. 선군은 혼인의 예(禮)도 갖추지 않은 채 사랑을 나눈 숙영을 집으로 데려와 함께 살고자 하는 것이다.

이처럼 비례(非禮)로 맞이한 며느리를 너무나 사랑하는 아들은 잠시도 며느리 곁을 떠나지 않고 매일 함께 희롱하며 지내면서 학업에는 전혀 신경 쓰지 않으니 아버지는 더욱 민망해 하고 걱정하기 시작한다. 결혼한 지 8년이 지나도록 아들이 아내의 방에서 헤어 나오지 못하자 급기야는 과거 시험을 보러 가라고 재촉하여 억지로 떠나보낸다.

> 선군이 낭자의 아름다운 태도를 보고 낭자를 더욱 사랑하여 마음을 진정치 못했다. 부모님도 두 사람이 매일 노는 모습이 사랑스러워 희롱하여 말했다.
>
> "너희 두 사람은 분명 하늘에서 내려온 선관과 선녀인가보다."
>
> 그러던 어느 날, 상공이 선군에게 이르기를,
>
> "내가 들으니, 조만간 과거 시험이 있다고 하더구나. 너도 서울에 올라가 입신양명하여 부모를 영화롭게 하고, 또 조상의 이름을 빛내는 것이 어떻겠느냐?"
>
> 하고 즉시 과거 길에 나아갈 것을 재촉했다. 이에 선군이 대답하기를,
>
> "우리 집이 천하에 다시없을 만큼 부유하고, 노비 또한 천여 명이나 되며, 벼슬아치들이 즐기는 것은 물론이요, 귀와 눈이 하고자 하는 것을 마음대로 할 수 있나이다. 그런데 아버님은 무엇이 부족하여 제가 과거에 급제하기를 바라시나이까?"
>
> 하니 이 말에는 잠시도 낭자의 곁을 떠날 수 없다는 뜻이 담겨 있었다.[27]

아내와 놀기만 하는 아들에게 과거 시험을 보라고 하는 아버지와, 집도 부유하고 노비도 많아서 무엇이든 마음대로 할 수 있는데 과거 시험은 무엇하러 보냐는 아들의 모습이 그려지는데, 이는 현대에도 반복되는 모습이기도 하다. 공부나 출세보다는 편하게 노는 것을 좋아하는 철없는 아들과 이를 바로잡기 위해 훈계하는 아버지의 모습과 비슷한 것이다.

아내 숙영의 강한 권유로 선군은 과거 시험을 보러 가게 되기는 하지만, 하루를 못 가서 마음이 울적해지고 음식이 써서 먹지도 못하다가 집으로 되돌아오고 만다. 이렇게 아들은 아버지 몰래 되돌아와 며느리의 방에서 자고 가곤 하지만, 이를 눈치 채지 못하던 아버지는 며느리가 외간 남자와 간통한다고 오해하게 된다. 숙영의 방에서 나는 남자의 소리를 외간 남자의 소리라고 오해하여 시녀 매월에게 감시하게 하였는데, 선군의 사랑을 받고 싶어 하던 매월이 숙영을 모해한 것이다. 매월의 거짓말을 그대로 믿은 상공은 숙영이 외간남자와 함께 있는 것으로 믿고 칼을 빼들고 숙영의 방으로 달려간다. 이 소리를 들은 아들이 도망가 버리지만, 그가 아들인 줄 모르던 시아버지는 더욱 며느리를 의심하여 하인들을 문초하고 며느리를 잡아오라고 하기에 이른다.[28]

물론 시아버지 입장에서는 며느리가 거짓말을 했다고 생각할 수도 있고 남자가 드나드는 것을 직접 보았기에 의심할 수도 있다. 하지만 다시 한 번 그 상황을 알아보지 않고 며느리를 몰아세운 것은

---

27 〈숙영낭자전〉 225쪽.
28 〈숙영낭자전〉 233쪽.

그녀를 존중하지 않았거나 믿지 않았기에 그랬다고 할 수 있다. 이렇게 볼 수 있는 근거는, 숙영이 시아버지의 꾸중을 들은 후에 "…아무리 육례(六禮)를 갖추지 않은 며느리라 할지라도 어찌 제게 이처럼 흉한 말씀으로 꾸짖으십니까?"[29]라고 한 대목에서 잘 드러난다. 그녀가 만약 번듯한 가문의 여식이었다면, 이렇게 자세히 알아보지도 않고 금세 오해하고 내치지는 않았을 것이다. 즉 이 시아버지는 며느리의 인품이나 행실로 그녀를 평가하는 것이 아니라 그녀의 가문이나 배경으로 평가하는 것이다.

더군다나 같은 상황을 두고 시어머니는 며느리를 의심하지 않고 오히려 자신의 남편이 잘못 판단하는 것[30]이라고 하는 데에서, 시아버지가 편견을 지녔음을 알 수 있다.[31] 나중에 낭자가 결백하다는 것을 알게 된 후에는 상공도 자신의 행동을 후회하면서 낭자에게 자신이 망령되어 저지른 일이었다고 사과하기는 하지만, 며느리가 억울해 하며 자결하자 그녀의 죽음을 슬퍼하기보다는 아들이 돌아와 자신을 책망할 것을 더욱 두려워한다. 그래서 새 며느리를 서둘러 맞아들이는 데에 급급해 하는데, 이런 모습에서 우리는 시아버지가 며느리의 존재를 존중하는 것이 아니라 자기와 가문의 위신과 아들의 감정 위주로만 생각한다고 판단할 수 있다.

혼인과 사회적으로 출세하는 문제에 대한 생각도 차이가 난다.

---

29 〈숙영낭자전〉 237쪽.

30 〈숙영낭자전〉 238쪽.

31 이렇게 대개의 애정소설에서는 남편이 없는 사이에 여주인공이 큰 시련을 당하는데, 시아버지가 개입하여 며느리에게 시련을 주는 것은 〈월영낭자전〉, 〈괴산정진사전〉 등에서, 시어머니가 시련을 주는 것은 〈정을선전〉 등에서 볼 수 있다.

과거에 급제하고 돌아오는 선군을 도중에 만나기 위해 길목에서 기다리고 있다가 혼처(婚處)로 정한 임 진사의 집 앞에서 백 상공이 한 말이다.

> "… 혼인은 인간의 대사(大事)이다. 부모가 구혼(求婚)하고 육례(六禮)를 갖추어 혼인하여 부모를 영화롭게 하는 것이 자식 된 도리이거늘, 너는 어찌 이토록 고집을 부리느냐? 또한 네가 이대로 가는 것은 임 소저의 평생 대사를 그르치는 것이니, 이는 군자의 도리가 아니다."[32]

혼인은 애정이 우선이라기보다는 부모의 생각에 맞추어 하는 것이고 그 결과 부모를 영화롭게 하는 것이어야 한다는 말이다. 이렇게 말하는 아버지와는 다르게, 선군은 오로지 아내의 안부만 걱정하면서 집으로 내닫고 중문 밖으로 들리는 곡소리를 듣고 대성통곡을 하면서 아내가 있던 처소로 가기에 바쁘다. 선군은 이렇게 아내와의 관계를 가장 중요하게 생각했고 그녀와의 시간을 가장 행복하다고 여겼기에, 아버지나 당대인들이 중요하게 생각했던 입신양명(立身揚名)은 중요하게 생각하지 않았다. 양반 댁 자제라면 누구나 도전해보려 하던 과거(科擧)에 관심이 없었던 것이다. 당시의 출세 길은 과거를 통해서만 가능했기에 수많은 사람들이 10년 가까이 과거 공부를 하였고, 어떤 사람은 여섯 번 개명(改名)을 하여 자신의 운(運)을 바꿔서라도 급제하려고 발버둥을 쳤다고 한다.[33] 그렇기에 급제자를 위한

---

32 〈숙영낭자전〉 253쪽.
33 김학수, 「고시공부는 비교도 안 될 처절한 과거 공부」, 규장각한국학연구원 편, 『조

잔치를 성대하게 했으며 그를 구경하고 축하해 주려고 찾아오는 손
님이 5,000여 명이 되었다는 기록도 있다.[34]

또 과거를 통한 출세가 중요했기에 아버지 백 상공은 아들에게 과
거 보기를 강요했던 것이지만 자신의 인생에서 중요한 것은 출세가
아니라 아내와의 사랑이라고 생각했던 아들은 이를 거부했던 것이
다. 그러나 끝내는 과거를 보게 되고 급제하여 한림학사(翰林學士)로
제수되고 축하 잔치[35]도 받게 된다. 하지만 그 기쁨을 누리기보다는
이미 죽었다는 아내의 시신을 보기 위해 황망할 뿐이다.

3. 〈숙영낭자전〉을 통해 보는 전통적 생활문화

1) 혼례

이 작품을 통해 알 수 있는 우리의 전통문화로는 『주자가례(朱子家
禮)』식 혼례(婚禮) 절차와, 혼인 당사자보다는 부모님 의사가 존중되
는 점이다.

선 양반의 일생』, 글항아리, 2010, 70~96쪽.

34 이순구, 『조선의 가족, 천 개의 표정』, 너머북스, 2011, 154~155쪽.

35 과거 급제자의 귀가 행렬과 환영 잔치의 모습을 볼 수 있는 예문이 있다. "이때 선군
은 푸른 적삼에 관대(冠帶)를 입고 손에는 백옥홀(白玉笏)을 든 채 백마를 타고 내려오는
데, 푸른 양산은 하늘을 가리고 어린 기녀들이 쌍쌍이 따르는 등 행렬이 십 리까지 늘어
서 있었다. 젊은 소년이 백룡 같은 준마에 금안장을 얹어 타고 수많은 악기로 태평곡을
연주하며 내려오니, 각 도와 읍에서 남녀노소 할 것 없이 다투어 구경하며 칭찬하지 않는
사람이 없었다. 선군이 감영(監營)에 이르자, 감사(監司)가 한림을 맞이하는 환영식을
거행했다. 선군이 머리에 어사화(御史花)를 꽂고 허리에 옥대(玉帶)를 차고 천천히 들어
갔다." 〈숙영낭자전〉 251쪽.

우리나라의 혼례는 『예기(禮記)』에 명시된 전통적인 절차 즉 육례(六禮)를 지켰는데 이는 납채(納采), 문명(問名), 납길(納吉), 납징(納徵), 청기(請期), 혼례(婚禮)의 과정이다. 그러나 조선 후기에 오면 이를 약간 변형한, 『주자가례』의 육례 절차를 따르게 되는데, 이는 의혼(議婚), 납채, 납폐(納幣), 친영(親迎), 부현구고(婦見舅姑), 묘현(廟見) 등으로 정리할 수 있다. 당시의 혼례는 가문의 적자인 종자(宗子)가 주관하는데, 남자 집의 적자가 중매쟁이를 보내 혼인의 의사를 묻는 것을 '의혼'이라 한다. '납채'는 자제를 사자(使者)로 삼아 여자 집으로 가는 것을 말하며, '납폐'를 할 때에는 색 비단을 사용하고 빈부에 맞춰 적당하게 하게 되어 있다.[36] 〈숙영낭자전〉에서는 이 세 가지 절차, 즉 의혼, 납채, 납폐의 절차를 거치지 않고 외지에서 두 남녀가 먼저 사랑을 나눈 뒤에 함께 시가(媤家)로 간다. 따라서 신랑이 신부의 집에 가서 신부를 친히 맞아오는 예인 '친영'도 제대로 이루어지지는 않았지만, 신랑이 신부의 집에 가서 신부를 데리고 시댁으로 온다는 점에서 변형된 친영 절차로 볼 수도 있다.

> "낭군과 함께 내려가겠어요."라고 하고 신행(新行)을 꾸렸다. …(중략)… 좋은 노새에 호피(虎皮) 안장을 맵시 있게 지어 얹어 선군이 올라타고, 백옥 가마에 금발 주렴을 화려하게 차려내어 낭자가 비껴 탄 후, 하녀를 앞세우고 수레와 말을 몰아 시가(媤家)로 내려갔다.[37]

---

36 김경미, 「주자가례의 정착과 〈소현성록〉에 나타난 혼례의 양상」, 『한국고전연구』 13, 2006.
37 〈숙영낭자전〉 223쪽.

예문에 나오는 '신행(新行)'이라는 말은, 혼인할 때 신랑이 신부의 집으로 가거나 신부가 신랑의 집으로 가는 것을 말하는데, 여기서는 신랑이 신부의 처소에 가서 사랑을 나눈 뒤 함께 신랑 집으로 가는 상황이다. 따라서 이때의 신행은 변형된 '친영', '부현구고'의 절차라고 할 수 있다. 이렇게 숙영은 정식 혼례를 치르지 않은 상태로 시댁으로 오기에, 이것이 나중에 그녀가 시아버지에게 제대로 인정받지 못하는 빌미가 되기도 한다.

또한 혼례는 부모님의 의사가 중요하고 신랑이나 신부가 될 사람 중 한쪽의 부모가 구혼(求婚)하여 허락을 받으면 진행되는 혼인이 주를 이루었다. 이를 '의혼(議婚)'이라고 하는데, 이 작품에서도 신랑 될 사람의 아버지인 백 상공이 신부 될 사람의 아버지인 임 진사에게 구혼하는 장면이 있다. 임 진사가 허락하자 백선군의 재혼이 성사되는 것이다.

> "… 진사 댁에 아름다운 처자가 있다고 들었습니다. 그래서 염치불고하고 왔사오니, 진사의 뜻은 어떠합니까? 선군이 아직 나이 어린 까닭에 새로 좋은 짝을 만나면 옛정을 잊을 듯하오니, 진사께서 기꺼이 허락해주시길 바랍니다. 덕분에 선군이 다시 살아나는 은혜를 입게 된다면 우리 두 집안이 모두 영화를 누릴 것이니, 어찌 즐겁지 않겠습니까?" … (중략) … 상공이 더욱 애절하게 부탁하니, 진사가 마지못해 허락하며 말했다. "저 또한 한림 같은 사위를 얻는 것이 어찌 즐겁지 않겠습니까?" 이에 상공이 크게 기뻐하며 말하기를, "선군이 이달 보름에 진사 댁 문 앞을 지날 것이니, 그날로 날짜를 잡아 혼례를 올립시다." 라고 하고는 집으로 돌아와 임 진사 댁에 납채(納采)를 보낸 후 선군이 오기를 기다렸다.[38]

혼인 당사자의 의견은 전혀 중요하지 않고 양가의 아버지들이 결정하는 방식이 자연스러웠던 것이다. 오히려 당사자들이 부모의 의견을 듣기 전에 먼저 마음이 맞아 사랑을 하게 되는 것이 비례(非禮)였다. 당시의 혼인은 개인의 의지가 아니라 집안의 이해관계에 따라 결정되는 것이었던 것이다. 현대에는 혼인 당사자의 의사를 중심으로 하는 자유연애가 대세이기는 하지만, 부모님의 의견이 여전히 중요하게 작용하며, 혼인날을 길일로 잡는다든지 사주를 본다든지 폐백을 드리는 등의 풍속은 남아 있다.

2) 상례·제례

며느리 숙영이 자결하고 나서 백 상공 부부는 아들이 오기 전에 그녀의 시신을 처리하려 한다. 그래서 '소렴(小殮)'을 하려 했으나 시신이 방바닥에 붙어 움직이지 않아 놀라게 된다. 이때에 '소렴'이라는 것은 시신에 새로 지은 옷을 입히고 이불로 싸는 것을 뜻한다.

조선 건국 이전에는 불교적으로 행해지던 상·제례를 건국 이후에 유교적으로 바꾸기 위해 『주자가례』를 따르라고 하였고, 16세기 전반 중종조부터는 그 예법이 실제 생활에서 구현되기 시작했으며 17세기에는 정착되어갔다. 『주자가례』의 상례(喪禮)[39]에 준하여 진행되던 절차 중 소설 작품에 종종 등장하는 중요한 몇 가지만 정리해 본다. '반함(飯含)'은 시신의 입 안에 음식을 물리는 것이고, 소렴(小殮)

---

38 〈숙영낭자전〉 249~250쪽.

39 주희, 『주자가례』, 임민혁 역, 예문서원, 2007, 197~426쪽.

은 죽은 다음 날에 시신을 여러 겹의 옷과 이불로 싸 묶는 것이며, 대렴(大斂)은 소렴 다음 날 즉 죽은 지 사흘째 되는 날에 여러 겹의 옷과 이불로 싸 묶고 얼굴을 덮으며 관 덮개를 덮고 못을 박는 것이다. 장사를 지내고 돌아와서는 그날 안에 빈소(殯所)에서 우제(虞祭)를 지낸다. 사후(死後) 1년이 되면 소상(小祥)을, 2년이 되면 대상(大祥)을 치른다. 이후 2개월 뒤에 담(禫) 제사를 지내면 탈상(脫喪)하게 되는 것이다.

상(喪)을 치르고 나서 백선군이 집으로 돌아와, 죽은 낭자의 시신에서 칼을 뽑아내고 옥연동 연못에 낭자의 석관(石棺)을 안장하고 나서 제문(祭文)을 짓는 대목을 보자. 본격적인 제례(祭禮)는 나오지 않지만, 일반적인 제문의 모습을 알려 줄 수 있는 자료가 된다.

유세차 모년 모월 모일에 한림 백선군은 옥낭자의 신령께 감히 고하나이다. 우리가 삼생연분으로 만난 원앙새와 비취새처럼 서로 사랑하면서 백년해로를 바랐더니, 인간이 시기하고 귀신이 장난한 것인가? 서로 몇 개월 떨어져 있는 사이에 그대가 아무 잘못도 없이 구천(九泉)을 떠도는 외로운 혼백이 되었으니, 어찌 슬프지 않으리오? 애달프다! 그대가 세상만사를 버리고 구천으로 돌아갔으니, 나는 춘양과 동춘을 데리고 누구를 의지하며 살꼬? 슬프다! 낭자의 시신을 앞동산에 묻어주고 수시로 무덤이라도 보려 했는데, 깊은 물속에 넣었으니 훗날 황천(黃泉)에 가서 무슨 면목으로 낭자를 만나리오? 비록 유명(幽明)은 서로 다르나 인정(人情)은 평소와 다를 것이 없으리니, 다시 한 번 만나볼 수 있기를 간절히 바라나이다. 맑은 술 한 잔을 올리니 흠향(歆饗)하옵소서.

'유세차 모년 모월 모일에~'라는 서두와 '맑은 술 한 잔을 올리니 흠향 하옵소서'라는 종결은 우리나라 제문의 상투적인 문구들이다. 여기에 망자(亡者)의 삶, 망자와의 관계, 남겨진 이들의 슬픔 등을 서술하였다. 선군이 이렇게 제문을 짓고 계속 통곡하니 온갖 초목과 짐승들도 우는 듯하고 산천이 무너지는 듯하였다고 한다.

제문(祭文)은 일반적으로 생전의 사적을 기술하는 묘지명의 성격과 망자에 대한 감정을 토로하는 편지의 성격을 동시에 지니고 있다.[40] 조선 후기로 갈수록 비통한 감정의 서정적인 표현이 확대되며 18세기의 문인 이광사 같은 이의 제문은 아내의 비극적인 죽음에 비통해하는 남편의 슬픔이 곡진하게 표현되고 삽화적 에피소드를 나열하는 구성을 보였다[41]는 면에서 국문장편소설에서의 제문의 양상과 비슷한 면이 있다. 하지만 문인들이 남겨 놓은 제문들은 대체로 4언의 운문으로 되어 있으며 한문으로 지어졌기에 국문장편소설에 삽입되어 있는 국문 제문과는 다른 특성들도 있다.[42] 〈숙영낭자전〉의 제문은 생전(生前)의 사적이나 삽화적 에피소드는 극히 소략하고, 망자의 죽음으로 인한 슬픔만 극대화되어 있다는 점이 두드러진다.

✠ 이상에서 필자는 고전소설 〈숙영낭자전〉을 통하여 우리의 전통적인 가치관과 생활문화를 외국인 학생들에게 교육하기 위한 전초

---

40 이은영, 『제문, 양식적 슬픔의 미학』, 태학사, 2004, 36~38쪽.
41 김홍백, 「이광사의 아내 애도문에 나타난 형식미와 그 의미 – 제망실문을 중심으로」, 『규장각』 35, 2009, 185~218쪽.
42 정선희, 「국문장편 고전소설의 망자 추모에 담긴 역학과 의미—서모, 아내, 아우 제문 분석을 중심으로」, 『비평문학』 35, 2010.

작업을 하였다. 한국어를 어느 정도 할 줄 아는 학생들이기에 비교적 알기 쉽게 현대역 된 고전소설을 한 편 읽히고 나서, 작중 인물들의 행동이나 상황 등을 예문으로 제시하면서 여기에 담겨 있는 가치관과 생활문화를 이야기하는 방식의 수업을 할 수 있으리라 생각했다. 나아가 작품 속의 내용이 당대의 현실 상황과는 어떻게 같고 다른지를 비교하거나, 작품 속에서는 몇 줄의 적은 서술이었지만 이를 단초로 삼아 더 확장하여 살펴볼 수 있으리라 기대한다.

이 작품에서 드러나는 가치관과 문화가 당대인들의 그것과 완전히 같은 것은 아니다. 당시의 생활과 인식을 비교적 사실적으로 담아냈고 당대인들이 바람직하다고 생각하는 인간상을 그려냈다고 하는 국문장편 고전소설에서는 〈숙영낭자전〉의 선군과는 정반대로 아내와의 애정보다는 효(孝)를 중시하는 남성의 모습이 더 보편적이다. 낮에는 아내의 방에 들어가지 않으며 남이 보는 앞에서는 웃으며 대화하지도 않는다. 한 달에 반 이상은 서당에서 아버지나 형제와 거처하는 것이 권장된다. 또한 부모에 대한 효를 넘어서는 가치는 그 어떤 것도 없는 것으로 그려지며, 자신의 감정보다는 가문의 위상을 중시한다.

따라서 이 작품을 교육의 제재로 하여 외국인들을 가르칠 때에는 이러한 제반 상황들을 함께 설명하여 오해가 없도록 해야 할 것이다. 하지만 이 작품에서 드러나는 부부관이나 세계관 등은 지금까지도 이어져, 부부는 하늘이 맺어준 것이라든지 전생 인연으로 부부가 되었다든지 하는 말을 하며, 착한 사람은 반드시 복을 받는다고도 한다. 혼례나 상·제례도 간소화되기는 했지만 비교적 면면히 이어지고 있으므로 현재의 문화와 함께 흥미롭게 수업할 수 있을 것이다.

아울러 작품의 굵직한 갈등이나 중요한 사건을 중심으로 하여, 작중 인물들의 입장이 되어 이야기해보거나 찬반을 나누어 토론하게 할 수 있을 것이다. 이와 유사한 줄거리나 인물형이 자국의 문학 작품에도 있는지, 자국과 우리나라의 가치관과 문화의 차이는 무엇이라 생각하는지 등에 대해서도 이야기할 수 있을 것이다. 결말에서 숙영이 재생하는 대목에 공감할 수 있는지 아니라면 어떻게 바꾸어 보고 싶은지 등에 대해서도 의견을 나눌 수 있을 것이다.

어떤 연구자는 "외국인에게 한국문학을 교육할 때에는 한국문학의 진수(眞髓)를 가르치겠다는 사명감을 버려야 성공할 수 있다. 감자는 뜨거울 때 먹어야 제 맛이라면서 곧바로 뜨거운 감자를 입에 넣어주는 것은 감자의 맛을 영원히 알지 못하게 하는 잘못을 범하는 것일 수 있다."[43]라고 하였다. 우리의 과대한 욕심이 앞설 경우 너무 뜨거운 감자를 그 상태대로 먹으려고 할 것이기에 외국인들은 먹어보지도 못하고 떨어뜨리고 말 것이다. 따라서 효과적인 외국인 교육을 위해서는 고전문학 전공자들이 조금은 유연한 자세로 고전문학을 알기 쉽게 설명하면서도 우리 문화의 정수를 가르칠 수 있는 방안을 다각도로 모색해야 할 것이다.

---

[43] 정병헌, 「입문기 외국인을 위한 한국문학교육의 과제와 전망」, 『한국어교육학회 발표논문집』, 2002.

외국인을 위한
고전문학 교육 방안

1. 외국인을 위한 고전문학 교육의 필요성

한국에는 다양한 외국인들이 많이 살게 되었다. 유학생, 이주노동자, 전문직 근로자, 사무직 근로자 등 그 층위도 다양하고 인종과 국적도 다양하다. 그러나 그들이 우리나라에 와서 한국어를 배우며 살아가거나 교육 받아야 할 상황이라는 것은 동일하다. 특히 최근에는 우리나라의 대학이나 대학원에 진학하는 학생들이 많아졌고 자국에서 한국어과에 다녔거나 한국어 실력을 어느 정도 갖추고 있는 사람들도 많아졌다. 이들은 고급 학습자인 것이다. 이들은 일상적이고 단순한 한국어는 비교적 잘 구사할 수 있다. 그러나 대학이나 대학원에서 학문 활동을 하기 위해서는 한국인의 문화나 가치관, 관습 등에 대해 더 잘 알아야 한다. 특히 인문계열이나 상경, 예술 계열의 학생들에게는 중요한 토대가 되기에 자연스럽게 한국 문학이나 문화에도 관심을 가지게 되는 것이다. 처음에는 한국 문화 관련 서적을 읽거나 영상 매체를 보면서 문화를 익히고 현대문학을 통해 현재의 모습을 알아가지만, 고전문학을 통해 전통적인 것을 배우는 일도 필요하게 된다. 지금의 한국인의 모습은 어디에서 연유한 걸까? 생각은 어떤 맥락 속에서 나오는 걸까? 예의와 생활방식, 사고방식, 인간관 등은 어떠하며 그것은 어떻게 형성된 것일까? 등등의 의문을 해소시켜 줄 수 있는 좋은 길이기 때문이다.

문학을 통해 언어와 문화를 배우는 것은 학습자의 흥미를 높일 뿐만 아니라 그 안의 사상과 가치관 등을 같이 익히게 되어 효과적이라는 논의가 지속되어 왔다. 이를 외국인 교육에도 활용한다면 효과적일 것이기에, 최근에는 외국인 유학생을 위한 한국어 문학 교육의 필요성을 역설하고 그 방법을 탐구하는 연구들이 이루어지고 있다. 문학 작품을 이해하는 과정에서 목표 언어권의 문화와 그 언어를 사용하는 이들의 사고방식이나 감정을 이해할 수 있다는 것이다. 그래서 대학 교과목으로 외국인 전용 한국어 문학 수업을 개설할 것을 제안하기도 하였다. 이런 수업을 통해 대학에서 한국어 수업을 들을 수 있는 능력, 즉 이해력, 사고력, 논리력을 훈련하고 신장시킬 수 있다는 것이다.[1]

언어 안에는 한 민족이나 사회 구성원이 세계를 바라보는 의식이 담겨 있으며 이는 문화적 산물로 계승되고 발전하기에 언어 교육은 의사소통을 넘어 문화교육을 지향해야 둘 다 잘 교육될 수 있다는 논의들도 있다.[2] 이러한 논의들은 기존의 언어 교육에 더하여 문화

---

[1] 신영지, 「외국인 유학생을 위한 한국어 문학 교육의 방법 연구」, 『우리말교육현장연구』 10-1, 통권 18, 2016.
[2] 김민라, 「문학텍스트를 활용한 한국어 문화교육 연구 ─ 전래동화 〈선녀와 나무꾼〉을

교육까지 하겠다는 것이어서 매우 고무적이다. 자국민들도 언어를 배울 때에 문학을 병행하여 배우는 것과 마찬가지로 이제 외국인 교육에 있어서도 한국어뿐만 아니라 한국문학을 가르쳐야 할 때이다. 문학을 배움으로써 문화와 사상까지 배울 수 있기에 종합 교육, 전인 교육이 이루어질 수 있을 것이다.

이렇게 문학 교육의 필요성에 공감하는 흐름이기는 하지만, 아직은 현대문학을 교육의 제재로 사용하는 경우가 많고, 고전문학 중에서는 설화와 신화 몇 가지가 활용될 뿐이다.[3] 그나마 외국대학의 한국어학과의 교과목에는 한국문학을 읽힘으로써 한국어와 한국문화를 교육하는 과목으로 한국문학작품선독, 한국고전문학감상 등이 개설되어 있기도 하지만, 그 비중이 매우 작다. 한국학과가 비교적 활성화되어 있는 중국 대학들에서도 〈금오신화〉, 〈홍길동전〉, 〈사씨남정기〉, 〈구운몽〉, 〈춘향전〉, 〈운영전〉 정도를 다루고 있을 뿐이다.[4] 베트남 대학에서도 한국어 학습자를 위해 문화교육을 시작하여 하노

중심으로」, 『한국어교육연구』 1, 2014. ; Tran Thi Huong, 「베트남인 한국어 학습자를 위한 문화교육」, 『국제한국어교육학회 발표논문집』, 2017.

3 양민정, 「고전소설을 활용한 한국어교육 방법」, 『국제지역연구』 7권 2호, 2003. ; 양민정, 「외국인을 위한 한국문화 교육 방안 연구 – 한국 고전문학을 중심으로」, 『국제지역연구』 9권 4호, 2006. ; 신윤경, 「한국의 가치문화 교육과 문학 활용」, 『한국어문교육』, 2011. ; 정선희, 「외국인을 위한 한국문화·가치관 교육 제재 확장을 위한 시론 – 〈숙영낭자전〉을 중심으로」, 『한국고전연구』 27, 2013. ; 한성금, 「고전설화를 활용한 한국어 읽기 교육 방안 연구」, 『한국어교육연구』 2, 2015. 한편, 한국문화 자체를 교육하기 위한 교재들은 비교적 잘 갖추어져 있다. 임경순, 『한국어문화교육을 위한 한국문화의 이해』, 한국외국어대학교 출판부, 2009. 국제한국어교육학회 편, 『한국문화교육론』, 형설출판사, 2010.

4 문리화, 「〈운영전〉의 인간관계와 심리적 갈등에 대한 문학치료학적 독해」, 『문학치료연구』 46, 2018.

이국립인문사회대, 호치민국립인문사회대 등에서 한국학과를 운영하면서 한국학(한국문화) 교육을 하고 있으며, 하노이국립외국어대 등에서는 한국어와 한국학을 동시에 가르치고 있다. 한국 전통문화 이해, 한국의 문학, 한국의 관습, 한국문화와 사회, 한국의 문화 등의 과목이 개설되어 있는데, 많은 한국어 강사들이 한국문화와 한국문학 관련 교재가 만들어지기를 희망하고 있다고 한다.[5]

이러한 흐름과 요구에 힘입어 이 글에서는 한국의 고전문학을 활용하여 한국 문화를 교육하는 방안을 모색해 보고자 한다. 고전문학 중에서도 다양한 인물의 다양한 활동이 흥미롭게 벌어지는 서사문학 즉 고전소설을 중심으로 논의를 전개하려 한다. 고전소설은 가족, 애정, 전쟁, 이별, 가난, 탐욕 등 다양한 주제와 소재를 담고 있으며 공감대도 크게 형성하고 있기에 역사서나 사상서보다 쉽고 재미있게 읽힐 것이다. 그 중에서도 우리 고유의 생활문화와 가치관이 비교적 생생하게 담겨 있고 현대역도 잘 되어 있는 작품이 있다면 교육의 제재로 적절할 것이다. 고전에서 발견되고 현대의 한국인에게도 계승되고 있는 것들을 외국인 학생들에게 교육하는 좋은 방편이 될 수 있을 것이다.

고전소설의 하위 유형 중 '국문장편 고전소설'은 17세기 중후반부터 향유되던 긴 길이의 국문 소설로, 가문소설, 대장편소설, 대하소설 등으로 불리는 것들이다. 한 작품이 몇 십 권에서 100권에 이르는 길이이기 때문에 등장인물이 수십 명이고 사건이나 갈등도 매우 다

---

5 Tran Thi Huong, 「베트남인 한국어 학습자를 위한 문화교육」, 『국제한국어교육학회 발표논문집』, 2017.

양하다. 특히 이들은 대체로 3대(代)에서 5대에 이르는 가문의 이야기, 그 안에서 벌어지는 혼사에 얽힌 갈등, 애정 갈등, 부자 갈등 등에 관한 이야기를 담고 있다. 그렇기에 우리나라 가족 서사의 전형을 보여주며, 다양한 인물들의 생생한 묘사와 생활을 보여준다. 또한 우리나라 소설의 기법적인 완성도와 세련됨, 선악관, 가치관, 인생관 등을 보여주기도 한다. 또 현실의 삶을 반영하거나 굴절하여 담고 있기에 선인들의 생활상을 알 수 있게 해주기도 한다.[6]

그 중에서 〈소현성록〉은 국문장편소설의 본격적인 시작을 알리는 작품이며 이후에 파생작, 모방작, 발췌본 등이 창작되고 여러 가지 방법으로 비평되기도 한, 인기 있던 작품이다. 총 15권의 필사본으로 이루어진 이화여대 소장본이 선본(善本)으로 인정되는데, 1~4권은 본전(本傳), 5~15권은 별전(別傳)이라 쓰여 있다. 이를 합하여 〈소현성록〉이라 부르기도 하고 〈소현성록〉연작이라 부르기도 한다. 원전이 권당 120면 내외의 분량인데 현대역 출간본도 400면 정도의 책 4권이나 되는 장편 소설이다.

하지만 이 글에서 대상으로 하는 것은 본전이며, 이는 한 권으로 출간[7]되어 있어 접하기에 용이하다. 현대어역과 주석이 읽기 쉽게 되어 있어 현대소설을 읽을 수 있는 독자라면 큰 어려움 없이 읽을 수 있을 것이다. 현재 외국인 교육에 활용되고 있는 고전소설 중에는 『금오신화』, 〈운영전〉, 연암의 소설들이 들어 있는데 이들처럼 상징

---

6 정선희, 「고전소설 속 여성 생활 문화의 교육적 활용 방안 연구 – 국문장편소설을 중심으로」, 『한국고전연구』 22, 2010.

7 정선희·조혜란 역주, 『소현성록』 1, 소명출판, 2010. 앞으로 작품 인용은 이 책의 현대역으로 하지만, 서지사항은 원전의 권수와 쪽수를 제시하기로 한다.

98   1부 한국고전소설의 교육적 확산

적이거나 은유적인 표현이 많기 보다는 직접적인 표현이 많다. 또 일상생활이나 심리를 상세하게 묘사하고 느리게 전개되기 때문에 내용을 파악하기 쉬울 듯하다. 또한 실제 수업 시간에 읽기 자료로 쓰기에 적합한 부분들을 이 글에서 예문으로 제시할 것이므로 이들을 중심으로 활용하면 수월할 것이다.

〈소현성록〉은 조선 후기 양반 가문에서 즐겨 읽혔고 여성 교훈서들을 충실하게 담았기에 수신서로 권장되기도 했으나[8], 당대 여성들의 일상을 섬세하게 담아내면서 그녀들의 세계와 의식을 탐색하는 가운데 여성주의 소설사의 전통을 확립했다고도 평가받는[9] 작품이다. 인물들의 성격이 확실하고 개성 있으며, 심리 묘사나 장면 묘사가 섬세하고, 다양한 갈등 양상이 형상화되어 있으므로 문학 수업의 제재로 적절하다.

2. 〈소현성록〉을 통한 문학수업 방안

1) 서사, 인물 등 내용 이해와 토의 내용

〈소현성록〉의 '본전'은 소현성의 출생담부터 시작하여 그와 세 부인(화 씨, 석 씨, 여 씨)과의 혼인과 갈등, 그 해소 과정을 중심으로 누이인 월영, 교영의 이야기가 함께 진행된다. 4권 마지막 부분에서 소

---

8 박영희, 「소현성록 연작 연구」, 이화여대 박사학위논문, 1994.
9 정창권, 「소현성록의 여성주의적 성격과 의의−장편 규방소설의 형성과 관련하여」, 『고소설연구』 4, 1998. ; 백순철, 「소현성록의 여성들」, 『여성문학연구』 1, 1999.

현성이 죽고 일단 서사가 마무리되며, '별전'을 〈소씨삼대록〉이라 한 다면서 끝난다. 본전은 '남주인공 소현성(소경)에게 투영된 어머니의 소망과 이념을 바탕으로 창작된 소설'[10]이라고 할 정도로 양 부인에 맞추어 움직인다. 그래서 소현성은 홀어머니의 바람을 이루기 위해, 가문을 일으켜 세우기 위해 혼인하고 제가(齊家)하고 효를 행해야 하 는, 관념적이고도 이상적인 인물로 형상화된다. 화 부인, 석 부인 등 아내들을 길들이고 집안의 기틀을 마련하는 데에 있어 엄격하다. 소 현성의 자손은 10자 5녀(운경, 운희, 운성, 운현, 운몽, 운의, 운숙, 운명, 운변, 운필, 수정, 수옥, 수아, 수빙, 수주)이다.

〈소현성록〉의 서사를 간략히 제시하면 다음과 같다.

① 처사 소광은 부인인 양 부인이 월영과 교영을 낳고 소현성을 잉태한 지 7개월 만에 죽는다. 첩으로 석파와 이파가 있다.

② 소현성은 14세에 장원급제하고 월영은 한학사와, 교영은 이학사와 혼인한다. 교영이 유배지에서 실절(失節)하여 양 부인으로부터 독주를 받아 죽는다.

③ 소현성은 화 씨와 혼인하여 아들을 낳았으나, 현성에게 둘째 부인을 권하는 석파와 화 씨의 갈등이 커진다.

④ 화 씨는 석파를 욕한 죄로 현성에게 박대를 받자 앓아누워 죽을 지경에 이르렀다가 용서를 받고 둘째 아들을 낳는다.

⑤ 소현성은 석 씨를 둘째 부인으로 맞이하고도 부인들을 공평하게 대하고 석 씨는 아들을 낳는다.

⑥ 소현성은 추밀사 여운의 딸 여 씨와 억지로 혼인하는데, 여 씨는

---

10 박일용, 「소현성록의 서술시각과 작품에 투영된 이념적 편견」, 『한국고전연구』 14, 2006.

다른 부인들을 시기하여 석 씨가 실절했다는 누명을 씌워 친정으로 쫓겨나게 한다.

⑦ 여 씨는 계략이 밝혀져 쫓겨나고 석 씨는 누명이 풀려 돌아온다.

⑧ 여운의 모략으로 소현성은 강주 지역 안찰사로 가서 몇 가지 사건을 처리하고 열 달 만에 돌아온다.

⑨ 단경상이라는 이를 자녀들의 스승으로 삼았는데 자녀를 체벌하는 문제로 화 부인과 갈등을 빚는다.

⑩ 소현성이 없을 때에 화 부인과 집안의 집사인 이홍이 내외사 구분에 대해 갈등을 빚자 현성이 화 부인을 꾸짖는다.

⑪ 시간이 흘러 소현성의 자녀들은 모두 혼인하고 집안은 평안하다. 양 부인이 죽자 소현성도 죽는다.

이상의 기본 설명을 한 뒤, 주요 인물들에 관해 알려 주면서 관련되는 부분을 예로 들어 준다. 작품 전체를 함께 읽을 수 없고, 그렇다고 하여 요약 정리된 것만 읽게 하는 것도 문학 교육 방법으로 좋지 않다. 따라서 이 글에서는 논의에 해당되는 부분들이라도 수업 시간에 함께 읽고 토의할 수 있도록 작품 예문들을 충분하게 제시한다. 학생들에게 낯선 단어나 인명, 고사성어 등에는 각주를 붙여 두었으니 참고하면 좋을 것이다.

다음은 소현성의 아버지와 어머니에 관해 소개하는 내용이다.

처사가 글을 지어 읊으면 물결이 기름으로 씻은 듯하며 교룡(蛟龍)이 귀를 기울여 그 글에 항복하니 문장과 재주가 이와 같았다. 또한 용모가 관옥(冠玉)¹¹ 같고 풍채가 가을 달 같으며 모습과 태도가 준엄

---

11 관옥(冠玉) : 관의 앞을 꾸미는 옥으로, 잘생긴 남자의 얼굴을 비유적으로 이르는 말.

하였다. 마치 사람 가운데 신선이고 까막까치 중 봉황 같아 속세의 티끌이 없으니 진정 깨끗한 산사람이고 기이한 처사였다.

　일찍이 부인과 함께한 지 십여 년이 되도록 부인은 처사가 희롱하거나 성나서 소리 지르는 것을 보지 못하였고 처사는 부인이 크게 웃거나 거꾸로 말하거나 갑자기 성을 내어 소리를 높이는 것을 듣지 못하였다. 남편은 과묵하고 부인은 곧고 깨끗하며, 남편은 순하고 편안하며 부인은 부드럽고 온화하여 서로 어긋날까 두려워하고 예의를 공경하여 부부가 출입할 때는 반드시 서로 일어나서 보내고 일어나서 맞으며 방석에서 물러나 예의를 갖추었다. 집안사람과 종들과 온 집안이 일찍이 저 부부가 가까이 앉아 있는 것을 보지 못하였으니 바로 공경하는 손님과 같았다.[12]

아버지 소광은 처사, 산사람 같은 생활을 했고 문장력이 뛰어났으며, 성품은 과묵하고 준엄하며 순하고 편안하다. 양 부인도 곧고 깨끗하며 예의 있고 감정 표현을 직접적으로 하지 않는 성품이며, 둘은 부부지만 엄격히 내외(內外)했으며 공경했다고 하였다. 이런 특성은 당대 사람들이 바람직하다고 생각하는 인간상일 가능성이 높다. 아들 소현성에 대한 평가를 덧붙여 보면 거의 완벽한 인간상이 그려진다.

　다음은 소현성에 관해 설명하는 부분이다.

　성격이 조용하며 침착하여 그가 기뻐하거나 노하는 것을 남들이 알지 못했고, 가벼이 웃거나 말하거나 하지 않았다. 그러나 집에서는 유순하면서도 툭 트였고 홀어머니를 효성스럽게 봉양하는 일에는 정성

---

12 〈소현성록〉 1권 6쪽.

이 미치지 않은 곳이 없었으니 비록 그 옛날 증자(曾子)[13]라도 이보다 낮지 못할 바였고, 동기간에는 우애 있고 서모를 공경하였으며 집안 다스리는 것이 한결같았다. 지위가 정승에 이르렀는데도 청렴하고 검소하여 입은 옷이 소박하였고 성품이 조용하여 사람들 사귀는 일을 그쳤다. 그러니 평생토록 친구가 십여 명을 넘지 않았다. 또 여자를 꺼려 매일 외당에서 향을 사르고 글을 읽어 문장의 이치를 깨닫는 데 더욱 힘썼고, 행실을 닦아 맑은 도학이 다른 사람들보다 뛰어났다. 자식을 훈계하고 제자들을 가르치면서 성인(聖人)들의 풍속을 이으니 오복 중 흠 잡을 것이 없는 팔자였다.[14]

그도 아버지처럼 유순하면서 시원스럽고 조용하고 침착하였으며 감정 표현을 격하게 하지 않았다. 더하여 효성과 우애가 깊었고 집안 다스리는 것도 잘 하였고 소박하고 검소하고 청렴하였으며 사람들과 휩쓸려 다니지 않고 진중하게 친구를 사귀었다. 글 읽고 문장 쓰고 도학(道學)을 닦는 일에 힘쓰면서 성인들의 풍속을 이었다고 하였다.

다음은 소현성의 누이들인 월영과 교영이 소개되는 부분이다.

장녀 월영이 장성하여 13살이 되었다. 월영은 골격이 시원하고 눈빛이 빛나서 푸른 바다에 밝은 구슬이 솟고 지는 해가 약목[15]에 걸린 듯하였으며, 거울 같은 눈매와 먼 산 같은 눈썹, 조용하고 곧은 기질은 가을 서리 같은데, 화려하고 시원시원하여 재주 있고 아름다운 여자가 될

---

13 증자(曾子) : B.C. 505~436?. 공자의 문하생으로 이름은 증삼(曾參), 자는 자여(子輿). 『대학』의 저자이며, 유가(儒家)에서 강조하는 효를 재확립하는 데 힘쓴 인물로 알려져 있음.
14 〈소현성록〉 1권 1~2쪽.
15 약목(若木) : 해가 지는 곳에 서있었다는 나무. 해가 지는 곳을 의미함.

기상이 많았다. 월영은 아우 교영과 더불어 같은 방에서 지내면서 여공(女功)을 다한 여가에 글을 읽었다. 재주가 빠르고 필법이 정교하여 사령운(射靈運)[16]보다 못하지 않았고 인물은 반듯하게 생겼지만 장난치기를 좋아하였다. 교영은 온화하고 아담하면서도 기발하여 봄비 촉촉한 푸른 이끼 같았다. 사람됨이 약한듯하나 실은 너무 활발하여서 맑은 것에 가깝고, 성격이 부드러워 굳은 결심이 없으니 부인이 늘 안좋게 여겨 탄식하였다.

"월영은 밖으로는 화려하나 마음은 얼음 같고, 외모는 유순하고 활발하나 그 속은 돌 같으니, 비록 날카로운 칼끝 같은 쟁기로 위협해도 그 곧은 마음은 고치지 않을 아이이지. 하지만 교영은 밖으로는 냉담하고 뜻이 팽팽하게 선 듯하나 그 마음은 바람에 흔들리는 거미줄 같구나. 그러니 내가 근심하는 것은 이 아이가 소 씨, 양 씨 두 가문의 맑은 덕을 떨어뜨리지는 않을까 하는 것이로구나."[17]

월영과 교영은 대조적으로 서술되는데, 특히 월영의 곧음과 얼음 같고 돌 같음은 긍정적으로, 교영의 부드러워 굳지 못함, 온화하고 기발함은 부정적으로 서술되는 것이 주목된다. 앞에서 남성은 온화하고 겸손함이 칭탄된 반면, 여성은 곧고 굳음이 칭탄되어 현대의 남녀 평가와는 다소 다름을 알 수 있다. 며느리 중 가장 긍정적으로 평가되는 석 씨는 아름답고 후덕하며 도량 있다[18]고 하였으며, 서모

---

16 사령운(射靈運) : 385~433. 중국 남북조시대 동진(東晋)의 산수시인(山水詩人).

17 〈소현성록〉 1권 17~18쪽.

18 여공(女功)과 부인의 후덕함이 갖추어졌으니, 〈소현성록〉 1권 77쪽. ; 하늘에서 내려주신 강산의 빼어난 기운과 깨끗하고 맑은 기운이 어리어 아름다움이 보통 사람보다 빼어났다. 또 마음에는 태임(太姙)과 태사(太似)의 덕과 도량을 깊이 간직하였고, … (중략) … 그녀는 날렵했지만 가볍거나 키가 작지는 않았으며, 탐스럽게 살쪄 아름답지만 투박하지는 않아, 천태만광(千態萬光)이 태양의 빛을 가렸다. 〈소현성록〉 2권 32쪽.

인 석파는 말을 잘하고 지혜가 있으며 어질다[19]고 하였다. 화 씨는 성질이 과도하고 조급하며 성품이 편협하고 엄한 기운이 없다는 등 부정적으로 서술되었다. 특히 석 씨가 온유하고 단엄하지만 마음속은 가을의 서리 같아 남편이 잘못했을 때에는 바른 말을 하는 것을 칭찬[20]한다는 점에서, 여성의 부드럽고 지조 없는 것보다는 바르고 곧음을 높이 평가했다는 것을 알 수 있다.

> 토의 내용 : 이상의 수업 자료들을 토대로 하여 인물을 설명한 후에, 외국인 학생들에게 자국에서 남성과 여성을 평가하는 덕목과 기준은 어떠한지 이야 기하게 한다. 또 자국 문학 중 가족 서사가 주를 이루는 작품에 대해 이야기 하게 하면서 이 소설과 비교하게 한다. 마지막으로 자기 가문의 삼대(三代) 에 관해 이야기하게 함으로써 이 작품을 실감 나게 독서할 수 있도록 하며, 가족 관계나 갈등에 관한 다음 이야기로 나아갈 토대를 마련한다.[21]

2) 인물 간 관계, 갈등과 배경 이해와 토의 내용

이제 다음 단계로, 작품의 심층적 이해를 위해 인물 간 관계나 갈등과 배경을 설명하면서 관련된 예문들을 수업 자료로 제시한다.

이 작품에서는 부부간, 모녀간, 고부간 등 다양한 관계와 갈등이 설정되어 있으니 이를 통해 당시의 가족 관계도 알 수 있게 된다. 먼

---

19 석파는 영리하고 꾀가 많아 잘 둘러대어 말이 물 흐르듯 하고 재치와 화려함이 지극하여 진정 여자 중 소진(蘇秦) 같았다. 석파는 또 지혜가 남보다 뛰어나 뜻이 너무 활발하기에 살짝 굳센 뜻이 없고 마음이 고지식하지 않았으나 본래 천성은 아주 어질었다. 〈소현성록〉 1권 82쪽.

20 〈소현성록〉 4권 17~18쪽.

21 각 절의 마지막 또는 일정한 내용 설명이 끝난 뒤에 토의할 내용들을 상자 속에 제시한다.

저 부부 갈등을 보면, 첫 번째로 주목되는 것이 아내가 어머니에게 불경(不敬)했을 때에 매우 엄격하게 단죄한다는 점이다. 소현성은 아내 화 씨가 서모가 둘째 부인을 천거하겠다고 하는 것 때문에 그녀에게 욕한 일[22]을 두고 화가 나 그 유모를 대신 때리고[23] 이후로 8개월이나 아내를 찾지 않는다. 화 씨가 속이 상해서 병이 나고 어머니나 누나가 화해하라고 해도 용서하지 않는다.

이후에도 이 부부의 갈등이 크게 부각되는 사건이 한 번 더 있는데, 바로 내외사(內外事) 분리로 인한 갈등이다. 가장(家長) 소현성은 내외사를 분리하기를 바라는데, 자신이 집에 없을 때에 화 씨가 집사 이홍의 권한을 침범하여 다투자[24] 이것이 그릇되었다고 책망하면서

---

22 화 씨가 갑자기 꾸짖으며 말하였다. "내 일찍이 서모와 원수진 일이 없는데 무슨 까닭으로 나를 미워하여 다른 아내를 천거하는지요? 서모가 만일 그만두면 나도 말겠지만 끝내 내 원수를 만들 것 같으면 전제(專諸)의 어장검(魚腸劍)을 한번 찔러서 한을 갚고 나 또한 죽을 것이오."

석파가 차갑게 웃으며 말하였다. "낭자가 나이 적어 헤아림이 없구려. 여자의 도는 유순한 것이 귀하고 투기는 칠거지악에 분명히 들어있으니 자고로 투기하는 숙녀는 없었지요. … (중략) … 그런데 말씀이 이렇듯 사리에 맞지 않으시니 첩을 원수라고 하신다면 우리 양 부인께서는 스스로 원수라고 생각하시면서 첩들을 모으신 것입니까? 제가 어려서부터 지금까지 장현동에서 늙었지만 일찍이 돌아가신 처사와 양 부인께 책망을 듣지 않았고 사랑을 어루만져 길러내어 정이 산하(山河) 같으니 비록 낭자께 어장검을 받는다고 해도 서러워서라도 기특한 숙녀를 천거해야겠습니다." 〈소현성록〉 1권 93∼94쪽.

23 사람들을 명하여 화 씨의 유모를 잡아내라 하였다. 그리고 죄를 물어 크게 꾸짖고 종으로 하여금 큰 매를 골라서 장 60대를 치니 유모가 기절하였다. 석파가 도리어 말리는데도 '끌어내라' 하고 서모를 향해 재삼 겸손하게 말하고 위로하니 석파가 감격하고 뉘우쳤다. 그러나 화 씨에 대해서는 오히려 분을 풀지 못하였다. 〈소현성록〉 1권 97∼98쪽.

24 원래 화 부인의 권세가 가장 커서 집안의 시녀들이 모두 떠받들지만, 승상의 치가(治家)함이 엄하여 내당(內堂)의 시녀들이 감히 중문(中門) 밖으로 나가 외당(外堂)의 종들과 만나는 일이 없었다. 또 양 부인이 내당의 일을 총괄하지만 승상이 장성한 후에는 외당의 일을 알지 못하니, 하물며 젊은 부인이야 어찌 작은 호령이라도 문밖으로 나가게 하겠는가? 또 승상이 이홍을 얻은 후에는 스스로 집안일을 하지는 않고 단지 그가 아뢰

별거까지 제안하기에 이른다. 이런 말을 들은 화 씨는 더욱 화가 나 이홍을 죽이겠다고 하기도 했지만 결국 마음을 누그러뜨리고 시누이 월영의 도움으로 남편과 화해한다. 월영과 합작품으로 사과 편지를 쓰는데 잘못을 시인하면서도 하고 싶은 말을 적절하고도 당당하게 넣었다.

"제가 비록 무례하지만 어려서부터 성현(聖賢)의 글을 읽어 예의를 조금 압니다. 그윽이 생각건대, 나라의 황후와 황제가 높으신 것이 같고 집의 가장(家長)과 가모(家母)가 중요함이 같습니다. 군자가 수신제가치국평천하(修身齊家治國平天下)[25]의 근본이라고 하지만, <u>자고로 남자가 나라의 일을 다스리면 집의 일을 다 보기 어렵습니다. 그래서 승상이 나라의 큰 신하로 조정의 일을 살피느라 겨를이 없어 이홍에게 맡겨 집의 내외사를 다스리게 하였습니다.</u> … (중략) …

오늘 경치를 구경하려 한 것은 승상이 없기를 기다려 놀려고 한 것이 아니라 어머니께서 평안하여 여러 자녀와 함께 노시니 한가한 때를 타 소·윤·석 세 부인과 더불어 후원을 보면서 산수(山水)의 성함을 보고 내년의 누에치기를 상의하려 한 것이지 경치를 구경하려 한 것이 아닙니다. <u>홍을 잡아맨 것은 그가 무례한 말을 하지는 않았지만 저를 욕보였기 때문입니다. 상공도 오히려 저를 모욕하는 말을 듣지 못하였는데 그가 가신(家臣)으로서 어지러운 말을 하니 갑자기 성이 나서 참지 못한 것입니다. 또 이는 승상이 집을 다스리는 데에도 해롭습니다.</u>

<u>는 말을 들을 따름이었다.</u> 그런데 오늘 화 씨가 심하게 화를 내면서 상황을 모두 살피지 않고 이홍을 가두라고 하니, 이홍이 어찌 내몰아 쫓아냄을 달게 받겠는가? 다만 주부(主簿)의 인끈을 벽에 걸고 갓과 띠를 벗어놓고 나가버렸다. 화 부인이 이홍이 달아난 것을 듣고 더욱 노하여 종들을 풀어 잡으려 하니, 〈소현성록〉 4권 106쪽.

25 수신제가치국평천하(修身齊家治國平天下) : 행실을 닦고 집안을 바로잡으며 나라를 잘 다스리고 온 세상을 편안하게 함.

그래서 만약 승상이 외당에 계셨다면 제가 그 사이에서 호령하지 못하였겠지만 상공이 조정에 들어가 돌아올 때를 정하지 못한 상태였기에 집에 주인이 없다고 여겨 종들과 홍이 무례하였습니다. 그러하니 집의 여주인이 하나의 규범을 굳게 지켜 무너져가는 위의를 붙들어야 하지 않았겠습니까? … (중략) …

또 부부 사이를 말하지 않고 저를 벗으로 여기더라도 저는 상공을 안 지 열두 해가 되었고 홍은 다섯 해가 되었습니다. 그런데 선후(先後)를 분변하지 않으시니, 홍을 위하는 정성은 지극하다고 할 만하지만 저에게는 박절하시군요. 각각 따로 집에 있자고 하시는데, 여자의 삼종지의(三從之義)는 중요한 것입니다. 상공은 삼강오륜(三綱五倫)을 잊어 버리셨지만 저는 '여자는 반드시 지아비를 따르고 부모형제를 멀리 한다'는 말을 지키려 합니다. 상공이 저를 버린다면 뱃속의 아이를 품고 의지하여 윤기(倫紀)의 삼종(三從)을 오로지 지킬 것이니 마음대로 처치하십시오. … (후략)[26]

아무리 내외사를 분별한다 해도 아랫사람인 이홍이 자신을 업신여기는 것을 묵과할 수 없었음을 말하면서 부부 사이는 주인과 집사 사이보다 중함을 강조하고 있다. 그러면서 남편이 친정으로 가라고 했던 것에 대해 지아비를 따를 뿐 친부모와 형제에게 돌아가지 않겠다고 한다.

> **토의 내용 :** 학생들에게 우리나라에서의 부부의 위상, 내외사에 대한 생각 등을 설명해준 뒤에 자신이 만약 화 부인이라면 어떻게 답신을 할지 써보라고 한다. 그 외에 자신이 겪은 억울한 일을 떠올려 보고 이에 대해 해명하고 자신의 생각을 주장하는 글을 써보게 할 수도 있다.

---

26 〈소현성록〉 4권 116~119쪽.

한편, 소현성과 그 둘째 부인 석 씨의 갈등은 셋째 부인 여 씨의 계교로 말미암는다. 다음은 여 씨가 얼굴이 바뀌는 개용단(改容丹)을 먹어 석 씨가 된 뒤에 방탕한 행동을 하는 장면이다.

> 석 씨가 가까이 와서 상서의 손을 잡고 머리를 무릎에 얹으며 말하였다. "낭군이 어찌 저에게 매몰차게 대하십니까? 바라건대 제가 그리워하는 정을 어여삐 여기십시오."
> 드디어 방탕하고 더러운 행동을 심하게 하였다. 상서가 다만 기괴하고 이상하게 여기는 것은 석 씨가 저럴 리가 만무한데, 아닐 것이라 생각해도 또한 용모와 목소리가 분명하고, 만삭의 몸도 전혀 의심할 것이 없으니 일단 놀라고 의심스러움을 이기지 못하여 탄식하며 말하였다. "사람의 마음 알기는 어렵도다. 우리 어머니의 사람 알아보심과 나의 사람 알아봄이 다른 사람에게 비할 바가 아닌데, 석 씨를 몰랐구나."[27]

소현성은 석 씨의 이런 행동 뒤에 그녀가 외간 남자 설 씨와 사통하여 자식까지 가졌다고 하는 말을 듣고 매우 노하여 그녀와의 혼서지를 불태우고 친정으로 보내고는 그 거처를 무너뜨려 자취를 없앤다. 식구들이 석 씨를 두둔하며 진상을 더 알아보라 해도 심하게 내치는 것이다. 이후 여 씨가 화 씨로 얼굴을 바꾸고 화 씨를 모해할 때에 정체가 밝혀진 뒤에야 석 씨에 대한 오해도 풀리게 된다. 하지만 바로 사과하지 않고 석 씨의 운수가 나빠서 이런 상황에 빠진 것으로 이해되면서 소현성의 병간호를 하러 석 씨가 집으로 돌아오는 것으로 마무리된다.

---

27 〈소현성록〉 3권 16~17쪽.

토의 내용 : 이 작품에서는 소현성이 완벽한 남성으로 설정되었기에 아내들을 은근히 박대하거나 오해하는 등 폭력적인 대응을 하더라도 그의 잘못이라기보다는 여성의 운이 나빠서 그렇다는 식으로 마무리되곤 한다. 이에 대해 학생들은 어떻게 생각하는지 이야기하게 한다. 자신이 화 씨나 석 씨라면 어떤 심정일지 이야기하거나 그녀들에게 편지를 씀으로써 공감하고 위로해 보게 한다. 반대로 소현성에게 반발하거나 그를 비판하는 내용의 편지를 써 보게 하는 것도 좋을 것이다. 즉 인물과 상황을 파악한 뒤 자신의 생각을 대입하여 다시 생각하거나 감정을 소통하게 하는 수업이 될 수 있을 것이다.

다음은 모녀 갈등이다. 양 부인과 둘째 딸 교영의 갈등인데, 갈등이라기보다는 교영이 잘못된 행실을 하자 죽기를 강요하는 것이기에 일방적이라고 할 수 있다. 교영은 시댁 식구들이 역모에 휘말려 죽고 자신은 귀양을 가게 되는데 가기 전에 어머니는 열녀전을 주면서 이를 읽으면서 절개를 지키라고 당부한다. 그럼에도 불구하고 그곳에서 사통(私通)을 하다가 귀양에서 풀려나 돌아온 뒤에 그 사실이 밝혀지자 양 부인은 독주를 주면서 죽으라고 한다. 아무리 빌어도 끝내 마시고 죽게 한다는 면에서 독한 어머니의 모습을 볼 수 있는데 이는 당시의 정절 이데올로기 주입이 얼마나 심했는지를 보여주는 예이기도 하므로 뒤에서 다시 거론한다.

마지막으로 고부 갈등을 들 수 있는데, 시어머니가 강력한 권한과 지위를 지니고 있기 때문에 많지는 않다. 다만, 양 부인과 화 씨, 석파와 화 씨 사이의 갈등이 소현성의 둘째 부인 들이는 것으로 야기되어 해소되기까지가 길게 형상화되어 있다. 당시에는 남편이 다른 부인을 얻어도 투기(妬忌)하지 않아야 현숙한 아내라고 평가되었다. 따라서 그런 상황에서 화를 내거나 투기를 한다면 책망을 받는 것이다.

화 씨는 억울해 하지만 시어머니는 길들이는 차원에서 그녀에게 남편의 혼인 날 예복을 짓게 한다. 이를 수행하면서 화 씨는 하염없이 눈물을 흘리지만 그래도 이 모든 것을 잘 참고 혼인날 의연히 있음으로써 갈등이 사라지고 남편에게도 공정한 대우를 받게 된다.

> **토의 내용**: 정절을 지키지 않았다고 하여 어머니가 딸을 죽게 한다든지, 며느리에게 남편이 새 부인을 얻는 것을 용납하라고 하는 등의 작품 속 상황이 학생들에게는 이해가 가지 않을 수 있으며 비판할 거리가 많을 수 있다. 조선 후기에는 이런 일들도 있었으며, 그 이면에는 정절 이데올로기나 가부장 중심주의, 남성 중심주의 등이 깔려 있었던 것에 대해 토의하게 한다. 자국에서는 어떠했는지를 알아보고 이야기하게 함으로써 우리의 경우와 비교하게 한다.

3. 〈소현성록〉을 통해 보는 한국문화

1) 일상과 여가 생활

앞에서 행한 작품에 대한 기본 이해와 심층 이해 수업 이후에는 이 작품을 통해 알 수 있는 조선 후기의 한국 문화에 대해 읽고 토의할 수 있다. 이러한 활동을 통해 현대 한국어 수업이나 한국 문화 수업에서는 알기 어려운 우리 문학과 문화의 전통과 연원에 대해 알 수 있을 것이며, 예와 지금을 비교하거나 우리나라와 자국의 문화를 비교해 볼 수 있을 것이다.

이 작품에는 사대부 집안의 일상과 여가 생활이 비교적 사실적으로 묘사되어 있는데, 먼저 남자 아이의 일상을 보면 다음과 같다.

동자들과 서실에서 지내면서 새벽닭이 처음 울 때 세수하고 어머니 숙소 창 밖에서 소리를 나직이 하여 문안을 여쭙고 회답을 기다려 두 번 절하고 물러난 후 다음날 아침 인사드릴 때 의관을 바르게 하고 얼굴빛을 온화하게 하며 기운을 평안하게 하여 어머니 상 아래 꿇어앉은 채로 모시면서 혹 글 뜻도 여쭙고 혹 시사(詩詞)를 배웠다. 이렇게 하루 네 번 문안드리는 일과 행실이 『소학』보다 더한 일이 많으니 부인이 그가 행실을 너무 닦아 몸이 상할까 두려워 새벽에 일어나는 것을 금하였다.[28]

새벽에 일어나 어머니께 문안 인사를 드리고 글과 시를 배운다. 장년이 되어서는 앞에서 소현성의 인물됨을 말하면서 본 것처럼 늘 도학을 닦고 청렴하게 지내면서 주로 서헌(書軒)에 거처한다. 노년이 되어서도 자손들과 함께 서헌에서 문장을 짓거나 책을 읽고 시를 읊조리면서 노닌다. 여성의 경우, 시어머니 처소에서 식사 준비를 살피거나 자신의 처소에서 책을 읽거나 시를 읊조린다. 시어머니는 집안의 물건들의 출납을 총괄하며, 서모는 실제로 그 출납을 시행하고, 시녀들은 바느질이나 집안일을 주로 한다.

양 부인이 5대손까지 보았어도 집안일을 놓지 않으니, 화·석 두 부인이 또한 예의와 법도를 넘지 않아 방 안의 작은 것도 사사로운 재물과 그릇이 없이 모두 양 부인께 드려 창고 안에 넣었다가 승상과 자기에게 쓸 곳이 있으면 아뢰고 얻어 썼다. 또 비단을 얻어도 다 창고에 넣어 쓸 데가 있으면 고한 후에야 마음에 맞게 내어 쓰니 집안사람들이 다 변함없는 일로 알아 사재(私財)를 집에 두면 시녀라도 무례하다

---

28 〈소현성록〉 1권 15쪽.

고 여겼다. 그래서 양 부인이 네 계절에 맞게 며느리와 두 딸을 불러, 석파에게 창고를 열고 이파에게 좋은 비단을 가려내게 하였다. 눈앞에서 네 부인에게 부부의 옷을 마름질하고 손자들의 옷 지을 것을 준비하여 시녀에게 지으라고 맡겨 짓게 한 후 주었는데, 반 마디 터럭만큼도 차이가 없었다. 다만 윤 씨는 친가가 없고 사사로운 재물도 없어 대접해 주는 사람이 없기에 더 거두어 한 단계 더 주시니, 거룩한 덕이 이와 같았다.

네 부인이 몸이 한가하고 여력이 있었으나 의복에 간여하지 않으며, 손님 대접할 수를 헤아려 양 부인 앞에서 석파 등과 더불어 술과 안주를 도울 따름이었다. 소 씨와 윤 씨 부인도 자기 남편의 손님맞이를 시녀에게 맡기고 아는 것이 없었으며 단지 장복(章服)[29]과 관복(官服)을 시녀가 잘못 준비할까 하여 스스로 짓는 일 외에는 종일토록 시사(詩詞)를 화답하여 부르고 바둑으로 소일하여 시인(詩人)의 모습과 풍류 있는 거동이 있었다. 유독 석 씨만은 손님을 대접하는 것을 알지 못하고 바느질에도 간섭하지 않았다.[30]

여가에는 여성들도 시를 짓거나 그림을 그리고 바둑을 둔다. 후원에 모여 꽃구경을 하며 담소를 나눌 때에 서로의 자질을 칭찬해 주기도 하고 인생을 이야기하며 위로를 주고받는다.[31] 남녀가 함께 하는

---

29 장복(章服) : 직품(職品)을 가진 부인의 예복.
30 〈소현성록〉 4권 124~126쪽.
31 소 씨가 윤 씨와 함께 백화헌으로 갔는데 상서가 마침 나갔기에 이곳이 고요하였다. 두 사람이 꽃들을 구경하다가 시녀에게 이·석 두 서모와 화 부인과 석 부인을 나오게 하였다. 네 사람이 모두 오니, 소 씨가 좌우 시종들에게 소나무 정자 아래에 용문석을 깔라 하고 벌여 앉아 술과 안주를 내오게 하였다. … (중략) … 석파가 크게 웃고, 먼저 한 잔을 부어 소 씨 앞에 가 치하하며 말하였다. "부인이 열네 살에 한씨 집안에 들어가 어사의 방탕함을 만났으나, 기색과 행실이 맑고 여유로워 마침내 방탕한 사람을 감동케 하시고 옥 같은 자녀를 좌우에 벌여 계시니 태임, 태사와 같은 덕이라도 이보다 더하겠습

것은 잔치 자리에서, 투호 놀이를 할 때 등인데 이때에 임신이나 부부간 화목도 등 중요한 정보가 공유되기도 한다. 부부간에는 항상 예의를 지키며 남들이 있는 데에서는 말을 섞지 않는다.[32] 남편은 아내의 침소에 한 달에 열흘만 가는데 그럴 때라도 밤늦게까지 어머니를 모시고 있다가 이부자리를 봐드린 뒤에 가며, 나머지 이십 일은 서당에서 글을 읽는다.[33] 남성들은 여가에 유산(遊山)을 하거나 뱃놀이를 하며 시와 노래를 읊조린다.

> **토의 내용** : 자국의 고전문학에서는 선인들의 일상을 어떤 식으로 묘사하였는지, 부부간의 예의나 자녀 교육법은 어떠했는지 이야기하게 한다. 자국인들은 실제로 어떻게 여가 생활을 해왔는지, 문학에서는 어떤 것들을 주로 형상화하였는지 등을 이야기하면서 이 작품과 비교하게 한다.

니까?" 소 씨가 웃으며 말하였다. "서모가 나를 어린아이 놀리는 듯하시는군요." 석파가 웃으며 답하였다. "제 진심입니다." 소 씨가 기분 좋게 잔을 기울이니, 석파가 또 윤 씨에게 나아가 위로하며 잔을 바치고 말하였다. 〈소현성록〉 2권 65쪽.

32 시랑이 여전히 훈훈한 화기를 띠었지만 어머니 앞이라 머리를 숙이고 크게 웃으며 말이 없었다. 그러자 월영이 웃고 동생을 놀리면서 화 씨에게 해산달을 물었다. 바야흐로 임신 8개월인 줄 알고 서로 아들 낳기를 바라면서 축하하였다. 생의 행동거지가 이 같으므로 어두운 방 가운데서도 희롱하는 일이 없고 겨우 깊은 밤에야 부부가 잠자리에 들어 손을 잡은 일과 해산에 대해 묻는 것 같은 일을 집안사람들이 처음 보고 크게 놀라며 웃었으니 그 단정하고 엄숙하고 정숙함을 알 만하였다. 〈소현성록〉 1권 74~75쪽.

33 침소에 들어가기를 드물게 하여, 한 달에 열흘은 침소에 들어가고 이십 일은 서당에서 글 읽기에 힘썼다. 생이 어머니께 가서 기운을 온화하게 하고 낯빛을 편안하게 하고 누이와 두 서모와 더불어 한가하게 이야기할 때에도 혹 격조 있는 농담으로 분위기를 돕고 어머니의 뜻을 받들어 좋은 분위기를 돋우기는 하였으나 행여 화 씨에게 눈길을 보내는 일은 없었다. 또 녹운당에 가는 날이라도 밤늦게까지 어머니를 모셨다가 친히 이부자리를 펴드리고 베개를 바르게 해드려 어머니께서 누우신 후에야 물러나와 화 씨 방에서 잤다. 그리고 새벽을 알리는 북이 울리면 일어나 세수하고 아침 문안을 드리고 대궐에 가서 조회에 참석한 후 어머니께 하루 세 때 문안하고 서당으로 가서 향을 피우고 옷매무새를 바르게 하여 종일토록 단정하게 앉아 사서를 공부하고 예법을 연구하였다. 〈소현성록〉 1권 52~53쪽.

2) 예법

조선 후기에는 혼례(婚禮)나 상례(喪禮)와 같은 예법을 『주자가례
(朱子家禮)』에 입각하여 실천하였는데 이 작품에 잘 나타나 있다. 혼
례는 여섯 가지 예의 즉 육례(六禮)를 실행하는데, 납채(納采), 문명
(問名), 납길(納吉), 납폐(納幣), 청기(請期), 친영(親迎)의 절차를 말한
다. 납채는 남자의 집에서 청혼 예물을 보내는 것을, 문명은 여자의
출생 연월일을 묻는 것을, 납길은 문명 후 길한 징조를 얻으면 이것
을 여자의 집에 알리는 일을, 납폐는 혼인을 정한 증명이 되는 예물
을 여자 집에 보내는 것을, 청기는 남자 집에서 결혼날짜를 정하여
여자 집에 지장이 있는지의 유무를 묻는 것을, 친영은 신랑이 신부
집에 가서 아내를 맞이하는 것을 이른다. 다음에 제시하는 소현성과
석 씨의 혼인 장면을 통해 이러한 예법을 설명할 수 있다.

> 길일이 다다라 매자(媒子) 네 사람과 양참정이 이르렀다. … (중략)
> … 양 부인이 화 씨를 불러 상서의 관복을 입히라고 하시니, 명령을
> 듣고 나아가 관대(冠帶)를 받들어 섬겼다. 양 부인이 남모르게 눈길을
> 보내 그 행동거지를 살피니, 화 씨가 얼굴색이 흙빛이 되어 그 옷고름
> 과 띠를 매는데 손이 떨려 쉽게 하지 못하였다. 그윽이 애달프게 여기
> 고 있는데 관대를 섬기기를 마치고 모인 사람들에게 하직하니, 양 부
> 인이 슬퍼하며 감탄하여 눈물을 흘렸다.
> 　상서도 또한 눈물을 머금고 위엄 있는 의식을 갖추어 석 씨 집에
> 이르러 기러기를 전하였다. 신부가 교자에 오르기를 기다리니, 소저가
> 여러 보물로 몸을 잘 단장하고 백냥(百輛) 수레에 올랐다. 상서가 순금
> 으로 된 자물쇠를 가지고 덩을 잠그고 말에 올랐다. 칠왕과 팔왕 두
> 제후가 요객(繞客)이 되고 만조백관(滿朝百官)이 십 리에 벌여 있으며
> 무수히 따라오는 사람들이 좌우에 가득 어깨를 겹칠 정도로 있어, 티

끝이 해를 가리니 그 풍성함을 이루 다 기록하지 못하겠다.

자운산에 이르니, 중당(中堂)에 혼인 예식을 치를 자리가 잘 차려 있었다. … (중략) …

다음 날에 시어머니를 뵙고 사당에 절하는 데 예의를 갖추어 행하였다. 축하하러 온 손님이 구름 같았다. … (중략) … 이윽고 신부가 나와 폐백하는 예를 마치고 단장을 새로 고쳐 시어머니께 잔을 올렸다. … (중략) … 종일 마음껏 즐기다가 잔치가 끝난 후, 신부의 숙소를 벽운당으로 정하였다. 신부 숙난 소저가 침소로 돌아와 단의(禮衣)를 바르게 입고 촛불을 대하여 있었다.[34]

매파 네 명과 외조부가 혼례에 참여하러 먼저 오고, 신랑의 첫째 부인 화 씨가 둘째 부인 맞을 혼인날의 길복을 지어 관례대로 남편에게 입히는 준비 과정부터 보여준다. 이후 신랑이 신부 석 씨의 집에 가서 전안(奠雁)하고 신부를 데리고 요객(繞客)들과 함께 신랑의 집으로 와서 혼례를 치른다. 이 친영(親迎)의 예가 당시 혼례의 중요한 변화인데 이와 더불어 여성이 시댁에 귀속되는 정도가 커졌다. 혼인 다음 날에는 사당에 예를 치르고 폐백을 하는 것까지 예법대로 진행된다.[35]

상례(喪禮)는 양 부인이 죽고 나서 비교적 자세히 언급되는데, 이는 〈소현성록〉 별전 마지막 권에 나오는 것이므로 여기서는 다루지 않지만 각주[36]로 제시하였으니 수업 시간에 읽어도 좋다. 본전에서는

---

34 〈소현성록〉 2권 46~51쪽.

35 다음날 폐백을 받들고 사당에 올랐다. 생이 잔을 올리면서 탄식하며 눈물을 흘리니 눈물이 푸른 옷소매를 적셨다. 이 모습을 보고 신부 또한 마음에 감동하여 낯빛을 가다듬었다. 그리고 사당에서 내려와 새 단장을 하고 부인께 예를 올리니 부인이 기쁨과 슬픔을 가라앉히지 못해 시원한 눈물이 옷깃에 가득하였다. 〈소현성록〉 1권 47쪽.

소현성의 아버지 소광이 죽고 나서의 상황이 제시되는데, 온 집안이 곡(哭)하고 염(殮)을 하고 초상(初喪)을 마치고 나서 3년 동안 제사를 지내며 아내인 양 부인은 육즙을 먹지도 않고 슬퍼한다. 절차보다는 슬픔을 강조한 것이지만, 상례의 일단을 볼 수 있다.

온 집안이 곡하기를 마지아니하였다. 염을 하여 초상을 마치고 양 부인이 설움을 품고 제사를 치르더니 한 달이 지나자 양 부인 기력이 장차 위태롭게 되었다. 부인은 태아가 잘못 될까 두려워 사소한 설움

---

36 사경(四更) 말에 태 부인이 운명하셨다. 향년 115세였다. 소 부인과 화 부인, 석 부인이 여러 아들, 손자들과 함께 초혼(招魂)하여 발상(發喪)하니, 울음소리가 하늘에 쏘였다. … (중략) … 반합(飯合)과 습렴(襲殮)할 때에 운경, 운성을 데리고 입관(入棺)하고 빈소(殯所)를 차려 초상(初喪)을 마쳤다. 일을 다스리기를 매우 정숙하게 하여 편안하지 않은 일이 없었고 밖에 나가 조문객을 보지 않았으며 입관하기 이전에는 시신을 지키느라 방 밖으로 나가지 않았다. 곡하며 울기를 때때로 하여 지루하게 울지 않고 단지 시신을 붙들고 평상시에 모시던 것과 같이 하여 전혀 곡하는 것이 과도하지 않으니 아들들이 기뻐하였다. 그러나 상복을 입기에 이르러서는 소 승상이 길게 소리를 한 번 지르고 입에서 피 두어 말을 토하고 혼미해졌다. 정신을 차리고 바야흐로 상복을 찾아 입고 상막(喪幕)에 엎드려 조문객을 받았다. … (중략) … 장례일이 다다르니 황제와 황후가 제사를 지내시고 예의를 갖춰 장사 지내게 되었다. 승상이 어머니의 영구(靈柩)를 이별하게 되니 마음이 베이는 듯하여 해와 달이 어두워지고 하늘이 무너지는 것 같아 하늘을 우러러 울부짖으며 상여를 붙들고 선산에 이르렀다. 승상이 울음을 그치고 친히 지리를 살펴 부친과 합장하였는데, 봉분(封墳)을 이룬 후에는 또 통곡하는 목소리가 처절하고 슬펐다. 모인 사람들과 지나가는 사람들이 눈물 흘리지 않는 사람이 없었고 빈소에 온 손님들도 감동하여 슬퍼하지 않는 사람이 없었다. 목주(木主)를 싣고 돌아오는데 초롱이 백 리 가량 이어져 불빛이 하늘에 나란하였다. … (중략) … 소부 안으로 들어가 취성전에 위패(位牌)를 받들어 안치하고 아침저녁으로 제사를 지내니 승상이 심하게 슬퍼함은 말할 것도 없고, … (중략) … 밤낮으로 곡을 하여 석 달 동안 피눈물을 흘렸으니 어찌 쇠하지 않으며 어찌 피폐해지지 않겠느냐? 졸곡(卒哭)을 지내고 나서 병이 심하게 되니, 황제께서 내시를 보내 고기즙을 권하셨다. 소 승상이 듣지 않고 괴로워하였지만 하루 네 번 제사에 참여하는 것을 게을리 하지 않았다. 병이 위태로워 살지 못하게 되었어도 끝내 상복을 벗고 눕지 않더니, 수명이 다하는 날에 목욕재계하고 어머니 위패가 있는 방에서 크게 울고 아버지 사당에서 절한 후 내당으로 들어와 취성전을 둘러보았다. 〈소현성록〉 15권 57~62쪽.

은 억지로 참고 큰 의리를 생각하며 한 그릇 육즙을 들고 관 앞에 나아가 말하였다. … (중략) … 말을 마친 후에 목 놓아 큰 소리로 울고 끝까지 마셨다. 그리고 침소(寢所)에 돌아와 제사를 받들고 더욱 엄하고 바르게 집안을 다스렸다. 장례를 다 치르자 자운산 동쪽에 묻고 새삼 슬퍼하니 양 참정이 아침저녁으로 딸을 위로하며 지냈다.[37]

이후, 양 부인은 아버지가 죽자 혼절할 정도로 슬퍼하지만 자녀들을 생각하여 마음을 너그럽게 가지고 기운을 조절하여 위급해지지는 않는다. 그러나 끝내 고기즙을 먹지 않고 3년을 지낸다.[38] 작품의 마지막에서는 소현성이 어머니가 돌아가신 슬픔에 피를 토하고 위급해져 3년을 못 넘길 정도가 되어 죽는 것으로 되어 있다. 그의 효성을 강조하는 장치라고 할 수 있지만 당시 사람들이 느낀 부모상의 위중함을 알 수 있다.

> **토의 내용 :** 자국의 혼례와 상례에 대해 알아보고 이에 대해 이야기하게 한다. 현대 한국의 혼례와 상례를 안다면 이야기하고, 이 작품 속의 경우와 비교해 보게 한다. 나라마다의 고유성, 한 나라 안에서의 문화의 계승에 대해서도 토의할 수 있다.

3) 가치관과 제도

이 작품은 여성들의 심리 묘사가 자세하고 그녀들의 목소리도 제법 당당하게 표출되어 있기는 하지만, 당대인들의 남성 중심적 사

---

37 〈소현성록〉 1권 11~12쪽.
38 〈소현성록〉 4권 54~55쪽.

고, 가부장 중심적 사고방식이 저변에 깔려 있기도 하다. 그래서 여성 친화적 측면과 여성 교육적 측면이 공존하는 작품이라고 평가[39]되기도 하는 등 중층적이고 복합적으로 해석될 수 있지만, 이 절에서는 당대의 가치관이나 제도를 반영하는 측면을 중심으로 제시하기로 한다.

앞에서 부부갈등 상황에서 보았던 사건 이후에 소현성이 화 씨에게 하는 말을 통해 당시의 여성들에게 요구했던 덕목을 알 수 있다.

> (소현성이) 매우 경계하고 책망하며 말하였다.
> "무릇 여자란 것은 사덕(四德)[40]이 넉넉하고, 칠거(七去)[41]를 삼가며, 유순하려 힘쓰고, 지아비를 부끄러워하며 섬겨야 하오. 그래야 가히 사람의 자식으로서 부모를 욕 먹이지 않으며 사람의 아내 되어 은혜와 의리를 잃지 않고 몸이 평안할 것이오. 부인은 그렇지 않아서, 모친을 받듦에 효성이 게으르고, 사람을 대접하고 사물을 마주할 때에 기색이 너무 강하여 온순하지 않으며, 나를 섬김에는 당돌하고 소홀하며, 말을 할 때에는 온화하지 않으니, 무엇을 착하다고 일컬어 공경히 대하겠는가? … (중략) …
> 내가 단지 아이들 얼굴을 봐서 당신을 대놓고 책망하지는 않고 잘 가르치지 못한 죄로 유모에게 약간의 형벌을 주었네. 그 후 외당에서 여러 달을 머무르며 놀란 마음을 진정하면서 당신의 흉한 말을 잊으려

---

39 정선희, 「17세기 소설 〈소현성록〉 연작의 여성인물 포폄(褒貶)양상과 고부상(姑婦像)」, 『문학치료연구』 36, 2015.

40 사덕(四德) : 여자가 갖추어야 할 네 가지 덕목. 부덕(婦德 - 마음씨), 부언(婦言 - 말씨), 부용(婦容 - 맵시), 부공(婦公 - 솜씨).

41 칠거(七去) : 칠거지악(七去之惡). 여자가 행하면 안 되는 일곱 가지 허물. 시부모에게 불효함, 자식이 없음, 행실이 음탕함, 투기함, 몹쓸 병을 지님, 말이 지나치게 많음, 도둑질을 함.

고 혼자 지낸 지 칠팔 개월이 되었네. 그러던 중 어머니의 말씀이 있어 마지못하여 온 것이네. … (중략) …

여자의 투기는 칠거지악(七去之惡) 중에도 있으며, 그대 또한 옛 일을 익히 두루 보았으니 알 것이네. … (중략) … 또 지금 나에게 재취하라고들 권하지만 일이라는 것은 다 하늘의 운수라 사람의 힘으로 할 바가 아니네. 그런데도 부인이 드러나게 근본 없는 투기를 하니 어찌 죄를 더하지 않겠는가? … (중략) … 그러니 부인은 너무 무례하게 행동하지 마시게. 또 설사 내 벼슬이 높아져 진실로 그대하고만 함께 하지 못하여 재취할지라도 패악한 일을 해서는 안 되네.[42]

여자는 네 가지 덕(德) 즉, 마음씨와 말씨, 맵시, 솜씨가 좋아야 하며, 일곱 가지 악행을 해서는 안 된다면서 시부모 중 한 명인 서모에게 불손했던 일을 책망한다. 불손했던 이유가 서모가 재취를 주선한 것 때문이었으니 이는 투기를 한 것이 되므로 칠거지악 중 한 항목을 범한 것이다. 그래서 또 책망한다. 즉 당대에는 여성들이 남편의 재취를 자연스럽게 받아들여야 했던 것이다.

남성들은 이렇게 아내를 여럿 두어도 되었으나, 여성들은 일생동안 한 남성만을 바라봐야 했다. 즉 절개를 지켜야 했으니, 이를 어기면 죽임을 당하기도 했다. 이 작품에서 극단적으로 형상화된 면이 있지만 당대의 상황을 반영한 것이라 볼 수 있다. 양 부인은 딸 교영이 사통(私通)했음을 알고 가문에 누를 끼쳤으니 죽으라고 한다.

그러자 양 부인이 꾸짖었다.

---

42 〈소현성록〉 2권 7~11쪽.

"네가 스스로 네 몸을 생각해 본다면 다른 사람이 죽으라고 재촉할 때까지 기다리지도 않을 것이다. 하물며 그렇거든 무슨 면목으로 '용서' 두 글자를 입 밖에 내느냐? 내 자식은 이렇지 않을 것이니 내게 어미라 부르지 마라. 네가 비록 유배지에서는 약해서 절개를 잃었다지만 돌아오게 되어서는 그 남자를 거절했어야 옳거늘 문득 서로 만나자고 언약하고 사는 곳을 가르쳐 주어 여기까지 찾아왔으니 이는 나를 흙이나 나무토막같이 여기는 것이다. 내가 비록 일개 여자지만 자식은 처단할 것이니 이런 더러운 것을 집안에 두겠느냐? 네가 비록 구천(九泉)에 가더라도 이생과 아버지를 무슨 낯으로 보겠느냐?"

말을 마치고 약을 빨리 마시라고 재촉하며 교영에게 먹이니 월영이 머리를 두드리며 애걸하고 석파 등이 계단 아래에서 무릎을 꿇은 채로 슬피 빌며 살려주기를 바랐다. 그러나 부인의 노기가 등등하고 기세가 매서워 겨울바람 부는 하늘에 걸린 찬 달 같았다. 소생은 눈물이 비단 도포에 젖어 자리에 고였지만 입을 닫고 애원하는 말은 한 마디도 입 밖에 내지 않으니 그 속뜻을 알 수가 없었다. 부인은 월영과 석파 등을 앞뒤에서 부축하여 들어가게 하고 그들의 청을 끝내 들어주지 않은 채 교영을 죽였다.[43] 1권 39~40쪽

엄격한 양 부인은 다른 가족들이 교영을 살려 달라고 아무리 애원을 해도 듣지 않고 끝내 딸을 죽인다. 이 사건은 매우 충격적이었지만 어머니의 뜻을 거스르지 않으려는 자녀들이기에 어머니 앞에서 다시 언급하지 않는다.

이외에 태몽(胎夢), 과거(科擧) 제도 등에 대해 서술한 대목들도 있는데, 이들도 우리나라 사람들에게 지금까지 중요하게 계승되는 문

---

43 〈소현성록〉 1권 39~40쪽.

화 중 하나이기에 수업 시간에 다룰 수 있다.

　신선이 웃고 소매 안에서 백옥 하나를 내는데 기이한 꽃무늬가 어른어른하고 금으로 장식이 된 것이었다. 그가 이 물건을 처사를 주면서 말하였다.
　"이는 그대 집안의 귀중한 보배이다. 값을 부를 수 없을 정도이지."
라고 하였다. 처사가 받아보니 갑자기 물건이 옥으로 된 용으로 변하고 금장식은 황금빛 구름이 되어 좌우에서 용을 호위하여 둘렀다. 괴이하게 여겨 자세히 보았다. 옥룡이 스스로 움직여 구름을 토하자 위에 서 있었던 성인(聖人)이 웃고 붓을 들어 '구름 운(雲)' 자와 '빛날 수(秀)' 자 다섯을 써서 처사를 보여주며 말하였다. "이는 너의 성손(聖孫)이다."
　그러자 처사가 탄식하며 말하였다. "아들도 없는데 어찌 후손을 바라겠습니까?"
　"나는 남두성(南斗星)[44]이고 저 신선은 태상노군(太上老君)[45]이다. 이제 영보도군(靈寶道君)[46]이 원시천존(元始天尊)[47]과 태상노군과 함께 상청(上淸)[48] 미라궁에서 삼청(三淸)[49]이 되었는데 천황이 그대의 사정과 덕에 감격하여서 삼청 사제 중에서 가려 뽑은 것이다. 영보도

44　남두성(南斗星) : 남방에 있는 여섯 벼로 구성된 별자리. 그 모양이 말[斗]과 비슷함.
45　태상노군(太上老君) : 도가의 시조로 알려진 노자(老子)가 도교에서 신으로 모셔질 때의 존칭. 5세기 북위의 도교기록인 『위서(魏書)』의 「석로지(釋老志)」에서 처음 나타나는데 최고신으로 취급되고 있음.
46　영보도군(靈寶道君) : 상청(上淸)에 거처했다는 신선.
47　원시천존(元始天尊) : 도교에서 제일 높은 신.
48　상청(上淸) : 도교에서 가장 이상적인 하늘로, 영보군(靈寶軍)이 관장한다는 하늘을 가리킴.
49　삼청(三淸) : 도교에서 신선이 산다는 옥청(玉淸), 상청(上淸), 태청(太淸)의 세 궁(宮)을 가리킴.

군이 전세(前世)에서 그대에게 은혜를 입은 까닭에 자원해서 85일 말미를 얻어 내려오니 이 '구름 운' 자와 '빛날 수' 자가 도군의 자식이다. 다만 그대 팔자는 속세와 인연이 너무 없어서 도군이 영화롭게 되는 걸 보지는 못할 것이다. 양씨는 비록 그대와 삼생(三生)의 부부이지만 속세 인연이 중하니 84일을 쇠지(衰地)[50]에서 보내는 기한이 차면 그대와 함께할 것이다." … (중략) … 두 신선이 박장대소하였다. 처사가 놀라 깨니 꿈이었다.[51]

소광이 꿈에 신선 둘을 만나 자신의 전생(前生)이 별자리 선관(仙官)이었음을 듣고 그 인연으로 어떠어떠한 자녀들을 낳게 되며 아내와의 인연은 어떠했다는 것도 듣는 장면이다.

> **토의 내용** : 여성에게 요구했던 네 가지 덕목, 일곱 가지 죄악 등에 대해 더 알아보고, 남녀 모두에게 억압적으로 적용될 수도 있었던 가치관과 제도에 대해 찬반 토론을 하게 한다. 현대에도 아이를 가지게 되면 태몽에 대해 이야기하는 문화가 있는데 그 연원이 오래되었음을 알아보고, 자국에서는 어떠한지 이야기하게 한다.

나라에서 과거 시험을 치르는데 생의 나이 14세였다. 양 부인이 탄식하며 말하였다.

"공명을 얻는 것이 기쁘다고 하지는 않았지만 너는 나의 하나밖에 없는 아들이다. 그러니 까닭 없이 과거 시험을 안 보지는 못할 것이다."

공자가 본래 뜻이 넉넉했는데 이 한림을 보고는 과거 볼 뜻이 더욱 씻은 듯 사라졌다. 그러나 편모께 효도로 봉양하며 중하게 모실 사람

---

50 쇠지(衰地) : 쇠하는 땅. 여기에서는 인간 세상을 가리키는 말.
51 〈소현성록〉 1권 8~10쪽.

이 자기뿐이어서 부모님을 기쁘게 해 드릴 생각으로 어머니 말씀을 순순히 따라 과거 시험장에 들어갔다. 이날 한생도 함께 들어가 시험을 보았다. 천자가 아홉 용이 새겨진 금상(金床)에 높이 앉으시고 문무백관이 구름같이 좌우에 늘어서 있었다. 천자가 어필로 과거 제목을 내시고 향을 피워 하늘에 아뢰어 재주 있는 인물을 얻을 수 있도록 기도하고 백관에게 말씀하셨다.[52]

소현성이 14세가 되자 과거 시험을 보아 입신양명(立身揚名)의 길에 들어서는 것이 어머니께 효도하는 것이라는 생각을 한다. 이렇게 하여 들어간 과거 시험장에서 다섯 명의 선비들을 만나게 되는데, 그들이 모두 효도하기 위해 온 사람들이지만 실력이 부족하여 당황하자 대신 답안을 작성해 주어 모두 합격하게 해준다.[53] 소현성의 인품과 재능을 부각시키기 위한 장면이지만, 과거 시험의 공정성보다는 과거 시험의 중요성과 그 의미에 주목하여 보여준 것이라 할 수 있다.

> **토의 내용**: 지금의 청년들이 각종 고시(考試)를 통해 전문직에 입성하거나 온 국민이 교육과 시험을 중시하는 성향을 지녔음을 이야기하면서, 고려 때부터 있었던 우리나라의 과거 제도에 대해 알아보게 한다. 당시 시험장의 모습이 어떠했을지, 자국에도 이런 제도가 있었는지 등에 대해 이야기해 보게 한다.

---

52 〈소현성록〉 1권 22쪽.
53 〈소현성록〉 1권 24~30쪽.

※ 이상에서 본 바와 같이, 이제는 한국어 고급 학습자 외국인 교육에 있어서도 한국어뿐만 아니라 한국문학을 가르쳐야 할 때이다. 문학 교육의 필요성에 공감하는 흐름이기는 하지만, 아직은 현대문학을 교육의 제재로 사용하는 경우가 많고, 고전문학 중에서는 설화와 신화 몇 가지가 활용될 뿐이었기에 이 글에서는 한국의 고전문학을 활용하여 한국 문화를 교육하는 방안을 모색해 보았다.

그 중에서도 다양한 인물의 다양한 활동이 흥미롭게 벌어지는 서사문학 즉 고전소설을 중심으로 논의를 전개하였다. 고전소설의 하위 유형 중 '국문장편 고전소설'은 17세기 중후반부터 향유되던 긴 길이의 국문 소설로, 가문소설, 대장편소설, 대하소설 등으로 불리는 것들이다. 인물들의 성격이 확실하고 개성 있으며, 심리나 장면 묘사가 섬세하고, 다양한 갈등이 형상화되어 있으므로 문학 수업의 제재로 적절하기에 이를 활용한 외국인 교육 방안을 구성해 보았다. 특히 17세기 후반의 생활상과 문화를 잘 담고 있으며 구체적이고 직접적인 표현이 많아 상징적이고 은유적인 소설들보다 쉽게 읽힐 수 있는 〈소현성록〉을 예로 들어 문학 수업 방안을 제시하였다. 먼저, 작품의 인물과 서사를 이해시키고 인물 간의 관계와 갈등 양상을 설명한 뒤에, 이 작품을 통해 알 수 있는 일상생활과 여가 생활, 예법, 가치관과 제도 등에 대해 설명하였다. 수업 시간에는 제시된 예문들을 함께 읽고 나서 보충 설명을 한 뒤, 각 절에서 제안한 토의 내용들에 관해 이야기를 나눈다. 학생들에게 인물의 심정에 대해 논하거나 자국의 생활 문화와 비교하게 하고, 당대인들의 가치관에 대해 토의, 토론하게 하면 심층적 이해에 도움이 될 것이다.

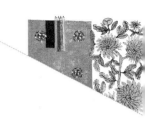

고전소설
문화콘텐츠화 교육 방안

1. 문화콘텐츠화 기획 교육의 필요성

고전소설의 현대적 의의는 어디에서 찾을 수 있을까? 우선, 인문학적 소양을 쌓을 수 있게 한다는 점에 있다. 이는 대학에서 교양교육이나 평생교육을 하면서 염두에 두는 사항이기도 한데, 특히 학생교육의 경우, 읽고 생각하고 말하고 쓰는 소통 능력과 사고력, 표현력을 함양하는 데에 초점을 둔다. 그렇게 함으로써 능동적인 학문 활동을 할 수 있고 방향성 있는 인생 설계와 사회 발전을 이룰 수 있는 토대를 갖게 되기를 바라는 것이다.[1] 일반인의 평생교육에서도 지속적으로 이러한 능력을 키우면서 인생이나 세계, 가족이나 국가, 사랑이나 자기 정체성 등에 대한 탐색과 성찰을 하게 할 수 있다. 현

---

[1] 정선희, 「대학 교양교육에서 고전문학의 역할과 의의–고전소설 활용을 중심으로」, 『한국고전연구』 30, 2014.

대문학보다 고전문학이나 고전소설에서 인간과 세계에 대한 거시적인 안목, 선과 악에 대한 원초적 성향, 환경이나 집단과 개인의 갈등과 순응 등에 관해 더 많이 생각하게 하기 때문이다.

또한 고전소설은 옛 사람들의 생활, 문화, 감정, 감성을 이해하게 한다. 고전소설에는 선인들의 생활문화가 스며들어 있으므로 이를 통해 그들의 행동 양식 내지는 생활양식의 변화 과정과 그 과정에서 이룩해낸 소산들을 알 수 있을 것이다. 선인들이 삶을 아름답고 풍요롭게 하기 위해 공유하고 전달한 것들을 재구할 수 있는 것이다. 이는 인류학이나 민속학, 역사학에서 재구하는 것과 일정 부분 같을 수도 있고 다를 수도 있지만, 문학적으로 가공되어 굴절, 과장, 축소, 확대된 양상을 살펴 당대인들의 소망과 욕망, 의식과 무의식을 짐작할 수 있게 할 것이다.[2]

다음으로, 고전소설은 다양한 문화콘텐츠의 창작 소재로서 활용될 수 있다. 필자는 대학에서의 고전소설 교육의 개선을 위하여 몇 가지 제안을 한 바 있다.[3] 고전소설을 교육함에 있어 '고전'이라는 점과 '소설'이라는 점 두 가지를 조화롭게 교육하면서도 요즘 대학생들에게 필요한 실용적 측면까지 고려할 수 있는 방안이었다. 첫째, 고전소설 연구의 성과를 반영하여 다양한 방법론으로 작품을 분석하는 방법을 알려 주는 것이다. 이는 문학을 교육할 때에 메타텍스트적 지식[4]을 중시하는 태도인데, 중등 교육에서는 중요하게 다루어지지

---

2 정선희, 「고전소설 속 일상생활의 양상과 서술 효과」, 『한국고전연구』 35, 2016.
3 정선희, 「고전소설 연구와 교육의 소통 – 대학 고전소설 교육의 개선을 위하여」, 『고소설연구』 38, 2014.
4 문학 지식은 텍스트적 지식, 콘텍스트적 지식, 메타텍스트적 지식 등 셋으로 나눌 수

않기에 대학에서는 이 부분이 좀 더 강조되었으면 한다. 둘째, 대학생들이 관심 있어 하는 주제를 택하여 주제론적으로 접근하는 방법을 활용하는 것이다. 작품에 대한 정확한 독해와 연구사 정리를 바탕으로 한 작품 선택과 주제론적 분석을 한다면 효과적인 교육법이 될 것이다. 인간관계와 갈등, 제도와 이데올로기, 사랑, 욕망, 재물 등 다양한 주제에 대해 생각해 보게 한다. 셋째, 인문학적 소양과 안목을 키우고 나아가 고전소설을 바람직한 방향으로 계승할 수 있도록 교육하는 방법이다. 이는 고전소설을 통한 교양교육의 문제와도 연결될 수 있는데, 최근에는 고전소설과 영화 또는 그림의 연계에 대한 연구, 고전문학의 글쓰기 방법을 찾아 글쓰기 지도 자료로 활용하는 연구 등이 이루어지고 있다. 넷째로 지적한 바가 이 글에서 주목하는, 즉 고전소설을 원천 소재로 하여 현대문학이나 문화 예술 분야의 작품을 기획하고 창작하는 일[5]이다.

이에 필자는 최근에 학생들과 함께 고전소설을 문화콘텐츠화하는 기획을 해보았다. 문화콘텐츠학과나 디지털콘텐츠학과가 아닌 국어국문학과에서 진행할 수 있는 수업은 어떤 방식일 수 있을까를 고민

있는데, 이 중에서 메타텍스트적 지식은 작품의 내재적 요소를 설명하거나 감상할 때 동원되는 전문적인 용어의 개념 등에 대한 지식을 가리킨다. 류수열, 「문학교육과정의 경험 범주 내용 구성을 위한 시론」, 『문학교육학』 19, 2005, 135~136쪽 참조.

5 이에 대한 기존 연구들은 참고문헌란에 제시한다. 주요 논의들은 다음과 같다. 양민정, 「디지털콘텐츠화를 위한 조선시대 애정소설의 구성요소별 유형화와 그 원형적 의미 및 현대적 수용에 관한 연구」, 『외국문학연구』 27, 2007. ; 정창권, 「대하소설 〈완월회맹연〉을 활용한 문화콘텐츠 개발」, 『어문논집』 59, 2009. ; 이지하, 「대하소설의 문화콘텐츠화에 대한 전망」, 『어문학』 103, 2009. ; 한길연, 「고전소설 연구의 대중화 방안 - 디지털 매체와의 상관성을 중심으로」, 『어문학』 115, 2012. ; 정선희, 「문화콘텐츠 원천소재로서의 고전서사문학-〈삼국유사〉와 한문소설 활용을 중심으로」, 『우리말글』 60, 2014.

한 것이다. 고전소설을 소재로 하여 문화콘텐츠를 만드는 데에 관심을 가진 교수와 학자들이 있기는 했지만, 실제로 국문학과나 국어교육과의 전공과목으로 개설하여 수업을 하는 곳은 거의 없는 실정이다. 전국 4년제 대학 총 93개의 국문학과·국어교육과 전공 교과목 중 문화콘텐츠나 스토리텔링을 과목명으로 노출시킨 것은 단 두 개, 즉 판소리계 소설과 매체, 고전서사와 스토리텔링뿐이었다.[6] 고전소설론이나 고전소설교육론 시간의 일부분으로 다루거나 교양과목으로 개설한 곳은 더 많을 듯하기는 하다. 홍익대학교 국문학과의 경우에도 부분적으로 다루다가, 2016년 1학기 수업에서 처음으로 '고전문학과 문화콘텐츠'[7]라는 과목을 개설하여 진행해 보았다. 과목명에는 고전문학이라 했지만 필자의 전공인 고전소설(고전서사문학)에 초점을 맞추었다. 고전문학과 현대문학 전반에 걸쳐 다양한 선지식이 있어야 이들을 활용하여 문화콘텐츠의 소재로 가공할 수 있겠기에 전공과목 수강을 거의 마친 4학년 1학기 수업으로 개설하였다.

이제 이 수업의 진행 방법과 과정, 결과에 대해 구체적으로 논의하면서 실제 수업 현장을 보고한 뒤, 바람직한 문화콘텐츠화 방향과 적절한 수업 방법을 제안하기로 한다.

---

6 2014년 4월의 현황임. 정선희, 「고전소설 연구와 교육의 소통 – 대학 고전소설 교육의 개선을 위하여」, 『고소설연구』 38, 2014, 135~138쪽을 참조하기 바람.

7 17명이 수강하였는데, 국문학과 4학년이 30명 정도이므로 반 정도가 수강한 것이다. 같은 학기에 신설한 '현대문학과 스토리텔링' 과목은 30명 정도가 수강한 것에 비해 관심을 가진 학생이 적다고 할 수 있지만, 소수(少數)여서 정예(精銳)일 수 있었다. 두 과목을 동시에 수강한 학생도 6명 정도 되었는데 이들은 이 분야에 대한 관심이 커져, 수업했던 것을 토대로 하여 공모전 등에 출품할 계획을 세우게 되었다.

2. 고전소설을 활용한 문화콘텐츠 기획 교육 과정과 결과

이런 수업을 해본 적이 없는 학생들을 어떤 방식으로 이끌어갈 것인가에 대한 고민을 여러 차례 하여 강의계획을 수립하였는데, 다음과 같다.

1주 : 강의 내용과 방향 소개
2주 : 고전소설 활용 문화콘텐츠 창작의 필요성과 의의
3주 : 고전소설 활용 문화콘텐츠 개관
4주 : 문화콘텐츠 기획의 방법, 고전활용 문화콘텐츠 분석
5주 : 자료 수집과 기획서 작성, 고전활용 문화콘텐츠 분석
6주 : 스토리와 표현방식 구상, 고전활용 문화콘텐츠 분석
7주 : 멀티유즈 전략 구상, 콘텐츠 기획 예비발표와 토의
8주 : 중간고사
9주 : 각 매체별 성공한 문화콘텐츠 분석
10주 : 활용할 고전서사문학 분석과 탐구
11주 : 기획서 개요 발표와 토의(영화, 드라마 분야)
12주 : 기획서 개요 발표와 토의(뮤지컬, 게임 분야)
13주 : 기획서 개요 발표와 토의(웹툰, 전시회, 체험카페 분야)
14주 : 기획서 서론 쓰기와 중간 점검
15주 : 기획서 제출과 총평

필자는 처음에 고전서사문학의 소재나 주제별로 나누어 문화콘텐츠를 기획할 것을 제안했지만, 학생들은 자신이 관심을 가지고 있는 콘텐츠 장르에 몰두하기를 바랐다. 즉 영화에 관심이 있는 학생은 게임이나 전시회 기획에는 관심이 덜하므로 영화에만 힘을 쏟겠다는

식이다. 그래서 관심 콘텐츠 장르마다 한 조로 편성하여, 영화, 드라마, 뮤지컬, 게임, 웹툰, 전시회나 체험카페 등 6개 분야로 나누었다. 이렇게 편성된 조는 3주차부터 6주까지 조별로 준비를 하였는데, 먼저 기존의 학자들이 고전을 활용한 문화콘텐츠를 분석한 논문들을 읽고 토의하였다. 이는 고전활용 문화콘텐츠 연구사를 정리하고 학자들의 분석 방법과 제언을 공부하는 시간이 되었다. 영화나 게임, 드라마 분야의 연구가 대부분이었고 웹툰이나 전시회, 체험카페에 고전을 접목한 것에 대한 연구는 아직 본격화되지 않았다. 〈춘향전〉을 영화화한 작품들을 개괄하거나 고전서사를 게임화한 것들을 개괄한 논문들이 도움이 되었고, 〈방자전〉[8]의 성공 요인 분석이나 〈정선아라리〉와 〈양반전〉을 지역문화축제로 활용하는 방안 연구 등은 기획의 실마리를 던져 주었다.

4주부터 6주까지는 문화콘텐츠 관련 서적들[9]에서 이론적 토대와 기획 방법 등을 간추려 강의하였다. 문화콘텐츠 산업은 문화산업이라고도 하는데, 문화상품을 기획, 개발, 제작, 판매하는 등 문화와 관련된 일련의 산업들을 말한다. 하나의 참신한 아이디어와 재미있는 이야기가 있으면 적은 비용으로 높은 수익 창출하는 고부가가치 산업이면서 친환경 산업이자 국가의 이미지를 높일 수 있는 산업이다. 미국에서는 엔터테인먼트 산업(상업성 강조), 일본에서는 미디어 산업(매체 강조), 영국에서는 크리에이티브 산업(창조성 강조)이라 부르며, '원소스 멀티유즈(One Source Multi-Use)를 핵심으로 한다. 이

---

8 〈방자전〉, 김대우 감독, 2010년 6월 개봉.
9 정창권, 『문화콘텐츠 스토리텔링』, 북코리아, 2010. ; 정창권, 『문화콘텐츠학 강의 – 쉽게 개발하기』, 커뮤니케이션북스, 2008.

는 하나의 거대한 구조를 이룬 유기체적 성격을 지니고 있어, 드라마가 성공하면 이를 수출함과 동시에, 배경음악 음반과 캐릭터 기념품이 함께 출시되고, 촬영지는 관광지화 된다. 대본을 토대로 하여 소설과 동화, 만화가 출간되는가 하면, 애니메이션과 게임, 뮤지컬로도 제작될 수 있다.

문화콘텐츠 제작에서 특히 중요한 것이 스토리텔링(Storytelling)인데, 스토리와 텔링의 합성어이다. 스토리는 어떤 줄거리를 가진 이야기, 텔링은 매체에 맞는 표현방법을 말하므로, 이야기를 매체의 특성에 맞게 표현하는 것을 뜻한다. 고전서사문학을 매체나 분야의 특성에 맞게 각색하거나 전환하여 스토리를 만드는 등의 행위가 이에 해당한다 하겠다. 특히 각색 스토리텔링은 고전을 현대인의 정서에 맞게 변형하거나, 고전에서 자주 보이는 영웅의 일생구조, 계모 모티프 등 세계 보편적 이야기를 활용하는 방법이다. 이런 방법을 씀으로써 고전에 새 생명을 불어넣고, 경제적 이익을 창출하며, 우리 문화를 알리는 계기도 되기에 인문학의 새로운 대안이라고 말할 정도이다.[10]

위와 같은 내용을 알아가는 동시에, 고전문학을 활용하여 만든 문화콘텐츠 중 비교적 성공했거나 주목을 받았던 작품들을 소개하고 분석하는 시간을 가졌다. 예를 들어, 영화 〈방자전〉, 〈장화, 홍련〉[11], 드라마 〈구미호 여우누이뎐〉[12], 뮤지컬 〈아랑가〉[13], 창극 〈변강쇠 점

---

10 문화콘텐츠 산업과 스토리텔링에 관해서는 정창권 앞의 책들 참조.

11 〈장화, 홍련〉, 김지운 감독, 2003년 6월 개봉.

12 〈구미호 여우누이뎐〉, KBS에서 2010년 6월부터 16부작으로 방송.

13 〈아랑가〉, 변정주 연출, 2015년 2월 공연. CJ문화재단 '크리에이티브 마인즈' 뮤지컬 부문 당선.

찍고 옹녀〉[14], 게임 〈구운몽 – 어느 소녀의 사랑 이야기〉[15], 웹툰 〈신과 함께〉[16], 지역문화축제 〈남원 춘향제〉의 특성, 장단점, 효과적인 면 등에 대해 조별로 발표하고 다함께 토의하였다.

7주차에는 지금까지 학습하고 분석하고 토의한 결과들을 토대로 하여, 자신은 어떤 고전서사문학을 각색하거나 변형하여 어떤 문화콘텐츠로 만들 예정인지 간략하게 소개하도록 하였다. 교수뿐만 아니라 모든 학생들이 조언을 해주는 방식을 취했다. 8주차에는 전반부에 강의한 내용들을 서술형으로 출제하여 중간시험을 보았는데, 시험을 없애도 될 듯하다.

9주차부터는 개인 발표와 전체 토의 방식으로 진행되었는데, 9주에는 각 매체별로 최근에 가장 성공한 문화콘텐츠를 보거나 읽고 논평문을 써와서 발표하고 토의하는 시간을 가졌다. 고전서사문학이 소재로 활용되지는 않았지만 성공한 작품들의 기획 포인트, 인기 요인, 효과적인 제작 방식들을 배울 필요가 있었기 때문이다.

10주차에는 자신이 소재로 활용할 고전서사문학 작품을 깊이 있게 읽고 숙고한 뒤, 이를 어떤 방식으로 재창작할 것인지 간략하게 발표하도록 하였다. 이를 들으면서 학생이 그 고전문학 작품의 문제의식이나 인물의 특성, 분위기 등을 제대로 파악했는지 점검하고, 그것을 유지할 것인지, 변형할 것인지, 다른 소재들과 조합할 것인지

---

14 〈변강쇠 점찍고 옹녀〉, 고선웅 극본 연출, 2014년부터 2017년까지 총66회 국립 창극단 공연. 제8회 차범석 희곡상 수상.

15 〈구운몽–어느 소녀의 사랑 이야기〉, 네온 스튜디오 제작, 넥슨 서비스, 2014년 4월 출시.

16 〈신과 함께〉, 주호민 작, 2010년부터 2012년까지 네이버 웹툰 연재.

등을 논의하였다.

11주부터 13주까지는 기획서를 발표하게 하였는데, 우선 소재로 삼은 작품을 소개하고 어떤 식으로 각색할 것인지를 캐릭터, 스토리라인, 영상 또는 연출 기법, 제작 방식, 연계 상품 제안 등의 순서로 하였다. 즉 시놉시스를 중심으로 한 기획서 개요를 작성하게 한 것인데, 이데 대해 같은 조원들이 미리 읽고 지정토론지를 작성해 와서 좀 더 심도 있는 토론을 할 수 있도록 하였다. 발표자는 발표 도중 자신이 고민했던 바를 이야기하고 조언과 질문을 들으면서 수정하고 조율해 나갔다. 주로 시대 배경을 언제로 할지, 인물 중 어떤 인물을 부각, 초점화하고 어떤 인물을 첨가, 축소할 것인지, 고전의 분위기와 주제를 유지할지 등에 대해 토의하였다.

14주에는 최종 점검 삼아 서론과 기획서 앞부분을 출력해 오게 하여 상호 수정함과 동시에, 교수가 읽고 조언을 해주었다. 15주에 제출하는 기획서는 4학년 1학기의 기말과제이므로 졸업논문 작성에 도움이 되게 하고자 논문의 체제를 갖추도록 유도하였다.[17]

아래의 내용은, 이를 토대로 하여 핵심 사항들을 정리하면서 필자의 의견을 덧붙이는 방식으로 서술한다.

---

17 다음과 같은 목차로 구성하게 하였다. 1. 서론(고전작품을 선택한 이유와 문화콘텐츠화의 필요성 논의, 논문의 구성 소개 등) 2. 기획 방안(구성요소별 설명 : 인물, 배경, 서사구조, 중요 모티프, 사건 전개, 장면 전환 등) 3. 멀티유즈 방안 4. 결론(자신의 문화콘텐츠화의 결과 정리 및 한계, 제안 등) *참고문헌 **부록(시나리오 대본 등 실제 예시 몇 장)

1) 고전소설의 영화화 - 〈운영전〉, 〈만복사저포기〉, 〈김현감호〉

〈운영전〉은 사랑, 신분, 인간의 본성 등에 대해 고민하게 하는 내용을 담고 있어 학생들의 관심을 끌었다. 특히 '안평대군'의 애매한 위상, '특'이라는 악인 캐릭터라든지, 액자구조와 '유영'이라는 액자 밖 서술자의 존재, 열 명이나 되는 궁녀들의 많은 한시들 등등 개성적이고 문제적인 지점들이 많았다. 그래서 이를 변용하거나 확대하거나 근거를 들어가는 방식으로 영화화하려 하였다. 안평대군의 몰락과정과 왕위 다툼에 대해 조선왕조실록을 찾아가며 개연성을 부여하려 하였고, 수성궁이라는 공간과 한시(漢詩)들을 좀 더 적극적으로 활용하여 고전의 분위기를 살리고자 하였다. 안평을 사랑보다는 권력 획득에 관심이 있는 인물로 만들면서 특이라는 인물을 긍정적인 인물로 변화시켜 운영을 사랑하는 사람이자 이야기 전달자인 것으로 바꾸었다. 사랑의 변질과 지속이라는 주제의식을 담으려 한 것이다.

〈만복사저포기〉도 사랑에 관해 생각하게 하는 작품이지만, 죽은 사람 즉 귀신과의 사랑이라는 것이 현대의 관객들에게 큰 관심을 일으키지 못할 것이고 요즘 떠오르는 소재 중 하나가 동성애이므로 사랑의 방해 요인으로 이를 활용하고자 하였다. 하씨녀가 전쟁으로 정절을 잃을 것을 두려워하여 죽은 것처럼, 한 사람의 힘으로는 이겨내기 힘든 장벽을 동성 간의 사랑으로 설정한 것이다. 현대를 배경으로 하면서 〈만복사저포기〉의 이야기를 주인공의 꿈을 통해 그의 전생 같은 것으로 형상화하려 하였다. 꿈과 현실, 과거와 현재가 교차되는 방식은 고전문학을 소재로 할 때에 자주 활용되는 방식이지만 이것이 물 흐르듯 흘러가면서 흡입력도 지니려면 환상적인 영상미가 뒷받침되어야 할 것이다.

〈김현감호〉는 호랑이와 인간의 사랑 이야기라는 점에서 특이하지만 자칫 잘못하면 공감대를 형성하기 어려울 수도 있다. 그러나 뱀파이어와 인간의 사랑을 다룬 〈트와일라잇〉이 시리즈물로 나올 정도로 인기를 끌었고, 구미호나 호랑이의 변신은 〈전설의 고향〉 등에서 익숙하게 봐 왔기에 영화의 소재로 적합하다. 최근에 공포영화가 인기를 끌고 있고, 호랑이는 가장 무서운 동물이기에 공포 스릴러 장르로 만들고자 했으며, 남주인공을 여주인공으로 바꾸어 호녀와 자매애를 느끼는 것으로 하여 두 사람의 공감과 연대를 강화하고자 하였다. 여기에 연암의 〈호질〉에서 착안하여 호랑이가 잡아먹은 사람이 창귀가 되어 사람을 또 잡아먹는다는 점을 더하여 공포분위기를 강화하고 여주인공과 그 친구들이 살인 사건을 접하면서 비밀을 알아가는 것으로 하였다. '논호림'이라는 설화집이 과거와 현재의 연결고리가 된다고 설정하기도 하는 등 흥미 요소를 넣었으며, 탱화나 사천왕상이 공포분위기를 조성하는 절이라든지 으스스한 마을 분위기를 살리려고 하였다.

2) 고전소설의 드라마화 - 〈김현감호〉, 〈박씨전〉

〈김현감호〉는 드라마를 기획하는 데에도 좋은 소재로 인정받았는데, 앞의 영화와는 완전히 다른 분위기의 시트콤 같은 밝고 재미있는 드라마를 만들고자 하였다. 이 설화는 이미 2006년에 〈키스 미 타이거〉[18]라는 제목의 뮤지컬로, 2011년과 2013년에는 〈호랑이를 부탁

---

18 〈키스 미 타이거〉, 장유정 연출, 서울시 뮤지컬단 2006년 7월 공연.

해)[19]라는 로맨틱 코미디로 만들어져 공연되기도 했다고 한다. 이들에서는 인간과 호녀가 과연 사랑할 수 있을까, 갈등은 없었을까 라는 문제의식을 던지면서 상대의 원래 그 모습 그대로를 사랑하는 것이 진짜 사랑이라는 메시지를 주었다. 그런데 이 설화를 선택한 학생은 김현이 자신의 출세를 위해 사랑하는 여인 호녀의 죽음을 묵인한 것에 문제를 제기하면서, 호랑이 가족을 다수의 기득권 집단에게 억압당하는 소수자들로 그리고자 하였다. 자신들의 터전인 자연에서 쫓겨나 인간 세계의 질서에 순응하여 정체를 숨기며 살아가는 어려움을 부각하려 한 것이다. 시대 배경을 현재로 하고 등장인물로 호랑이 외에 너구리, 치타 같은 동물들을 더하였으며, 야생동물 특수포획팀을 적대자로 설정하여 긴장감을 주려 하였다. 시트콤의 특성이 매회 독립적인 에피소드를 담을 수 있는 것이기에 줄거리 기획보다는 인물의 성격 설정에 더 주의를 기울였다. 주인공 김현을 대학 4학년 휴학 중인 공무원 시험 준비생으로 설정하여 꿈은 있지만 냉혹한 현실 앞에서 무기력해진 청춘을 대변하게 하였으며, 호녀의 오빠 셋을 백수, 샐러리맨, 방랑자 등 특성이 다른 청년들로 설정하여 세태를 담고자 하였다. 특수포획팀 팀장과 인턴 등을 설정하여 직장생활의 어려움을 이야기하거나, 자기 종족의 정보를 팔아넘기면서 오랜 시간 인간세상에서 살아남은 너구리를 통해 이기주의를 비판하려고도 하였다.

〈박씨전〉은 고전소설로서의 지명도가 높음에도 불구하고 만화나

---

19 〈호랑이를 부탁해〉, 이기쁨 연출, 창작집단 LAS 2011년 공연, 극단 작은 신화 2013년 공연.

애니메이션으로만 재창작되었을 뿐 영화나 드라마, 뮤지컬 등으로 각색되거나 전환된 적이 없다. 고전소설이 워낙 한정적으로 활용되었다고는 하나, 〈숙영낭자전〉이나 〈배비장전〉, 〈변강쇠가〉보다 더 익숙한 작품일 텐데도 조명을 받지 못한 이유는 뭘까? 탈각(脫殼) 모티프를 처리하기 힘든 점, 애정 서사가 약한 점, 전쟁 장면이나 다양한 공간을 형상화하기 힘든 점 등이 있어 영화나 드라마로 만들기를 꺼렸을 듯하다. 그러나 요즘의 드라마에서는 만화 속 주인공이 현실에서 함께 활동을 하거나, 구미호가 변신을 하여 예쁜 여성으로 살거나, 시간 이동을 하여 과거로 가서 살아도 개연성이 있다고 생각해 줄 만큼 유연해졌다. 따라서 이 작품이 갖고 있는 비현실적이거나 환상적인 요소들이 오히려 흥미롭게 다가갈 수도 있을 것이라 기대할 수 있다. 또 외모를 중시하는 풍토가 더욱 강해졌고, 동북아 외교에 있어서도 답답한 면이 많으며, 남녀간, 부부간의 갈등도 큰 시기이기에 여러 가지 면에서 시사점을 주거나 통쾌함을 느낄 수 있도록 각색하면 좋을 것이다. 학생은 이 작품에서 부족한 애정 이야기를 강화하여 박 씨와 이시백이 진정으로 사랑하게 되는 모습을 넣어 감동을 주고자 했으며, 청나라 장수들과의 전투 장면을 특수효과를 다량 사용하여 극적으로 표현하고자 하였다. 또 박 씨의 탈각을 내면의 성숙으로 바꾸어 자존감을 회복하고 성장하는 여성으로, 그녀를 돕는 몸종 계화를 현대에서 이동해 간 하연이라는 인물로 설정하여, 현대의 젊은 여성이 과거로 들어가 현대의 물건들로 여러 가지 일을 함께 해결하기도 하고 특별한 경험을 하기도 한 뒤 되돌아오는 것으로 하였다. 주 시청자층이 감정이입을 하기에 용이하도록 하면서 과거와 현재가 연관되게 하고자 한 것이다.

3) 고전소설의 뮤지컬화 - 〈홍길동전〉, 〈오유란전〉

영화나 드라마에 비해 뮤지컬 기획은 전문적인 지식과 감상 경험이 필요하기에 다소 어려울 수 있지만, 우리나라 방식의 뮤지컬이라고 할 수 있는 창극(唱劇), 판소리, 마당극 등을 참고로 할 수 있었기에 순조로운 편이었다. 고전소설이나 설화는 창극으로 종종 공연되었는데, 2012년에 국립극단에서 야심차게 기획했던 〈삼국유사 프로젝트〉를 비롯하여 2014년부터 매년 공연을 해도 매진될 만큼 인기를 끄는 〈변강쇠 점 찍고 옹녀〉, 2015년 봄에는 도미설화를 모티프로 한 〈아랑가〉가 좋은 평가를 받았다. 특히 〈변강쇠 점 찍고 옹녀〉는 차범석 희곡상 뮤지컬 극본상을 수상하였고 프랑스 파리에서 공연되어 호평을 받는 등 창극의 대중화와 세계화에 기여하고 있다.

〈홍길동전〉[20]을 뮤지컬로 만들고자 한 학생은 최근 사회 문제들을 예리하게 담고 있는 영화나 드라마가 흥행한 것에 촉발되어 〈레미제라블〉처럼 당대 사회의 문제를 담으면서도 현재의 관객들에게도 감동을 줄 수 있도록 하려 하였다. 다수의 시민들이 사회를 바꾸고 목소리를 내는 중요한 사람이라는 것을 말하고 싶어 하였다. 현대에는 서자의 개념이 없으므로 계모와 배다른 형으로 인물을 변형하고, 길동을 사랑하는 여성을 설정하여 애정 서사를 만들었지만 그녀도 길동의 정의로움을 도와 행동하는 여성으로 형상화하였다. 길동의 형 인

---

20 〈홍길동전〉은 여러 차례 영화로 만들어졌을 뿐만 아니라 2008년에는 드라마 〈쾌도 홍길동〉으로 만들어져 높은 시청률을 보였고 90년대 중반에는 게임으로도 만들어졌으며 〈홍길동 어드벤처〉 같은 애니메이션으로는 여러 차례 만들어졌다. 그러나 2016년에 영화화된 〈탐정 홍길동 : 사라진 마을〉은 그다지 주목받지 못하였는데, 고전소설과의 연관성도 그다지 크지 않았다는 면에서 아쉽다.

형도 동생을 도와 독재자와 기득권층의 비리를 캐는 검사로 활약하다가 길동이 혁명에 성공한 후 평범한 가정생활을 하기를 바라자 새로운 지도자가 되는 인물로 설정하였다. 또한 뮤지컬의 특성상 독창과 합창이 적절히 조화를 이루어야 하므로 서사를 진행하는 도중 어떤 부분을 노래로 부를지를 선택하고 가사화하는 일이 어려웠다. 하지만 어떤 음악, 어떤 작곡가를 활용할지까지 세심하게 기획하고 장면과 노래의 연계나 규모도 고려하는 등 완성도 높은 기획을 해내었다.

〈오유란전〉은 창극이나 마당극으로 공연되곤 하는 〈배비장전〉과 유사한 면이 있고 재치 있는 기생이 여색에 초연한 듯한 남성을 놀려준다는 내용이 흥미로워, 밝은 분위기의 뮤지컬로 만들기에 적절하다. 여성 주인공이 작품의 제목에 노출된 점을 강화하여 그녀의 자신감, 지혜, 사랑을 중심으로 각색하였다. 원작보다 남녀 주인공의 사랑이 부각되도록 하였고, 잔치 장면, 걸식(乞食)하는 장면, 어사출도 장면 등에서 마을 사람들을 많이 등장시켜 전체 노래의 반 이상을 합창으로 소화하려 하였다. 하지만 두 주인공의 대화 장면에서는 중창을, 각자의 감정이 고조되는 곳에서는 애절한 독창을 하도록 가사를 창작했으며, 고전무용과 현대무용을 섞은 춤을 추고 국악 선율을 편곡한 현대음악을 선보이면서 〈맘마미아〉와 같이 흥겨운 뮤지컬로 만들고자 하였다.

4) 고전소설 소재 게임과 웹툰 기획 – 〈삼국유사〉, 〈호질〉, 〈장화홍련전〉

게임은 학생들에게 익숙하고 게임 시나리오가 고전서사문학을 활용하기에 적합하다는 논의[21]도 있었기에 기대를 많이 했으나, 기획서

만으로는 실행성 여부를 판단하기 어려운 면이 있었다. 〈삼국유사〉의 설화들을 활용하여 〈삼국유사〉의 내용을 학습할 수 있게 하는 교육용 게임을 기획한 학생은 일연을 행위자로 설정하여 대화 시뮬레이션, 전투와 장애물 피하기 게임, 리듬 게임 등으로 구성하고자 하였다. 주요 캐릭터로는 일연, 웅녀, 주몽, 대소, 산신령, 미추왕, 서동 등이 설정되었는데, 행위자인 일연이 '단군신화 스테이지'에 가면 곰과 호랑이와 대화하면서 설득하고 '주몽신화 스테이지'에 가면 주몽을 도와 주몽이 도망가는 것을 돕는 식으로 전개되도록 하였다. 환웅의 쑥과 마늘, 미추왕의 대나무 잎 등을 사용 아이템으로, 주몽의 활과 만파식적, 세오녀의 비단 등을 장비 아이템으로 설정하여 각각 능력을 부여하고 경로를 통해 획득하도록 하였다. 〈삼국유사〉는 우리 문화의 원형을 담고 있고 흥미로운 이야기와 인물들이 많아 현대의 문화콘텐츠의 원천 소재로서의 가치가 높음[22]에도 불구하고 다양하게 활용되지는 않고 있는데, 이렇게 교육 게임으로 제작하고 이후 웹툰이나 애니메이션, 뮤지컬 등으로 제작하면 좋을 듯하다.

연암 박지원의 소설 〈호질〉을 핵심 소재로 하여 모바일 게임을 기획한 학생도 있었다. 호랑이가 인간을 꾸짖는다는 중심 스토리를 그대로 가져오면서도 우리에게 친숙한 호랑이 캐릭터의 생동감을 살리려 하였다. 위선적이고 부패한 양반 계층을 풍자하는 원작의 느낌을 살리기 위해 가난한 농부, 탐관오리, 북곽 선생, 동리자, 동리자의 아들들 등의 인물들을 그대로 설정하고 충신과 간신, 어리석은 왕

---

21 신선희, 「고전 서사문학과 게임 시나리오」, 『고소설연구』 17, 2004.
22 정선희, 「문화콘텐츠 원천소재로서의 고전서사문학-〈삼국유사〉와 한문소설 활용을 중심으로」, 『우리말글』 60집, 2014.

등을 추가하였다. 스토리는 단군신화 속에서 인간이 되지 못한 호랑이가 나중에는 신통력을 얻어 나쁜 사람을 벌한다는 것을 기본으로 하여 스테이지마다 다른 상황에 접하여 상을 주기도 하고 벌을 주기도 한다고 하였다. 게임은 스토리 모드와 경쟁 모드를 지원하는데 둘 중 하나를 골라서 할 수 있다. 스토리 모드일 경우, 하나의 맵 안에서 얼마나 빠른 시간 내에 클리어 하는가, 얼마나 많은 아이템을 모으는가에 따라 점수를 획득한다. 경쟁 모드일 경우, 얼마나 멀리 가는가, 얼마나 빨리 가는가, 체력을 어떻게 관리했는가, 얼마나 많은 점수를 얻는가에 따라 순위가 정해진다. 모바일 앱 게임은 대체로 스토리가 미흡했었는데 이렇게 고전서사문학을 소재로 한다면 비판과 풍자의 내용도 담으면서 재미도 있는 게임이 만들어질 수 있을 듯하다.

〈장화홍련전〉을 소재로 하여 공포 게임을 기획하기도 하였는데, 이 작품은 여러 차례 영화와 연극, 창극 등으로 제작되어 익숙하다는 장점이 있고 살인, 자살, 원혼, 추리 등의 요소가 공포 게임에 적합하다고 여겨졌다. 한 가정 내에서 일어나는 일이기에 등장인물은 적지만 공간을 넓게 구성하고자 대저택으로 설정하고 비와 바람, 쥐, 효과음 등을 통해 놀라게 하는 요소를 넣었다. 시대 배경을 현대로 하고 철산 부사 대신에 사진가가 시골 마을로 들어와 장화와 홍련의 이야기를 알아가는 스토리로 각색하였다. 찢어진 일기장 조각 찾기, 캠코더 사용하기 등을 통해 긴장감과 난이도를 높였다.

웹툰으로의 기획을 시도한 학생들은 소설보다는 설화들을 소재로 삼았는데, 무왕 설화와 서동요를 소재로 하고 노래도 가미한 애정 서사를 만들고자 하였다. 삼국시대를 배경으로 하지만 나라명과 인물들을 바꾸어 상상 속의 나라로 설정하고 선화를 여왕으로 하여 나라 간의 알력 다툼과 전쟁, 남녀의 사랑을 함께 담고자 하였다. 여성을 주체적인 인물로 삼고, 새로 작사, 작곡한 노래를 담은 웹툰을 만들려 하였고 뮤지컬화도 염두에 두었다. 또 한 학생은 우륵 설화를 소재로 하여 우리 고유의 한의 정서, 시련을 겪으면서도 자신의 음악을 끝까지 완성해 내려한 끈기, 여성과의 사랑 등의 요소를 넣어 예술가의 삶을 조명하고자 하였다. 주호민의 〈신과 함께〉, 고은의 〈제비전〉[23] 등 고전 서사문학을 원천 소재로 한 웹툰도 간혹 인기를 끌기는 했지만 속도감 있게 짧게 끊어 가면서도 흡입력 있는 줄거리를 지녀야 하는 웹툰의 특성에 맞추어 창작하기가 쉽지는 않은 듯하다.

5) 고전소설 소재 회화 전시회, 방 탈출 카페 기획
 – 〈숙영낭자전〉, 〈강도몽유록〉

다소 생소할 수는 있지만, 고전 소설을 소재로 한 회화 전시회를 기획하기도 하였다. 현대 회화 전시회를 하되 작품을 관람만 하는 것이 아니라 체험과 교육을 병행할 수 있게 하고자 하였다. 특히 중고등학생이나 외국인들에게 고전소설을 소개하면서도 우리 회화의 아름다움과 특색을 살릴 수 있도록 기획하였다. 〈숙영낭자전〉은 숙영과 선군의 사랑 이야기로, 애정과 효의 역학관계에 대한 조선 후기 사람들의 생각과 가치관의 변화를 보여주며 판소리로도 불렸을 정도의 인기를 누린 소설이다. 그럼에도 불구하고 현대의 문화콘텐츠로

---

23 〈제비전〉, 고은 작, 2012년부터 2014년까지 다음 웹툰 연재.

활발하게 제작되지는 못하다가 2013년에 연극 〈숙영낭자전을 읽다〉[24]로 공연되었다. 창극에서는 숙영낭자의 시녀 매월을 부각시키면서 요즘 관객들의 시선을 끌려 했으나 그다지 성공적이지는 않았다.

전시회를 기획할 때에는 원작에서 주인공들의 사랑을 애절하게 그린 점, 숙영이 정절을 의심 받아 억울하게 죽은 것이 보상받는 점을 살리기로 하였다. 시아버지에게 매질 당하는 낭자, 섬돌에 깊이 박힌 옥비녀, 자살한 숙영과 이를 슬퍼하는 춘앵, 움직이지 않는 낭자의 시신, 선군의 꿈에 나온 죽은 숙영낭자, 과거를 보러 갔다가 돌아오는 선군, 시체를 수습하는 선군과 파랑새, 벌을 받아 죽게 되는 매월 등 작품의 중요 장면을 선택하여 화가들에게 설명하고 토의한 뒤 그리게 하는 방식을 취하기로 하였다. 동양화보다는 서양화가 관객들에게 인기가 있기에 서양화 화가이되 우리나라의 전통적인 느낌이나 색채, 인물들을 많이 그린 이쾌대 같은 작가를 선정해야겠다고 계획하기도 하였다. 전시회에는 오디오가이드를 제공하여 성우가 소설을 낭독하는 것을 들으며 그림을 감상할 수 있게 하고, 관객이 화가나 고전소설 연구자와 대화를 나눌 수 있는 자리도 마련한다면 효과적일 듯하다. 차후에는 이 그림들을 삽화로 넣은 현대역을 출판하고, 외국인을 위한 한국어 교재로도 활용할 수 있을 것이다.

최근에 생기기 시작한 방 탈출 카페의 시나리오를 기획하기도 하였는데, 방마다의 서사가 있어야 한다는 점에 주목하여 열 명이 넘는 여인들의 하소연을 담은 〈강도몽유록〉을 소재로 삼았다. 병자호란 때에 자결하거나 죽임을 당한 여성들이 자신이 죽게 된 사연과 억울

---

24 〈숙영낭자전을 읽다〉, 권호성 연출, 2013년 설치극장 정미소 공연.

함을 말하는데 그녀들이 모인 곳에 가서 청허대사라는 인물이 엿듣는 형식의 작품이므로, 이 카페의 손님은 청허대사가 된 것처럼 그녀들의 이야기를 듣고 문제를 풀어가게 하였다. 처참하게 죽은 여성들이 있는 곳이기에 으스스한 분위기가 귀신의 방과 비슷할 수 있으며 웃는 듯 우는 듯한 소리, 통곡 소리 등을 공포 요소로 활용할 수 있다. 불에 탄 집과 무너진 성곽, 자물쇠로 잠긴 상자, 열쇠를 찾을 수 있는 단서가 되는 일기장, 일기장이 숨겨진 곳을 찾을 수 있는 암호, 해독할 수 있는 잉크와 손전등, 퍼즐 등을 이용하여 문제를 풀어가게 하였다. 차후에는 규모를 키워 호러 테마파크로 조성하거나, 모바일 게임으로 제작하면 좋을 듯하다.

3. 바람직한 콘텐츠화 방향과 교육 방안

이 글은 '고전문학이 현재뿐만 아니라 미래에도 지속적으로 읽힐 문학으로 살아남을 수 있을까? 그렇게 하는 데에 인문학자, 고전문학 전공자, 국문과 교수는 어떤 역할을 해야 할까?'를 고민하고, 실행한 결과에 대한 중간보고이다. 학생들과 격 없이 토의하고 공부하면서 시행착오를 겪기는 했지만, 학생들의 잠재력과 열의를 엿볼 수 있었고 고전소설의 매력을 다시금 느낄 수 있었기에 보람 있는 시간이었다.

하지만 몇 가지 고민이 여전히 남아 있다. 우선, 고전소설 작품의 재해석과 정체성 문제가 대두된다. 현대적으로 재창작했을 때에 서사의 일부와 주인공 이름이나 관계 설정 정도만 가져오고 주제의식이나 인물의 성격 등이 완전히 바뀐다면 고전소설을 소재로 했다는 점 외에는 큰 의미가 없을지도 모른다. 따라서 고전소설의 고유한 정신세계와 서사적 특질을 담고 있으면서도 현대인의 감성과 공감대를 건드릴 수 있도록 소설이나 문화·예술 콘텐츠들을 창작하는 방법을 고안할 수 있게 지도해야 할 것이다. 영화 〈방자전〉은 고전의 인물구도를 전복시키면서도 춘향을 향한 방자의 영원한 사랑을 강조함으로써 공감을 얻었고, 드라마 〈쾌도 홍길동〉[25]은 가볍고 코믹한 분위기이면서도 홍길동과 민중들의 저항정신이 살아 있어서 호평을 얻었던 것을 상기해야 할 것이다. 이처럼 잘 알려진 작품의 경우에는 좀 더 과감한 재해석을 통해 변용하는 것이 효과적일 수 있다.

또한 영화나 드라마, 뮤지컬 등의 문화콘텐츠에서 무엇보다 중요한 것은 서사 구조의 탄탄함과 등장인물의 캐릭터성이다. 그런데 고전소설 작품들은 우리의 원형적인 문화를 담고 있으면서도 환상적이고 독특한 것들이 많이 있다. 타자성의 문제, 왕과 민중의 상호소통의 문제, 삶과 사랑의 문제 등을 생각하게 하는 것들도 있다.[26] 따라서 대학생들의 고전소설 교육을 깊이 있고도 폭넓게 활성화한다면, 새롭고도 흥미로운 현대의 문화 콘텐츠들도 많이 창작될 수 있을 것이다.

다음으로는, 수업 시간에 다룰 수 있는 기획과 창작의 단계 설정에 관한 문제를 들 수 있다. 여러 가지 매체의 문화콘텐츠들을 하나의 수업에서 함께 다루다 보니 교수가 미리 섭렵해야 하는 부분이

---

25 〈쾌도 홍길동〉, 이정섭 연출, KBS에서 2008년에 24부작으로 방송.
26 정선희, 앞의 논문.

많아 시간과 공이 많이 들었음에도 불구하고 각 콘텐츠들의 특성에 맞게 적절하게 지도하고 조언하기 어려운 면이 있었다. 또 기획만 하는 것에서 그치기는 아쉬워 시나리오나 대본을 직접 창작하는 단계까지 나아갔는데, 국문과 학생들이라 대체로 열성적으로 써왔지만 그 대본을 상세하게 첨삭하거나 수정해주기는 어려웠다. 영화나 드라마의 경우에도 제작 현장에 대한 이해가 필수적이지만, 게임 산업의 메커니즘이라든지 뮤지컬 공연 무대의 규모나 시설에 대한 이해까지도 있어야 효과적으로 기획하고 창작할 수 있을 듯했다.

또한 수업 방법의 면에 대한 고민도 필요하다. 필자는 이 과목을 진행할 때에 소규모 수업의 장점을 살려 발표와 토의를 중심으로 한 방식을 택하였는데, 이는 최근에 대학 교양 수업이나 이공계통 수업에서 이용하기 시작한 '거꾸로 학습' 즉, 플립트 러닝(Flipped learning)과 유사한 면이 있다. 거꾸로 학습은 온라인 수업과 오프라인 수업을 조합한 형태이며, 지식의 전달이 온라인 교육을 통하여 가정에서 이루어지고 미리 공부했던 내용을 학교에서 교수자와 다시 한 번 확인하면서 개별 수준에 맞게 지식을 재구성하여 확장하는 방법이다. 이 방법의 장점은 교수자와 학생 간의, 학생들 간의 상호작용을 확장하는 활동이 가능하고, 개개인의 수준에 맞는 피드백을 받을 수 있다는 점이다.[27]

필자도 학생들에게 관련 자료나 논문, 기존의 문화콘텐츠들을 미리 학습하고 오라고 하여 교실에서는 이에 대한 발표와 토의, 질의와

---

27 이승은, 「대학 영어수업에서 거꾸로 학습 적용 사례 – 실패 내성과 선호도 중심으로」, 『영어영문학 21』 28권 3호, 2015.

응답을 주로 하면서 기획 방안을 마련하고 문제를 해결해 나갔다. 이런 방식이 효과적이고 성취감과 자신감을 불어넣어 주는 장점이 있기는 했지만, 학생들의 학습 부담을 가중시키는 요소가 되기도 했으며 강의식 수업에 익숙해 있거나 자기주도적인 학습 능력이 부족한 학생들의 경우 약간의 거부감도 있있던 듯하다.[28] 따라서 선행 학습에 대한 부담을 덜어주기 위해 조별로 함께 학습하고 조사하고 성찰하게 하며, 주어진 과제의 내용적 측면뿐만 아니라 과제를 해결하는 과정에 초점을 두어 향후에 유사한 과제를 직면했을 때에 이를 해결할 수 있는 역량을 키워주기 위해서도 노력하는 일이 중요할 것이다.[29]

---

[28] 이러한 반응은 거꾸로 학습법에 대한 연구에서도 지적된 바 있다. 김남익 외, 「대학에서의 거꾸로 학습 사례 설계 및 효과성 연구」, 『교육공학연구』 30권 3호, 2014.

[29] 이러한 과정을 강조하는 교육 방법이 '액션 러닝(action learning)'인데, 학습 팀이 실제로 존재하는 과제에 대한 해결안을 내고 이 안을 실천하면서 개인과 팀이 학습해가는 과정을 뜻한다. 김효주·엄우용, 「대학 교원의 수업 개선을 위한 액션 러닝 적용 사례」, 『교육공학연구』 30권 4호, 2014.

2부

한국고전소설의
문화적 전파

문화콘텐츠 원천소재로서의
고전서사문학

1. 고전서사문학의 문화콘텐츠 소재로서의 의의

2001년 이후 우리나라가 92개국에 수출한 영화, 음악, 드라마, 출판물과 같은 문화콘텐츠 상품과 IT, 식품, 의류 등의 소비재의 수출과의 상관관계를 분석한 결과, 문화 상품의 수출이 100달러 늘 때마다 기타 소비재의 수출이 412달러 증가하는 효과가 있다고 한다. 또 2012년도의 조사 결과에 따르면, 문화콘텐츠 장르에서 핵심요소인 스토리와 관련된 세계적인 산업의 규모가 약 1조 3,566억 달러나 되는데, 이는 자동차 산업의 1조 200억 달러, IT산업의 8,000억 달러를 크게 웃도는 수치라고 한다. 이런 상황임에도 불구하고 우리나라의 경우는 세계 시장에서 2% 정도밖에 차지하지 못하고 있는 실정이기에 좀 더 분발할 필요가 있다는 진단이다.[1]

이러한 상황을 극복하고자 인문학을 실용적으로 활용할 방안을 모색[2]하는 중, 고전서사문학을 소재 원천으로 하는 문화콘텐츠를 만들어보려는 논의가 있어왔다. 특히 21세기를 선도할 성장 동력은 문화콘텐츠인데 그 중에서도 가장 중요한 부분은 이야기 만들기 즉 스토리텔링이며, 전 세계적으로 인기를 끌고 있는 큰 흐름은 판타지 문학이라고 할 수 있다.[3] 그러므로 우리 고전소설과 설화, 신화 등에서 판타지적인 요소를 추출하여 콘텐츠로 만들어보는 방법이 주효할 듯하다.

특히 최근에 인기를 끌었던 영화들은 대체로 만화나 소설 등의 원작을 재가공한 것들이다. 국내 웹툰을 원작으로 한 〈은밀하게 위대하게〉, 프랑스 만화를 원작으로 한 〈설국열차〉를 비롯하여, 여러 편의 만화를 원작으로 한 〈아이언맨3〉, 소설을 원작으로 한 〈월드워Z〉 등의 외화들이 있었다. 이들은 차례대로 695만 명, 930만 명, 900만 명, 530만 명의 관객을 동원하여 2013년 영화계를 이끌었다고 해도 과언이 아니다.[4] 외국의 경우에도 한 해 동안 상영된 영화의 반 이상이 원작이 있는 것이었다.[5] 이렇게 이미 인기를 끌었던 소설이나 만화를 소재로 하여 영화화를 하는 것은 원작의 인기에 기대어 기본

---

1 조해진, 「고전설화 〈만파식적〉의 문화콘텐츠적 가치에 관한 연구」, 『한국디자인문화학회지』 18-3호. 2012.

2 그 일환으로 필자는 이 글에 앞서 두 편의 논문을 발표하였다. 「외국인을 위한 한국문화·가치관 교육 제재 확장을 위한 시론 - 〈숙영낭자전〉을 중심으로」(『한국고전연구』 27, 2013.), 「한국 고전서사문학의 번역과 세계문학으로서의 가능성 모색」(『한국고전연구』 28, 2013.)이다. 우리 고전서사문학을 대중에게, 더 나아가 전 세계에 확산, 전파하는 방법은 교육, 독서, 문화콘텐츠의 제재로 활용되는 것이라 생각하여 차례로 논의한 것이다.

3 허만욱, 「문화콘텐츠에서 서사매체의 변용과 발전 전략 연구」, 『우리문학연구』 29, 2010.

4 한국영화진흥위원회 홈페이지(www.kopic.or.kr) 참조.

5 박스오피스 모조(www.boxofficemojo.com) 참조.

관객을 동원할 수 있다는 장점이 있다. 하지만 문학 작품에서 가능했던 섬세한 묘사와 표현 등을 실감나게 전달하지 못한다거나 두 시간 정도의 제한된 시간 내에 많은 이야기를 담아낼 수 없기에 원작의 감동을 전달하지 못하는 경우가 종종 있다는 면에서 부정적으로 평가할 수도 있다.

그러나 영화나 연극, 드라마에서 무엇보다 중요한 것은 서사 구조의 탄탄함과 등장인물의 캐릭터성이므로 기존의 서사문학 작품을 원작으로 삼는 것은 꽤 효과적인 방법이라고 생각된다. 하지만 우리나라에서는 현대문학 작품이나 국내외의 만화를 소재로 하는 경우는 다수 발견되지만 고전문학 작품을 소재로 하는 경우는 그리 많지 않다. 그런데 고전서사문학, 특히 고전소설은 그 정형적인 구도, 중층적 서사전개방식, 문화적인 위상의 측면에서 현대의 드라마나 영화와 유사한 대중서사물의 성격을 지니고 있던 장르이다. 주제의 측면에서도 보편적 질서를 추구하면서 낭만적이고 감상적인 시각을 보여준다는 면에서 유사한 점이 있다.[6] 그래서 국문장편 고전소설(대하소설)을 드라마 등 문화콘텐츠의 소재로 활용할 수 있으리라 전망하는 논의들이 있어 왔다. 대하소설의 이원구조나 유형성, 다양한 인간 군상의 모습, 넓고도 구체적인 공간 설정, 사건과 사물에 대한 풍부한 정보, 보편적 윤리와 감정 제시 등의 면에서 활용도가 높을 것이라는 것이다.[7] 하지만 이 논의는 전망 제시나 가능성 타진의 성격이어서 구체적인 데에까지는 나아가지 않았으며, 문화콘텐츠를 제작하는 현

---

6 송성욱, 「고전소설과 TV드라마 –TV드라마의 한국적 아이콘 창출을 위한 시론」, 『국어국문학』 137, 2004.
7 이지하, 「대하소설의 문화콘텐츠화에 대한 전망」, 『어문학』 103, 2009.

장 종사자들이 쉽게 이해할 수 있을 정도로 작품을 가공하거나 설명하지는 않았다. 한편, 〈완월회맹연〉이라는 장편 소설을 드라마로 각색할 수 있음을 역설한 논의도 있었다.[8] 매체 선정의 타당성, 작품의 각색 방향과 시놉시스까지 작성해 보는 등 구체적으로 방안을 모색해 보기는 했지만, 논의의 대상이 180권이나 되는 대장편이기에 현장에서 콘텐츠의 소재로 활용하기에 어려운 면이 있을 것으로 생각된다.

이에 이 글에서는 각각의 이야기들이 비교적 짧으면서도 우리 민족의 원형적 심상과 문화를 담고 있다고 여겨지는 『삼국유사』의 설화들과, 개성적인 인물과 서사구조를 지니고 있는 한문소설들을 문화콘텐츠의 소재로 활용할 수 있음을 제안하고자 한다.[9] 현대의 문화예술 현장에서 활용하기에 용이하도록 설화와 소설들을 인물, 서사의 특성에 따라 설명하고 이들은 현대인들에게 어떤 의미로 다가갈 수 있을지, 어떤 매체로 창작하면 좋을지에 대해 논한다.

기존 논의에서도 우리의 신화는 요즘과 같은 문화 감성 시대에 문화콘텐츠 산업의 원천이 되기에 적합하며 새로운 상상력과 감성 세계의 결정체라고 평가한 바 있듯이, 『삼국유사』 속의 신화나 설화는

---

8 정창권, 「대하소설 〈완월회맹연〉을 활용한 문화콘텐츠 개발」, 『어문논집』 59, 2009.
9 『삼국유사』 설화를 활용한 문화콘텐츠 스토리텔링 전환 전략을 1) 설화 그 자체를 중심으로 전환하는 경우, 2) 설화의 구조나 소재만을 부분적으로 활용하는 경우, 3) 현재적 문제를 치유하기 위한 원형으로서 활용하는 경우 등 셋으로 나누어 살피되, 이미 출간된 서적이나 애니메이션, 드라마 등을 분류하여 설명한 논의(박기수, 「『삼국유사』 설화의 스토리텔링 전환 방안 연구」, 『한국언어문화』 34, 2007.)는 있었다. 하지만 설화의 내용을 바탕으로 하여 그 구체적인 활용방안을 제시하지는 않았다. 또 한문소설을 문화콘텐츠의 소재로 제안하는 연구는 아직 없다.

우리 문화의 원형으로서의 의의를 지니고 있다.[10] 특히『삼국유사』의 이야기들은 신이성과 환상성이 있는 것들이 많으며, 사랑과 효(孝), 열(烈), 신뢰와 충성 등 우리에게 감동을 주는 가치들이 담겨 있기도 하다. 또한 외지(外地)에서 이주해 온 사람들과 섞여 살거나 외지로 가서 살아가는 이야기들도 있어 지금과 같은 다문화시대에 시사점을 줄 수 있을 듯하다. 요즘 인기 있는 드라마는 환상성이 있거나 소재가 특이한 것들이다. 시간을 넘나들거나 귀신이 등장하거나 남녀가 바뀌는 등 환상성이 있는 것으로, 〈시크릿 가든〉, 〈인현왕후의 남자〉, 〈빅〉, 〈닥터 진〉, 〈옥탑방 왕세자〉, 〈아랑사또전〉 등이 인기를 끌었으며, 의학이나 요리, 방송계 등 특별한 소재들을 다룬 것들도 인기를 끌었다. 따라서 우리의 고전『삼국유사』의 이야기들이나 한문소설들을 소재로 하여 드라마나 영화, 뮤지컬 등을 창작한다면 새롭고도 환상적인 작품이 나올 수 있을 것이다.

2. 고전서사문학의 문화콘텐츠화 현황

우리 고전서사문학의 대표적인 작품인 〈춘향전〉은 1923년부터 지금까지 총 25편의 영화와 드라마로 제작되었다. 2000년 이후의 것만 보면, 두 편의 드라마와 두 편의 영화를 들 수 있다. 2000년에 상영된 영화 〈춘향뎐〉은 원작을 그대로 살리면서 판소리까지 삽입하였는데, 줄거리가 같아 신선함이 떨어지고 삽입된 판소리가 몰입을 방해

---

10 고운기, 「문화원형의 의의와『삼국유사』」, 『한문학보』 24, 2011.

하여 흥행에는 실패했다고 평가된다. 2005년에 방영된 드라마 〈쾌걸 춘향〉은 몽룡의 아버지가 적극적인 조력자로, 춘향과 이 도령 등 주인공의 성격은 현대적으로 바뀌었다. 친근한 인물들이 등장하면서도 성격을 바꾸어 고전의 재해석의 폭을 확장시켰으며 공감 가는 이야기를 전개함으로써 감성적 몰입을 유도하여 32%의 시청률을 올렸다. 2007년의 드라마 〈향단전〉과 2010년의 영화 〈방자전〉은 주연과 조연의 전복을 통한 차별화를 꾀했는데, 이들에서는 특히 신분을 초월한 순수한 사랑이라는 주제를 강렬히 부각하였다. 〈향단전〉에서 향단은 이몽룡의 신분을 모르는 채 그를 좋아했고 옥에 갇혀서도 목숨을 걸고 도령을 보호하였다.[11] 〈방자전〉에서 방자는 이 도령보다 먼저 춘향과 사랑을 나누었고 그 사랑을 춘향이 도령과 혼인한 뒤에도 품고 있었으며, 춘향이 벼랑에서 떨어져 아이 같은 지능을 갖게 된 뒤에도 돌봐주는 등 춘향을 향한 사랑이 변함이 없었기에 관객들의 호응을 얻었다.

이외에도 게임 분야에서 〈임진록〉이나 〈충무공전〉, 〈장보고전〉, 〈동명왕〉, 〈태조 왕건〉, 〈구운몽〉 등이 소재로 쓰였으며[12], 드라마에서는 〈선녀와 나무꾼〉을 패러디한 〈선녀와 사기꾼〉, 〈흥부전〉을 패러디한 〈흥부네 박 터졌네〉, 〈콩쥐팥쥐〉에서 모티브를 따온 〈내 사랑 팥쥐〉, 〈바보 온달과 평강공주〉에서 모티브를 따온 〈사랑한다 웬수야〉 등이 있었다.[13] 한편, 『삼국유사』의 설화를 소재로 하여 드라

---

11 신원선, 「〈춘향전〉의 문화콘텐츠화 연구—2000년 이후 영상화 양상을 중심으로」, 『석당논총』, 동아대 석당학술원, 2012.

12 신선희, 「고전 서사문학과 게임 시나리오」, 『고소설연구』 17, 2004.

13 권도경, 「고전서사문학·디지털문화콘텐츠의 서사적 상관성과 고전서사원형의 디지

마로 재창조한 〈서동요〉는 백제의 역사를 재연했다는 의의가 있었는데 시청률도 높아 꽤 좋은 성과를 거두었다. 고전의 일부 모티프를 중점적으로 차용하여 새로운 작품으로 재창조한 경우로는 〈쾌도 홍길동〉[14]이 있었다. 이 작품은 홍길동이라는 인물을 보다 현실적이고 인간적인 모습으로 그려낸 코믹사극이었다. 이외에, 드라마 〈구미호 여우누이뎐〉[15], 뮤지컬 〈아랑가〉[16], 창극 〈변강쇠 점찍고 옹녀〉[17] 등이 고전서사문학을 소재로 한 작품들이다.

한편, 우리 고전문학을 소재로 활용하거나 세계관을 차용한 영화들 중 인기를 끌었던 것으로는, 2003년의 〈장화, 홍련〉, 2005년의 〈왕의 남자〉, 2008년의 〈쌍화점〉, 2009년의 〈전우치〉, 2010년의 〈방자전〉, 2011년의 〈평양성〉, 2012년의 〈바람과 함께 사라지다〉 등이 있었다. 그 중 고전서사문학을 활용한 것은 〈장화, 홍련〉, 〈전우치〉, 〈방자전〉인데, 이들은 고전소설 중 아주 대중적인 작품들을 소재로 하였기에 관객들이 쉽게 이해할 수 있었다. 특히 가장 최근에 고전소설을 소재로 하여 흥행에 성공한 영화 〈방자전〉은 고전에서는 보조자였던 방자라는 인물을 주인공으로 부각하면서 방자와 춘향의 사랑, 변함없는 방자의 사랑에 초점을 맞추어 각색한 것이었다.[18] 잘

털스토리텔링화 가능성」, 『동방학지』 155, 2011. (2005년까지의 상황을 정리해 놓았음.)

14 〈쾌도 홍길동〉, 이정섭 연출, KBS에서 2008년에 24부작으로 방송.

15 〈구미호 여우누이뎐〉, KBS에서 2010년 6월부터 16부작으로 방송.

16 〈아랑가〉, 변정주 연출, 2015년 2월 공연. CJ문화재단 '크리에이티브 마인즈' 뮤지컬 부문 당선.

17 〈변강쇠 점찍고 옹녀〉, 고선웅 극본 연출, 2014년부터 2017년까지 총66회 국립 창극단 공연. 제8회 차범석 희곡상 수상.

18 신원선, 「한국고전소설의 영상콘텐츠화 성공방안 연구 – 영화 〈전우치〉와 〈방자전〉을 중심으로」, 『민족문화논총』 46, 2010.

알려진 고전을 소재로 하되, 현대인의 취향에 맞게 각색하거나 현대인도 감동할 만한 지고지순한 면을 강조했을 때 인기를 끄는 듯하다.

이 글에서 관심을 가지고 있는『삼국유사』속의 신화나 설화를 드라마로 만든 경우들도 있었다. 소재 차원에서만 끌어다 쓴 것이 아니라 편저자인 일연의 세계관과 문화관까지 담아낼 수 있었다고 평가되기도 하는데, 드라마 〈해신〉은『삼국유사』의 타자성의 문제를, 〈선덕여왕〉은 다성성을, 〈김수로〉는 왕과 민중의 상호소통성을 활용[19]했다고 할 수 있다.

『삼국유사』의 설화 중 〈조신(調信)〉은 1930년대부터 소설로 개작되거나 이후 영화화되는 등 관심을 많이 받은 이야기이다. 1935년에 김동인이 〈조신의 꿈〉이라는 단편소설로 개작했었고, 1947년에는 이광수가 〈꿈〉이라는 제목의 중편소설로 개작했으며, 1955년과 1967년에 신상옥 감독이 〈꿈〉이라는 제목으로 영화화했고, 1990년에는 배창호 감독이『삼국유사』의 원전 설화와 이광수의 소설을 원작으로 하여 영화화했다. 설화가 지니고 있던 불교적 깨달음, 사랑의 고통 등을 담기는 했지만, 대중성을 얻기 위해 작위적으로 불교적 색채를 표현하거나 폭력적이고 선정적인 장면을 삽입하기도 하여[20] 아쉬움을 남겼다. 〈만파식적〉 설화는 1969년에 무용으로 공연되었고 이후 연출가 오태석에 의해 연극으로 공연되었으며 2010년에는 경주의 지역축제로 '만파식적제'라는 이름의 세계피리축제가 개최되기도 하였

19 표정옥, 「미디어콘텐츠로 현현되는『삼국유사』의 대화적 상상력 연구 –『삼국유사』담론의 현대적 해석을 중심으로」, 『서강인문논총』 30, 2011.
20 남정희, 「『삼국유사』소재 설화 〈조신〉이 현대매체로 수용된 양상과 그 의미 – 이광수의 소설과 신상옥·배창호의 영화를 중심으로」, 『국제어문』 57, 2013.

다.[21] 향가 〈찬기파랑가〉도 현대소설, 현대시, 창작뮤지컬로 활용되었는데, 2012년에 공연된 뮤지컬 〈화랑〉의 경우, 유오, 기파랑, 문노, 사다함, 관랑 등의 청년들이 만나 좌충우돌 끝에 화랑이 되어간다는 이야기로 구성되어 있어[22] 화랑을 주인공으로 하기는 했지만, 『삼국유사』 속의 설화를 구체적으로 활용하지는 않아 아쉬움을 남긴다. 그 이야기까지도 재구성하여 활용한다면 스토리가 풍부해져 더 큰 인기를 얻을 수 있을 듯하다.

한편, 2012년 하반기에서 2013년 초까지 국립극단에서는 '삼국유사 프로젝트'라는 기획 프로그램을 진행한 바 있다. 『삼국유사』를 통해 신화의 세계를 탐색하고 우리 고유의 상상력을 현대적으로 되살려보자는 취지였고, 『삼국유사』의 이야기 중에서 다섯 편을 골라 현대희곡으로 재창작하여 공연하기도 하였다. 조신 설화는 〈꿈〉이라는 제목으로, 수로부인 설화는 〈꽃이다〉로, 처용 설화는 〈나의처용은밤이면양들을사러마켓에간다〉[23]로, 김부 대왕 설화는 〈멸(滅)〉로, 비형랑 설화는 〈로맨티스트 죽이기〉로 재창작된 것이다. 〈꽃이다〉[24]를 예로 들면, 설화에서 나오는 용을 현대물에 맞게 변형하기를, 순정공 수하의 화랑인 호일랑이라는 자의 속임수라고 하였고, 극적인 갈등을 강화하기 위해 관(官)과 민(民)의 갈등, 수로와 미녀 아리의 대결, 수로와 무당 검네의 대결, 수로와 순정공의 갈등 등을 만들어 긴장감

---

21 조해진, 「고전설화 〈만파식적〉의 문화콘텐츠적 가치에 관한 연구」, 『한국디자인문화학회지』 18-3호, 2012.
22 하경숙, 「향가 〈찬기파랑가〉의 정체성과 현대적 변용」, 『한국어문학연구』 60, 2013.
23 창작자가 의도적으로 붙여 썼으므로 그대로 표기한다.
24 2012년 9월 23일~10월 7일 국립극단 백성희 장민호 극장에서 공연. 홍원기 작, 박정희 연출.

을 더하였다.[25] 수동적이던 수로부인을 능동적인 행위 주체자로 만들고 여러 가지 갈등 관계를 조성함으로써 극적 재미를 더하기는 했지만, 미(美)의 화신이었던 고전에서의 원형적인 의미가 퇴색된 것은 아닌가 생각된다.

이렇게 우리의 고전서사문학은 〈춘향전〉, 〈홍길동전〉, 〈전우치전〉, 〈장화홍련전〉 등 고전소설 몇 편과 『삼국유사』의 신화와 설화 몇 편이 현대적으로 재해석되어 문화콘텐츠의 소재로 활용되었다. 이제 고전서사문학에서 현대 문화콘텐츠의 소재 원천을 좀 더 다양하게 추출해 내어, 그것이 우리나라 고유의 서사나 캐릭터의 원형으로 인식되고 자리잡아가도록 할 수 있는 방안을 모색해 보고자 한다. 이에 우리 문학의 원형이 담겨 있는 고전이라고 평가되는 『삼국유사』의 설화들과, 개성적인 인물과 서사가 돋보이는 몇 편의 한문 단편소설들을 제시하면서 이들의 현대적 의의도 설명하려 한다. 이러한 작업은 문화콘텐츠의 스토리뱅크[26]가 되어 현대의 문화예술 창작자들에게 도움이 될 수 있을 것이다.

---

25 오세정, 「수로부인의 원형성과 재조명된 여성상 – 『삼국유사』〈수로부인〉과 극 〈꽃이다〉를 중심으로」, 『한국고전여성문학회 제43차 학술대회 발표집』, 2014. 이상, 국립극단의 삼국유사 프로젝트에 관한 것은 이 발표문 참조.

26 '스토리뱅크'는 고전문학작품을 현대어로 복원하여 데이터베이스화하는 방법으로, 사용자의 편의를 염두에 두고 유형별로 분류하여 체계적으로 정리한 자료의 집합체를 말한다. 이렇게 스토리뱅크를 만들어 놓으면 대중과의 소통과 문화콘텐츠 산업의 리소스로 활용되기에 용이할 것이다. 함복희(「야담의 문화콘텐츠화 방안 연구」, 『우리문학연구』22, 2007. ; 「〈청구야담〉의 스토리텔링 방안」, 『인문과학연구』29, 2011.)는 야담의 문화콘텐츠화 방안의 일환으로 이를 제안했는데, 이 글에서는 배경, 인물, 사건으로 나누는 등의 구체적인 방법까지 수용하는 것은 아니고 '캐릭터'에 초점을 맞춰 정리해볼 것이다.

3. 문화콘텐츠의 원천소재로서의 『삼국유사』

이제, 『삼국유사』의 설화들을 인물을 중심으로 하여 살펴본다. 다양한 인물들이 등장하지만, 우선 눈에 띄는 인물들이 '귀신이나 자연을 제어하는 유형'인데, 비형랑이나 표훈대덕 등이 대표적이다. 비형랑의 경우를 보자.

'비형랑'[27]은 신라 제25대 사륜왕 진지대왕이 도화녀와 관계하여 낳은 아이이다. 그런데 그 당시 그는 세상을 떠난 지 2년이 지난 시점에 밤에 홀연히 도화녀에게 왔기에 귀신인 상태였던 것으로 되어 있지만, 혹자는 그가 죽었던 것이 아니라 폐위되어 갇혀 있었던 것[28]이라고 하기도 한다. 어찌되었든 그가 도화녀와 함께한 7일 동안 그 집은 오색 구름에 덮여 있고 향기가 방안에 가득 차더니 그 후에는 홀연히 그의 자취가 없어졌고 그때부터 도화녀에게는 태기가 있어 사내아이를 낳은 것이 바로 비형랑이니 신이한 탄생임에는 틀림이 없다. 이를 들은 제26대 진평대왕이 그를 궁중에 데려다 길렀는데 15세 무렵부터 밤마다 멀리 나가서 귀신을 데리고 논다. 귀신을 시켜 개천에 다리를 놓게 하기도 하고 그 중 길달이라는 자를 천거하여 벼슬을 하게 하기도 한다. 그러나 길달이 여우로 변하여 도망가려 하니 비형은 귀신을 시켜 그를 잡아 죽이게 하였고 이후로 잡귀들은 비형의 이름을 들으면 두려워하여 달아났다고 한다. 신이하고 특이

---

27 일연, 이재호 역, 『삼국유사』 1권, 제2 기이편 〈도화녀와 비형랑〉, 솔출판사, 2002, 153~155쪽. 이하 『삼국유사』의 내용은 이 책을 참고함.
28 정출헌, 『김부식과 일연은 왜?』, 한겨레출판, 2012.

한 탄생을 한 사람이 귀신을 제어하는 능력을 지녔다는 이야기이기에 관심을 끌 것이다.

경덕왕조의 '표훈대덕'[29]은 천상에 올라가 상제(上帝)와 이야기를 나눌 수도 있고 바라는 바를 요구할 수도 있는 인물이다. 귀신이나 상제 등 인간이 아닌 이들과 소통하는 능력을 지닌 캐릭터들을 활용한다면 환상적인 콘텐츠를 만들어 낼 수 있을 것이다.

다음으로는 죽어서도 나라를 위해 '신이한 기적을 낳았다는 왕'들을 볼 수 있다. '미추왕'[30]은 나라에 적이 들어오면 자신의 무덤에서 댓잎을 귀에 꽂은 군사들을 내보내 신라군을 돕게 했으며, '문무대왕'[31]은 큰 용이 되어 나라 앞의 바다를 지키면서 아들 신문왕에게 피리를 만들게 하여 적병을 물리치고 가뭄에 비가 내리게 하고 장마를 그치게 하였다. 이것이 바로 만파식적(萬波息笛)인데, 영화 〈전우치〉에서 흥미소로 활용되었던 것처럼 게임 서사에서 하나의 퀘스트로 설정한다면 흥미로울 것이다.

왕뿐 아니라 '충성스러운 신하'의 이야기도 감동을 준다. '김제상'[32]이라고도 하고 '박제상'이라고도 하는 인물인데, 눌지왕의 아우 보해가 고구려에 잡혀 가자 목숨을 걸고 고구려에 가 그를 몰래 빼내 왔고 왕의 또 다른 아우 미해가 왜나라에 잡혀 있자 그도 구해내고 자신은 죽었다. 자신과 가족은 돌보지 않고 왕의 소망을 들어주기 위해 그 아우들을 구출해내는 데에 목숨을 바친 것이다. 공적인 의무

---

29 『삼국유사』 1권, 제2 기이편 〈경덕왕과 충담사·표훈대덕〉, 솔출판사, 235~243쪽.
30 『삼국유사』 1권, 제2 기이편 〈미추왕과 죽엽군〉, 솔출판사, 131~134쪽.
31 『삼국유사』 1권, 제2 기이편 〈만파식적〉, 솔출판사, 219~223쪽.
32 『삼국유사』 1권, 제2 기이편 〈내물왕과 김제상〉, 솔출판사, 135~144쪽.

와 사적인 행복 사이에서 갈등하고 결국 희생하는 인물에 감동할 수 있을 것이다. 어떤 상황에서도 충성을 바치는 신하의 이야기이므로 사극에서 활용하면 호응을 얻을 듯하다.

왕의 아들이 당나라로 가는 길에 해적이 자주 출몰하고 풍랑이 세니 활 잘 쏘는 이들을 뽑아 호위하게 하고 그 중 하나를 섬에 남겨두면 풍랑이 가라앉는다고 하여, 홀로 남아 있다가 서해의 신의 부탁을 들어주고 그 과정에서 늙은 여우가 화한 중의 목숨을 살려주어 그 딸을 아내로 얻는 '거타지'[33]라는 인물의 이야기도 있다. 처음에는 충성심, 그 다음에는 활 쏘는 능력과 용감함, 그 다음에는 남의 어려운 상황을 이해하는 아량을 보여준 이야기이기에 다채로운 서사를 만들어낼 수 있을 것이다.

'따뜻한 지도자'의 이야기도 있다. '죽지랑'[34]과 득오의 경우인데, 이 이야기에서는 특히 고상한 인격의 화랑 죽지랑과 못되고 고집스러운 상사 익선이 대비되어 죽지랑의 인품과 배려가 돋보이며 그의 신비로운 탄생담까지 덧붙어 있다. 신라가 삼한을 통일하는 데에 큰 공을 세운 죽지랑의 이야기는 혼란상을 잘 조율하여 화합을 이끌어낸 지도자, 국민을 진심으로 아끼는 지도자상을 이야기할 수 있으니 오늘날에도 공감을 불러일으킬 콘텐츠의 소재로 활용할 만하다.

이렇게 왕과 관련된 신이한 인물들이나 충성스런 인물, 따뜻한 지도자 외에, 이루어지기 힘든 사랑을 하여 괴로워했던 인물로 '조신'[35]

---

33 『삼국유사』 1권, 제2 기이편 〈진성여왕과 거타지〉, 솔출판사, 270~275쪽.
34 『삼국유사』 1권, 제2 기이편 〈효소왕 때의 죽지랑〉, 솔출판사, 224~229쪽.
35 『삼국유사』 2권, 제4 탑상편 〈낙산의 두 보살 관음·정취와 조신〉, 솔출판사, 121~126쪽.

을 들 수 있다. 하지만 이 이야기는 일찍부터 여러 가지 문화콘텐츠로 재창작되었기에 다시 논의하지 않는다.

'호랑이 여인과 사랑을 나눈 사람'[36]의 이야기도 감동적이다. 김현이라는 이가 탑돌이를 하는데 옆에서 같이 돌던 아리따운 처녀와 사랑을 나누고 함께 그녀의 집으로 갔다가 그녀가 호랑이 처녀였음을 알게 된다. 그녀가 오빠들을 대신해 죽겠다고 하면서 이때에 김현에게도 혜택을 주고자 자신을 죽여 높은 벼슬을 얻으라 한다. 김현은 양심의 가책을 느끼지만 그녀의 말대로 하여 벼슬에 오르고 그 후 호원사(虎願寺)를 지어 명복을 빌어준다. 이 이야기는 신도징과 호녀의 이야기[37]와 비교할 수도 있고 사랑에 빠진 여성의 희생정신, 여동생의 오빠를 위한 희생, 혼인과 자아정체성에 대해 생각하게 한다.

사람 사이의 애정과 희생도 감동적이지만, '부처를 감동시킨 수도자'들의 이야기도 감동과 함께 신비로움을 줄 수 있다. 광덕과 엄장, 노힐부득과 달달박박, 욱면의 아내 이야기 등이 그것이다. 이와 같은 이야기들은 수행자에게도 인간적인 아량과 남을 긍휼히 여기는 심성이 더 중요함을 보여준다. 해의 변괴를 없앤 월명 스님, 귀신을 쫓은 밀본 스님, 죽었다가 다시 살아난 선율 스님, 지팡이를 마음대로 부린 양지 스님 등 신통력 있는 스님들도 있다. 특히 혜통이라는 스님은 용에게 불살계(不殺誡)를 가르쳐 용의 화신인 웅신(熊神)의 피해를 없앴고, 주문을 외워 왕의 등창을 낫게 하기도 하는 등 신이한 기적을 보인다.

---

36 『삼국유사』 2권, 제7 감통편 〈김현이 범을 감동시키다〉, 솔출판사, 135~144쪽.
37 이 이야기에서는 호랑이 처녀가 신도징과 가정을 이루고 1남 1녀를 두었으면서도 예전에 자신이 살던 호랑이 세계를 잊지 못해 다시 호랑이로 변신하여 그곳으로 돌아간다.

마지막으로 주목해 본 이야기는 우리나라가 아닌 '외지(外地)에서 들어온 인물'들에 대한 것이다. 가야국 왕비가 된 허황옥, 신라의 왕이 된 탈해, 신라로 와 역신이 된 처용 등이다. 특히 허황옥 이야기[38]는 다른 건국신화들에 비해 왕비에 대한 부분이 확장되어 있다는 면에서도 주목되는데, 그녀는 가락국의 수로왕이 먼저 좌정한 뒤에 먼 바다에서 배를 타고 망산도(望山島)로 온 아유타국의 공주이다. 나루터에 도착해서는 왕이 직접 마중 나오기를 요구하는 등 자존감이 강하였으며, 내조도 잘하여 백성들이 존경하는 왕후였다. 수십 명의 수행원들이 같이 들어왔기에 그들의 이야기와 함께 다문화사회 관련 콘텐츠를 만들 수 있을 것이다. 현대소설 〈허황옥, 가야를 품다〉로 재창작되었고 이것이 드라마 〈김수로〉로 만들어지기는 했지만, 다문화적인 면에 초점이 맞춰지지는 않았다.

용성국에서 온 '탈해'[39]의 이야기도 흥미롭다. 가락국 앞 바다로 온 그는 원래 알로 태어났기에 이를 이상하다고 여긴 왕이 배에 태워 보낸 것이었다. 하지만 붉은 용이 호위하여 그곳으로 온 것이었는데 아진의선이라는 노파가 건져서 키운 지 7일 만에 말을 하고 자신의 내력을 말한 뒤 토함산으로 가 호공의 집을 **빼앗는다**. 그의 지혜에 감탄한 신라 남해왕이 자신의 큰 딸을 주었고 이후 노례왕의 뒤를 이어 왕이 되었다. 몸의 **뼈**의 길이와 머리**뼈**의 둘레가 크며 치아가 길고 엉겨 있는 등 장사의 골격이었다고 한다. 그도 이방인으로서 신라에 와 신이함을 발휘하여 왕까지 된 인물로, 출생, 이주, 투쟁,

---

38 『삼국유사』 1권, 제2 기이편 〈가락국기〉, 솔출판사, 341~356쪽.
39 『삼국유사』 1권, 제2 기이편 〈제4대 탈해왕〉, 솔출판사, 120~126쪽.

정착, 혼인 등을 중심으로 서사를 이어가면 좋을 듯하다.

이방인으로는 '처용'[40]도 있다. 동해용이 신라에 데려온 일곱 아들 중 한 명으로 신라 왕의 정치를 돕게 하였는데, 혼인한 여인이 너무 아름다워 역신(疫神)이 범하자 이를 목격하고는 노래 부르며 물리니 온다. 이를 본 역신이 그 도량에 감동하여 처용 앞에 무릎을 꿇었다 고 하여 그 뒤로는 벽사(辟邪)의 기능을 하게 되었다는 이야기이다. 주로 향가나 고려가요와 함께 연구되었지만, 이 인물 자체를 소재로 삼아 무용이나 뮤지컬 등 현대 예술물의 캐릭터로 만들어 볼 만하다.

4. 문화콘텐츠의 원천소재로서의 한문소설

지금까지는 한국 고전서사문학의 문화콘텐츠화 현황을 살펴보고, 새로운 문화콘텐츠의 소재로 『삼국유사』를 활용할 것을 제안하면서 그 이야기들을 인물의 특성을 중심으로 설명하였다. 귀신이나 자연 을 제어하는 인물, 신이한 기적을 행하는 왕, 충성스러운 신하, 따뜻 한 배려심의 지도자, 신비로운 여인과 사랑을 나누는 남성, 부처를 감동시킨 수도자와 신통력 있는 스님, 외지에서 들어온 사람들 등 참으로 다양한 캐릭터들이 생산될 수 있을 듯하다.

이렇게 고전서사문학에서 흥미로운 캐릭터를 제공받는 것과 더불 어 서사의 활용도 적극 검토해 볼 만한데, 이는 『삼국유사』 소재 설 화들과 같이 짧은 이야기보다는 중단편의 고전소설들에서 도움을 받

---

40 『삼국유사』 1권, 제2 기이편 〈처용랑과 망해사〉, 솔출판사, 265~269쪽.

을 수 있을 것이다. 특히 한문소설은 잘 알려져 있지 않아 새로움을 줄 수 있고, 살인 사건이나 전쟁, 소외된 인물의 이야기 등 재미있으면서도 적당한 길이인 것들이 꽤 있다. 〈은애전〉, 〈운영전〉, 〈남궁선생전〉, 〈김영철전〉, 〈온달전〉 등이 그것인데, 이들을 기본 구조로 하거나 부분적으로 활용하여 게임이나 영화, 드라마, 뮤지컬을 만들어 볼 수 있을 듯하다.[41]

먼저, 〈은애전〉[42]은 조선 후기의 문인 이덕무(李德懋)가 지은 한문소설로, 1790년 정조 14년에 실제로 있었던 살인사건과 재판과정을 소설화한 것이어서 사실성이 높다. 김은애라는 여성이 자신의 정절을 모함하여 혼사를 망치고 그 후로도 2년간 지속적으로 자신을 음해하던 노파를 칼로 여러 차례 찔러 죽인 사건이다. 김은애는 관가에서 문초받을 때에 자신의 원통함과 억울함을 호소했지만, 관아의 관리는 살인을 용서할 수는 없다고 왕에게 보고한다. 그러나 왕 정조는 이를 열녀의 행동에 비하며 사형을 면해준다. 사실적인 묘사라든지 개성 있는 인물들이 눈길을 끌기도 하지만, 무엇보다도 법과 도덕,

---

41 이하, 문화콘텐츠의 소재로 적합한 한문소설 선택은 2013년 2학기 홍익대학교 국어국문학과 4학년 과목인 '고전문학배경론'에서 학생들과 함께 고민하고 토의한 결과를 반영한다. 20대 초중반의 대학생들은 현대 문화콘텐츠의 수요자들이기도 하므로 그들의 의견은 중요하게 고려할 사항이다. 아울러, 각 한문소설의 주요 내용과 의의를 정리한 부분과 활용 방안으로 제안한 부분이 다소 주관적일 수 있으나, 한문으로 된 고전서사문학 작품이 현대의 문화콘텐츠의 소재로 활용될 때의 장점과 가능성을 지녔음을 보여주는 방향으로 논하였다.

42 이덕무, 〈은애전〉, 신해진 역, 『조선조 전계소설』, 월인 출판사, 2003, 271~284쪽. (현대문학 창작자들이나 문화콘텐츠 기획·제작자들이 읽기에 좋으면서도 원작의 느낌과 미학을 잘 살린 번역본을 제시할 필요가 있다는 제언에 힘입어, 몇 편의 번역본들을 검토한 뒤 가장 적절하다고 생각되는 것을 인용함. 이하 다른 작품도 동일한 기준으로 번역본을 택함.)

법과 양심, 인지상정 등의 문제를 다루고 있기에 현대인들에게도 생각할 거리를 줄 수 있다. 소설에서는 은애의 복수가 벌을 받지 않았지만 이러한 결말에 동의하지 않는다면 다른 방식으로 바꿀 수도 있겠다.

〈운영전〉[43]도 실제의 인물 안평대군을 중심으로 하여 그의 궁궐에서 일어난 궁녀와 진사의 사랑 이야기이고 우리 고전문학에서 드문 비극적 결말을 지니고 있어 인생과 사랑에 대해 진지하게 고민하게 한다. 금단의 영역이었던 궁궐, 재주가 뛰어난 열 명의 궁녀에게 시를 가르치는 왕, 왕의 여자인 궁녀, 그녀와 몰래 사랑을 나누는 선비, 그 사랑을 함께 하기 위해 목숨을 버린 궁녀 운영, 상전인 진사와 그 애인 운영을 곤경에 빠뜨린 악한 노복 특 등 독특한 캐릭터들을 만들어 낼 수 있다. 갈등도 여러 겹이어서 운영과 김 진사, 안평대군 간의 삼각관계, 운영과 동료 궁녀들 간의 갈등, 남궁 궁녀들과 서궁 궁녀들 간의 갈등, 진사와 노비 특과의 갈등 등을 통해 인간의 본성, 사랑의 의미, 친구의 의미, 노주(奴主) 간의 관계를 조명할 수 있을 것이다. 액자구조라는 틀 또한 흥미로우며, 주인공 여성의 1인칭 화자 시점으로 서사를 전개해 나가는 것 또한 독특하다. 열 명의 궁녀가 지은 한시(漢詩)가 여러 수 들어 있는, 애틋한 사랑 이야기이므로 시들을 노래로 만들어 뮤지컬로 창작하면 좋을 듯하다.

〈남궁선생전〉[44]은 조선 중기의 문인 허균(許筠)이 지은 한문소설로, 사람의 성격, 인품이 얼마나 중요한지를 알게 하며, 신선이 되는

---

43 작자 미상, 〈운영전〉, 박희병·정길수 역, 『사랑의 죽음』, 돌베개, 2007, 1~190쪽.
44 허균, 〈남궁선생전〉, 신해진 역, 『조선조 전계소설』, 월인, 2003, 69~106쪽.

방법을 구체적으로 제시하면서 수행하는 모습을 보여주어 호기심을 자극한다. 남궁두라는 이가 영민하였지만 포악한 면이 있었는데 첩이 간통하는 것을 보고 화가 나 두 남녀를 화살로 쏴 죽이고 도피행각을 일삼다가 산으로 가 신선이 되기 위해 노력했지만 조급한 성격이 발동하여 실패한다는 이야기이다. 개성적인 인물이면서 현대인들과 닮은 면이 있어 치유와 위로의 효과를 낼 수 있을 듯하다.

열두 명이나 되는 여성들이 등장하는 〈강도몽유록〉[45]도 주목할 만하다. 병자호란이라는 전쟁 상황, 적에게 겁탈 당하느니 차라리 스스로 죽어달라고 하는 아들의 말을 듣고 자결한 어머니, 적에게 끌려갔다 되돌아오니 절개를 의심하는 남편과 가족들의 의심어린 시선을 못 이겨 죽은 여성, 적을 피해 자결하여 절개를 지킨 여성 등 억울하면서도 처절한 사연들과 하소연들, 당대의 정치와 가부장에 대한 비판들을 적나라하게 담고 있는 소설이다. 강화도에서 죽은 여성들이 각각 자신의 억울하고도 안타까운 사연을 말하면서 남편과 아들, 시아버지 등 상층 남성 지배층들을 비판하므로 가정과 사회, 국가의 문제적인 지점들을 폭넓게 다룰 수 있을 것이다. 또한 열두 명의 여성들이 한 장면마다 주인공이 될 수 있으므로 옴니버스식 영화나 연극, 뮤지컬을 만들면 좋을 것이다.

〈김영철전〉[46]도 조선시대에 전쟁을 겪으면서 파란만장한 삶과 우여곡절을 겪은 한 남자의 이야기를 사실적으로 담고 있는 소설이다. 당시의 동아시아 전반에 걸친 전란에 휩쓸려 중국의 건주와 등주에

---

45 작자 미상, 박희병·정길수 역, 『이상한 나라의 꿈』, 돌베개, 2013, 79~121쪽.
46 홍세태, 〈김영철전〉, 박희병·정길수 역, 『전란의 소용돌이 속에서』, 돌베개, 2007, 67~92쪽.

서 혼인하여 아들을 낳고 살지만 고향으로 돌아가고자 하는 마음이 너무 깊어 식구들을 놔두고 혼자 조선으로 돌아온다. 하지만 고국은 결코 따뜻한 보금자리가 아니었으며 산성에서 일하는 노역을 60세가 넘은 노령에도 불구하고 계속하다가 80세가 넘어서 죽는다. 이러한 서사를 활용한다면, 전쟁이 사람을 얼마나 힘들게 하는지, 나라도 백성을 보호하지 못하는 상황이면 얼마나 더 비참해지는지 등을 느끼게 할 것이며, 가족과 국가의 중요성, 개인과 집단의 중요성 등을 비교하며 성찰하게 할 수 있을 것이다.

〈온달전〉[47]은 김부식의 『삼국사기』에 들어 있는 한문소설로, 인물들 간의 갈등과 대립 구도가 중층적으로 들어 있어서 드라마나 게임 서사로 활용하기에 적합하다. 평원왕과 딸 평강 공주의 대립, 평강 공주와 온달의 대립과 교화, 적군 신라와 온달 장군의 대립 등을 각 퀘스트로 만들어 액션 어드벤처 게임을 제작할 수 있을 것이며, 평강 공주가 온달을 교화, 성장시키는 대목을 확장시켜 육성 시뮬레이션 게임[48]으로 제작할 수도 있을 것이다.[49]

---

47 김부식, 이병도 역, 〈온달전〉, 『삼국사기』 하권, 을유문화사, 2012, 419~421쪽.
48 한 학생은 구체적으로 그 방안을 제시하였는데, 플레이어가 게임 속 캐릭터의 보호자가 되어 캐릭터를 성장시키는 육성 시뮬레이션 게임으로 만들 수 있을 것이라 하였다. 주요 설정은, 공주와 온달의 만남으로부터 10년의 시간이 주어지고 7년 후에 전쟁이 일어나는데 온달의 성장에 따라 다른 이벤트들이 벌어진다. 또 매년 3월 3일에는 사냥대회가 열리고 우승하면 큰 보상을 얻을 수 있다는 것이다. 온달의 능력은 힘, 체력, 지능, 판단력, 순발력, 검술, 궁술, 창술, 기마술 등으로 나누어 구성할 수 있고, 그가 할 수 있는 활동은 노동, 학습, 수련, 휴식 등으로 나뉜다. 예를 들어 '노동'은 힘과 체력 지수는 증가하지만 지능과 판단력, 순발력은 감소, '학습'은 지능과 판단력 증가, 힘과 체력, 기술 등은 감소로 나타날 것이다.
49 또 다른 학생은, 이와는 달리 〈단군신화〉의 서사를 중심으로 하여 〈온달전〉의 온달과 평강 공주의 만남 부분을 하나의 퀘스트로 만들고 또 다른 퀘스트는 〈유충렬전〉, 〈전

※ 이 글에서는 고전서사문학이 문화콘텐츠의 가장 좋은 원천소재일 수 있음을 논의하였다. 영화나 연극, 드라마 등의 문화콘텐츠에서 무엇보다 중요한 것은 서사 구조의 탄탄함과 등장인물의 캐릭터성이므로 기존의 문학 작품을 원작으로 삼는 것은 꽤 효과적인 방법이다. 이에 각각의 이야기들이 짧으면서도 우리 민족의 원형적인 심상과 문화를 담고 있는 『삼국유사』 속 설화들과 한문소설들을 문화콘텐츠의 소재로 활용하는 방안을 모색해 보았다. 현대의 문화 예술 창작의 현장에서 활용하기에 용이하도록 설화들과 한문소설들을 설명하고, 이들이 현대인에게 어떤 의미가 있을지, 어떤 매체로 창작하면 좋을지에 대해 논한 것이다.

최근의 문화예술 작품들은 환상성이 있거나 특별한 소재를 다룬 것들, 그러면서도 현대인들에게 친근한 인물, 지키고 싶은 가치를 지켜주는 인물이 등장하는 경우에 인기를 끌었다. 우리 고전서사문학의 대표적인 작품인 〈춘향전〉은 1923년 이후 지금까지 총 25편의 영화와 드라마로 제작되었는데, 그 중 인기를 끈 드라마 〈쾌걸춘향〉은 친근하면서도 색다른 인물 성격 때문에 감성적 몰입을 가능케 했다. 반면, 영화 〈방자전〉은 인물의 성격과 서사를 완전히 바꾸었는데도 인기를 끌었는데 이는 원작에서 하인에 불과했던 방자가 그 누구도 지키기 어려운 '사랑'이라는 지고지순한 가치를 끝까지 지켜나갔기 때문이다.

이외에도 게임 분야에서 〈임진록〉, 〈동명왕〉, 〈구운몽〉 등이 소재

우치전〉, 〈바리공주〉 등 각기 다른 특성을 지닌 주인공들을 중심으로 하여 만들며, 여성이 주인공인 〈장화홍련전〉이나 〈운영전〉도 하나의 퀘스트로 설정하여 변화를 주기도 하였다.

로 쓰였고, 드라마에서 〈서동요〉, 〈홍길동〉 등이, 영화에서 〈장화, 홍련〉, 〈전우치〉 등이 재창작되어 인기를 끌었다. 이 글에서 관심을 가지고 설명한『삼국유사』속 설화를 드라마로 제작한 경우도 있었는데, 〈해신〉, 〈김수로〉, 〈조신〉 등이 그것이다. 이들은 단지 소재 차원에서뿐만이 아니라 타자성의 문제, 다성성, 왕과 민중의 상호소통성, 삶과 사랑의 문제 등을 생각하게 했다. 그러나 문화콘텐츠의 소재로 활용되고 있는 고전서사문학은 고전소설 몇 편과 설화 몇 편에 불과하므로 그 소재를 좀 더 광범위하게 넓혀 우리 문화예술 작품 창작의 탄탄한 스토리뱅크가 마련되었으면 한다.

그런데 고전서사문학으로 문화콘텐츠를 기획하고 제작할 때에 감안할 사항이 있다. 재창작했을 때에 서사의 일부와 주인공 이름이나 관계 설정 정도만 가져오고 주제의식이나 인물의 성격 등이 완전히 바뀐다면 소재로 했다는 점 외에는 큰 의미가 없을지도 모른다. 따라서 고전문학의 고유한 정신세계와 서사적 특질을 담고 있으면서도 현대인의 감성과 공감대를 건드릴 수 있도록 창작하는 방법을 고안할 수 있어야 할 것이다. 영화 〈방자전〉은 고전의 인물구도를 전복시키면서도 춘향을 향한 방자의 영원한 사랑을 강조함으로써 공감을 얻었고, 드라마 〈쾌도 홍길동〉은 가볍고 코믹한 분위기이면서도 홍길동과 민중들의 저항정신이 살아 있어서 호평을 얻었던 것을 상기해야 할 것이다. 이처럼 잘 알려진 작품의 경우에는 좀 더 과감한 재해석을 통해 변용하는 것이 효과적일 수 있다.

이러한 재해석과 재창작이 가능하게 하기 위해서 고전문학 전공자들은 연구의 깊이와 다양성만큼이나 교육과 확산, 소통에도 관심을 가지고 적극적으로 노력할 필요가 있다. 문화콘텐츠를 만드는 현장에서 창작과 제작에 종사하는 이들이 좀 더 풍부한 고전문학 제재를 제공받을 수 있도록 일차적으로 가공하거나 쉽게 설명한 논의들이 지속적으로 나왔으면 한다. 현대문학 전공자, 현대문학 창작자, 문화콘텐츠 기획·제작자, 문화·예술 분야 종사자들도 우리의 고전서사문학에 관심을 가져주었으면 하는 바람이다.

이방 문화 체험으로서의
고전소설

1. 19세기 동아시아의 구도와 이방 넘나들기

　17세기의 한문소설 〈김영철전〉, 〈최척전〉 등에는 초국적(超國的) 유랑자가 초국적 공간을 표류하거나 포로로 잡히는 이야기가 주요 서사로 자리하고 있다.[1] 조선과 중국, 베트남, 일본 등의 국경을 넘나들면서 살아남기 위해 노력한다. 오늘날과 같이 배타적인 국가 개념이 생성되기 전이었기에 상호 연대하는 동아시아인들의 모습을 볼 수 있다.[2] 19세기 중반의 한문소설 〈육미당기(六美堂記)〉[3]에서도 이런

1　최원오, 「17세기 서사문학에 나타난 越境의 양상과 초국적 공간의 출현」, 『고전문학연구』 36집, 2009.

2　진재교, 「월경과 서사 – 동아시아의 서사체험과 '이웃'의 기억 – 〈최척전〉 독법의 한 사례」, 『한국한문학연구』 46집, 2010. ; 정환국, 「전근대 동아시아와 전란, 그리고 변경인」, 『민족문학사연구』 44집, 2010.

3　선본(善本)인 서울대도서관 가람문고 소장 한문본을 장효현이 역주한 〈육미당기〉(『한국고전문학전집』 17, 고려대학교 민족문화연구소)를 대본으로 한다.

인식이 계승되지만, 17세기 소설들에서 현실적 질곡을 핍진하게 묘사하는 가운데 이러한 고난을 이겨내게 하는 이방인들의 도움을 사실적으로 그렸던 것과는 다르게 전개된다. 〈육미당기〉에서는 '이방(異邦)' 중국이 주인공의 성숙과 성공을 가능케 하는 통과의례적인 공간, 주인공의 아내가 될 여성들의 자유로운 활동 공간으로 기능하며, '이방인' 중국인들은 조력자나 연인으로 설정되어 있다. 이에 이 글에서는 이 작품을 주인공 소선 태자의 이방 체험과, 이방 여성들과의 결연을 중심으로 읽음으로써, 소선이 이방 중국을 어떻게 느꼈는지 그리고 그곳에서 이방인들과 어떻게 관계 맺었는지를 살펴보고자 한다.

〈육미당기〉는 1863년에 서유영이라는 한미한 문사가 창작한 한문 장편소설이다. 총 16회의 장회체(章回體)이고 20여 편의 한시(漢詩)가 삽입되어 있으며, 국문소설 〈적성의전〉과 강한 친연성을 지니고 있다. 두 소설 모두 〈선우태자전〉을 근원으로 하여 창작되었으나 지향하는 바와 서술 방식, 구조 등에서 차이를 보인다.[4] 작자 서유영은

---

4 〈적성의전〉과 〈육미당기〉의 차이점 중 이 글의 논의와 관련하여 유의미한 것들은 다음의 몇 가지가 있다. 〈적성의전〉은 강남 안평국의 왕자 성의가 모친의 병을 치료하기 위해 일영주를 구하러 서역국으로 떠나지만, 〈육미당기〉는 신라의 태자 소선이 부친의 병을 치료하기 위해 영죽순을 구하러 중국 남해로 떠난다. 다음으로, 〈적성의전〉에서는 성의가 중국의 공주 채란과 혼인하는 것으로 그치지만 〈육미당기〉에서는 중국의 공주를 비롯한 여섯 여인과 혼인한다. 또 〈적성의전〉에 비해 중국 황제가 소선과 공주와의 혼인을 흔쾌히 받아들인다. 마지막으로, 〈적성의전〉은 성의의 효성과 영웅성을 강조하는 쪽으로 서사가 진행되지만 〈육미당기〉는 소선의 효성과 더불어 그의 문학적·음악적 재능과 여성들과의 만남과 혼인을 중심으로 서사가 진행된다.(두 작품의 차이에 대해서는 김시연, 「육미당기 연구—구성과 인물을 중심으로」, 『성신어문학』 5집, 1992. ; 장주옥, 「육미당기 연구 – 적층적 소재원을 중심으로」, 『돈암어문학』 11집, 2005. 등 참조.) 이렇게 주인공의 국적과 구약 여행지, 혼인하게 되는 이방 여인 등 기본적인 사항들이 다르기 때문에, 〈육미당기〉에서의 이방인, 이방 체험에 대해 분석하고자 하는 이 글에서는 〈육미당기〉에 집중할 것이다.

경화세족 문인들과 교유하였고 야담을 채록하거나 소설을 다량 독서했으며 도(道)·불(佛)에 경도된 인물로 평가받는다.[5] 그래서 〈육미당기〉에도 그의 불교적 인식이 짙게 깔려 있고, 예정된 질서가 선험되면서 그것이 실현되는 과정이 담겨 있다고 해석되기도 하였다.[6] 〈구운몽〉, 〈숙향전〉, 〈삼한습유〉, 〈옥루몽〉 등과 유사한 면들이 보일 만큼 여러 작품의 영향을 토대로[7] 창작된 작품이다. 그는 또 중국을 여행하기를 바랐으나 하지 못하여 안타까워했다고 하는데, 그런 바람을 소설 속에서나마 실현해보고 싶었던 듯하다. 이 작품의 공간은 신라에서 중국으로, 다시 중국에서 신라로 돌아오는 구조로 되어 있으며, 중국 내에서도 남해의 보타산→항주→황성→화산→화음현→장안→황성→광동→형산→황성 등으로 자주 이동하는 것으로 되어 있다.

즉 이 작품은 남주인공이 고국 신라를 떠나 여러 이방(異邦)을 여행하고 거주하면서 이방의 사람들을 만나 도움을 받고, 특히 이방 여성들과 혼인함으로써 안정된 생활을 하면서 출세도 하여 다시 고국으로 돌아오는 과정으로 읽을 수 있다. 이방인은 대체로 배척당하거나 희생되기 쉬운데, 이 작품에서는 오히려 보호받거나 인정받으면서 다시 일어설 수 있는 발판을 마련하게 된다는 점에서 특별하다. 착하고 효성이 지극한 인물은 복을 받고 왕위도 계승할 수 있다는 생각이

---

5 장효현, 「서유영의 士 의식과 사상의 추이 – 시세계 연구의 일환」, 『어문논집』 27집, 1987.

6 이기대, 「19세기 한문장편소설 연구 – 창작기반과 작가의식을 중심으로」, 고려대 박사학위논문, 2004.

7 심치열, 「육미당기 연구 – 〈옥루몽〉과의 친연성을 중심으로」, 『고소설연구』 7, 1999, 132쪽.

저변에 깔려 있기에 이러한 서사가 가능했겠지만, 이러한 권선징악적 인식 이외에도 이 작품에서 '이방'은 어떤 곳으로 인식되는지, '이방의 여성'은 어떤 인물로 인식되는지 고찰할 수 있을 것이다. 주인공 소선 태자나 작자 서유영, 책을 읽는 조선의 독자들에게 있어서 당나라 즉 중국은 이방이며 중국인들은 이방인들이므로, 소선을 중심에 놓고 그가 이방을 여행한 경로와 이방인들을 만나 겪게 되는 일들, 이방 여인들과의 결연 양상 등에 대해 중점적으로 살피는 것이다.

2. 〈육미당기〉에서의 이방 여정과 이방인들

이 작품에서는 다른 어떤 고소설보다 중국의 공간을 폭넓게 활용하고 있다. 소선 태자가 부왕(父王)의 병을 치유할 약을 찾아 나섰다가 다시 돌아오기까지의 생애를 그리는 가운데, 그가 거쳐 가는 중국의 지역들이 다양하게 제시된다.

1) 중국 남해 보타산으로의 구약(求藥) 여정

신라 소성왕의 태자인 소선은 10세에, 아버지의 병을 낫게 하기 위해 중국 남해(南海)의 보타산(普陀山) 자죽림(紫竹林)으로 가 천 년 된 영죽(靈竹)의 순(筍)을 구하게 되는데, 보타산은 육로로 수 만여 리, 수로로 7,8천여 리나 되며 파도가 세고 해적이 많아 도달하기 어려운 곳이라고 묘사된다. 신라에서 출발하여 대략 수십 일을 가야 나오는 높은 산인데 주변의 파도가 거세고 절벽이 높이 솟아 있어 마치 무수한 칼날이 연이어 선 것 같은 곳[8]이다. 특히 그곳에 있는 암자 해운암(海雲庵) 주변은 깨끗하고 맑은 기운이 마치 선계(仙界)와 같은 곳이며 송죽(松竹)이 푸르고 봉황과 학, 사슴 등이 꽃동산에 노니는 선경(仙境)이다. 여기서 남쪽으로 내려가면 자죽(紫竹) 수만 그루가 늘어서 있는데 이곳에서 영험한 효능을 지닌 죽순을 구한다. 죽순을 구하러 떠난 여행이었기에 서둘러 귀국하고자 하나 악한 형 세징의 방해로 돌아가지 못하게 된다.

그런데 이곳에서 만난 도인이 그의 앞일을 예언하기를, 중국에서 출장입상(出將入相)하여 후왕(侯王)의 위치에 오르며 어진 배필도 둘 이상 얻을 것이라고 한다. 즉 그는 고국에서가 아니라 이국(異國)에서 출세하여 행복하게 살 운명이라는 것이다. 이를 듣고 마음이 산란하기는 했지만, 우선 아버지께 죽순을 드려야 하기에 고국으로 향한다. 그러나 중간에 만난 형이 그의 눈을 멀게 하여 바다에 버리고 만다. 하지만 소선은 거북의 도움으로 죽림에 닿게 되어 앞으로 이곳 이방(異邦)에서 제2의 인생을 살게 된다. 월남과의 경계쯤에 있는 죽림에서 단소를 불고 있는데, 유구국(琉球國) 왕에 책봉되어 남쪽으로 사신 갔다 돌아오던 당나라의 예부상서 백중승이 단소 소리를 듣고 그를 구출하여 황성으로 데려간다.

---

8 대략 수십 일을 가니 문득 높은 봉우리가 푸르스름하니 우뚝 솟아 바다 물결 위로 보이는지라, 배 가운데의 한 외국 사람이 손을 들어 가리켜 말하였다. "저것이 남해 보타산이다." 소선이 크게 기뻐하며 배를 재촉하여 가다가 저녁 무렵 보타산 아래에 당도하니 어지러운 돌이 널려 있고 거센 파도가 해안을 때렸다. 바닷가에 푸른 절벽이 높이 솟아 늘어서 있는 것이 마치 무수한 칼날이 연이어 선 것 같았다. 서유영저, 장효현 역, 〈육미당기〉, 『한국고전문학전집』 17, 고려대 민족문화연구원, 1995, 28쪽. 현대역은 이 책을 참고하여 부분 수정함.

그리하여 백 소부(小傅)의 집에 기거하게 되는데 그의 사연을 듣고 효성에 감탄한 소부가 황상께 아뢰어 본국으로의 귀환을 주선하겠다고 하면서 아주 친절하게 대접한다. 그럼에도 불구하고 소선은 부모님과 고향이 그리워 다음과 같은 시를 짓는다.

> 몸을 기울여 동쪽 땅을 바라봄이여,
> 바다와 하늘이 넓고 길이 멀기만 하구나.
> 어쩌면 몸에 큰 날개를 얻어
> 만 리를 높이 날아 고향에 돌아갈까?
> 두 해나 혼정신성(昏定晨省)을 못하면서
> 타지에서 객이 되어 헛되이 떠도는구나.
> 슬프다, 내 노래여. 하늘이 듣지 못하시는가?
> 퉁소를 붊이여, 슬프고 또 슬프구나.
> 몸을 기울여 동쪽을 바라봄이여,
> 집은 해가 돋는 동쪽 바다에 있는데 바다는 아득하구나.
> 두 눈이 멂을 한탄함이여,
> 돌아갈 길이 없으니 마음을 에이는 것 같네.
> 소식을 전하는 기러기가 오래도록 오지 않음이여,
> 부모님 소식을 누구에게 물어볼까?
> 슬프다, 내 노래여, 사람이 알지 못하는구나.
> 퉁소를 붊이여, 슬프고 또 슬프구나.[9]

이국에서 이방인들이 그를 아무리 잘 대해주어도 고향의 부모님

---

9 側身東望兮, 海闊天長茫茫, 安得身俱羽翰兮, 高擧萬里歸故鄕, 二載癈問寢兮, 殊方爲客空流離, 嗚呼我歌兮天不聞, 吹洞簫兮悲復悲. 側身東望兮, 家在扶桑海漫漫, 所嗟兩目俱癈兮, 思歸未得揣心肝, 鴻雁久不來, 兩殿消息問何由, 嗚呼我歌兮人不知, 吹洞簫兮愁更愁. 〈육미당기〉, 51쪽.

이 그리운 것은 어찌할 수 없음을 보여주고 있다. 그는 또 자신을 '바다 위에 갇힌 새 한 마리'라고 표현하면서 답답함을 한탄하는데, 이를 들은 소부의 딸 운영이 그를 '날개 꺾인 봉황'이라면서 나중에는 하늘 높이 오를 것이라고 위로하는 시를 지어주어 마음이 조금은 편안해진다. 이렇게 소부와 운영은 눈이 먼 채로 이방에서 떠돌아야만 하는 그의 신세를 불쌍해하며 그의 능력을 알아봐주었다. 그러나 모함을 받은 소부가 귀양을 가게 되자, 소선은 운영과 혼인을 약조한 사이임에도 불구하고 소부의 아내로부터 쫓겨나게 된다. 소선은 어쩔 수 없이 그 집을 나오면서 소부의 '지우(知遇)'에 고마워하고 감격해 하면서 허탈해 한다.[10] 이방인인 자신을 믿어주고 보살펴 준 데에 대한 감사의 눈물을 흘린다.

2) 다양한 이방인들의 조력으로 황실 입성

이제, 소선은 집을 나와 걸인 행색으로 단소를 불며 다니다가 화산(華山) 아래의 절 보제사(普濟寺)의 도사를 만난다. 그는 형산(衡山)의 도인 장과(張果) 선생[11]인데, 소선의 상황을 알아보고는 섬서성(陝西省)의 화음현(華陰縣) 양류가(楊柳街)로 가라고 한다. 그 도사도 이방인 소선에게 먹을 것을 주고 앞길을 인도해주는 등 도움을 주기는

---

10 마침내 두 번 절하고 문을 나와 지팡이를 의지하여 천천히 가는데, 걸음이 불편한데다 향할 곳을 알지 못했다. 지난날을 돌이켜 생각하니 백 소부의 지우를 입은 감격이 도리어 일장춘몽 같았다. 〈육미당기〉, 75쪽.

11 당(唐)나라 때의 사람으로 항주(恒州) 조산(條山)에 은거했는데, 무후(武后)가 사신을 보내 그를 불러도 죽었다고 속이고 나가지 않았음.

하지만 그는 현지인이라기보다는 선인(仙人)에 가까우므로 하늘의 뜻을 시현하는 인물로 볼 수 있다.

도사의 인도로 화음현 이원(李園)으로 간 소선은 단소를 불어 이모(李謨)라는 이의 칭탄을 받고 함께 벼슬자리에 나아가자는 제안을 받는다.[12] 이렇게 하여 장안(長安)으로 가게 되니, 소선은 지금까지 신라→중국 남해→항주→황성→화산→화음현→장안의 여정을 지나오면서 이방 중국의 여러 이방인들에게 도움을 받아 온 것이다. 하지만 중국인들에게는 소선 태자가 이방인이었으므로 서로 이방인의 위치에 놓여 있었다고도 할 수 있다.

그리하여 이국(異國) 당(唐)나라의 서울 장안에 입성하게 된 태자는 봉래전에서 황상을 알현하고 단소를 불어 호감을 사게 되고 옥성공주와 궁녀 설향도 만난다. 비록 태자와 공주는 서로에게 이방인이지만 아무 거리낌 없이 음악과 시, 문학, 서화(書畵)에 대해 대화를 나눈다. 공주가 시를 지으면 그에 차운하여 시를 짓는데 여기에서도 타향에서 사는 서글픔과 고향에 대한 그리움이 절절히 묻어난다. 이렇게 하여 둘은 지기(知己)가 된다.[13]

하지만 아무리 사람들이 친절하게 잘 해주어도 태자는 가을바람만 불어도 고국 생각에 눈물짓는다. 그러던 중 신라의 궁궐에 살던 기러기가 어머니 석 부인의 편지를 전해 주는데, 떠나온 지 4년쯤

---

12 내가 들으니 황상께서 천보 연간에 이원제자로서 사방에 흩어진 사람들을 불러 모아 악적(樂籍)을 새롭게 하고 공봉(供奉)을 갖추게 한다고 하네. 나는 방금 강남에서 올라와 예전에 노래 부르던 사람인 하감이라는 사람을 방문해서 벼슬에 나아갈 계책을 삼으려 하니, 젊은이도 나를 좇아가겠는가? 〈육미당기〉, 81쪽.
13 그 후부터 공주가 더욱 후대하여 때때로 소선을 청하여 혹 문사(文史)를 담화하고, 혹 서화를 평론하여 문득 규합 중의 지기가 되었다. 〈육미당기〉, 100쪽.

된 시점이다. 그리움이 사무치던 차에 어머니의 절절한 마음이 담긴 긴 편지의 내용을 들은 태자는 피눈물을 흘리며 슬퍼하다가 홀연 뜻밖에 두 눈이 뜨여 사물을 볼 수 있게 된다. 어머니의 사랑을 느끼고 감격하여 눈이 뜨였다는 것은 비현실적이기는 하지만, 어찌되었든 태자는 이제 제3의 인생을 살게 된다. 어머니께 답신을 하고 나서 당나라의 과거 시험을 보아 장원에 급제하고 한림학사에 제수된다.

한편, 늑혼(勒婚)을 피해 자결을 시도했다가 강주(江州)로 가던 백 소저는 배득량이 보낸 하수인에게 겁탈 당할 위기에 놓이자 투강(投江)했다가 동정호 남쪽의 수월암으로 가 여관(女冠)의 도움을 받는다. 남복(男服)을 하고 이름도 운영에서 운경으로 바꾸고는 다시 강주로 떠나는데 도중에 또 도적을 만났다가 구출되는 등 우여곡절을 겪는다. 결국 해운암에 가 도술을 배워 호걸, 신선 같은 사람으로 거듭난다. 죽장(竹杖)을 용(龍)으로 바꾸는 도술까지 써서 순간 이동을 하여 장안(長安)에 이르는데, 이곳에서 소선 태자를 다시 만나게 된다. 운경은 태자를 알아보았으나 태자는 운경의 외모를 볼 수 없던 때에 그녀를 알았기에 지금은 남장한 그녀를 알아보지 못한다. 하지만 '사해(四海) 안이 다 형제'[14]라는 생각을 바탕으로 서로 마음이 통하여 친구가 되기로 한다. 소선은 한림원에 들어간 후로 천자의 총애를 깊이 입어 몇 년 안 되어 예부상서 겸 한림학사가 되고 궁궐 후원에 지어준 당(堂)에 거처하고 있었는데[15], 운경도 그 옆의 서당(書堂)에 거하

---

14 〈육미당기〉, 167쪽.
15 상서가 한원에 들어간 후부터 천자의 총애가 날로 융성하고 커서 침전으로 불러 대하고 정무를 물으시되 그 경륜하는 바가 임금의 뜻에 맞았다. 천자가 상서의 도량 있음을 아시고 매우 애중하여 불과 수년에 은청광록대부 예부상서 겸 한림학사를 삼았다. 〈육미

게 하면서 '고기가 물을 얻고 구름이 용을 좇음'과 같은 사귐을 갖는다. 그러던 중 운경은 과거에 급제하고 '녹운각(綠雲閣)'이라는 경치 좋고 화려한 집을 하사받아 살게 된다.

천자가 꽃구경을 하면서 베푼 잔치에서는 차운시(次韻詩)를 지어 칭찬을 받는데, 양쪽 다 이방인을 대하는 것 같은 느낌은 전혀 없다. 신하인 소선은 임금의 오래사심을 축수하고 태평성대를 칭하하는 것을 자기 나라 임금께 하는 것처럼 진심으로 하며, 임금도 소선에게 금포(錦袍)·옥대(玉帶)를 상으로 내리며 총애하기를 마지않는다. 또한 한어사, 이학사 등 동료 선비들과도 허물없이 지내며 마음을 나눈다. 국경과 민족을 초월한 사귐인 것이다.

이렇게 소선 태자는 이방인이라고 해서 차별받지 않고 당나라 궁궐에서 살아갈 수 있었지만, 옥성 공주와의 혼인에 있어서는 외국인이니 부적절하다고 일단은 거부된다. 하지만 공주와 소선이 음악과 시를 통해 마음을 나눈 사이임을 천자가 알게 되자 흔쾌히 허락하게 된다. 혼인한 뒤 태자는 좌승상 낙랑공으로 제수받고, 곧바로 토번을 정벌하러 가는데 양주 지경에서 장수 찬보에게 잡혀 냉옥에 갇힌다. 그러나 여릉공 운경에게 받아둔 환약으로 기한(飢寒)을 면하면서 생명을 유지하고 있다가 토번인 곽충에게 구출되어 장안으로 돌아온다. 소선은 이방인이지만 당나라의 과거에 급제하였고 천자에게 인정받았으며 마침내 공주와 혼인하게 되었고, 그 나라를 위해 전쟁에 나가기까지 한 것이다. 하지만 이방인 곽충의 도움, 남장 여성인 운경의 도움을 받을 수밖에 없었다는 점에서는 고국이 아닌 이방에서

당기〉, 168쪽.

살아간다는 것이 얼마나 많은 도움을 필요로 하는지를 단적으로 보여주는 대목이다.

한편, 낙랑공 소선은 여릉공 백운경이 남긴 표문(表文)을 보고 그가 백 소저였음을 알게 되어 오열한다. 그녀가 남해 밖 만여 리나 되는 곳인 해산(海山)으로 간 것을 알고 그 쪽 지역인 광동 지방의 도적을 평정하러 떠난다. 그 과정에서, 애주로 귀양 갔다가 강주를 거쳐 다시 황성으로 돌아오던 백 소부와 만나기도 한다. 낙랑공이 광동을 다스린 지 1년 만에 도적이 없어지는 등 통치는 잘 했지만, 여릉공을 찾지 못해 상사병이 난다. 천자가 돌아오라는 전갈을 보내자 다시 황성으로 오는데, 형산을 지나 축융봉 아래의 영소관과 삼청전 등 불가(佛家)의 기이한 경지들을 지나온다.

소선이 이렇게 이방 여정을 계속하는 가운데, 운경은 다시 여복으로 바꿔 입고 천자의 양녀(養女)가 되어 금성 공주라는 이름을 받는다. 그리하여 소선의 첫째 부인이 되고, 설 소저는 그의 셋째 부인이 된다. 이제 소선 태자는 모국을 떠난 지 10년이 되었고 그 사이에 3처 3첩을 두었으며 부마의 지위에서 행복하게 지내지만, 고향 생각이 더욱 간절하여 '기러기'를 소재로 시를 지으며 그 마음을 달랜다. 또한 동쪽 나라 신라에는 기이한 일들이 많다면서 옥피리 같은 신이한 물건 이야기도 아내에게 해주고, 퉁소와 거문고를 연주하면 검은 학들이 춤을 추었다는 두류산의 선인 옥보고나 백결 선생에 관한 이야기도 해준다. 이방의 여인들에게 자국의 보물과 훌륭한 예인(藝人)들을 소개함으로써 자부심을 표출하는 것이다.

3) 3처 3첩과 성공적 귀향

얼마 후 천자와 황후, 백 소부 등이 모두 죽고 왕이 바뀌어 순종 황제가 즉위하는데, 간신들의 희롱이 많아져 정국은 이부시랑 한유가 풍자시를 지을 정도가 된다. 이제 소선 태자도 고국으로 돌아가려고 나서는데, 바다 가운데의 죽림 섬을 다시 지나게 된다. 처음에 이곳을 지나다 죽은 일행들을 위해 제문을 지어 달래고 신라를 향해 계속 나아간다. 그러나 신라 가까이에 가니, 형 세징이 또 자객을 보내지만 예지력 있는 금성 공주가 알아차리고 처리한다. 결국 세징의 악행이 드러나지만 소선이 용서를 빌어 그대로 두며, 왜가 침범하자 소선과 금성 공주가 장보고 등 장수들과 함께 출전하여 승리를 거두고 또다시 침범할 것을 알아채 매복 시켜 승전한다. 결국 세징의 악행이 드러나 그는 감옥에 가고 자책하지만 두 눈이 곪는 벌을 받는다. 이에 뉘우치고 선한 사람이 되어 행복한 삶을 살아가게 된다.

소선과 아내들은 10년 뒤에 다시 중국으로 인사하러 가는데, 여인들은 각각 고향으로 가 참배하며, 한 달 뒤에 다시 신라로 돌아온다. 이러한 과정은 또다시 신라→중국→신라의 순환구조를 보여주는 것이다. 이후에 태평한 세월을 50년 정도 보내고 태자에게 전위(傳位)한 뒤, 소선과 2처 2첩은 백학을 타고, 나머지 금성 공주와 추앵은 청룡을 타고 구름 속으로 사라진다.

요컨대 이 작품에서 주인공 소선의 이방 여정은 신라 - 중국 남해(보타산) - 항주 - 장안 - 화산 - 화음현 - 장안 - 양주 - 장안 - 광동 - 형산 - 장안 - 남해 - 신라 - 장안 - 신라로 요약된다. 이렇게 이방의 여러 곳을 오가며 역경을 이겨내고 성공적으로 귀향할 수 있었던 것은 수많은 이방인들의 도움이 있었기에 가능했다.

3. 소선 태자와 결연하는 이방 여인들

이 작품은 〈구운몽〉, 〈옥루몽〉에서와 같이 남주인공이 여러 여성들과 결연하고 있기는 하지만, 남주인공 소선 태자가 양소유나 양창곡처럼 호방하지는 않다. 소선은 시(詩), 음악(특히 퉁소)에 재능이 있고, 신선 같은 풍모를 지녔으며 다소 소극적인 성격으로 그려진다. 또한 그는 문(文)에 경도되어 있으며, 무(武)는 오히려 여성 특히 백운영이 남복(男服)을 한 채 담당하고 있다. 백운영뿐만 아니라 옥성 공주, 설서란 등 세 부인이 각각 독특한 위상을 지니면서 소선과 만나고 결연하고 활약하고 있는 점이 주목된다. 앞 장에서는 소선 태자의 이방 여정을 중심으로 하여 이 작품에서 드러나는 이방(異邦)에 대한 인식, 이방인에 대한 인식을 살펴보았는데, 이 장에서는 소선 태자가 이방의 여인들을 어떤 과정을 통해 만나고 혼인하고 활약하는지를 중심으로 하여 이방 여인들의 특성과 이러한 형상화의 의미 등을 살펴보도록 한다.

1) 백운영 : 천정(天定) 인연의 호걸·신선 같은 여인

소선의 첫째 부인이 되는 백운영은 태자소부이자 평장사, 예부상서인 백중승의 딸이다. 석 부인과의 사이에 태음성의 정기를 받고 태어났으며, 주(周) 영왕(靈王)의 태자 왕자진(王子晉)과 오랜 인연이 있다는 몽조(夢兆)를 받았다. 그녀는 특히 시(詩)를 잘 지었는데 격이 높아 소선 태자와 비슷한 정도였다.

눈이 먼 채로 이역(異域) 중국에서 헤매고 있던 소선을 구해온 백

상서는 소선의 사람됨을 알아보고 딸 운영과 혼인을 약정한다. 하지만 어머니 석 부인은 소선을 못마땅해 하던 중, 배연령이라는 사람이 그 아들 득량과 운영을 혼인시키려 한다. 소저의 외삼촌 석 시랑을 동원하여 청혼했으나 두 번 거절했더니 공부시랑 황보 박을 사주하여 백승상이 변방 오랑캐와 모의했다고 모해하고 승상은 애주(厓州) 참군으로 압송되고 만다. 이에 태자와 소저는 '부용헌' 시를 주고받는데 이 시는 참언(讖言)의 성격이 있어 주목된다. 태자의 시 오언절구 두 수이다.

> 바다 위에 갇힌 새 한 마리가
> 와서 백옥당에 깃들었도다.
> 공이 거두어 돌보아준 뜻에 감격하여
> 영원히 잊지 않기를 원하노라.
>
> 인간의 일을 폐하여 두고
> 이미 도외(度外)의 몸이 되었도다.
> 봉루의 달 밝은 밤에
> 퉁소를 부는 내 모습 부끄럽도다.[16]

소선 태자는 자신의 신세를 '바다에 갇힌 새'로 비유하면서 퉁소를 불며 소일할 수밖에 없는 상황을 부끄러워한다. 백상서가 자신을 거두어준 것에 고마워하면서 주변인으로서의 자신의 상황을 한탄한다. 그러자 운영 소저는 다음과 같이 화답한다.

---

16 海上一羈鳥, 來棲白玉堂. 感公收養意, 永世願無忘. 廢置人間事, 已成度外身. 鳳樓明月夜, 羞作弄簫人. 〈육미당기〉 55쪽.

봉황새가 단산(丹山)에서 나와
깃들인 바, 벽오동 아니로다.
날개가 꺾어짐을 차탄하지 마라.
마침내 하늘에 오름을 보리라.

무성함은 고송(高松)의 자질이요,
푸르름은 고죽(孤竹)의 마음이라.
사랑스럽다, 세한(歲寒)의 절조(節操)여,
바람·서리의 침노함을 받지 아니하리라.[17]

　신세를 한탄하며 슬퍼하는 태자에게 날개 꺾임을 차탄하지 말라
면서 끝내는 하늘 높이 오를 것이라고 격려한다. 소나무, 대나무와
같은 마음을 지녀 추운 겨울도 버티면서 절개를 지키는 것이 사랑스
럽다면서 그 무엇도 침범하지 못할 것이라고 한다. 소선 태자의 앞날
이 좋아질 것임을 예견하는 내용이다. 두 사람은 각자가 쓴 절구 두
수씩을 바꿔 간직하고 있다가 나중에 신물(信物)로 삼기로 한다. 예
지력 있는 백 소부는 소선의 액운이 아직도 몇 년 남았다면서 자신의
사위로 있으면서 재액(災厄)이 없어지기를 기다리라고 한다. 그러나
백 소부가 모함을 받아 귀양 가게 되자 석 부인은 그를 박대한다. 태
자에게는 이방 여인인 운영 소저가 서로 나라가 다름을 전혀 개의치
않고 마음을 터놓는 친구 같은 사이였지만, 소저의 어머니에게 태자
는 눈 먼 이방인에 불과했기에 배척했던 것이다.
　이후, 석 부인이 운영의 의사를 묻지도 않고 배승상의 폐백을 받

---

17 鳳鳥出丹岫, 所棲非碧梧. 莫嗟摧羽翼, 終見上天衢. 鬱鬱高松質, 青青孤竹心. 愛
茲歲暮操, 不受風霜侵. 〈육미당기〉 56쪽.

으니 운영은 식음을 전폐하고 자결을 시도한다. 이에 폐백을 돌려주기는 했으나 억지로 혼인하라는 어머니의 성화에 못 이겨 집을 나와 강주(江州) 고향집으로 떠난다. 그런데 배승상의 아들 배득량이 수십 인의 심복을 보내 그녀를 겁취하려 하자 시비와 함께 심양강에 투강한다. 목판을 잡고 살아나 동정호 남쪽 수월암의 여승 운서에게 구출되어 남복(男服)을 입고 다시 강주로 간다. 이제부터는 남자 백운경으로 살게 되는 것이다.

그런데 또다시 도적을 만났다가 항주 자사 설현의 도움으로 구출되고 그의 집에 머물게 되는데, 설공은 운경의 아버지 백 소부와 절친한 친구였기에 그를 사위로 맞으려 한다. 하지만 아버지를 만나러 애주로 떠나고, 남해 근처에서 꿈에 도인의 계시를 받아 보타산 해운암으로 가게 된다. 그곳에서 도(道)에 관한 책 세 권을 숙독하여 신이한 기술을 익히고 선가(仙家)의 수련법을 단련하여 '여중호걸, 신선'이라는 호칭이 어울리는 사람이 된다.

그 후 장안(長安)으로 가서, 예부상서가 된 소선과 3년 만에 재회하는데, 운경은 그를 알지만 소선은 그녀와 헤어진 후에 눈을 떴기 때문에 그녀를 알아보지 못한다. 하지만 둘은 대화가 잘 통하여 여러 분야에 대해 깊이 있는 대화를 길게 나누는데 그 중 하나가 장수(將帥)가 지켜야 할 도리에 관한 것이다. 장수에게 있어야 할 다섯 가지 재주와 열 가지 허물을 이야기하는 과정에서 요즘의 장수들은 이러한 재주가 없다며 바람직한 장수의 도리를 역설한다.

이렇듯 그와 마음이 잘 맞자 궁궐에 숙소를 마련해 주어 살게 하는데, 곧바로 운경도 과거를 보아 장원에 급제하여 한림학사가 된다. 운경은 소선과 시를 화답하기도 하고 황제와 시를 창화(唱和)하기도 하는 등 뛰어난 문재(文才)를 보인다. 황제 앞에서 시를 천여 수 짓기도 하여 사위삼고 싶다는 말을 듣지만, 황제가 옥선 공주와 소선의 사연을 알게 된 후에는 소선을 부마로 삼기로 하기는 한다. 운경은 또 정북대원수 겸 병부상서로 제수되어 토번(吐蕃)으로 떠났던 소선이 잡혔다는 소식을 듣고 그곳으로 가서 그를 구해온다. 토번 장수 찬보를 이기고 회흘(回紇)의 왕에게서 항복을 받아냈으니 여장군형 여성 인물의 모습과 비슷하다고 할 수 있다.

그러나 소선이 그가 여자임을 의심하자 피하기 시작하며, 소선이 공주와 혼인하자 자신의 소망이 끊어졌다고 느껴 산으로 가 은둔하려 한다. 시비 추향이 말려 가지는 않지만 황상에게 표문(表文)을 올려 자신의 정체를 밝히게 되는데, 그의 글을 읽은 황상이 세 면에 이르는 긴 답글을 보내고 그녀를 의녀(義女)로 삼아 부마 소선과 혼인하게 하겠다고 한다. 하지만 운경은 편지와 환약을 남기고 강주 고향집으로 가 어머니와 7년 만에 재회하며, 신행법(神行法)을 써서 애주로 가 아버지와도 재회한다. 계속 남복하겠다는 그녀의 의사를 부모도 존중하여 그렇게 생활하는데, 귀비 곽 씨가 시녀들과 결탁하여 황후를 모해하여 황후가 냉궁에 갇히는 무고(巫蠱)를 겪고 있다는 말을 듣고 보타산에서 궁으로 돌아와 일을 해결한다. 보타산 해운암에서 천서(天書)를 읽으며 학문을 쌓고 신선 같은 생활을 하며 환혼단(還魂丹)을 만들기도 하다가, 궁의 소식을 듣고 죽장을 청룡으로 만들어 타고 온 것이다. 그리하여 황후도 구했을 뿐만 아니라 상사병으로 이미 맥이 끊어진 낙랑왕에게 단지(丹脂)하여 피를 먹여 살리고 환혼단을 먹여 깨어나게 한다.

이제 운경은 지난 5~6년 간 황각의 재상, 원수 노릇한 것 등 인간 세상의 득실(得失)과 영욕(榮辱)이 모두 허망하다면서 여인의 옷으로 개착하고 천자의 양녀가 된다. 옥성 공주의 언니로 서열이 정해지고 금성 공주라는 이름을 받아 부마의 첫째 부인이 된다. 이상에서 본 바와 같이 그녀는 미모와 학문, 도술까지 두루 갖춘 여성이며 신선 같은 여성이라고 평가할 수 있겠다.

2) 옥성 공주 : 시와 음악으로 교감하는 여인

중국 황제의 딸 옥성(玉星) 공주는 예쁠 뿐만 아니라 총명하여 시서(詩書)와 문(文)을 잘 기억하며, 특별히 음률에 정통하여 통소를 잘 분다[18]는 점이 태자와 같다. 그래서 둘은 통소의 역사와 그 소리에 대한 감회 등에 대해 깊이 있는 대화를 나누며 시(詩)에 대한 생각도 나눈다. 한 명이 시를 지으면 다른 한 명이 차운해서 짓기도 하는데, 매화를 소재로 한 시에서는 태자의 고향에 대한 향수가 짙게 묻어난다. 이국(異國) 여인이지만 마음을 터놓고 감정을 나누는 가운데 서로 신뢰하게 되고 끝내는 '지기(知己)'가 될 수 있었다.[19]

그녀의 시녀인 궁녀 설향도 여염 딸로서 총명하고 영리한 여성인데, 태자와 공주의 관계를 더욱 좋게 만들기도 하고 황제에게 조리

---

18 이때에 천자가 공주를 하나 두었는데 이름은 요화(瑤華)이고 호는 옥성(玉星) 공주였다. 황후가 꿈에 천요성(天瑤星)을 삼키고 낳았기에 이렇게 이름 붙였다. 나이 13세에 꽃이 시들고 달이 부끄러워할 만한 자태와 물고기가 가라앉고 기러기가 떨어질 만한 미모를 지녔다. 또 천성이 총명하여 시서와 제자백가의 문장을 한 번 보면 다시 잊지 않았고, 음률에 정통하여 어렸을 때부터 통소를 잘 불어 배우지 않고도 미묘함을 다하였다. 〈육미당기〉 85쪽.
19 〈육미당기〉 100쪽.

있게 설명하기도 하여 혼인할 수 있는 발판을 마련해 준다. 또한 태자가 셋째 부인을 얻고 난 뒤에는 그녀를 비롯한 시녀 3인을 첩으로 들이게 된다.

이렇듯 이국의 여성들과 좋은 관계를 맺고 마음을 나누기는 하지만 태자의 향수(鄕愁)는 여전히 짙게 드리워져 고향 그리워하는 나그네나 갇힌 새의 마음 같은 비통함을 느끼곤 한다.[20] 그러나 황제의 딸인 옥성 공주와 혼인함으로써 부마라는 최고 지위에 오르게 되고 극적으로 눈도 다시 뜨게 되어 과거도 보고 한림학사도 되는 등 성공적인 삶을 살게 된다. 단아하고 지적이며 시와 음악에 조예가 깊은 여성으로 태자의 감성적인 부분을 채워주면서 교감을 나누고 신분도 상승하게 해준 여성이 바로 옥성 공주이다.

3) 설서란 : 천명(天命)을 시현하는, 분신 같은 여인

설서란은 백운영이 남복(男服)하고 운경으로 살 때에 만났던 설공의 딸로, 운경과 정혼했지만 그가 애주(厓州)로 가서 소식이 없자 병이 난다. 설공 또한 이들을 걱정하여 병이 심해져 죽고 그 아내 소부인도 죽는다. 설 소저는 이렇게 부모가 일찍 죽고 나서 갖은 고생을 하는 여성으로 형상화되어 있는데, 이러한 고난을 묵묵히 견디면서 선인(善人)을 돕는 천명(天命)의 위력을 느끼게 해주는 인물이다.

---

20 부마가 큰 그릇으로 거듭 마시고 시아에게 말하였다. "내 마음이 울적하니 너는 빨리 취미궁에 가서 내 단소를 가져와라." 시아가 명을 받들고 가더니 조금 후에 단소를 가져오니, 부마가 슬피 홀로 난간을 의지하여 한 곡조를 불었다. 그 소리가 비통하고 감개하여 나그네가 고향을 떠난 듯, 갇힌 새가 옛 숲을 그리는 듯하여, 사람으로 하여금 넋이 나가고 간장이 끊어지게 해 저절로 눈물을 흘리게 하였다. 〈육미당기〉 232쪽.

떠나버린 운경이 과거에 급제했다는 소식을 전해 들었으나 그에게서 편지 한 장 없자 실망하고 있던 차에, 집에 불이 나 타버리고 이웃집 노파 전 씨에게 의탁하게 된다. 하지만 거기에서 계속 살 수는 없어 황성의 선화방으로 가려고 시비(侍婢) 춘앵과 함께 남복(男服)을 입고 길을 나선다. 그러나 성품이 악한 왕 노파를 만나게 되어 청루(靑樓)로 넘겨지는데 다행히 지혜를 발휘하여 도망 나와 뇌 씨 노파의 집에 머문다. 그런데 여기서도 노파의 아들이 그녀를 겁탈하려 하여 또다시 도망가는데, 지치고 상처 받은 소저가 울며 기절하자 춘앵이 수족(手足)을 주물러 살려낸다. 석벽에 소저와 시비는 물에 떨어져 죽는다고 써놓아 더 이상 찾지 않도록 하는 기지를 발휘하기도 한다. 잠시 기절해 있던 중 소저는 선계(仙界)를 보고, 보타산의 태허 노인의 부탁을 받은 여승의 안내로 청련암에 가서 묘정 스님의 보호를 받게 된다.

그녀는 특히 서화(書畵)에 능하기에 글씨를 쓰고 그림을 그려 팔아서 그 절에 사례를 한 뒤 노자를 마련하여 또다시 남복을 하고 장안으로 향한다. 하지만 황성 근처 도회지인 화주 경계에서 못된 소년들을 만나 또 한 번 곤욕을 치른다. 이 시랑의 도움으로 무사하게 되기는 하지만 그녀가 가는 길엔 늘 이렇게 고난이 가로막고 있다. 설상가상으로 백 운경이 실은 여자였음을 듣게 되어 충격을 받고 중이 되겠다고 마음먹은 후 종남산 옥천암으로 가 정진이라는 여승을 만나고 선방(禪房)에서 시를 지으며 지낸다.

그러던 중, 이미 부마가 된 소선 태자가 이 절에 와 머물다가 그녀의 시(詩)에 차운하여 읊조리기도 하고 대화도 나누고 갔는데 그의 글 솜씨와 모습이 머리를 떠나지 않는다. 소저가 아직 남장을 하고 있는 상태이기에 남자라고 알고 있지만 너무도 눈에 밟혀 열흘 뒤에 다시 그 절을 찾는다. 그런데 그 찰라 여승(女僧) 혜원의 오빠가 소저를 겁탈하려는 것을 구하여 환약으로 깨어나게 한 뒤 취미궁으로 데려가 경사(經史)에 관해 담화를 나누며 지낸다. 그녀의 사연을 알게 된 금성 공주(백운영)가 그녀에게 여인의 옷을 전해주어 다시 여자로 살게 된다. 이렇게 갖은 고난을 겪은 설 소저는 부마의 셋째 부인이 되는데, 그녀의 이러한 고난들은 늘 주변인들이 도와 이겨낼 수 있었으며 특히 여승이 돕는 경우가 많아 이 작품의 불교적 성향을 드러내기도 하였다. 또한 태자와 비슷한 운명을 지닌 여성이 태자와 마찬가지로 그 고난들을 극복해가는 모습을 다시 한번 반복해 보여줌으로써 선한 사람은 하늘이 도우며 끝내는 복을 받는다는 작품의 주제의식을 강조하는 효과를 내었다.

4. 민족자긍심 표출과 통과의례적 체험

우리 고전소설사에서 이방(異邦) 체험을 사실적으로 형상화한 것은 17세기의 한문소설들에서 찾아볼 수 있지만, 19세기 중후반에 이르면 중국을 중심으로 하여 오랑캐를 변방 또는 타자로 인식하거나 우리나라를 작은 중국으로, 오랑캐를 타자로 인식하는 생각이 소설 작품에도 반영된 예를 찾아볼 수 있다. 〈옥루몽〉이나 〈옥수기〉 등 한문장편소설에서는 남성 주인공들이 변방으로 오랑캐를 진압하러 가거나 사신으로 갔을 때에 그에 반하여 애인이 되기를 자처하는 오랑캐 여성들이 존재한다. 〈옥루몽〉에서 양창곡을 흠모하여 중국으로 따라간 남만 공주 일지련, 〈옥수기〉에서 가유겸과 혼인하겠다고 따라간 호족 백룡 공주 등을 들 수 있다. 그녀들은 또 중국의 남성들과 혼인하여 그 집안에 적응하여 잘 살아간다는 면에서 18세기의 국문 장편소설 〈유씨삼대록〉의 양성 공주와 비슷한 면이 있다. 양성 공주도 명나라를 침범하려는 북원 땅에 파견된 소경문에게 반하여 소씨 집안으로 시집온 경우이기 때문이다. 이 이민족 여성들은 〈구운몽〉의 토번 여인 심요연 등과 마찬가지로 중국인 남성 주인공이 더 우월함을 보여주는 장치로 기능하는 것이다.

그런데 〈육미당기〉는 이들 작품에서 중국을 중심에 놓고 오랑캐를 이방인으로 설정한 것과는 달리, 우리나라 사람을 중심에 놓고 중국인들과 중국 여성들을 이방인으로 인식하도록 설정해 놓은 점이 특별하다. 물론 우리나라 사람 즉 신라인 소선 태자가 중국으로 가서 겪은 이방 체험이기에 그의 입장에서는 중국인들이 이방인이고, 소설을 읽는 독자들에게도 마찬가지였을 것이다. 따라서 이방 여인들, 그것도 중국 본토인 당나라 여인들이 우리나라의 남성에게 반하여 혼인하는 이야기를 읽을 때는 민족 자긍심을 느꼈을 것이다. 우리나라 사람의 문재(文才)와 음악성, 인품과 이해심 등에 감탄하는 중국인들, 그래서 우리나라 사람을 돕는 중국인들의 모습을 보면서 우리나라가 결코 중국에 뒤지지 않는다는 자부심을 느꼈을 것이라는 것이다. 그러므로 작품 속에서 당나라와 신라의 관계는 대체로 중국 중심의 세계관에서 벗어나지 못한 듯하다고는 하지만[21], 그 안의 모든 서사가 그런 것은 아니라고 할 수 있다. 하지만 문제를 초월적으로 해결한다

---

21 김종철, 앞의 논문, 100쪽.

든지 현실에서 도피하여 이상향을 찾는다는 면에서 이러한 신라인의 자존감을 작가의 현실의식과 직접 연결하기는 곤란한 점도 있다.

〈육미당기〉의 이러한 면은 국문장편소설들에서 악녀들이 그 악행이 발각된 뒤 오랑캐 지역으로 축출되고 그곳에서 반역을 꾀하다가 주인공 남성에게 징치되는 것과도 구별된다. 예를 들어 〈조씨삼대록〉의 악녀 천화 군주가 쫓겨난 다음 오랑캐 왕비가 되었다가 정벌하러 나간 조운현에게 베이고, 〈쌍성봉효록〉의 교 씨도 마지막에 오랑캐 왕비가 된다. 이러한 서사는 당시 사람들이 오랑캐를 바라보는 시선이 얼마나 부정적이고 차별적이었는지를 잘 말해준다. 그런데도 〈육미당기〉에서는 오랑캐 남성들을 특별히 부정적인 인물로 그리지 않고 있으며 오히려 소선 태자를 돕는 인물로 그리고 있다. 오랑캐 여성과의 만남이나 결연은 아예 시도되지 않고 있는데 이는 남성이 중국인이 아니라 신라인이기 때문에 여성은 중국 한족인 경우만 들고 있는 듯하다. 남성 신라인이 중심, 여성 한족이 이방인이므로 이보다 더 낮은 계층이라고 할 수 있는 오랑캐 여성을 또 하나의 이방인으로 설정하는 것이 불필요했던 것이다.

한편, 〈육미당기〉는 〈구운몽〉이나 〈옥루몽〉에 비해 첩들의 비중이 적다. 아내 중에서도 백운영에게 서사가 집중되어 있으면서 그녀의 영웅적 면모와 도선적(道仙的) 분위기가 부각되어 있었다. 그녀는 다른 작품 같으면 남주인공이 감당해야 할 부분, 즉 전공(戰功)을 세우거나 오랑캐의 항복을 받아내는 등의 활약을 하며, 심지어 적군에게 잡혀 있는 남주인공을 구해내기까지 했다. 또한 신행법 등 도술을 써서 자유자재로 이동하기도 하고 물건을 변하게 하기도 하는 초월적 능력을 지니고 있었다. 그런데 이런 용맹함과 도술을 사용하는 면모 등은 다른 작품에서 대체로 이민족 여성들에게 부여되었던 자질이다. 심요연이나 일지련, 양성 공주 등처럼 말이다. 〈육미당기〉에서는 이 부분을 첫째 부인인 백운영이 감당하고 있기 때문에 이민족 여성이 불필요했던 것이기도 하다. 또한 〈옥루몽〉의 벽성선의 모습은 옥성 공주의 음악성과 설서란의 고난상으로 분리되어 계승[22]된 것으로 보이기도 한다.

이 작품의 또 하나의 특징은 여성인물들이 도선적 이상향이면서 불가적 성격도 띠는 해운암에서 재탄생하여 세속의 고난을 피할 뿐만 아니라 이런 문제들을 극복할 힘과 이념을 재충전한다는 점이다. 해운암은 또한 소선 태자와 여인들이 모두 거치는 곳이기에 서술자 또는 작가의 초월적 세계관을 보여주는 공간이기도 하다.[23] 이러한 설정은 안동 김씨의 벌열 세력을 견제하고 새로운 정치세력을 형성하려 했던 작가 서유영이 익종(翼宗) 사망 이후에 과거를 포기하고 세상을 관조하게 된 내력[24]과 맞닿는 부분이라고 생각된다. 세상에서의 결핍을 우리나라가 아닌 중국의 어느 곳을 이상향으로 삼아 해소하려 했던 것으로 보이는 것이다. 이러한 소외의식이나 관조적 자세는 남주인공의 소극적 성격과 문학적, 음악적 성향을 강화하기도 했다. 작가 자신의 소외감을 남주인공의 눈 멈과 이방인 처지 두 측면으로 형상화하였고, 그 소외감을 이방(異邦)에서의 성공적인 여정과 이방 여인들과의 진정 어린 사귐, 결연으로 위로받고자 했던 것이다.

---

22 심치열, 앞의 논문, 155~158쪽.
23 이강옥, 앞의 논문, 156쪽.
24 장효현, 『서유영 문학의 연구』, 아세아문화사, 1988, 9~69쪽.

여성문화와 사유의 보고로서의
고전소설

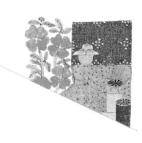

1. 여성문화와 사유 추출의 방법과 의의

이 글은 한국어문학의 자료를 집대성하여 어학과 문학을 아우르
는 가장 핵심적인 주제어를 발췌하고, 이 주제어를 중심으로 어학과
문학의 자료를 수집하고 분석한 후, 이를 한국어문학 연구의 토대자
료로 삼기 위해 편찬했던 『한국어문학 여성주제어 사전』[1]의 한 부분
을 토대로 하여 쓴다. 이 책은 한국문학을 '여성'적 시각으로 해석하
여, 여성들의 일상, 체험, 정서, 인식 등을 형상화하는 어휘들을 '주
제어'로 추출하고 이에 대해 분석, 설명하면서 해당 자료를 '사전화'

---

1   김미현 외, 『한국어문학 여성주제어 사전』 1 – 인간관계, 보고사, 2013. ; 김미현 외,
『한국어문학 여성주제어 사전』 2 – 몸, 보고사, 2013. ; 김미현 외, 『한국어문학 여성주
제어 사전』 3 – 제도와 이데올로기, 보고사, 2013. ; 김미현 외, 『한국어문학 여성주제
어 사전』 4 – 공간과 사물, 보고사, 2013. ; 김미현 외, 『한국어문학 여성주제어 사전』
5 – 자연, 보고사, 2013.

한 것이다.

주제어 연구는 고전소설 분야의 경우 모티프 연구나 중심 관계 연구, 중요 소재 연구 등과 비슷한 면이 있지만, 이 사전에서 추구하는 바와 같이 많은 주제어들을 일목요연하게 추출해 내고 그에 해당하는 작품의 실제를 용례로 보여주는 총체적인 연구는 이루어지지 않았었다. 여성 중심적 시각의 연구나 여성들의 문학 향유 등에 관한 연구는 최근에 부쩍 늘어나 여성 인물의 형상을 여성 중심적 시각에서 다시 보는 연구, 여성 주인공의 자아실현 및 정체성 탐구에 대해 평가를 내리는 연구, 여성을 소설의 주된 독자나 작자로 보고 여성심리와 여성적 글쓰기 양상 등을 고찰하는 연구 등이 다양한 작품을 대상으로 하여 심도 있게 이루어지고 있다. 특히 국문장편 고전소설에 대한 연구는 여성주의적 시각으로 연구하는 흐름이 지속적으로 있어 왔다. 하지만 그간의 주제어 연구가 부분적이었듯이 여성주의적 시각의 연구도 각 단편 논문에서 다룰 수 있는 범주나 대상, 주제가 제한적일 수밖에 없다는 한계가 있었다. 따라서 고전소설 전반에 걸친 '여성', '주제어'에 대한 탐색, 추출, 설명, 정리의 과정을 포함한 여성주제어 사전 편찬 작업은 기존에 시도되지 않았던 새로운 작업이라 할 수 있다.

그래서 문학작품들에서 핵심적인 어휘와 상징을 주제어로 엄선한 후, 이 용례들을 개별적으로 분석하는 한편, 통시적으로 지속과 변모의 과정을 밝히고자 하였다. 이를 위해 여성주제어로 큰 범주 6개 즉 인간·관계, 공간, 자연, 제도·이데올로기, 몸, 사물 범주를 설정한 후, 각 범주마다 10여 개의 하위 항목들을 설정하였다. 공간 항목은 여성이 존재하는 '공간'을, 인간·관계 항목은 여성이 맺는 '인간',

'관계'와 그 안에서의 여성의 위상을, 자연 항목은 여성의 외부 환경으로서의 '자연'을, 제도·이데올로기 항목은 여성에게 지워지는 사회적 가치와 그 가치의 산물이 관습화된 요소를, 몸 항목은 여성 주체 자신의 몸 부분 부분들을, 사물 항목은 여성과 관련이 깊은 생활 속의 '사물'을 분류, 범주화한 것이다. 이후 각 하위 항목에 해당하는 소주제어들을 3개에서 8개 내외로 추출하였는데, 이는 문학 작품들을 읽으면서 드러나는 실제적 모습을 토대로 하여 그 항목 내에서 가장 지배적이고 의미 있게 드러나는 주제어들만을 엄선한 것이다.

사전의 체제를 일목요연하게 보기 위해 6개 큰 범주에 해당하는 하위 항목들을 표로 제시한다. 인간·관계 범주 10항목, 공간 범주 10항목, 자연 범주 10항목, 제도·이데올로기 범주 12항목, 몸 범주 10항목, 사물 범주 7항목 총 59항목이다.

인간·관계	공간	자연	제도·이데올로기	몸	사물
어머니	집	꽃	사랑	자궁	창, 문
아버지	부엌	나무	성	월경	술, 담배
아내	방	새, 물고기	결혼	성기	음식
남편	마당	동물	통과제의	유방	거울
형제/자매	학교	벌레	종교	얼굴	옷, 화장, 장신구
딸	여관	시간	국가	머리카락	책
아들	외지	물	효	손/발	돈
가족	서울	불	교육	육체	
친구	시장	땅	일	배설	
이웃	카페, 극장, 공원	해, 달, 별	놀이	병	
			언어, 표현		
			죽음		

위와 같이 소항목들을 분류한 뒤, 다시 각 항목마다 5~8개 정도의
소표제어들을 추출하였는데 예를 들면 다음과 같은 방식이다.

〈공간〉

항 목	소 표 제 어
집	◦ 집의 원형적 의미 ◦ 주거 공간의 변모와 여성 ◦ 여성들의 독립된 일상 공간 ◦ 군자적 삶의 안식처 ◦ 가족들의 정신적 지주, 사당 ◦ 징벌과 질곡의 공간, 사옥(私獄) ◦ 그리운 고향, 도피처인 친정 ◦ '인형의 집' 혹은 새장 ◦ 길 위의 집, 집시의 집 ◦ 집과의 화해, 집으로의 회귀 ◦ 집의 파괴, 반여성적 집
부엌	◦ 부엌의 변화, 불이 사라진 부엌 ◦ 신성의 공간, 이타의 샘 ◦ 늪 혹은 열린 감옥 ◦ 확장된 부엌, 여성들의 연대 공간 ◦ 자족과 욕망의 상상 공간
방	◦ 방의 명칭과 기능 ◦ 여성 뒤안의 공간 ◦ 차폐의 공간 ◦ 규범 학습의 규방 ◦ 소통의 공간, 중당 ◦ 임이 부재한 소외 공간 ◦ 몸과 마음의 의식 공간 ◦ 자족적 향유, 성장의 밀실 ◦ 나만의 방, 타인의 방
마당	◦ 마당의 명칭과 기능 ◦ 마당의 변화 : 생활 공간에서 정원으로 ◦ 기억과 환기의 정서 공간 ◦ 여성 노동과 억압의 공간 ◦ 집안의 집밖, 가출 환상

학교	◦ 학교의 명칭과 변천사
	◦ 학교 설립과 여성 교육
	◦ 여성, 학교에 가다
	◦ 여성 간 위계의 형성과 소외
	◦ 성장과 청춘의 골방 혹은 소외
	◦ 새로운 신여성들, 사라진 혹은 증발된 여/학생

위와 같은 소표제어들은 연역적인 방법이 아니라 귀납적으로 추출된 것이며, 각 항목마다 어학적·문화적 고찰, 고전문학 고찰, 현대문학 고찰의 순서로 정리된 것이다.

이 중에서 '집' 항목을 예로 들어 좀 더 설명하자면, 위에 제시한 총 11개의 소표제어 중 처음 2개는 어학적, 문화적인 설명이고, 세 번째부터 일곱 번째까지는 고전문학, 여덟 번째부터 열한 번째까지는 현대문학에서 추출된 것이다. 이렇게 고전문학과 현대문학의 소주제어가 분리되어 겹치지 않는 경우가 많지만, 어떤 항목에서는 중간쯤에서 겹치는 경우도 있다. '방' 항목에서 임이 부재한 소외의 공간이나 몸과 마음의 의식 공간이 그런 경우이다. 각 소표제어에는 약 12~15줄의 설명이 붙고 이에 가장 적합하다고 생각되는 예문이 2~7개 정도씩 예시된다. 이 항목이 시작될 때에 한 면 정도의 개괄 설명이 박스로 묶여 서술된 후 위와 같은 소표제어의 순서에 따라 설명과 예문이 제시되는데, 하나의 항목은 약 180~200매(원고지) 정도의 분량이다. 따라서 총 10개의 항목이 있는 '공간' 범주 전체는 약 1,800매의 분량이 된다.[2]

따라서 사전에서 추출된 소표제어 양상을 살펴보면 우리 문학에서

---

2 나머지 다섯 범주들도 각각 1,200~2,000매 정도로 쓰였다.

의 여성 주제어들의 실상과 사적인 흐름, 변화의 양상 등을 일목요연하게 파악할 수 있는 것이다. 이렇게 추출된 소표제어마다 이에 대한 설명을 쓰고 나서 이를 가장 잘 보여 줄 수 있는 작품의 예문을 선정하여 제시하는 것으로 사전의 내용을 완성하였다. 자세한 것은 고전소설 분야를 집중적으로 검토하면서 논의하기로 한다.

2. 고전소설 속 여성문화와 사유의 내용

이 연구 전체의 연구 대상 작품이 여성 작가의 것인 것과는 달리, 고전소설 분야는 모든 고전소설 작품을 연구의 대상으로 삼아 독해하고 분석하고자 했다. 고전소설은 작가가 분명하지 않은 데다 여성과 관련된 의식을 읽어낼 수 있는 작품이 그리 많지 않기 때문이다. 하지만 연구결과를 놓고 보니, 여성이 주인공이거나 여성들이 주로 향유했던 소설들에서 압도적으로 많은 소표제어들과 예문들이 추출되었다.[3] 항목별로 좀 더 자세히 살펴보기로 한다.[4]

1) 인간·관계 범주

이 범주에서는 인간관계 속에서 여성에 관한 의식을 드러내는 부

---

3 참고문헌에 제시한 목록은 이 글에서 인용한 작품의 목록이다. 인용은 하지 않고 독해와 분석에만 활용된 것은 더 많으나 제시하지 않았다.
4 앞에서 설명했듯이 이 사전은 크게 여섯 범주로 나뉘는데, 필자는 그 중에서 인간·관계, 공간, 자연, 사물 범주를 맡아 연구하였으므로 이에 한하여 논의한다.

분을 한국문학작품에서 찾아내 이에 대해 의미를 부여하였다. 총 10개의 소항목들이 있는데 하나씩 살펴보기로 한다. 첫 번째 '어머니' 항목은 시어머니와 계모, 장모를 포함하는데, '자애와 희생의 모성 / 핍박하는 악한 계모와 시어머니 / 어머니, 딸의 원형 / 부계적 모성' 등의 소주제어들이 추출되었다. 현대문학에서는 가이아로서의 어머니의 모성이나 포용력이 추출되기도 했지만, 고전소설에서는 이와는 약간 다르게 사랑과 희생의 모성이 추출되었다. 즉 어머니 자신의 능력이 커서 그것으로 자녀들을 포용하기 보다는 자기를 희생하거나 사랑으로 품어주는 어머니의 모습이라고 할 수 있다. 또한 아버지가 없는 상황에서는 아버지 같은 매서움이나 엄격함을 보여주는 어머니상이 추출되었다. 가부장 대신 가모장(家母長)의 위상으로 서 있는 어머니[5]인 것이다. 물론 섬세한 배려나 위로 등의 면이 있기는 하지만 가정을 이끌어갈 때에는 엄한 모습을 보였다. 하지만 현대문학으로 오면 모성성이 부정되기도 하고 창조적인 모성을 보이기도

5 이 가온대 녀종편과 도미의 안해며 빅영공쥐며 녁ᄃᆡ 절부의 힝젹이 이시니 네 맛당이 덕소의 가져가 좌우의 써나디 아니면 심산궁곡의 호랑 ᄀᆞᆺᄐᆞᆫ 무리 비례로 구박ᄒᆞᄂᆞᆫ ᄌᆞ연 몸이 십만 군병이 옹위ᄒᆞᆷ도곤 구드며 도호미 옥 ᄀᆞᆺᄐᆞ야 절을 일티 아니려니와 만일 이ᄅᆞᆯ 어그ᄅᆞᆺᄎᆞ면 가문의 욕이 밋ᄎᆞ리니 구천의 가나 서ᄅᆞ 보디 아니리라 …(중략)… 네 타향의 뎍거ᄒᆞ나 몸을 조히 ᄒᆞ야 도라올 거시어ᄂᆞᆯ 믄득 실절ᄒᆞ야 죽은 아비와 사랏ᄂᆞᆫ 어믜게 욕이 미ᄎᆞ며 조션의 불힝을 깃치니 엇디 ᄎᆞ마 살와두리오? 친가의 불효 녜ᄋᆞ 구가의 더러온 겨집이 되여 텬디간 죄인이니 당〃이 죽엄즉ᄒᆞᆫ 고로 금일 ᄌᆞ모의 졍을 긋처 ᄒᆞᆫ 그ᄅᆞᆺ 독쥬ᄅᆞᆯ 주ᄂᆞ니 쾌히 먹으라. …(중략)… 네 스ᄉᆞ로 네 몸을 ᄉᆡᆼ각ᄒᆞ면 죽으미 타인의 ᄌᆡ촉을 기ᄃᆞ리디 아니려든 어ᄂᆞ 면목으로 용샤 두 ᄌᆡ 나ᄂᆞ뇨? 내의 ᄌᆞ식은 이러티 아니리니 날ᄃᆞ려 어미라 일ᄏᆞᆺ디 말나. 네 비록 뎍소의셔 약ᄒᆞ므로 절을 일허시나 도라오매 거절ᄒᆞ미 올커ᄂᆞᆯ, 믄득 서ᄅᆞ 만나믈 언약ᄒᆞ야 거듀ᄅᆞᆯ ᄀᆞᄅᆞ쳐 이에 ᄎᆞ자 와시니 이ᄂᆞᆫ 날을 토목 ᄀᆞᆺ티 너기미라. 내 비록 일 녀ᄌᆡ나 ᄌᆞ식은 쳐티ᄒᆞ리니 이런 더러온 거ᄉᆞᆯ 가듕의 두리오. 네 비록 구천의 가나 니싱과 네 부친을 어ᄂᆞ ᄂᆞᆺᄎᆞ로 볼다? 〈소현성록〉 1권 21~40쪽.

하며, 의외로 시어머니에 대한 문학적 형상화는 드물다. 조선시대에는 여자들이 혼인한 후에는 시어머니와의 관계가 더욱 중요했기에 문학에서도 그렇게 표출된 것이다.

두 번째 '아버지' 항목은 '딸의 교육자 / 애정과 부성의 발현'이라는 소주제어가 추출되었다. 가부장적이거나 위압적인 모습을 보이기보다는 딸을 대견해하고 북돋우면서 교육하는 따뜻한 아버지[6], 애정으로 감싸주거나 예뻐하면서 살가운 정을 보이는 아버지[7]로 형상화되어 있었다. 이렇게 고전소설에서는 딸을 아끼는 아버지의 모습이 인상적으로 포착되지만, 현대문학에서는 아버지의 부정적인 모습이 강조되는 점이 특징적이다. 딸에게 아버지는 무정하고 부도덕하며 불량하여 증오하기도 하고 부끄러워하기도 한다. 하지만 한편으로는 자기 유전자의 근원이자 콤플렉스의 기원이라는 면에서 인정해야만 하는 존재이고 연민을 불러일으킬 수밖에 없는 존재라고 받아들이기도 한다.

---

6 부녀의 셩품이 샹반ᄒ여 텬연 슉요ᄒᆞᆫ 긔질이 초공의 ᄌᆞ녀와 진왕의 ᄌᆞ손으로 웃듬이라 초공이 샹히 탄식 왈 남이 되엿던들 공밍 후 쳐음 스름이 되리로다 ᄒᆞ고 이즁하믈 슬하 보옥으로 ᄒᆞ더라 공의 단엄ᄒᆞᆷᄋᆞ로도 보면 만면 츈풍이 니러ᄂᆞ니 쇼져도 야애ᄅᆞᆯ 뵈오면 옥치 찬연ᄒᆞ야 고금을 무러 스리ᄅᆞᆯ 알고 명교ᄅᆞᆯ 승슌ᄒᆞ니 초공이 녀ᄌᆞ의 일ᄏᆞᄅᆞᆷ믈 깃거 아니나 아ᄂᆞᆫ 거슬 금치 못ᄒᆞ고 미양 쇼졔 부젼의 뫼셔 텬문을 보와 ᄭᅵ치ᄂᆞᆫ지라. 〈조씨삼대록〉 21권 63쪽.

7 상공이 여ᄉᆞᆺ ᄌᆞ여 즁 녀교 ᄉᆞ랑이 웃쯤이라. 쳔만고의 ᄃᆞᆺ시 잇디 ᄋᆞ닌 보화로 귀즁ᄒᆞ니 년셩디벽과 툐승디듀로 비ᄒᆞᆫ다가 부인이 먼니 다려감을 한ᄒᆞ여 날마다 졍부의 이ᄅᆞ러 녀교ᄅᆞᆯ 슬상의 언져 슌협을 졉ᄒᆞ여 왈, "악댱 효고 이졔 슘사삭이 격ᄒᆞ여시니 늬 당당이 효고 밋쳐 ᄂᆞ려가 참ᄉᆞᄒᆞ고 내 ᄯᆞᆯ을 인ᄒᆞ여 ᄃᆞ려오려니와 그ᄉᆞ이 그리온 졍을 엇지 참으리오." ᄒᆞ여 ᄋᆞ모 쳘도 모르ᄂᆞᆫ 유녀를 ᄃᆞ리고 니졍의 결연ᄒᆞᆷ믈 베풀어 도로혀 실업기의 갓가오니 상부인이 ᄀᆞᆼ 민망ᄒᆞ고 졍시랑 등은 그 모양을 닙뉘 녀여 웃기를 마지 아니ᄒᆞᄃᆡ 상공이 녀교 사랑이 딘실노 병된디라. 시랑 등의 우음을 보ᄂᆞ 교ᄋᆞ를 슬상의 ᄒᆞᆫ ᄭᅵ도 ᄂᆞ리올 적이 업더라. 〈완월회밍연〉 4권 129쪽.

세 번째로는 '아내' 항목이다. '인생의 스승 혹은 동반자 / 양처, 신성화된 정체성 / 투기하는 아내 / 강요된 인내, 자존적 자아의 고투' 등의 소표제어가 추출되었다. 아내의 모습은 크게 둘로 나뉘는데, 하나는 긍정적인 모습으로 남편의 지기(知己)[8], 조언자[9]의 위상을 지니는 경우이다. 장편가문소설의 착한 여주인공 부부의 경우에 이런 부부관계가 종종 묘사되는데 남편이 아내를 든든한 친구로 생각하거나 인생의 조언자로 생각한다. 하지만 그 밖의 대다수는 아내에게만 인내가 강요되거나 신성화된 착함이 덧씌워져 모든 것을 받아들이고 참아내는 아내의 모습[10]으로 그려진다. 만약 그렇지 않고 투

---

8 삼일 동안의 화촉의 예를 마친 뒤에 시랑이 윤 소저의 침실에 이르러서 맥이 없고 근심스러운 표정으로 침상으로 들어가 누워 조용히 물었다. "부인이 연일 황소저의 사람 됨을 보고 어떻게 생각합니까?" 윤 소저가 묵묵히 대답을 하지 않자 시랑이 탄식하여 말하였다. "내가 부인을 비단 부부로 알 뿐만 아니라 지기의 벗으로 믿었기 때문에 이와 같이 물었는데 지금 약간의 혐의를 피하여 속마음을 드러내려 하지 않으니 이것이 어찌 평소 바라던 바이겠소?", "아녀자의 안목으로 살피는 것은 머리 장식이며 패물과 용모 자색일 따름입니다. 심지와 품행의 장단우열에 이르러서는 평범한 남자로도 두루 알 수 없는 것인데 지금 상공의 현명함으로 식견이 어두운 여자에게 같은 반열의 우열을 물으시니 저는 그 뜻을 모르겠습니다." 시랑이 탄식하여 말하였다. "내가 군부의 명을 거역하기 어려워 이 황 부인을 맞이하였으나 이미 훗날 집안을 어지럽게 할 조짐이 보입니다. 부인의 말은 예절에 합당하고 도리에 마땅하나 도리어 속마음은 아니군요." 〈옥루몽〉 1권 199~200쪽.

9 일일은 박씨 황혼을 당ᄒᆞ미, 계화로 ᄒᆞ여 시빅을 쳥ᄒᆞ니, 시빅이 박씨 쳥허믈 듯고 젼지도지ᄒᆞ여 피화당의 드러가니, 박씨 안식을 단졍히 ᄒᆞ고 말슴을 나직이 ᄒᆞ야 왈, "ᄉᆞ람이 셰상의 쳐ᄒᆞ여, 어려서는 글공부를 잠심ᄒᆞ며 부모게 녕화와 효셩으로 섬기며, 취쳐 허면 ᄉᆞ람을 현슉키 거나려 만딕유젼허미 ᄉᆞ람의 당당헌 일이온딕, 군즈는 다만 미식만 싱각ᄒᆞ여 나를 쳐비허다 ᄒᆞ여 인유의 치지 아니허니, 이러ᄒᆞ고 오륜의 들며 부모를 효양 허리요. 인졔는 군즈로 허여금 여러 날 근고분힐 아니라, 군즈로 마음이 염녀되여 젼의 노졍을 바리고 그딕를 쳥ᄒᆞ여 말슴을 고ᄒᆞ나니, 일휴는 슈신졔가ᄒᆞ는 졀초를 젼과 갓치 말나."라고 말슴이 공슌ᄒᆞ니, 시빅이 잇쎠를 당ᄒᆞ여 마음이 어더타 ᄒᆞ리요. 〈박씨젼〉 180~182쪽.

10 류한림의 부뷔 삼십의 미차나 다만 농장지경이 망연ᄒᆞ니, ᄉᆞ부인이 근심ᄒᆞ여 한님을

기하거나 발악한다면 훈계의 대상이 되고 만다. 현대문학으로 가면, 심리적으로는 늘 채워지지 않는 허전함이 있지만 이를 감내하면서 전사(戰士) 또는 슈퍼우먼이 되어야만 하는 아내의 형상이 그려진다.

네 번째로는 '남편' 항목이다. '애정과 의지의 대상 / 미색에의 탐닉 / 무정형의 존재, 집 안의 이방인 / 깊은 동공(洞空), 밥벌이의 무거움' 등의 소표제어가 추출되었다. 남편도 마찬가지로 아내에게 살가운 애정을 주고 든든한 버팀목이 되어주는 좋은 관계가 있는가 하면[11], 미색(美色)에만 탐닉하여 여러 아내를 거느리거나, 집안 살림은 신경도 쓰지 않아 아내를 힘들게 하거나[12] 아니면 돈을 벌어야 하기

딕ᄒ여 탄왈, "첩이 긔질이 허약ᄒ고 원긔 졍일치 못ᄒ여 상공으로 더부러 동쥬 슈십 년의 일졈 혈육이 업스니, '불효삼쳔의 무후위딕라' ᄒ오니 쳡의 무죵ᄒ 죄 존문의 용납지 못ᄒ 거시오나, 상공의 광흥ᄒ신 덕을 입스와 지우금 부지ᄒ오나, 싱각건딕 상공이 누딕 독신으로 류씨 종ᄉ의 위틱ᄒ미 급ᄒ온지라. 상공은 쳡을 긔렴치 마르시고 어진 가인을 취ᄒ여 농장지경을 보시면, 문호의 경ᄉ 적지 아니ᄒ고 쳡이 ᄯ혼 죄를 면홀가 ᄒᄂᆞ이다." 한님이 쇼왈, "엇지 일시 무ᄌᆞ식ᄒᆞᆷ믈 인ᄒ여 쳡을 엇드리오! 쳐쳡은 가중을 어지러이는 근본이니, 부인은 화를 엇지 ᄌᆞ취ᄒᆞ시ᄂᆞ뇨? 이ᄂᆞ 만만불가ᄒ여이다." 〈사씨남정기〉 21~22쪽.

11 어ᄉᆡ 이련ᄒᆞᆷ믈 이긔지 못ᄒ여 오릭도록 슌을 놋치 아니코 그윽이 간믹ᄒᆞ미 쇼졔 ᄯ혼ᄒ 병이 업디 아니믈 넘녀ᄒ여 쉬기를 니ᄅᆞ딕 쇼졔 침구를 옴겨오미 업스므로 딕ᄒ니 어ᄉᆡ 왈, "태ᄋᆡ 그딕의 금침을 옴겨오라 ᄒᆡ시더니 그딕의게 명치 못ᄒᆡ시도다." 인ᄒ여 소오권 칙을 셔안으로 ᄂᆡ녀 벼기 맛ᄒ 노코 침병의 ᄌᆞ긔 져포를 다리여 쇼져의 눕기를 직쵹ᄒ니 쇼졔 딘실노 민황ᄒᆞᆷ믈 니긔지 못ᄒ니 싱이 두 팔의 용녁 잇스미 두어번 눕기를 직쵹ᄒ다가 개년이 팔흘 드러 용이히 쓰러쳐 누이기를 어린 ᄋᆞ히 ᄀᆞ치 ᄒᆞ고 허리의 져포를 덥허 글오딕, "츈한이 심ᄒ니 냑딜이 안ᄌᆞ ᄉᆞ오고 괴로올디라. 져푀 년년ᄒᆞᆷᆫ 고인의 졍이니 ᄂᆡ 몸의 붓치던 거시오. ᄃᆞ른 ᄌᆡ 닙지 아냐시니 물니치지 말나." 〈완월회밍연〉 7권 242~243쪽.

12 "ᄋᆞ가 ᄋᆞ가 우지 마라. 아모리 졋 달난들 무엇 먹고 졋이 나며 아모리 밥 달난들 어듸셔 밥이 나랴." 달닉올 졔, 흥부 ᄆᆞᄋᆞᆷ 인후ᄒᆞ여 쳥산뉴슈와 곤눈옥결이라. 셩덕을 본밧고 악인을 져어ᄒᆞ며, 물욕의 탐이 업고 듀식의 무심ᄒᆞ니, ᄆᆞᄋᆞᆷ이 이러ᄒᆞ미 부귀ᄅᆞ ᄇᆞ랄소냐. 흥부 안히 ᄒᆞᄂᆞᆫ 말이, "이고 여봅소. 부졀업슨 쳥념 맙소. 안ᄌᆡ 단표 듀린 넘치 삼십조ᄉᆞ ᄒᆞ엿고, 빅이슉졔 듀린 넘치 쳥누 쇼년 우어스니, 부졀업슨 쳥념 말고 져 ᄌᆞ식들 굶겨

에 그 무게에 짓눌려 힘들어 하면서 부부 사이가 좋지 않은 관계가 있다. 고전소설에서 크게 나뉘는 남성 유형은 군자형과 호걸형인데, 주로 군자형들이 아내에게 따뜻하거나 은근한 애정을 보인다. 호걸형들은 호기롭게 여성을 선택하고 사귀므로 조강지처는 소외되기 쉽다. 그들도 결국엔 군자형 남성들처럼 좋은 가장, 남편이 되어가지만 젊을 때에는 아내를 힘들게 하는 경우가 많다. 한편, 악한 성품의 여성은 음란하여 애정욕구가 강한 여성으로 묘사되는데 이럴 때에 남편이 그녀의 애정욕구를 더욱 철저히 외면함으로써 자존심에 상처를 주고 더욱 큰 악행을 계획하게 하기도 한다.[13] 악한 여성의 경우이기는 하지만 아내를 외면하여 오랜 시간 내버려두는 무심한 남편상을 볼 수 있었다.

다섯 번째로는 '형제·자매' 항목이다. '누나, 든든한 존재 / 오빠, 부권 대리인'의 소표제어가 추출되었다. 고전소설에서 유의미하게 형상화되어 있는 형제·자매 관계는 누나[14]와 남동생 또는 오빠와 여

듀이기스니 아즈번네 집의 가셔 쓸이 되ᄂ 벼가 되ᄂ 어더옵소." 흥부가 ᄒᄂ 말이, "나슬 쇠우에 슬훈고. 형님이 음식 짓츨 보면 ᄉ촌을 몰ᄂ보고 좋 쓰도록 치옵ᄂ니 그 미를 뉘 ᄋ들놈이 맛는단 말이오." "이고 동냥은 못 듣난 족박조ᄎ 씨칠손가. 마즈ᄂ 아니 마즈ᄂ 쏘아ᄂ 본다고 건너가 봅소." 〈흥부전〉 20쪽.

13 언파의 촉을 믈니고 의디를 글너 즈긔 즈리의 나아 취침ᄒ니 공쥐 부마로 더브러 부쳐지락을 착급히 바라다가 크게 실망ᄒ여 당야를 안즈 식오나 부매 다시 아른 쳬ᄒ미 업ᄉ니 음욕을 니긔지 못ᄒ여 눈믈을 쓰려 슬허ᄒᄂ 거동이 망측ᄒ니 도위 그 긔식을 ᄀ마니 슬피고 더욱 분히ᄒ니 ᄯᅩᄒ 잠을 드지 아녓더니 옥쳠의 금계 식비를 보ᄒ니 도위 관소ᄒ고 나아가니 공쥐 믄득 악연ᄒ여 진진이 늣기를 면치 못ᄒᄂ디라. 〈명듀보월빙〉 18권 423쪽.

14 특히 국문장편소설에서 주인공의 누나는 그 아래 대 주인공의 고모이기도 하므로, '누나'에 대한 분석은 '고모'에 대한 분석이기도 하다. 고모는 집안의 대소사를 해결하거나 긴장 상황이나 관계를 완화시키는 역할을 주로 한다는 면에서 딸 항목과 겹치는 면도 있어, 그 중요성에도 불구하고 따로 설정하지 않았다.

동생의 관계이다. 누나나 오빠는 손위 형제이므로 어머니나 아버지를 대신하는 존재, 상담자, 조력자의 역할을 한다. 남성 주인공이 자녀 교육이나 아내와의 관계, 거취 문제 등을 가족 중에서 유독 누나와 상의한다는 면에서 매우 큰 위상을 지니는 경우도 있다.[15] 여성의 경우에도 오빠가 부부 관계에 끼어든다거나 곤경에서 구한다거나 재물을 주어 살림이 넉넉하게 해 주는 등 부권 대리인의 역할을 한다.

여섯 번째로는 '딸' 항목이다. '귀한 딸로서의 자존감 / 부재하는 딸, 희생하는 딸 / 어머니의 분신, 반(反)어머니' 등의 소표제어가 추출되었다. 시를 남긴 여성이나 가문소설의 여주인공들은 대개 집안에서 귀하게 자란 경우이기에 자존감이 높다. 뿐만 아니라 자기 가족이나 가문에 대한 자부심도 높아서 훌륭한 가문의 귀한 딸이라는 자존감을 드러낸 경우가 많았다. 그렇기에 그런 딸이 요절하였을 때에 부모 특히 아버지는 애통해하면서 제문을 남기기도 한다. 이렇게 사랑받는 딸의 모습이 그려지기는 하지만 심청이나 바리 공주처럼 아버지나 가문을 위해 희생하는 딸의 모습[16]도 종종 보인다. 또한 딸은

---

15 소부인이 쇼왈, 아이 그르다 조식 교훈이 더려나 부뫼 계시면 조식의 모으므로 쳐신을 못하느니 운경이 과거 보기 슬흐나 태〃 니르시고 아이 분부하되 제 뜯을 세우려 하니 졍히 믜온디라 쥰칙하미 올커늘 엇디 졔어티 못하고 도로혀 슌풍하야 모음대로 하라 하느뇨. 딜♀를 셜리 보내미 올하니라. 승상이 흔연 쇼왈, 나의 훈조의 용녈하미 극하디라 져〃의 교훈을 감슈하리라. 〈소현성록〉 5권 97~98쪽.

16 "오날리 힝션 날이오니 슈이 가게 하옵소서." 하거늘 심쳥이 이 말을 듯고, 얼골리 빗치 업셔지고 사지의 믹이 업셔 목이 메고 경신이 어질하야 션인들을 제우 불너, "여보시요 션인임늬, 나도 오날리 힝션날인 줄 이무 알어써니와 늬 몸 팔인 조를 우리 부친이 아직 모르시오니, 만일 알르시거듸면 지러 야단이 날 거시니 잠간 지체하옵소서. 부친 진지나 망죵 지여 잡슈신 연후의 말삼 엿잡고 써나게 하오리다." … (중략) … 심쳥이 사당의 하직홀 차로 드러갈 제 다시 세수하고 사당문 가만이 열고 하직하는 말리, "불초 녀손 심쳥이는 아비 눈 쓰기를 위하야 인당슈 제숙으로 몸을 팔어 가오믹 죠종힝화를 일노조

어머니의 분신으로 그려지는데 악하다고 평가받는 여성 인물의 경우에는 그녀의 딸도 선천적으로 악한 것으로 되어 있어[17] 여성억압적인 시각이 들어가 있음을 알 수 있다.

일곱 번째로는 '아들' 항목이다. '효의 화신 / 자부심 혹은 괄시의 대상, 사위'의 소표제어가 추출되었다. 조선시대에 아들은 가문의 대를 잇는 중요한 사람임과 동시에 가문 번성의 지표가 되었다. 그의 성패가 바로 가문의 성패로 직결되므로 잘 교육하여 큰 인물이 되도록 하는 데에 주의를 기울이고 있고 그 과정에서 일어나는 사건들과 부·모의 의견 충돌, 그 수습 등을 통해 당대인들의 아들 교육법, 가치관 등을 읽을 수 있다. 특히 장편가문소설의 경우 그 주된 향유층이 사대부가 여성들이었기에 아들을 효(孝)의 화신으로 그리기도 하였다.[18] 어머니의 말씀이라면 무엇이든 잘 따르고, 하루라도 빠뜨리

챠 쉰케 되오니 불승영모ᄒᆞ옵ᄂᆡ다." 〈심청전〉

17 평진왕의 쟝녀 후염은 금션공쥬 쇼싱이라. 부왕의 션풍은 담지 아니ᄒᆞ고 ᄌᆞ모의 홀란흔 태도도 아니 달마 흉흔 얼골과 믜온 거동이 나흐로조ᄎᆞ 졈졈 더ᄒᆞ여 년쟝 삼오의 가로 퍼진 ᄂᆞᆺᄎᆞᆫ 밋돌 ᄀᆞᆺ고 신면 톄지 이상ᄒᆞ고 흉믈이 겸ᄒᆞ여 두역을 험이ᄒᆞ고 일목이 그릇되여 흉괴 망측ᄒᆞ여 거믄 술이 일편되이 혀러 텨져 돌졀구 ᄀᆞᆺᄐᆞ니, 합게 한ᄒᆞ여 져딕도록 ᄒᆞ미 이상타 ᄒᆞ고 실노 근심ᄒᆞ여, 폐륜키도 어렵고 셩혼코져 홀진딕, 흔갓 얼골이 박식이나 심지 양슌ᄒᆞ면 무염 밍광의 일뉴로 거의 보젼홀 거시로대 션악이 둘이 업고 용심이 부졍ᄒᆞ여 ᄒᆞᄂᆞᆫ 일이 흉포 강악ᄒᆞ니, 왕이 보면 미우를 ᄮᅵᆼ긔고 두통을 삼으니. 〈조씨삼대록〉 11권. 9~12쪽.

18 어시의 졍상셔 부뷔 댱녀를 셩인ᄒᆞ미 조할님 ᄀᆞᆺᄐᆞᆫ 쾌셔를 어드니 깃부고 알음다오미 넘치ᄂᆞᆫ 즁 닌셩 ᄀᆞᆺᄐᆞᆫ 아들을 어드미 그 효우 츌뉴흔 위인이 만ᄉᆞ 죠셩 긔이ᄒᆞ여 수위 부모와 존당을 셤기ᄂᆞᆫ 녜모며 명념 ᄌᆞ미로 우공ᄒᆞᄂᆞᆫ 졍셩이 혈심의 비로셔 동복 남미 안이믈 ᄭᆡ닷지 못홀 분 아니라 냥ᄌᆞ위 질환이 뉴연을 침고ᄒᆞ여 긔운이 위황ᄒᆞᆷ믈 초황 민박ᄒᆞ고 시량의 동쵹한 졍셩이 낫으로써 밤을 니여 일시도 방ᄒᆞ치 못ᄒᆞ니 병측을 ᄯᅥ나지 아냐 부인의 슈족을 쥐므르며 머리를 집고 낫출 부인 면모의 다혀 왈, "희이ᄂᆞᆫ 일신 빅골의 아모딕도 알픈 곳이 업습거늘 ᄌᆞ위ᄂᆞᆫ 일엇틋 신음ᄒᆞᆫᄉᆞ 톄휘 일일도 쾌ᄒᆞ실 ᄯᅵ 업ᄉᆞ시니 희이의 셩흔 몸으로써 ᄌᆞ위의 질환을 옴기지 못ᄒᆞ오미 엇지 이달지 안이리닛

지 않고 혼정신성(昏定晨省)하며, 어머니가 돌아가시려 하니 단지(斷指)하여 살리려 하고 끝내 돌아가시니 그 슬픔 때문에 병이 나 죽기까지 하는 것이다.

여덟 번째는 '가족' 항목이다. '가부장제의 구성원'이라는 소표제어가 추출되었다. 앞에서 살핀 어머니, 아버지, 딸 등이 모두 가족구성원임에도 불구하고 가족이라는 항목을 따로 설정한 이유는 가족이라는 '공동체'를 부각시켜 살펴보기 위함이었다. 그런데 연구 결과, 고전소설에서는 가족 공동체나 가족 관계 자체가 두드러지게 조명되지는 않았다. 가족은 당연히 있는 존재이고 그 공동체는 회의하거나 갈등을 야기하면 안 되는 것이라는 생각이었던 듯하다. 그래서 가족은 가부장제 공동체의 구성원으로서의 역할에 충실해야 하며 개인이나 개별 가정의 안위만을 위해서는 안 된다는 의식을 보여주었다. 하지만 현대문학에서는 가족이 낙원임과 동시에 굴레 혹은 족쇄로 그려지며, 가족 구성원들 사이의 관계도 친밀한 것 같지만 실은 이방인일 때가 많다는 식의 내용이 그려지는 등 문학 작품에서 제법 비중있게 다루어진 점이 달랐다.

아홉 번째는 '친구' 항목이다. '지음(知音), 조언자이자 조력자'라는 소표제어가 추출되었다. 고전소설에서는 여성의 친구 관계에 그다지 주목하지 않았다. 다만 17세기의 전기소설 〈운영전〉에서 궁녀 운영의 조언자이자 조력자로 궁녀 친구들이 대거 등장하였다.[19] 이

고. 바라옵건디 약음을 즈로 나오소 존당의 성정을 잇다 감호시고 안침호시믈 위주호소 침식을 구졀치 말게 호소셔." 호며 죽음의 온닝을 맛보아 부인의 진호시믈 간걸호며 셕셕호담 낭변으로 모친의 울역흔 심회를 즐겁게 호니. 〈완월회밍연〉 2권 76~77쪽.
19 "제가 어떻게 감히 낭군의 말씀을 거절하겠니까? 다만, 자란은 저와 형제처럼 정이

경우는 궁녀라는 특별한 신분이었기에 가능했으므로 보편적이라고 하기는 어렵다. 한시나 고전 시가에서는 어릴 적 경험을 공유했던 그리움의 대상으로, 고향이나 친정을 생각하면 떠오르는 아련한 얼굴로 그려졌다. 하지만 현대로 오면 그리움의 대상이나 기억의 표지임과 동시에 경쟁과 부러움의 대상이기도 하고 자매애를 발휘하기도 하며 나를 성장 시키는 기폭제가 되기도 하는 등 다양하게 그려진다.

열 번째는 '이웃' 항목이다. '정보제공자'라는 소표제어가 추출되었다. 고전소설은 주인공이나 그의 반대편에 서 있는 인물, 그 가족들을 중심으로 서사가 전개되기 때문에 이웃은 정보를 제공하거나 사건의 실마리를 제공하는 정도의 역할을 하는 데에서 그친다. 주로 이웃집 할머니가 남녀 주인공의 만남을 엮어주거나 방해하는 등의 역할을 하는데, 〈절화기담〉 같은 소설에서는 제법 흥미진진하게 사건을 이끌어간다.[20]

두텁기 때문에 그녀에게 알리지 않을 수는 없습니다."라고 하고는 즉시 자란을 불러와, 세 사람이 삼발처럼 둘러앉았습니다. 제가 진사의 계획을 자란에게 말하자, 자란이 크게 꾸짖으며 말했습니다. "서로 즐긴 지 오래 되어서 이제 스스로 화를 재촉하려고 하는 것이 아니냐? 1~2개월 서로 사귀는 것만으로도 충분한데, 어떻게 사람으로서 차마 담을 넘어 달아나는 짓을 저지르려고 하느냐? 주군이 너에게 마음을 기울이신 지 이미 오래 되었으니 그것이 떠날 수 없는 첫째 이유, 부인이 사랑하심이 매우 깊으니 그것이 떠날 수 없는 둘째 이유요, 화가 양친에게 미칠 것이니 그것이 떠날 수 없는 셋째 이유요, 죄가 서궁 사람들에게까지 미칠 것이니 그것이 떠날 수 없는 넷째 이유이다. … (중략) … 진사는 일이 성사되지 않을 줄 알고 탄식하며 눈물을 머금은 채 궁궐 밖으로 나갔습니다. 〈운영전〉 145~146쪽. 卽呼紫鸞, 三人鼎足而坐, 妾以進士之計告之, 紫鸞大驚罵之曰, "相歡日久, 無乃自速禍敗耶! 一兩月相交, 亦可足矣, 踰墻逃走, 豈人之所忍爲也? 主君傾意已久, 其不可去一也. 夫人慈恤至感, 其不可去二也. 禍及兩親, 其不可去三也. 罪及西宮, 其不可去四也. … (중략) … 進士知事不成, 嗟歎含淚而出. 〈운영전〉 284쪽.

20 원래 이 씨의 집에는 한 노파가 살고 있었는데, 무슨 일에든 참견하길 좋아하고 말을 잘 해서 사람을 소개하여 맺어주는 일에 본래부터 노련한 솜씨가 있었다. 술잔이 몇 차례 돌자 이생이 조용히 말했다. "방 씨 집의 여종을 할미도 잘 알고 있을 터. 나를 위해 소개

2) 공간 범주

이 범주는 총 10개의 항목으로 나뉘는데, 첫 번째는 '집' 항목이다. '여성들의 독립된 일상 공간 / 가족들의 정신적 지주, 사당 / 징벌과 질곡의 공간, 사옥 / 그리운 고향, 도피처인 친정' 등의 소표제어가 추출되었다. 고전소설의 배경은 중국으로 설정된 것이 많지만 집에 관한 서술은 조선 사대부가의 그것으로, 내외(內外) 법에 의해 남녀의 생활공간이 독립되어 있었다. 안채는 또 첫째 부인이 거처하는 정당(正堂), 둘째 부인 이하가 거처하는 별당(別堂)이 있는데 부인이 여럿 있을 경우에는 각각 명칭이 다른 별당들이 존재했다.[21] 또 조상에 대한 제례(祭禮) 의식을 중시하여 집 안채의 북동쪽에 가묘(家廟)와 사당(祠堂)을 두어 혼례 같은 집안의 큰 행사 후에 신랑과 신부가

해 줘서 하룻밤의 인연을 맺을 수만 있다면 반드시 후하게 보상하겠네." 노파가 대답하였다. "어렵습죠. 그녀는 스스로를 곧게 지키려는 절개가 있어, 이 늙은이의 둔한 말과 억지 소리로는 꼬여낼 수가 없습니다. 한강의 얼음이 어느 세월에 단단하게 얼겠습니까? 쓸데없는 말로 헛되이 마음 쓰지 마십시오." 이생은 노파의 마음을 돌리기 위해 무진 애를 썼으나 노파의 마음은 갈수록 돌이키기 어려웠다. 〈절화기담〉 42쪽. 原來, 李家有一老嫗, 好事而利口, 賣人場中, 自來老熟手段. 酒至數巡, 李生從容謂曰, "方氏叉鬟, 嫗其知之. 爲我紹介, 各得一宵之緣, 則必重報母矣." 老嫗對曰, "難哉. 是女有自貞之節, 非老身之鈍辭强辯所可誘也. 漢江之氷, 何日得堅? 願無以無益之說, 徒費心懷也." 李生勸解甚勤, 而老嫗之心, 去益難回. 〈절화기담〉 99쪽.

21 심 부인은 정당(正堂) 취성루에서 거주하고, 성 부인은 취화당에서 거주했다. 동쪽의 수선루에서는 정 부인이 거주하고, 서쪽 설매당에서는 임 소저가 거주했다. 녹영당에서는 성부인의 아들 준의 아내인 요 씨가 머무르고, 수선루 왼쪽의 홍매당에서는 태강 소저가 머물렀다. 화공은 백화헌에 기거하면서 두 아들로 하여금 한송정과 죽우당에서 각각 거주하게 하고, 쌍취정은 성생의 서실로 삼게 했다. 〈창선감의록〉 24~26쪽. 沈夫人處正堂聚星樓, 成夫人處翠華堂. 東邊壽仙樓, 鄭夫人處之, 西邊雪梅堂, 林小姐處之. 綠影堂, 成夫人之子儁之妻姚氏居之, 壽仙之左紅梅堂, 太姜小姐居之. 公處百花軒, 使兩子處寒松亭竹友堂, 而雙翠亭爲成生書室也.

반드시 가서 예(禮)를 표했으며, 과거에 급제한 자손도 집에 돌아오
자마자 가서 배향(配享)하였다.[22] 집의 후미진 곳에는 사옥(私獄)도 갖
추고 있어서 착한 여주인공이 수난을 당하는 장면[23]에서 이곳에 갇혀
고생하는 것으로 그려졌다. 한편, 시집간 여성에게 옛 집, 즉 친정은
마음의 안식처이자 영원한 고향이다. 그래서 늘 그리워하며 어릴 적
추억을 되새기곤 하는데, 특히 17세기 후반에서 18세기의 국문장편
소설들에서는 딸과 친정의 교류가 활발했던 것으로 그려졌다.

두 번째는 '부엌' 항목이다. '신성의 공간, 이타의 샘'이라는 소표
제어가 추출되었다. 고전소설의 여주인공들은 몇몇 판소리계 소설을
제외하고는 대체로 상층 사대부가문의 여성들이기에 직접 부엌일을
하지는 않는 것으로 되어 있다. 그래서 부엌은 우리의 예상과는 다르
게 그다지 중요한 공간으로 설정되어 있지 않았다. 음식을 직접 요리
하는 것은 대부분 시비(侍婢)들이며 곁에서 그들을 감독하고 주관하
는 것은 서모(庶母)들인 경우가 많았다. 양반들의 생활이 궁핍해지면

---

22 배샤 왈 금일 냥으의 과경이 놀납고 두리워 깃브믈 모르옵더니 존당과 부뫼 이갓치
깃거ᄒ시니 또ᄒ 경시로쇼이다 조시 등과 셜샤셔 등이 치해 분분ᄒ니 노공이 불승쾌열ᄒ
여 냥즈로 더브러 신릭룰 다리고 샤묘의 올나 배향ᄒ고 외당의 하긱이 신릭룰 직촉ᄒ니
진왕 곤계 야야룰 뫼시고 대긱훌식, 노공이 상쾌한 기쁨을 이기지 못하여 두 아들과 함께
새롭게 과거에 급제한 두 손자를 데리고 조상을 모신 사당에 올라 배향하였다. 외당에
있는 하객들이 과거에 급제한 두 사람을 재촉하니 진왕 형제가 아버지를 모시고 손님을
맞았다. 〈조씨삼대록〉 2권 32쪽.

23 조시룰 다시 누리와 가두라 ᄒ니 침침ᄒ 돌옥이 겻히 거술 아르보지 못하고 찬 바름이
쳘골ᄒ니 엇지 이런 간고롤 알니오마는 성질이 긔특ᄒ고 쟉인이 비샹ᄒ미 또ᄒ 놀ᄂ고
슬허ᄒ미 업셔 안졍이 명을 바다 옥즁의 니르ᄆ미 유모 시비 등은 곡셩이 냥ᄌ호대 조시
아즈룰 품고 ᄒ 닙 거젹을 잇그러 고요히 몸을 의지ᄒ미 궁그로 드리ᄂ 두 썩 조밥과
악초구라도 능히 먹기룰 잘ᄒ고 일언을 구외의 내여 원망ᄒ미 업고 이락을 모르ᄂ 사름
ᄀᆺ툰지라. 〈조씨삼대록〉 28권 11~12쪽.

서 점차로 사대부 가문의 여성들도 음식 마련하기, 제사 모시기, 베 짜기 등을 했다고 하지만, 소설에서는 손님 접대나 웃어른을 봉양하는 일을 며느리가 맡아했다거나 잔치 음식을 성대하게 차렸다는 간략한 서술 정도가 있을 뿐이다. 식생활에 대해서도 거의 서술되어 있지 않고, 잔치 자리의 성대함을 음식의 다양함으로 묘사하거나 악한 여성이 음식에 독약을 넣어 선한 여성을 모함하는 장면이 있을 뿐이지만, '음식' 항목이 따로 설정되어 있으므로 여기서 상론하지는 않았다.

세 번째는 '방' 항목이다. '규범 학습의 규방 / 소통의 공간, 중당 / 임이 부재한 소외 공간' 등의 소표제어가 추출되었다. 옛 여성들은 교육을 주로 어머니에게서 받았다. 생활 예법과 여성으로서 지켜야 할 규범, 여공(女工) 등을 학습 받는데, 그 중에서도 열(烈), 순종하는 자세, 온화한 말씨, 투기하지 않는 마음가짐 등의 규범을 배웠다. 이를 '여교(女敎)'라고 하였는데, 국문장편 고전소설에서 어머니가 딸들을 규방에서 가르치는 장면이 종종 등장했다. 아들의 경우에 학문은 집에 거주하면서 아이들을 가르치는 선생을 두는 경우가 많지만, 신변의 문제를 상의한다든지 울적한 마음을 달래고 싶을 때에는 어머니가 계신 안방을 찾았다. 따라서 방 중에서는 안방이 가장 중요한 공간이었다고 할 수 있다. 다음으로는 '중당(中堂)'이 중요한 공간이었다. 중당은 내당과 외당 사이, 즉 집안의 가운데에 위치하고 있어 외부인을 맞이하거나 집안의 대소사 즉 혼례나 잔치를 치르는 곳이다.[24] 여자들은 내당에, 남자들은 외당에서 주로 기거하였으므로 아

---

24 어느 날 한 부인이 소저와 함께 정원에서 꽃을 완상하고 있었다. 그때 문득 시비 춘앵

침 문안 시에 집안의 가장 어른인 할머니나 할아버지의 방에서 마주하는 일을 제외하고는 주로 이곳에서 만나 이야기를 나누었다.

네 번째는 '마당' 항목이다. '기억과 환기의 정서 공간'이라는 소표제어가 추출되었다. 고전소설에서는 주로 후원(後園)이라고 지칭되며 작은 연못에 연꽃이 피어 있기도 하고 갖가지 꽃과 나무가 있는 아름다운 곳으로 묘사된다. 서모들, 딸과 며느리, 조카며느리들이 모여 약간의 술과 함께 자신들의 삶을 돌이켜 본다든지 농담을 하는 등 즐거운 시간을 보내기도 하고 한 사람을 골라 놀리기도 하는 놀이의 공간이다.[25] 민요나 규방가사에서는 노동과 억압의 공간으로 노래되었지만 고전소설에서는 노동하는 장면은 나타나지 않았다.

다섯 번째부터 열 번째까지의 항목에서는 고전소설 소표제어와

이 다가왔다. "부인께서 적선을 즐겨 하시더니, 마침 서촉에서 어떤 여승이 권자를 들고 찾아왔습니다. 이에 감히 아뢰옵니다." 한 부인은 곧바로 소저와 함께 중당(中堂)으로 돌아가 춘앵으로 하여금 여승을 맞이하게 했다. 그 여승은 몸에 촉나라 비단으로 만든 도포를 걸치고 목에 백팔염주를 두르고 있었다. 그리고 손에는 쇠로 장정한 큰 권자를 든 채 중계(中階)에서 예를 갖추는 것이었다. 한 부인은 여승을 마루로 오르게 하고 자리를 내 주었다. 〈창선감의록〉 66~67쪽. 一日, 夫人與小姐, 翫花於園中. 忽然侍婢春鶯, 來告曰, "夫人好積善, 適有西蜀尼姑, 持卷子而來. 小婢敢告之." 夫人卽與小姐, 還中堂, 而使春鶯迎之. 其尼姑身着蜀羅廣袍, 項百八念珠, 手執鐵粧大卷子, 禮拜於中階. 夫人命上堂而賜坐. 67쪽.

25 일〃은 소시 윤시로 더브러 빅화헌의 가니 샹셰 마츰 나가고 셔헌이 고요ᄒ니 냥인이 화류ᄅᆞᆯ 귀경ᄒ며 인ᄒ야 시녀로 니셕 이파와 화셕 이부인을 쳥ᄒ니, 소인이 모다 와 소시 좌우로 ᄒ야금 송명 아래 농문셕을 비셜ᄒ고 버러 안자 쥬과ᄅᆞᆯ 나오니, 셕쇼졔 술을 먹디 못ᄒᄂᆞᆫ디라 소윤 냥인이 핍박ᄒ야 권ᄒᆫ대 강잉ᄒ야 일비ᄅᆞᆯ 먹으매 아름다온 용광이 혈난ᄒ니, 셕패 두굿기고 ᄉ랑ᄒ야 믄득 쥬흥 발작ᄒ야 풀흘 것고 니러나 굴오디, "쳡이 금일 옥인연상의 잔 진지ᄒ야 쇼동 소임ᄒ리이다." 소시 쇼이농왈, "잠간 미안커니와 술을 부어 오시면 ᄉᆞᆼ양티 아니리이다." 셕패 대쇼ᄒ고 몬져 ᄒᆞᆫ 잔을 브어 소시 알픡 가 티하ᄒ야 굴오디, "부인이 십 ᄉᆞ의 한 가의 드러가샤 어ᄉᆞ의 방탕을 만나시디 괴싁과 힝실이 쳥한ᄒ야 ᄆᆞᄎᆞᆷ내 탕ᄌᆞᄅᆞᆯ 감동케 ᄒ시고 옥 ᄀᆞᆺᄐᆞᆫ ᄌᆞ녀ᄅᆞᆯ 좌우의 버러 겨시니 임ᄉᆞ의 덕냥인들 이에 디나리잇가?" 〈소현성록〉 2권 65쪽.

예문을 추출하지 못하였다. 학교, 여관, 서울, 시장, 카페, 극장, 공원이라는 공간은 근대 이후에 등장한 것들이기 때문이다. 다만 일곱 번째 항목인 '외지(外地)'의 경우에만 '피화(避禍)와 유배의 공간'이라는 소표제어가 추출되었다.[26] 당시에 여성들은 외지 출입이 거의 불가능했기에 이처럼 재앙을 피해 옮겨가거나, 죄를 지은 것으로 모함 받아 유배 가는 일 외에는 여성과 관련된 서사가 거의 없었고, 외지라는 공간 자체가 중요하게 자리매김 되는 서사는 더욱 찾기 어려웠다. 그러나 현대 문학으로 오면 자아를 찾아 떠나는 정신적 해방, 가족과의 화해를 위한 여로라는 의미를 지니거나 무국적 삶을 향유하게 하는 외국도 유의미하게 등장하게 된다.

3) 자연 범주

첫 번째는 '꽃' 항목이다. '여성의 아름다운 외모와 태도 / 외로움과 무상감, 피어나는 죽음' 등의 소표제어가 추출되었다. 고전소설에서는 여성의 외모를 종종 꽃에 비유한다. 특히 미모(美貌)를 묘사할 때에는 실제의 모습을 그대로 재현하는 것이 아니라 관습적인 표현에 의거하여 비유적으로 제시한다. 아침 이슬을 머금은 모란 같다거나 이화(梨花), 도화(桃花)같이 맑고 화사하다거나, 연꽃처럼 순수하면서도 풍요롭다는 등의 표현으로 여성을 묘사하는 것이다.[27] 남녀

---

26 쇼시 왈, "이를 일으미 안이라 셔찰이 거즛 거시오, 그딘 이에 오릭 잇스미 두렵고 흐믈며 현뷔 칠 년 직익이 잇시니 당당이 남녁으로 멀니 피홀지라. 후회치 말고 급히 이곳을 쩌나 남방으로 향ㅎ라." 스씨 읍딘왈. "혈혈흔 녀직 엇지 칠 년을 유리ㅎ리잇고? 젼두길흉을 알고즈 ㅎㄴ이다." 〈사씨남정기〉 55쪽.

모두 잘 생긴 것을 칭탄하고 대단히 아름다운 외모를 지녔음을 말하지만, 남성은 대개 용(龍), 봉(鳳), 기린(麒麟) 등 신비로운 동물의 이미지로 비유되는 것에 비해 여성은 꽃에 비유된다는 면에서 여리고 곱고 예쁜 것만을 긍정적으로 평가했음을 알 수 있다. 한편, 꽃은 외로움과 무상감을 고조시키는 매개이기도 하다. 사랑하는 사람과 이별을 했거나 궁중에 갇혀 살며 사랑을 해볼 수 없던 여성들은 봄날 흐드러지게 피어 있는 꽃을 보면 그 아름다움에 더욱 외로워져 눈물을 흘린다.[28] 또한 꽃이 아무리 쉽게 진다해도 다음 해 봄에 다시 피는 것에 비해, 한 번 이별한 임과는 다시 만날 수 없기에 그 꽃을 보면 더욱 슬퍼지기도 한다. 자연물의 아름다움, 순환하기에 영원함과 비교되는 인간사의 허무함과 이별의 단절감을 고조시키는 매개가 바로 꽃이다.

두 번째는 '나무' 항목이다. '수액의 힘, 대지적 상상력의 매개'라는 소표제어가 추출되었다. 선한 여성은 악하거나 어리석은 남편에게 핍박을 받는 경우가 많다. 그래서 인적이 드문 후원의 작은 집에 홀로 거하게 하거나 냉방에 가두는데, 이런 상황에 처하여 여성이

---

27 춘풍을 호리랴고 ᄉ창을 반기ᄒ고 픠연흔 틱도로 녹의홍상 다시 입고 외연히 안즌 그동 춘풍이 얼는 보니, 그 얼골 틱도ᄂ 청천빅일(靑天白日) 발근 밤의 아츰 이슬의 모란화요. 졀묘흔 져 밉시ᄂ 물찬 지비 모양이요. 녹의홍상 입은 그동은 침병 속의 그림이요. 아릿다온 져 얼골은 월궁의 계화 갓고, 졍신의 니화도화 말근 빗치 반월 발근 달이 흔강슈의 셔오ᄂ 듯. 〈이춘풍전〉 336쪽.

28 "남녀의 정욕은 음양의 이치에서 나온 것으로 귀하고 천한 것의 구별이 없이 사람이라면 모두 다 갖고 있는 것입니다. 그런데 저희는 한 번 깊은 궁궐에 갇힌 이후 그림자를 벗하며 외롭게 지내왔습니다. 그래서 꽃을 보면 눈물이 앞을 가리고, 달을 대하면 넋이 사라지는 듯하였습니다." 〈운영전〉 159쪽. "男女情欲, 稟於陰陽, 無貴無賤, 人皆有之. 一閉深宮, 形單隻影, 看花掩淚, 對月消魂." 〈운영전〉 296쪽.

힘들어할 때 나무들이 그녀를 보호해주는 역할을 한다. 여성의 거처를 둘러싸고 심어진 나무들은 용이나 범, 뱀 등 신이한 동물의 형상을 하고 있어 조화를 부릴 수도 있다.[29] 나무들의 이러한 힘은 여성주인공을 보호하는 어떤 힘의 표현이기도 하고 그녀의 신비로운 능력의 표현이기도 했다.

세 번째는 '새와 물고기' 항목이다. '그리움과 비애의 심화 / 소식의 전령, 임의 기별 / 봄의 정취, 임과의 친화 / 새장에 갇힌 날개, 박제화 된 삶' 등의 소표제어가 추출되었다. 고전소설에서는 물고기는 여성과 관련하여 의미 있게 등장하는 대목이 없었고, 새는 그리움과 비애를 심화하거나[30] 새장에 갇힌 듯한 자신의 삶을 돌아보게 하는 것으로 나타났다. 소설 속 여성들은 가을날 석양에 날아가는 기러기를 보고 쓸쓸해하고, 봄날에 우는 소쩍새 소리를 들으며 이별의 슬픔을 더욱 절실히 느꼈다. 한편, 새는 고난 중의 여성을 돕는 역할을 하기도 한다. 여성이 주인공인 소설 대부분에서 그녀들은 여러 가지 고난을 당하는데, 어릴 때에 부모를 잃고 떠돌면서 헤맬 때에

---

29 잇씌 박씨 계화로 ᄒ여곰 후원 협실의 스방으로 나무를 시무되, 동방의는 청토요, 남방의는 젹토요, 셔방의는 빅토요, 북방의는 흑토요, 즁앙의는 황토요, 나무나무 복도도와 쌔쌔로 물을 쥬어 무슴 형용갓치 기르더니, 그 나무 무셩ᄒ엿는지라. …(중략)… 승상이 구경코져 ᄒ여 계화를 사라 후원 협실의 드러가니, 과연 ᄂ무를 심어 무셩ᄒ엿는딕, 그 나무가 사면의 버러 용과 범이 슈미를 응ᄒ엿고, 가지와 입흔 빅암과 각싴 짐싱이 되어 셔로 응ᄒ여 보기 엄슉ᄒ고 운무 ᄌ욱ᄒ 듯ᄒ며, 오릭 셔셔 이윽이 보니 그 가온딕 풍운조화 잇셔 변화무궁ᄒ지라. 〈박씨젼〉 164~166쪽.

30 직셜 셔쵹 하부의셔 녀ᄋ를 일코 셰월이 갈스록 영향을 찻지 못ᄒ여 공의 부부의 참졀ᄒ미 칼흘 삼킨 닷 오히려 회푀 관을 의지ᄒ여 우ᄂ니만 ᄀ지 못ᄒ딕 오히려 싱존을 바라미 잇고 원광 부부와 빵싱ᄋ를 유희ᄒ여 위로ᄒ난 빅 만흐나 부인은 간장이 화ᄒ여 진 되믈 면치 못ᄒ여 샹셕의 위둔ᄒ여 쥬야 호읍ᄒ난 가온딕 ᄌ규의 슬픈 소릭 이를 슬오고 모쳠의 연작이 필츄댱낙ᄒᄆᆯ 당ᄒ니 눈물이 피를 화ᄒᄂ더라. 〈명듀보월빙〉 12권 297쪽.

청조(靑鳥)가 날아와 길을 안내해 해결 방안을 알아차리게 해준다.[31] 악한 사람의 모해로 누명을 썼을 때에도 파랑새가 날아와 범인을 지목하여 억울함을 풀어준다.[32] 편지를 전하는 새, 기러기가 등장하여 조선과 중국을 오가면서 소식을 전하기도 한다. 꾀꼬리는 봄날에 꽃이 만발한 풍경을 보고 임을 그리워하는 여심을 더욱 부추긴다.[33] 어여쁜 소리로 노래 부르는 소리, 화려한 깃털을 자랑하는 듯이 날아다니는 모습 등이 봄의 정취를 물씬 자아내는 것이다. 급기야 밥도 넘어가지 않을 만큼 그리움에 사무치게도 만들며, 새벽에 꿈에서 본님 생각이 피어나게도 만든다. 또한 자유롭게 살 수 없었던 궁녀들은 일반 여성들보다 슬픔과 안타까움이 커서 자신을 새장 속의 새로 비유하기도 하였다. 어쩌다 마음에 드는 선비를 보았다 하더라도 정을 나눌 수 없고, 애절하게 겨우겨우 정을 나누다가 들켜서는 자결할 수밖에 없었던 어린 궁녀들의 마음을 대변하는 비유물이 바로 새장 속의 새이다.[34]

---

31 이시의 슉향이 경쳐업시 단니다가 날이 져물미 남굴 의지ㅎ여 안져 우더니 문득 푸른 시 곳봉울이를 물고 손등의 안거늘 슉향이 그 곳봉울이를 먹은즉 비골프지 아니ㅎ고 정신이 황연ㅎ지라 청죄 나라가거늘 시를 쌀라 한 곳의 이르니 굉장한 궁젼이 잇는지라. 〈슉향젼〉 28쪽.

32 션군이 부츅 왈, "빅션군이 니르러스니 이 칼이 쌘지면 원슈를 갑하 원혼을 위로ㅎ리라." ㅎ고 칼룰 쌘하미 그 칼이 문득 쌔지며 그 궁게셔 청죄 한나히 나오며 "미월일늬 미월일늬 미월일늬." 세 번 울고 나라가더니 쏘 청조 하나이 나오며 "미월일늬 미월일늬 미월일늬" ㅎ고 세 번 울고 나라가거늘 그졔야 션군이 미월의 소의줄 알고 불승분노ㅎ여 급히 와 당의 나와 형구를 버리고 모든 노복을 츠례로 장문ㅎ나 소범업는 놈녀이야 무슴 말로 승복ㅎ리오. 〈슉영낭자젼〉 300쪽.

33 이 쌔는 춘삼월 호시졀이라. 춘화 만발ㅎ디 황금 굿튼 쇠쏘리는 양류 가지에 왕너한다. 좌우 산쳔 둘너보니 곳은 피여 화산되고 입은 피여 청산되니 만첩청산 죠흥시고 이런 경기 구경ㅎ니 님 싱각 졀노 나셔 거문고를 츠즈니셔 셤셤옥슈 넌짓 드러 시 줄 메워 골나 잡고 희롱ㅎ며 노리지여 ㅎ는 말이. 〈옥단춘젼〉 364쪽.

네 번째는 '동물' 항목이다. '길조와 조력자 / 비범성 혹은 탁월함'이라는 소표제어가 추출되었다. 여성과 관련하여 비교적 중요하게 등장하거나 비유물로 활용되는 새와 물고기, 벌레를 제외한 다른 동물들을 이 항목에서 다루었다. 고전소설에서는 원숭이나 사슴, 청룡, 까치나 학[35] 등이 착한 여성을 돕는 조력자로 등장했다. 여주인공이 도로에 떠돌면서 굶어죽을 지경에 이르는 경우, 원숭이가 삶은 고기를 갖다 준다든지 사슴이 나무 열매 있는 곳으로 안내한다.[36] 선한 여성이 절개를 지키기 위해 물에 빠져 자결했을 때에는 그녀의 시신을 거북이가 등에 지고 훼손을 막기도 한다.[37] 청룡이 신이한 물건을

---

34 "그러나 우리는 지금 깊은 궁중에 꼼짝없이 갇혀 새장 속의 새처럼 있으면서 누런 꾀꼬리 소리를 들으면 탄식하고, 푸른 버들을 대하면 흐느끼곤 한다. 심지어 어린 제비도 쌍쌍이 날고 새집에 깃든 새도 두 마리가 함께 잠들며, 풀 가운데는 합환초가 있고, 나무 중에도 연리지가 있다. 무지한 초목과 지극히 미천한 새들도 음양을 품수하여 즐거움을 나누지 않음이 없다. 그런데 우리 열 사람은 유독 무슨 죄를 지었기에 적막한 심궁에 오래도록 갇히어 꽃피는 봄과 달뜨는 가을에 등불만 벗하면서 혼을 사르고, 청춘을 헛되이 버리면서 공연히 저승의 한만 남기고 있다."〈운영전〉136쪽. "而牢鎖深宮, 有若籠中之鳥, 聞黃鸝而歎息, 對綠楊而獻歔. 至於乳燕雙飛, 栖鳥兩眠, 草有合歡, 木有連理. 無知草木, 至微禽鳥, 亦稟陰陽, 莫不交歡. 吾儕十人, 獨有何罪, 而寂寞深宮, 長鎖一身, 春花秋月, 伴燈消魂, 虛抛靑春之年, 空遺黃壤之恨."〈운영전〉284쪽.
35 새 항목이 따로 있지만 조력자인 경우에는 여기서 함께 논하였다.
36 숙향이 지향 업시 쥬져ᄒ더니 홀연 진납비 술믄 고기를 물어다가 쥬거ᄂᆯ 먹으니, 쥬린 거슬 진졍ᄒᆯ너라. …(중략)… 금분의 심온 나무 ᄒᆫ 가지를 썩거 스슴의 쏠의 미고 니르디, "이 스슴을 타고 가셔 나리ᄂᆫ 곳의 비 골푸거든 이 열미를 먹으소셔." ᄒ고, 문득 간디 업거ᄂᆯ 숙향이 스슴의 등의 오르니 그 스슴이 구름을 헤치고 가니 그 가ᄂᆫ 바를 모를너라.〈숙향전〉26~32쪽.
37 태수가 그 이름을 묻자 말했다. "나는 오태지의 신이다. 향랑의 시신은 신이한 거북이가 지키고, 정신을 안정시키는 단약을 써서 쭈글쭈글해진 피부가 상하지 않도록 해 놓았으니 빨리 예를 갖추어 장사지내 주도록 하여라." 이 말을 마치자 보이지 않았다. 태수가 놀라 일어나니 꿈이었다. 마을 사람들을 시켜 못 가에 속히 가서 둑을 터 그 물을 퍼내니 사흘 만에 바닥을 드러내었다. 보니 한 마리 큰 거북이 있는데 마치 물살 같은 무늬가 있었고, 등에 시신을 지고 엎드렸는데 연꽃잎을 깔고 앉아, 진흙이나 더러운 게 전혀

물고 오기도 하고[38], 새들이 날개로 덮어주어 추위를 녹이게 한다. 길을 모를 때에는 모든 동물들이 안내해 주는 등 하늘을 대신해 선한 여성을 돕는 것이다. 권선징악적인 주제의식을 구현하기 위해 하늘의 뜻을 실현하는 동물들의 조력을 적절히 배치한 것으로 볼 수 있다. 한편, 농물은 비범한 여성의 신이한 능력을 비유하거나[39], 싱질이 사납거나 성품이 못된 여성을 비유하는 대상으로 활용되기도 한다.[40] 꽃은 여성에게만 비유되었지만, 동물은 남녀 공히 부정적인 외모와 성격이 이리, 시랑이 등에 비유되었다.

　　다섯 번째는 '벌레' 항목인데, 고전소설에서는 중요하게 등장하는 대목이 없다. 누에 등이 아주 사소한 비유로 나오는 경우밖에 없으므로 여성 의식을 읽을 수는 없었다.

묻지 않았다. 얼굴 모습은 살아 생전과 똑같았는데, 향기가 나는 것이 수십 리 밖에서도 그 향내를 맡을 수 있을 정도였다. 太守問其姓名, 答曰, "吾吳泰池之神也. 香娘監余已使神龜守屍, 加以定神丹使飢膚不傷, 須速引出, 具禮葬之." 言訖不見, 太守驚起, 乃一夢也. 遂發邑人, 徑至池上, 決堤引汲, 三日水平, 見一大龜, 文如流水, 負尸而伏, 藉以蓮葉, 泥汚不着, 顏貌如生, 尸香發於外, 可聞數十里. 〈三韓拾遺〉60~61쪽.

38 이째 박씨 일몽을 어드니 연못 가온듸로셔 쳥농이 연젹을 믈고 박씨 잇는 방을로 드러와 뵈거늘, 박씨 숨을 싀여 괴이히 여겨 연못가의 가보니, 젼의 업든 연젹이 노엿거날, 가져다 계화로 ᄒᆞ여곰 셔방님게 즘간 드러오시믈 쳥흔되, 〈박씨젼〉170쪽.

39 화셜 틱종황데 졍궁 낭낭긔 일위 공쥬 잇스니 호왈 명션공쥬라 용두봉골이오 금치화협이라 침어락안지용과 폐월슈화지틱 잇고 총명영오ᄒᆞ야 약는에 자최 잇고 동가에 싁이 잇스니 진짓 경국지싴이오 요죠가인이라. 〈하진양문록〉상권 148~149쪽.

40 공이 분연 대도 왈, "내 엇지 텬뉸즈이 브쭉ᄒᆞ리오마는 실노 냥이 그듸의 쇼싱이믈 짓거 아니ᄒᆞ노라 힝혀 모습을 흘진듸 블힝이 젹지 아니니 죽으나 놀납지 아니리니 임의로 ᄒᆞ라 셕낭의 박듸ᄒᆞ는 거슬 므슨 념치로 후듸ᄒᆞ리오 그듸 언식 능녀ᄒᆞ니 엇지 권치 못ᄒᆞᄂᆞ뇨 현으를 폐륜지인이 되면 나도 보기 슬흐니 그듸 죽이기는 ᄒᆞ려니와 그듸 도부슈 아니니 능히 사름을 손으로 죽이려 ᄒᆞᄂᆞ뇨 ᄉᆞ갈의 모질기와 일희예 스오나오믈 가져시니 당면ᄒᆞ여 말ᄒᆞ기 괴롭고 심해 나는지라 실노 나의 ᄆᆞ음을 어즈러이고 괴독지언을 이곳치 ᄒᆞ다가는 무슨 일을 닉고 긋치리니 잠잠코 이시라." 〈명듀보월빙〉3권 71쪽.

여섯 번째는 '시간' 항목이다. 아침, 저녁, 밤, 새벽 등 하루의 시간과 봄, 여름, 가을, 겨울 등 계절이 포함된다. 고전소설에서는 밤과 새벽, 봄이 여성과 관련하여 유의미한 시간으로 추출되었는데, '자아 각성의 시간, 밤 / 운명과 규율의 시간, 새벽과 아침 / 생명의 만개와 욕망의 체화, 봄' 등이 그것이다. 밤은 임이나 남편이 곁에 없기에 그리움과 걱정에 잠 못 이루는 시간이다.[41] 또 만물이 잠드는 고요한 시간이기에 꿈과 추억과 환영(幻影)을 떠올리는 사색의 시간이며, 모든 감정이 고조되면서 청각이나 촉각 등 감각도 민감해지는 시간이다. 고난을 당하는 여성들이 그런 상황을 원망하는 것이 아니라 하늘의 뜻이라고 여기면서 기꺼이 받아들이고 참아내는 시간이기도 하다. 그렇게 그 밤을 온전히 샌 다음에 다가오는 새벽에는 상황이 나아질 것을 기대하면서 다시금 마음을 다잡거나 절대자에게 빌기도 한다.[42] 계절 중에서는 봄이 여성과 관련하여 자주 배경으로 설정되어 있었다. 봄은 만물이 소생하는 환희와 기쁨, 희망, 축복의 계절이다. 온갖 꽃들이 피어나고 새들이 노래하니 사랑의 감정이 저절

---

41 부인이 츄칠월 긔망을 되호여 노염이 지심호고 태부인의 보쳐믈 넙어 일신이 한가호믈 엇디 못호다가 츠일은 신긔 블안호믈 인호여 위시 브르나 드러가디 못호고 히월누의 고요히 누워 심시 창황호니 아으라히 금국을 향호여 상셔의 몸이 엇디된고 흉장이 믜는 듯호여 흐술 믈도 마시지 아니호고 밤을 당호여 명월은 만방의 붉앗고 만리구젹호니 오직 녀오의 머리를 쓴다듬아 야련을 우러러 비회를 금치 못ᄒ다가 샤창을 의지ᄒ여 조으더니. 〈명주보월빙〉 2권 41쪽.

42 츠언을 듯고 송연호여 답지 아니코 계명의 이러ᄂ 목욕호고 향을 쇼주 부쳐 압히 나아가 비러 왈, "쇼쳡 한련희ᄂ 한가의 젹은 ᄯᆯ이라 셰상 곡경지스 만흐니 쥬으미 올흐되 ᄎ마 거연이 부모를 져바리지 못호여 머리를 싹고 부쳐의 졔직 되기를 원호옵나니 부쳐ᄂ 되즈디비호스 젼후길흉을 가라치소셔" 빌기를 맛고 괘를 연호여 세 번 더져 다 갓트니 그 괘의 갈와스되, '지인이 삭발호면 그 희 부모 동긔게 밋ᄎ리니 남으로 쳔리 밧글 나가면 만스 되길호니 쏄니 가고 더듸지 말나.' 〈창난호연녹〉 1권 86쪽.

로 솟아나는 때이기도 하기에 젊은 남녀 사랑 이야기는 거의 봄날을 주 배경으로 하고 있다.[43] 하지만 봄은 또한 자연의 순환적인 항구성(恒久性)에 대비되는 인간의 유한함과 무상함을 느끼게 하기 때문에 상심(傷心)을 부추기거나, 낙화(洛花)와 같은 여인의 신세의 가련함을 슬퍼하게 하기도 하였다.[44]

일곱 번째는 '물' 항목이다. '고난과 구원의 물 / 생명과 재생의 물' 등의 소표제어가 추출되었다. 물은 여성이 절개를 지키거나 살기 힘들어 자결하려 뛰어드는 곳임과 동시에 그런 여성이 구출되어 새 생명을 얻거나 구원을 받는 곳으로 형상화되어 있었다. 아버지가 스님과 한 약속을 지키기 위해 자신을 희생하는 심청이 빠진 곳이 물이며[45], 여주인공이 위험을 피해 빠지는 곳도 물이다.[46] 하지만 늘 누군

---

43 또 한 곳 바라보니 엇덧한 일 미인이 봄 시 우름 한 가지로 온갖 춘정 못 이기여 두견화 질슨 썩거 머리여도 쇼자보며 함박꼿도 질근 썩거 입으로 함슉 물러보고 옥슈 나삼 반만 것고 청산유슈 말근 물의 손도 싯고 발도 싯고 물 머금어 양슈ᄒ며 조약돌 덥셕 쥐여 버들가지 쇠쇼리을 히롱하니 타기황잉 이 안인야 버들입도 주루룩 훌터 물의 훨〃 씌여 보고 빅셜갓튼 흰 ᄂ비 웅봉 즈졉은 화수 물고 너울너울 춤을 춘다. 〈열녀춘향수절가〉 264쪽.

44 "저는 달 밝은 가을밤과 꽃피는 봄날을 상심으로 헛되이 지내고 뜬구름·흐르는 물과 더불어 쓸쓸히 날을 보냈습니다. 그윽한 골짜기에 외로이 살면서 한평생 저의 박명을 한탄했고 꽃다운 밤을 혼자 보내면서 제 홀로 살아감을 슬퍼했습니다. …(후략)"〈만복사저포기〉13쪽. "然而秋月春花, 傷心虛度, 野雲流水, 無聊送日, 幽居在空谷, 歎平生之薄命, 獨宿度良宵, 傷彩鸞之獨舞. …(후략)"〈만복사저포기〉126쪽.

45 심청이 다시 정신차려 홀 수 업셔 이리나 왼 몸을 잔득 쓰고 초미폭을 무릎시고 충충 거림으로 물너셧다 창히 즁의 몸을 주어, "이고 이고, 아부지 나는 죽소." 빈젼의 흔 발리 짓칫ᄒ며 썩구로 풍덩 ᄲᅦ겨노니, 힝화는 풍낭을 쫏고 명월은 희문의 잠기니 차소위 묘창 히지일속이라. 〈심청전〉 152쪽.

46 계월을 양윤의 등에 업히고 남방을 향하야 가더니 십 리를 다 못 가서 태산이 있거늘, 그 산중에 들어가 의지코자 하야 바삐 가서 돌아보니 도적이 벌써 짓쳐오거늘, 양윤이 아기를 업고 한 손으로 부인의 손을 잡고 진심갈력하야 겨우 삼십 리를 가매, 대강(大江)이 막히거늘, 부인이 망극하야 앙천통곡 왈, "이제 도적이 급하니 차라리 이 강수에 빠져

가에 의해 구출되기에 구원과 재생의 물이라고 할 수 있는데, 이는 물이 원초적으로 지닌 양면성, 즉 죽음 혹은 이별의 이미지와, 생명력 혹은 근원적 에너지의 이미지라는 양면성이, 고난에 내몰린 여성의 이야기에 이르러 재생산되고 현실에서 누릴 수 없는 희망을 형상화한 것으로 볼 수 있다. 물의 이러한 생명력은 선한 여성 인물이 수난을 당해 거의 죽어가는 순간 그녀를 살리는 고마운 물로도 형상화된다.[47] 자연물도 선한 여성을 돕는다고 하여 권선징악적인 주제의식을 구현하고자 한 것이다.

여덟 번째는 '불' 항목, 아홉 번째는 '땅' 항목인데, 여성 의식과 관련하여 의미 있는 표제어를 추출할 수 없었다. 악녀가 징치되는 수단으로 불이 나오는 정도였다.

열 번째는 '해, 달, 별' 항목이다. 해와 달, 별 모두 빼어난 여성의 외모나 성품을 비유할 때에 주로 등장하지만 단순한 비유일 뿐 여성 의식을 추출하기는 어려웠다. 다만, 해의 경우, '만물을 비추는 해와 달, 확산과 포용'이라는 소표제어가 추출되었다. 여성주인공과 교감하여 그녀가 고난을 당하면 빛을 잃는다고 하여[48] 선한 여성을 돋보

죽으리라." 하고 계월을 안고 물에 뛰어들랴 하니 양윤이 통곡하더니 문득 북해상으로서 처량한 제사계를 드리거늘, 〈홍계월전〉 165쪽.

47 유랑 왈 고이ᄒᆞ와 슈일 간 옥즁의 곳과 물이 ᄂᆞ셔 맛시 유명ᄒᆞ오니 일노 츙복ᄒᆞᄂᆞ이다 시고로 향ᄂᆡ 츙텬ᄒᆞ외다 조시 미우를 씽긔여 유랑을 찰시ᄒᆞ니 샹셰 감탄ᄒᆞ여 곳과 물을 보조ᄒᆞ니 유뫼 담안의 조고만 궁글 가ᄅᆞ치거늘 보니 ᄉᆞ오 촌은 흐 궁기 이셔 묽은 물이 어지 아니코 먹어보니 향ᄂᆡ 가득ᄒᆞ고 복즁이 쳥냥ᄒᆞ더라 곳츨 츠ᄌᆞ니 물 속의 한 줄기 곳치 프ᄅᆞ고 년송이 ᄀᆞᆺ고 빅셜 ᄀᆞᆺ튼 곳치 잇거늘 곳츨 먹고 물을 마시니 신션의 령약이라 길인을 위ᄒᆞᆫ 줄 알네라. 〈조씨삼대록〉 28권 54~55쪽.

48 "츈힝아 잘 닛거라. 동츈아 잘 닛거라." 슬프믈 니기지 못ᄒᆞ여 원앙침도 베고 셤셤옥슈로 드는 칼롤 드러 가슴을 질녀 죽으니 문득 틱양이 무광ᄒᆞ고 텬디 혼휴ᄒᆞ며 텬동소리 진동ᄒᆞ거늘 츈힝이 놀ᄂᆞ ᄭᆡ여보니 낭직 ᄀᆞ슴의 칼롤 곳고 누엇는지라. 〈숙영낭자전〉

이게 하는 자연물의 하나로 설정되었다.

4) 사물 범주

첫 번째는 '창(窓)과 문(門)' 항목이다. '신세 한탄의 매개 / 완강한 문과 견고한 벽' 등의 소표제어가 추출되었다. 옛 여성들의 방의 창은 아름다운 비단으로 만든 창이었다. 하지만 그것은 봄날의 화창함이나 가을밤의 처량함을 대하게 하여 신세 한탄이 저절로 나오게 하는 매개물이 되었다. 그 창 너머로 보이는 자연물들이 자신의 상황과 다른 상황을 연출한다면 자신의 삶과 신세에 대한 슬픔이 더 커지고 한탄이 절로 나오게 되었던 것이다. 한편, 집의 가장 안쪽에 거처하는 여성과 외부인의 만남을 가로막는 사물로 '겹겹의 문'이 있었다고 자주 서술되었다. 특히 혼인하기 전의 처녀의 방은 여러 겹의 담을 지나가야 하며 지키는 하인이나 군사가 있었고 자물쇠로 굳게 잠근 문들이 여러 개 있는 경우도 있어 외간 남자가 들어가기는 무척 힘들다. 하지만 몇몇 소설에서는 남성들이 그런 몇 겹의 담을 넘고 문을 지나 갇혀 있다시피 한 여성을 만나러 용감하게 들어간다.[49] 그리하여 그날 만남을 이루는 경우도 있고, 몇 날 며칠을 시도한 끝에 겨우

280쪽.

49 마침 그날 밤 달이 뜨지 않았다. 주생은 몇 겹으로 된 담을 넘어 비로소 선화의 처소에 이르렀는데, 그곳에는 굽이진 기둥과 돌아드는 복도마다 주렴과 장막이 겹겹이 드리워져 있었다. 주생은 한참 동안 주변을 자세히 살펴보았으나 인적이라고는 전혀 없었다. 다만 선화가 촛불을 밝히고 악곡(樂曲)을 타는 것만 보였다. 주생은 기둥 사이에 엎드려 선화가 타는 악곡 소리를 가만히 듣고 있었다. 〈주생전〉 50쪽. 是夜無月, 踰垣數重, 方到仙花之室, 曲楹回廊, 簾幕重重. 良久諦視, 並無人迹, 但見仙花明燭理曲. 生伏在楹間, 廳其所爲. 249쪽.

만나게 되는 경우도 있었다.

두 번째는 '술과 담배' 항목이다. '결연의 매개 / 무정한 삶, 상처를 건너는 법' 등의 소표제어가 추출되었다. 고전소설에서 여성이 술을 마시는 경우는 크게 두 가지이다. 남성과 만나는 자리[50]에서와 여성들 간의 담소 장면[51]에서이다. 전자의 경우는 둘의 만남이 시작되는 경우가 많지만 이별하는 장면에서 슬프게 마시는 경우도 있다. 또한 못된 여성이 남성을 미혹하게 하기 위해 술에 흠뻑 취하게 한다거나 약을 타서 마시게 하는 경우가 있다.[52] 이때에 술은 분위기를

---

50 여인이 말했다. "오늘 일은 아마 우연한 일이 아닐 것이다. 하느님이 도우시고 부처님이 돌보셔서 한분의 고운님을 만나 백년해로를 하기로 했다. 부모님께 알리지 않은 것은 예절에 어긋났다 하겠으나 서로 즐거이 맞이하게 된 것은 또한 기이한 연인이라 하겠다. 너는 집에 가서 앉을 자리와 주과(酒果)를 가져오너라." 시녀는 분부에 따라 돌아갔다. 미구에 뜰에 술자리가 베풀어졌는데, 밤은 이미 4경이 되려고 했다. 〈만복사저포기〉 15쪽. 女曰, "今日之事, 蓋非偶然, 天之所助, 佛之所佑, 逢一粲者, 以爲偕老也. 不告而娶, 雖明敎之法典, 式燕以遨, 亦平生之奇遇也. 可於茅舍, 取衵席酒果來." 侍兒一如其命而往, 設筵於庭, 時將四更也. 126~127쪽.

51 좌우로 ᄒ야곰 옥잔의 향온주를 ᄀ득 브어 먹이시니 셕패 희긔 양〃ᄒ야 바다 ᄉ러 먹거늘 소부인이 쇼왈, "십오 년 디난 하쥬를 뎌리 즐겨 ᄒ시니 모친은 티하 술을 먹이시니 우리는 듕간의 굿기시던 일을 싱각ᄒ야 위로잔을 헌ᄒ리니 셕시 소싱 딜ᄋ 등은 어딘 어미 의탁을 명ᄒ여 주믈 샤례ᄒ고 운경 형뎨는 흔 어미 외롭더니 의모를 어더 든〃ᄒ믈 샤례ᄒ여야 올ᄒ니라." 윤 부인이 낭쇼왈, "져〃의 말ᄉᆷ이 졍합ᄋ의라. 셜리 힝온ᄉ이다." 소시 좌우로 잔을 보내니 윤부인이 짐즛 흔 말 드는 잔을 어더 진쥬ᄌ홍쥬를 ᄀ득 브어 보내여 왈, "셕일 셔모의 애쓰며 무류ᄒ야 ᄒ던 일을 싱각고 금일 즐기시믈 혜아리니 인싀 눈회ᄒ야 비환이 샹반ᄒ니 일두 미쥬로 경ᄉ를 티하ᄒᄂ이다." 〈소현성록〉 5권 77~78쪽.

52 어싀 부명을 듯고 맛ᄎᆷ 몸이 곤븨ᄒ여 갓가온 대를 취ᄒ미 도화뎡의 니르미 강시 깃브믈 니긔지 못ᄒ여 아연흔 우음을 먹고 니러마ᄌ 미힝지 경쳡 표연ᄒ고 퇴되 니슬마즌 곳 ᄀᆺᄐ니 싱이 마ᄋᆷ의 블평ᄒ여 안싴을 졍히 ᄒ고 쥭침의 비겻더니 취우믈 인ᄒ여 일 배 쥬를 더라 ᄒ니 졍히 간계를 맛츤지라 강시 친히 금노의 블을 헷쳐 향온을 더여 안쥬를 ᄀᆺ초와 나아오니 어싀 임의 밤드러 부젼의 림치 못ᄒ고 거리낄 배 업셔 마ᄋᆷ 노코 진음ᄒ니 크게 취흔지라 취후 강잉ᄒ여 강시로 이셩의 친을 일우니 잠들미 혼혼ᄒ여 날이 식되 씰 쥴 모르ᄂ지라 일개 함취 졍당ᄒᆞᄃᆡ 어ᄉ와 강시 업ᄉ니 모다 고이히 너겨

고조시키는 매개체로 작용하는 것이다. 여성들끼리 마시는 경우는 주로 장편가문소설에서 보이는데 한 집안의 여성들이 모여 담소를 나누며 술을 마시는 것으로 되어 있다. 잔치 자리는 아니지만 한가한 때를 타 후원에 모여 담소하는 것인데, 과거사를 회상하기도 하고 마음을 나누기도 하며 장난말을 주고받기도 한다. 그러면서 지금까지 감추어졌던 일이 드러나기도 하고 인물의 성격이 여실하게 표출되기도 한다. 이렇게 고전소설에서 술은 분위기를 만드는 정도의 역할을 했지만, 현대문학으로 오면 여성의 남성 모방이라든지 자아도취, 또는 자기도피와 타락의 표상으로 활용된다.

세 번째는 '음식' 항목이다. '허기와 탐식, 고독한 소통과 내핍의 환기' 등의 소표제어가 추출되었다. 고전소설에서 음식은 만드는 행위보다는 먹는 행위가 중시되었다. 음식을 과도하게 먹는 여성은 부정적으로 평가되었는데[53] 이는 식욕이 성욕이나 욕심과 상통한다고 생각했기 때문인 듯하다. 하지만 당시의 서민들에게는 배불리 먹는 것이 가장 부러운 일이었기에 그녀의 그런 욕망에 은근히 동조하기도 했을 것이다. 한편, 시련을 겪는 착한 여성을 가장 힘들게 하는 것도 음식이다. 부유한 가문에서 나고 자랐음에도 불구하고 거친 음식을 거부하지 않으며 며칠을 굶게 되어도 태연해야 한다.[54] 시녀들

싱을 부르딕 어시 잠 취ᄒ미 아냐 모진 온약이 쟝부의 텬만ᄒ니 혼혼이 누엇더니. 〈조씨삼대록〉 3권 51~53쪽.

53 양식 주고 쩍 사먹기, 베를 주워 돈을 사셔 술사먹기, 졍자밋틔 낫잠자기, 이웃집의 밥부치기, 동인다러 욕셜ᄒ기, 초군덜과 쌈싸오기, 술취ᄒ여 흔밤중의 와 달셕 울럼울기, 빈담빅디 손의 들고 보는디로 담비 청ᄒ기, 총각 유인ᄒ기, 졔반 악증을 다 겸ᄒ여 그러ᄒ되, 심봉사는 여러 히 주린 판이라 그 중의 실낙은 잇셔 아모란 줄을 모르고 가산이 졈졈 퇴픽ᄒ니, 〈심청젼〉 160~162쪽.

이 겨우 건어물이나 미숫가루 등을 구해와 기갈을 면하게 해 주기도
하여 겨우 연명하다가 오해가 풀려 고난 상황에서 벗어나게 되기도
한다.[55]

　네 번째는 '거울' 항목이다. '사랑의 정표'라는 소표제어가 추출되
었다. 사랑하는 남녀가 이별할 때에 정표로 주고받는 물건으로 가장
자주 등장하는 것이 옥반지와 거울, 부채 등이다. 특히 거울은 두 조
각으로 쪼개서 한 조각씩 나누어 가지고 있다가 다시 만날 때에 합해
볼 수 있으므로 분위기를 더욱 극적으로 만든다.[56] 여인의 몸단장을

---

54 구패 쏘혼 황홀혼 ᄉ랑이 비홀 곳이 업ᄉ나 위뉴의 흉심은 처음은 ᄉ랑ᄒᄂ 쳬ᄒ더니
졈졈 슈삭이 되미 작심이 엇디 오리리오 싀호지심으로써 니르딕, "명시 구가를 능멸ᄒ고
블인혼 고모와 동심ᄒ여 조모를 원망혼다"ᄒ여 블측혼 거죄 층츌ᄒ고 됴셕 식반을 업시
ᄒ여 괴이혼 지강과 측혼 믹듁을 주니 명쇼졔 싱어부귀ᄒ고 댱여호치ᄒ여 존당 부뫼 만
금 무이ᄒ여 사름이 ᄌ긔를 향ᄒ여 블평혼 소릭ᄒᄆᆯ 듯지 못ᄒ고 샹시 옥식 진찬을 넘ᄒ
던 바로 지강 믹듁을 쑴이나 보아시리오마ᄂ 셩혼 슈삭의 간고 험난이 이 ᄀᆺ트여 무고혼
호령과 무죄혼 즐쳑이 년면ᄒ니 두리온 ᄆ음이 여림박빙ᄒ딕, 〈명듀보월빙〉

55 운화션이 소져를 가돈 후 ᄒ로 두번 믹듁을 굼그로 드려 보닉니 쇼져ᄂ 먹을 의식
업고 츈픠 녁시 ᄎ마 먹지 못ᄒ여 노줘 아ᄉ를 긔약ᄒ더라. 운화션의 뎨ᄌ 즁 묘혜션은
ᄌ비 현심이 츌뉴ᄒ더니 경푸의 츔형 바듬과 졍쇼져 노줘 긔아ᄒᄆᆯ 불상이 녁여 ᄀ만니
반깅과 건육을 준비ᄒ여 가지고 틈을 탁 셕볙 밧고 니르니 ᄎ시 졍쇼졔 슈계ᄒ여 곡기를
끚쳔 지 오 육일의 슈양산 치미를 혼 고죽 쳥풍이 후셰의 일ᄏᆺᄂ 빅라. 〈완월회밍연〉

56 선화가 눈물을 거두며 사례하며 말했다. "낭군께서 반드시 말씀대로 하신다면 도요
(桃夭)는 참으로 기쁜 것입니다. 비록 부녀자로서의 덕은 부족하지만 채번기기(采蘩祁
祁)하여 정성껏 제사를 받들어 모시겠습니다." 선화는 향기로운 상자 속에서 조그만 화장
거울을 꺼내어 두 조각으로 나누더니, 한 조각은 자신이 간직하고 한 조각은 주생에게
주면서 말했다. "동방화촉(洞房華燭)할 때까지 가지고 있다가 그때 다시 합치는 것이
좋겠습니다." 선화는 또 부채를 주생에게 주면서 말했다. "이 두 물건은 비록 작은 것이지
만 간절한 제 심정을 잘 드러내고 있습니다. 바라건대, 난새를 탄 것처럼 행복한 저를
생각하시어 가을바람을 원망하지 않도록 해주십시오. 또 제가 비록 항아(姮娥)의 그림자
를 잃더라도 반드시 밝은 달과 광채를 어여삐 여기셔야만 합니다." 〈주생전〉 54쪽. 仙花
收淚謝曰: "必如郎言, 桃夭灼灼, 縱乏宜家之德, 采蘩祁祁, 庶盡奉祭之誠," 自出香匲
中小粧鏡, 分爲二段, 一以自藏, 一以授生曰: "留待洞房花燭之夜, 再合可也." 又以紈
扇授生曰: "二物雖微, 足表心曲. 幸念乘鸞之妾, 莫貽秋風之怨. 縱失姮娥之影, 須憐

돕는 도구이므로 늘 곁에 두었던 물건을 신물(信物)로 삼는다는 의미도 담고 있는 것으로 보인다.

다섯 번째는 '옷, 화장, 장신구' 항목이다. '남자를 가두는 마모의 치마 / 육체의 구속, 여성적인 혹은 억압적인' 등의 소표제어가 추출되었다. 옷에 관해서는 의외로 그다지 특별한 경우가 없었다. 녹의홍상(綠衣紅裳)을 입었다거나 예쁘게 단장했다고 묘사하는 정도이다. 하지만 이런 여성의 옷을 입고 있으면 여성의 몸은 자유롭지 못하기에 여성으로서의 삶에서 벗어나고 싶은 여성주인공들은 종종 남장(男裝)을 하고 산다. 이를 남성 중심적인 권위에 대한 비판 의식과 여성의 자아실현에의 소망이 담겨 있다고 해석하기도 하지만, 실은 가부장제 이데올로기가 양산해 내는 남성과 여성의 전형적인 양상을 드러낼 뿐이라고 해석하기도 한다. 여성의 남장이 나서부터 죽을 때까지 지속적으로 이루어지며 성정체성도 거의 남성인 여주인공이 등장하는 경우도 있었다.[57] 한편, 19세기 초반의 한문소설 〈삼한습유〉에서는 열녀 향랑을 환생시키는 과정에서 인간의 군대와 마모(魔母)의 군대가 한바탕 전쟁을 치를 때에 마모의 커다란 붉은 치마가 천만 군사들을 가두는 장면이 나온다. 항우 장군 등을 가둔 채 마모는 화

明月之輝." 251쪽.

57 긔상이 쥰슈ᄒ야 규리 옥녀의 거동이 업고 신장이 날노 늠늠ᄒ야 빅년 갓튼 안식과 츄쳔 갓튼 기운이며 진쥬갓튼 안광이며 비아흐로 말을 일으미 글ᄌ를 가라친이 ᄒ아흘 드러 열을 통ᄒ고 열을 드르면 쳔을 씌친이 부모 이즁ᄒ야 아달 읍스믈 흔치 아니ᄒ고 홍금치의(紅錦彩衣)로 입피되 문빅 쇼졔 쳔셩이 쇼탈ᄒ고 금소ᄒ야 취삼으로 쳬긴 옷슬 입고즈 ᄒ난지라 방공 늬외 여아의 뜻슬 맛쵸아 쇼원되로 남복을 지여 입피고 아직 어린 고로 여공(女工)을 가라치지 안코 오직 시셔를 가라친이, 방 쇼졔 나히 어리나 셔공이 날노 장진ᄒ야 시셔빅가어를 무불통지ᄒ야 니두를 모시ᄒ니 용안풍치 더옥 쇄락ᄒ야 츄월이 무광ᄒ고 츈화 붓그럴지라. 〈방한림전〉 91~93쪽.

통하게 남자들을 비웃는데, 이렇게 치마에 갇혀 얼굴만 내놓은 남성 병사들의 모습을 '벌집에 갇혀 있는 애벌레' 같다고 묘사하고 있다.[58] 여기서 치마는 여성의 권능을 상징하는 것으로 볼 수 있다.

여섯 번째는 '책' 항목이다. '여성교양과 지식의 근원 / 여성의 품행을 규제하는 책' 등의 소표제어가 추출되었다. 조선시대 사대부가의 여성들은 〈소학〉, 〈예기〉, 역사서, 옛 문인들의 시집 등을 읽으면서 예법을 익히고 교양을 쌓았다. 소설에서도 여성은 여가가 날 때마다 옛 책들을 읽거나 시를 짓는 일로 소일한다.[59] 어떤 여성은 개인 서재(書齋)가 있을 정도로 책을 많이 읽었다고 되어 있으며, 수십 간이나 되는 방에 정묘하고 특별한 수만 권의 서책이 있다고도 하였다.[60] 여성의 품행을 규제하기 위해 읽혔던 대표적인 책으로 〈내훈(內

---

58 마왕이 크게 패하여 여러 장군들을 이끌고 달아나는데 병졸들도 황급하여 어떻게 해야 할 바를 몰랐다. 갑자기 무엇인가를 가르는 듯한 한 소리가 나는데 소리가 마치 비단을 찢는 듯했다. 마모가 여섯 폭 붉은 비단치마를 가지고 뒤를 향해 던지니 마치 하늘이 무너지고 땅이 꺼지는 듯하였다. 필경 천만의 장군과 군사들을 한 군데에 싸 두려는 의도였으니, 항왕을 비롯하여 그곳을 빠져 나온 이는 수백 명이 채 못 되었다. …(중략) … 돌아다보니 한 폭의 붉은 치마가 그 크기는 그보다 더 큰 것이 없겠는데, 여러 사람의 등을 착 평평하게 덮고 있었다. 그 단단하게 잡아매는 것은 마치 옷깃 자락을 묶어 놓은 듯했는데, 땅에 착 달라붙어서 조금도 틈이 없으니 몸을 움직일 수조차 없었다. 다만 얼굴 하나만을 내놓으니 껌벅이는 두 눈동자가 천 만이나 되었다. 그 밀집해 있는 모습은 마치 벌집에 모여 있는 애벌레들 같았다. 〈삼한습유〉 289~290쪽.

59 이씨는 경히 모춘이라. 동산의 빅화 만발ᄒ야 그 풍경이 가이 구경ᄒ염즉ᄒ지라. 한 님이 쳔ᄌ를 뫼셔 셔원의셔 잔치를 빅셜ᄒ미 밋쳐 도라오지 못ᄒ엿더니, 이쩌 사부인이 홀로 셔안을 의지ᄒ야 고셔를 녈남ᄒ더니, 〈사씨남정기〉 26쪽.

60 션덕누 방[을] 여러주니 싱이 드러가 보매 수십 간 텽듕의 산호 뉴리 옥셔안과 칙거리를 노코 각식 셔칙을 ᄎ례로 빠하 일홈 모를 거시 쉬 업고 정묘ᄒ며 긔특ᄒᄒ야 수만 권 셔칙이 다 박은 거시 아냐 다 소부인의 친히 뻐 장칙ᄒ 거시라 공녁이 ᄒ대ᄒ고 긔이ᄒ며 거룩ᄒ미 승샹의 장셔각도곤 더ᄒ니 가히 녀듕혹ᄉ라 싱이 칭찬ᄒ믈 마디 아니ᄒ고 북녁히 틔모로 민든 궤 수십이 노혀시니 열고 보니 온갓 녜 명홰 쉬 업고 우히 ᄒ 궤예 무수ᄒ 그림이 다 부인의 만물을 그려 녀흔 거시라, 〈소현성록〉 12권 102쪽.

訓)〉, 〈열녀전(烈女傳)〉, 〈열녀전(列女傳)〉, 〈계녀서(戒女書)〉 등이 있다. 이들에는 부모를 섬기는 도리, 남편을 섬기는 도리, 시부모를 섬기는 도리, 자식을 가르치는 도리, 투기하지 말아야 하는 도리, 말씀을 조심하는 도리 등에 대한 설명과 훈계가 들어 있다. 시집가는 딸, 귀양 가는 딸에게도 이런 책들을 주어 항상 읽으면서 행실을 가다듬게 했다.[61] 한편, 여성이 남장을 하고 전쟁터에 나가 활약하는 여성영웅소설에서 여성 주인공은 도사에게 병법과 검술 등을 배운다.[62] 이것이 익숙해지면 조화술 같은 신통력도 수련하여 누구보다도 뛰어난 능력을 보이게 된다. 남장한 여성이 장수가 되기 위해 보아야 하는 것도 책이었다.

일곱 번째는 '돈' 항목으로, '치산의 결과물'이라는 소표제어가 추출되었다. 양반 여성들은 대부분 직접 노동을 하지는 않았지만 조선 후기에 이르러 몰락하는 양반이 많아지면서 아내가 집안 경제를 도맡는 경우가 생겼다. 또한 남편이 방에 앉아 책만 본다든지 하여 식구들이 굶는 지경에 이르는 경우도 있었는데, 그런 상황에서 아내는

---

61 추시 승상이 계전에 빈회ᄒ며 리친지회를 억졔치 못ᄒ야 정히 초창ᄒ더니, 바람결에 글 쇼릭 들리거ᄂᆯ, 승상이 경혹ᄒ야 혜오딕, '글 쇼릭 승도의 유ᄂᆫ 아니니, 엇지 흔 소롬이 이 심산벽쳐에 공부를 ᄒ리오.' ᄒ고 글 쇼릭 나ᄂᆫ 곳을 향ᄒ야 가며 드ᄅ니, 별당에셔 낭낭흔 쇼릭 들니거ᄂᆯ 창 틈으로 춫츳 여허보니, 촉하에 일위 미인이 녈녀젼을 보고 뒤에 녀동이 시립ᄒ엿스며 두 낫 아히 나금에 싸혀 즈거ᄂᆯ, 심중에 의아ᄒ며 ᄌ세 살펴보니, 그 녀즈의 빅틱만렴이 스벽에 됴료ᄒ야 만고졀렴이라. 〈옥난빙〉 184쪽.
62 용병지계와 각종 술법을 다 가르치니 검술과 지략이 당세에 당할 이 없을지라. 계월의 이름을 곧 차 평국이라, 세월이 여류하여 두 아희 나이 십삼 세에 당하였는지라. 도사 두 아희를 불러 왈, "용병지계는 다 배웠으니 풍운조화지술을 배우라."라고 하고 책 한 권을 주거늘, 보니 이는 전후에 없는 술법이라. 평국과 보국이 주야불철하고 배우는데, 평국은 삼 삭 안에 배워내고 보국은 일년을 배워도 통치 못하니 도사 왈, "평국 재주는 당세에 제일이라." 하더라. 〈홍계월전〉 175쪽.

무능한 남편을 대신해서 돈을 벌었다. 부잣집 외아들이었던 남편이 부모가 돌아간 후 주색잡기로 방탕하게 지내며 재물을 탕진하자, 아내에게 집안의 모든 일을 맡겨 살림이 넉넉해진다. 하지만 정신을 못 차리고 평양에 가 기생에게 전 재산을 날리고 거지신세가 된 남편을 아내가 구해오는 경우도 있었다.[63]

3. 고전소설 속 여성문화와 사유의 특성

앞에서 살펴본 고전소설 속 여성문화와 사유가 어떤 특성을 지니는지 정리해보자. 각 범주, 소항목, 소표제어마다 개별성이 있어 한두 마디로 요약하여 말하기 어렵기는 하지만 대체적인 경향이라도 짚어보아야 할 듯하다. 각 범주의 특성을 정리하자면, 인간·관계 범주는 '정감 있지만 여성 희생을 요구하는 가족관계', 공간 범주는 '여성 억압과 교육의 이중적 공간', 자연물 범주는 '여성에 대한 비유와 하늘 뜻의 시현', 사물 범주는 '여성 성장과 위안, 능력 표출의 매개' 정도로 말할 수 있다.

---

63 츈풍 안히 그동 보쇼. 우스면셔 슈기 바다 함농 쇽의 넌짓 넛코 이날부텀 치산할 졔, 침즈·길삼 다 ㅎ기다. 오 푼 밧고 시버션 짓기, 흔 돈 밧고 쓰기 버션, 두 돈 밧고 흔삼 ㅎ기, 스 돈 밧고 흔옷 깃기, 네 돈 밧고 챵옷 지여, 닷 돈 밧고 도포 ㅎ기, 엿 돈 밧고 철늄 ㅎ기, 일곱 돈 밧고 금침 ㅎ기, 한 양 밧고 볼긔 누비기, 양반 밧고 철늄 ㅎ기, 두 양 밧고 겹옷 누비기, 승 양 밧고 관듸 ㅎ기, 봄이면 삼베 ㄴ코, 하졀이면 모시 누비, 츄졀이면 염싁ㅎ기, 동졀이면 무명 ㄴ코, 일령졀령 사시졀 밤낫 읍시 힘쎠 ㅎ니, 사오 연 닉의 의식이 풍죡ㅎ고 가셰가 눈여ㅎ여, 츈풍이 안히 덕으로 관망의복 칠례ㅎ고 고양 진미의 츙복ㅎ고, 〈이츈풍젼〉 332~333쪽.

인간·관계 범주에서는 여성에게 은근한 희생을 요구하고 있음이 드러났다. 어머니는 자애와 희생을 보여주어야 했으며, 아버지가 부재한 상황에서는 아버지의 역할까지 수행해야 했고 이를 효과적으로 해내기 위해 남성보다 더 엄격한 모습을 보이기도 했다. 딸이나 아들의 성품이나 행실이 나쁘면 어머니를 닮아서 그렇다고 덮어씌우기도 했다. 반면 아버지는 애정과 부성을 발현하면서 특히 딸을 애지중지하며 교육하는 지지자의 모습을 보이는 경우가 많았다. 장편가문소설의 경우에 두드러지는 특징이기는 했지만 의외의 결과였다. 현대문학으로 오면 여성들이 희생의 모성성을 거부하거나 부정하기도 하고 아버지를 증오하거나 무능력함을 연민하기도 하는데 이에 비하면, 바람직한 부모상이 강조되었다고 하겠다.

아내와 남편의 관계에 있어서도 아내에게는 인내가 강요되었고 투기가 금지되었으며 여성들은 이를 지키기 위해 자존심에 상처를 받으면서도 참아내는 외로운 투쟁을 하였다. 그런 아내와는 달리 남편 중에는 미색에만 탐닉하거나 집안의 이방인처럼 행동하는 등 자기중심적인 남성들이 많았다. 하지만 대체적으로는 서로 아끼고 존중하는 가족 관계를 지향했으며 '가족, 가문'이라는 공동체의 구성원으로서 화목하기를 희망했음을 알 수 있었다. 그러면서 여성의 친구 관계는 거의 맺어지지 않았으며 이웃에게도 그다지 큰 관심을 보이지 않았다. 이후 현대문학에서는 가족이 낙원임과 동시에 굴레나 족쇄이고 친밀한 듯하지만 서로 이방인인 듯한 느낌이 간파되며, 여성들 사이의 친구란 조언자이지만 경쟁과 선망의 대상임도 부각된다.

공간 범주에서는 여성을 가두고 억압하는 집, 방이라는 공간이 두드러졌지만 그곳이 또한 여성을 교육하고 쉬게 하기도 하는 이중적 공간이었음이 드러났다. 여성들에게 독립적인 공간이 제공되기는 했지만 남성이나 외부인들의 출입이 부자유한 막힌 공간으로서의 집, 모함 당해 징벌받고 고난당하는 감옥까지 있는 집으로 존재했다. 그나마 중당이라는 곳에서는 소통이 가능했지만 여성에게는 막히고 답답한 방의 의미가 컸고, 방은 임이나 남편이 함께 있지 않기에 그리움만 깊어가게 한 소외의 공간으로 자리했다. 하지만 옛 기억을 환기시켜 정서가 충만하게 하거나 여성들끼리 담소하며 즐거운 시간을 보낼 수 있게 하는 마당이나 늘 그리운 친정집 등은 마음의 안식처로 자리하고 있었다. 현대문학에서는 새장, 늪처럼 답답한 집에서부터 감옥 같은 부엌과 가출 환상을 자아내는 마당 등 부정적인 면의 가정 내 공간이 부각되기도 하였지만, 몸과 마음이 깨어나 성장하게 하는 나만의 방이나 자족하게 하는 부엌 등 긍정적인 면도 보여준다. 또 근대 이후에 세워진 학교는 여성들 간의 위계를 형성하여 소외감을 느끼게 하고, 발전된 도시인 서울은 폐허와 폭력, 열병의 공간이면서 고독하게 하는 그늘의 공간이며, 백화점은 노동과 소외와 함께 감시와 은닉의 타자 공간으로 나타나게 된다는 점에서 여성들에게 매우 중요하게 인식되고 영향력도 큰 새로운 공간들임을 알 수 있게 한다.

자연 범주에서는 자연물이 여성의 성격이나 외모를 비유하는 데에 종종 동원되었던 점을 확인했으며, 선한 여성을 돕는 하늘의 대리자로서 기능했음을 알 수 있었다. 또한 꽃이나 새 등은 여성의 외로움과 무상감을 고조시키거나 그리움이 커지게 하는 매개가 되었다. 나무, 사슴, 거북, 새 등은 고난에 처한 여성을 돕는 신령함을 보여주었으며 새벽과 밤 시간은 여성이 절대자에게 구원의 기도를 올리는 운명과 각성의 때였다. 현대문학에서 물고기가 자유로운 유영(遊泳)

을 한다는 면에서 여성에게 치유와 포용의 느낌을 준다거나 지느러미가 왜곡된 관능을 표현하기도 하고, 벌레들이 열등한 자아를 보여주거나 환멸과 권태의 현실을 환기하는 등 좀 더 다양하고 섬세한 비유와 상징이 활용되는 것보다는 단순했다. 또 고전소설에서 불, 땅, 산, 해와 별 등 큰 범주의 자연물이나 천체에 대한 관심과 표현은 서사의 배경 정도로 등장하거나 보편적인 상징만 보여주어서 특별한 여성의식을 추출할 수 없었다. 다만 물은 고난을 강조하는 역할을 하지만 재생하거나 구원을 얻어 여성이 새로운 삶을 살 수 있게 하는 생명수였다는 점에서 중요하다.

사물 범주에서는 술과 담배, 음식 등이 여성의 고독함과 무정한 삶을 위로하고 소통하고 결연하게 하는 매개임이 드러났다. 고전소설에서는 소박한 의미의 위안을 주고 분위기를 고조하는 선에서 그쳤지만, 현대로 오면 여성은 자신의 고독을 허기로 표현함과 동시에 이를 채우기 위해 탐식과 육식을 하거나 마음의 상처가 거식증을 불러일으키는 등 극단화된다. 술도 남성을 향한 거부 혹은 모방의 일환으로 마시면서 자기도피를 하거나 타락해 가는 부정적 삶의 표징으로 등장하게 된다. 한편, 고전소설에서 창문은 자신의 신세를 한탄하게 하면서도 외부와의 소통을 생각할 수 있게 하는 사물이었고, 문과 벽은 그 견고함 때문에 여성을 외부와 더욱 단절시키는 사물이었다. 옷과 장신구 등은 여성의 필수적인 용품이었음에도 불구하고 고전에서는 당연한 치장 정도나 예쁜 외모의 한 부분으로 묘사되었기에 특별한 소표제어를 추출하기 어려웠다. 소박하고 자연스러운 미를 존중했기 때문이었던 듯도 하다. 하지만 일부 소설에서 여성으로서의 육체의 구속을 심화하거나 벗어나게 하는 역할을 한 점, 마모(魔母)

의 큰 치마가 남성들을 가두어 꼼짝 못 하게 하는 권능을 가졌다고 한 점 등은 눈에 띄었다. 또 책은 여성들의 교양과 지식의 근원이 되어 성장하는 계기를 마련했지만 열녀전이나 규훈서 등이 강조되면서 여성의 품행을 규제하는 도구로 쓰였음이 드러났다. 고전소설에서는 교육과 성장의 매개로서의 의미가 컸지만, 현대문학에서는 글자를 향한 욕망을 성취하면서 위로받는다든지 관념적으로나마 지식층에 대한 동경을 해소하거나 자기를 증명하는 도구로 독서와 저작을 하는 등 여성 개인의 미묘한 심리를 잘 대변하는 매개로 활용된다.

※ 이상에서 살핀 여성문화와 사유에 관한 주제어 연구는 고전소설 분야의 경우 모티프 연구나 중심 관계 연구, 중요 소재 연구 등과 비슷한 면이 있지만, 이 사전에서 추구하는 바와 같이 많은 주제어들을 일목요연하게 추출해 내고 그에 해당하는 작품의 실제를 용례로 보여주는 총체적인 연구는 없었다. 따라서 한국 문학의 여성 주제어에 관한 통시적인 맥락과 지속·변모 양상을 보여준다는 면에서 그 의의가 인정된다. 특히 기존의 주제어 연구가 남성 학자들에 의한, 남성 중심적인 시각을 반영했거나 중성적인 시각을 견지했던 것에 비하여 이 연구는 여성 중심적인 시각으로 한국어문학을 분석하고 독해했다는 면에서도 의의가 있다.

여성의 삶과 욕망 표출로서의
고전소설

1. 여성의 삶과 욕망 표출로서의 국문장편 고전소설 읽기

이 글에서는 국문장편 고전소설에서 여성보조인물의 역할 변화의 추이와 그 의미를 탐구하면서 이것이 여성 독자층의 삶과 의식을 반영하는 점과 소설 장편화 전략과 관련되어 있는 점을 함께 검토하였다. 조선 후기의 장편고전소설은 주된 독자층이 사대부 여성이었고 몇몇 작품은 작가도 사대부 여성들이었으리라 추정되고 있는 작품군이기에 여성주의적 시각으로 연구하는 흐름이 지속적으로 있어 왔다. 이들 소설에서 드러나는 여성소설적 성격을 탐구하거나, 작중 여성 인물 특히 어머니로서의 형상화에 대해 탐구했으며, 부부간의 관계양상이나 아내·딸 형상화에 대해 탐구하기도 하였다.[1] 그러나 지

---

[1] 여성 인물의 형상을 여성 중심적 시각에서 다시 보거나 여성 주인공의 자아실현 및 정체성 탐구에 대해 평가를 내린다든지, 여성을 소설의 주된 독자나 작자로 보고 여성

금까지의 연구는 주로 아내나 어머니로서의 형상화 방식과 그 의미 탐구에 초점이 놓여 있어 다소 편향된 여성 인식을 드러내었으며, 소설의 주인공에 초점을 맞추었던 한계가 있었다. 하지만 국문장편 고전소설의 경우, 부수적인 인물이라 할 수 있는 여성보조인물들이 작품의 서사에 재미를 불어넣어주고 길이를 확장시키는 장편화의 기제로도 활용되는 등 중요한 역할을 하기에 이에 대해 고찰한 것이다.

국문장편 고전소설은 서사의 진행이 주인공 가문의 일원을 중심으로 하고 그 외의 인물들은 이들을 보조하는 역할을 한다. 특히 선한 주인공이 고난을 당하거나 악한 주인공이 주변 인물들을 동원해 악행을 저지를 때에 그들을 돕는 인물들은 조력자의 역할을 하면서 주인공을 보조한다. 그래서 이 글에서는 이들을 '보조인물'이라 칭한다. 다시 말해 부수적 인물 중에서 보조적 인물 즉 조력자만을 지칭하는 것이기에, 부수적 인물 중에서 단독으로 사건에 관여하는 이들은 제외한다. 주로 주인공들을 돕는 술사(術士), 여승, 유모(乳母), 시비(侍婢), 상궁 등이 해당된다. 이들은 서사의 폭을 확장시키고 현실성을 강화하는가 하면 읽는 재미를 배가시키기도 하기에 그 구체적인 양상과 의의를 탐색해 볼 필요가 있다. 이들 여성보조인물들은 서사 전개에도 기여하는 것으로 보이기 때문이다.

기존의 연구들은 주로 주인공을 중심으로 하여 그들의 부부관계, 부자관계, 형제관계 등을 살폈으며, 간혹 보조인물을 고찰한 연구도

심리와 여성적 글쓰기 양상을 고찰하는 연구 등이 다양한 작품을 대상으로 하여 심도 있게 이루어지고 있다. 이러한 흐름 속에서 필자는 최근에 조선 후기 사대부 여성의 가족 내 위상, 당대인들이 여성에게 요구한 이상적인 인물상과 가치관, 삶의 방식, 여성 향유층의 심리와 욕구를 추출하고, 여성들의 자기표현 방식 등에 대해서도 연구하였다.

있기는 했지만 〈임화정연〉, 〈도앵행〉, 〈조씨삼대록〉 등 한정된 작품을 분석한 결과이기 때문에 부족한 면이 있었다.[2] 이에 필자는 장편 고전소설 유형군 내에서도 어떤 시기를 대표하거나 소설사를 대표할 만한 작품들, 즉 17~18세기에 향유된 삼대록계 장편소설 〈소현성록〉·〈소씨삼대록〉연작, 〈유효공선행록〉·〈유씨삼대록〉연작, 〈현몽쌍룡기〉·〈조씨삼대록〉연작, 〈성현공숙렬기〉·〈임씨삼대록〉연작의 후편(後篇)들[3]을 함께 고찰하고자 한다. 이들을 대상으로 하여 '여성보조인물'의 형상화 양상을 살피고[4] 다른 인물과의 관계 안에서의 역할과 서사적 기능을 세밀하게 분석함과 동시에 여성 독자층의 현실과 욕망을 담아냈음을 고찰하려는 것이다.

---

2 한길연, 「대하소설의 능동적 보조인물 연구 – 〈임화정연〉, 〈화정선행록〉, 〈현씨양웅 쌍린기〉를 중심으로」, 서울대 석사학위논문, 1997, 1~93쪽. ; 한길연, 「〈도앵행〉의 재치 있는 시비군 연구」, 『한국고전여성문학연구』 13, 2006, 349~382쪽. ; 정선희, 「〈조씨삼 대록〉의 보조인물의 양상과 서사적 효과」, 『국어국문학』 158, 2011, 245~274쪽.

3 이들 삼대록계 장편소설들은 전편(前篇)과 후편(後篇)이 있는 연작형이기도 한데, 전 편은 주로 개인에 의한 가문 완성의 기반을 마련하는 과정을 보여주고, 후편은 이미 마련 된 기반 위에서 자손들이 가문의 번영과 창달을 이루어가는 과정을 보여준다. 따라서 이 글의 관심인 여성보조인물들은 후편에 주로 등장하며 인물의 수나 역할도 많아지기에 후편들을 위주로 논의하기로 한다.

4 선한 보조인물과 악한 보조인물로 나누어 살핀다. 이렇게 분류하는 것이 다소 범박해 보일 수 있지만, 여러 작품의 실상을 효과적으로 논할 수 있는 장점이 있다. 기존 논의에 서 보조인물을 연구하면서 '능동적', '재치 있는'이라는 수식어를 붙인 경우가 있었는데 이 글에서 다루는 보조인물들은 거의 능동적이고 재치 있는 인물들이다. 이런 자질은 모두 있지만 선한 성품인 경우와 악한 성품인 경우로 나누는 것이다. 선한 주인공의 시비 라고 해서 모두 선한 것이 아니고 악한 시비도 있어 주인공의 성품과 보조인물의 성품이 꼭 일치하지는 않으므로 둘의 선악이 동일하지 않다.

2. 여성보조인물을 통해 본 여성 서사의 양상

1) 선한 보조인물 – 교육, 계시, 공적 절차, 기지로 위기 모면

① 여성보조인물 중 상궁이나 유모 중에서 여주인공들을 교육하거나 조언을 해주는 역할을 하는 인물들이 있다. 선한 주인공 곁에서 조언을 하고 하늘의 뜻을 미리 받아 알려주는 경우가 많지만, 〈소씨삼대록〉에서는 부정적 성품의 주인공 명현 공주를 보조하는 한 상궁이 그런 인물이다. 공주를 가르치다가 그녀가 소씨 가문으로 출가할 때에 함께 온 사람으로, 공주를 대변하여 소씨 가족들에게 양해를 구하기도 하고 사과를 하기도 한다. 공주에게 예의를 말하고 바른 행실을 가르쳐 주지만 공주는 귀담아 듣지 않고 오히려 미워한다. 이에 한 상궁은 공주가 자신의 충언(忠言)을 듣지 않고 간사한 이를 믿으니 망할 것 같다면서 곁을 떠난다. 공주를 걱정하면서도 물러나는 것인데, 떠나기 직전까지도 부마 운성에게 공주를 용서하고 아량을 베풀어 달라고 호소한다. 그 읍소함을 들은 운성이 감동하여 그녀의 인물됨과 충성을 칭찬하는 절구(絶句) 50수를 지어주었을 정도로 공감을 불러일으킨다. 공주에 관계되는 것이라면 얼음장 같던 운성의 차가움까지 녹인 것이다. 그녀가 떠난 뒤 공주는 더 큰 계교를 내어 여러 가지 악행을 하다가 벌을 받는데, 당황하여 어찌할 바를 모르던 공주는 다시 한 상궁을 찾는다. 자기를 구해 줄 사람은 그녀밖에 없음을 안 것이다. 결국 한 상궁이 공주 대신 소 승상에게 용서를 구하는 편지를 써주어 겨우 용서를 받는다. 그러니 상궁은 공주의 조언자이자 스승의 역할까지 했다고 볼 수 있다. 〈소씨삼대록〉의 한 상궁이나 〈임씨삼대록〉의 옥선 군주의 보모 계 씨와 순 씨처럼 악한

여성의 유모나 보필 상궁이 그 주인과는 달리 지혜롭거나 선량할 경우가 있지만, 공주나 군주에게 직언을 하다가도 그 뜻에 맞출 수 없음을 알고 물러나기에[5] 그녀들의 악행을 바로잡기는 어렵다.

〈임씨삼대록〉에서 여주인공에게 조언을 해주고 충직함과 법도를 보여주는 보조인물로는 임창흥의 아내인 설성염의 시녀 쌍앵과 유모 영파랑 등을 들 수 있다. 쌍앵은 성격이 강직하고 충성스런 마음이 커서 열사(烈士)와 같은 풍모가 있다고 되어 있다. 영파랑도 충성스럽고 부지런하며 유식하고 지혜롭고 법도가 있다고 되어 있다.[6] 시녀와 유모에 대해 충성스럽고 지혜롭다는 말과 함께 신선 같은 풍모가 있다고까지 서술하는 점은 독특하다. 이 같은 칭탄은 그 주인인 설소저의 인품이 뛰어남을 기리기 위한 방편이기도 하지만, 극찬임에는 틀림이 없다. 설 소저는 나중에 화앵, 계앵, 녹란, 벽란 등 5명의 시비와 함께 1년여에 걸쳐 도술과 의술을 배우고[7], 옥선과 옥경 군주, 한왕 등이 일으킨 전쟁에 맞서 명나라 진영의 임창흥 등과 함께 싸워 승리로 이끄는 주역이 되기도 한다. 이렇게 주인과 시비가 함께 수련을 하고 시비들이 먼저 전장에 나가 승리를 거두는 등의 활약을 하는

---

5 군주는 항상 직언을 싫어하고 멀리하여 점점 악한 마음을 기르더니 차마 사람으로서는 못할 노릇을 하곤 하였다. …(중략)… 보모 계 씨는 그 뜻에 맞출 수 없음을 알고 스스로 병을 칭하며 멀리 피하였고 유모 순 씨 또한 나이가 많음을 들어 한단으로 돌아갔다. 〈임씨삼대록〉 6권 71쪽.

6 이 유모는 태사가 특별히 그 사람됨이 충성스럽고 부지런한 것을 보고 가려 뽑아 소저를 맡겨 기르게 한 사람으로 유식하고 지혜로우며 몸가짐과 언행을 삼가는 데에 법도가 있어 영파랑이라 불렀다. …(중략)… 쌍앵 또한 분별력과 이해력이 있고 지혜로운 까닭에 물러앉았고, …(중략)… 소저의 젖아우인 계앵은 또래들 가운데에서도 유독 신선같이 시원스런 풍모가 있었는데… 〈임씨삼대록〉 1권 40~42쪽.

7 〈임씨삼대록〉 22권 24쪽.

모습[8]도 보기 드문 예이다.[9]

〈조씨삼대록〉에서는 여승 수정이 그런 인물인데, 유현의 아내 정 씨가 강 씨의 모해를 받아 곤경에 처해 투강(投江)하려는 것을 계시 받아 그녀를 구한다.[10] 꿈에 정 씨의 전생과 사연, 앞으로의 일에 대해 먼저 듣고 나서 그곳에 간 것이다. 수정은 또 유현의 다른 아내가 될 경소저가 산구덩이에 묻혀 있던 것도 구해서 정 씨 곁으로 데려와 함께 있게 하는데, 이때에도 경소저의 전생과 앞일에 대해 꿈을 통해 관음보살에게서 먼저 듣고 난 후[11] 그렇게 한 것이었다. 이처럼 선한 여성보조인물들은 주인공을 가르치거나 조언을 해주고, 때로는 미래를 예측하는 계시를 받아 그녀들을 구해내는 역할을 한다.

② 선한 보조인물들은 자신의 주인이 곤경에 빠져 있을 때에 등문

---

8 화앵, 계앵이 자금봉시(紫金鳳翅) 투구를 쓰고 홍금갑(紅金甲)을 입고 천리마를 타고 나오니 적군의 병사들이 그 수려한 얼굴과 풍채를 보고 칭찬하였다. 한나라 진영에서도 징과 북이 일제히 울리며 진문이 열리는 가운데 깃발이 하늘을 가렸다. 녹란, 벽완 두 사람이 머리에 금화관(金花冠)을 쓰고 몸에 우의(雨衣)를 입고 허리에 기린대(麒麟帶)를 두르고 오색 강궁(强弓)을 비스듬히 차고 도화마(桃花馬)를 타고 죽절편(竹節鞭)을 들고 내달아 이리저리 말을 타고 달리면서 외쳐 말하였다. "좀스런 사내들은 빨리 나아와 녹운사, 벽운사의 높은 재주를 대적하라." 명나라 진영에서 화앵, 계앵 두 사람이 내달아 나와 말을 하지 않고 네 사람이 어우러지니 교전한 지 50여 합에 다만 보이는 것은 흰 칼날과 긴 창대가 서로 부딪치며 광풍이 크게 일어나는 가운데 배꽃이 어지럽게 흩날리듯이 눈발이 휘몰아치며 가을서리가 세차게 내리는 듯이 검법이 삼엄하여 하늘을 침노하는 모습이었다. 간간히 신 같은 위력을 일으켜서 혹 나는 듯도 하고 뛰는 듯도 하니 양 진영의 장수와 졸병이 바라보고 칭찬하기를 마지않았다.〈임씨삼대록〉 23권 21~23쪽.
9 이 글에서 다루는 작품 중에서는 특이하게도 〈임씨삼대록〉에서만 선한 보조인물이 도술을 배우고 참전한다. 보통은 악한 보조인물이 도술을 사용하며, 이 글의 대상이 아닌 〈임화정연〉, 〈화정선행록〉 등에서는 선한 보조인물이 도술을 익혀 주인공을 돕는다.
10 〈조씨삼대록〉 7권 112~114쪽.
11 〈조씨삼대록〉 12권 55~56쪽.

고를 울리거나 초사(招辭)를 쓰는 등 공적인 절차를 밟음으로써 갈등 상황을 타개하기도 했는데, 이러한 면모는 〈조씨삼대록〉에서 두드러진다. 〈소씨삼대록〉이나 〈유씨삼대록〉에서는 여주인공 자신이 이런 일들을 한다는 면에서 차이가 있다. 〈소씨삼대록〉에서는 형씨가 남편 운성을 살리기 위해 등문고를 치고 소장을 바쳐 구해냈고, 〈유씨삼대록〉에서는 진양 공주가 죽으면서 남편의 위기를 예측하고 써놓은 글이 임금께 바쳐지면서 유세형이 살 수 있었다.

하지만 〈조씨삼대록〉에서는 여주인공의 여성보조인물들이 등문고를 울리며 절절한 글을 올려 임금의 마음을 돌리거나 주인을 구해낸다. 유현의 셋째 부인 이 씨의 시녀 쌍란과 첫째 부인 정 씨의 시녀 경홍은 주인을 위해 초사(招辭)와 소(疏)를 올리는데 이를 보고 감동한 임금이 기특하게 여길 정도이다.

천첩 경홍은 전 이부상서 조유현의 첫째 부인 정 씨의 시비입니다. 첩의 주인은 안으로 적인 강 씨의 해를 받고 밖으로 설강이 가까운 친척의 의리를 지니고 있으면서도 도리어 고난에 빠뜨리는 것을 매우 심하게 하여 시댁에서 내쫓기는 지경에 이르게 되었습니다. 주인이 오히려 죽지 못하여 저를 경후번이라는 자객에게 딸려 보내게 되었는데 천첩이 주인을 대신하여 가게 되었지만 주인은 살았는지 죽었는지를 알지 못합니다. 지극한 원한과 대단한 슬픔이 다 추향과 설매가 빌미를 제공한 것이고 부질없이 죄를 당하게 된 것은 설강으로 말미암은 것입니다. 신첩이 후번을 따라가 설강과 모의하는 바를 낱낱이 들은 까닭에 원통함을 이기지 못해 억울한 상황을 아룁니다. 설강이 선비의 행실을 해야 하는데도 여색을 탐하여 의롭지 못한 일을 행한 것을 다스려 주인이 억울하게 길 떠나면서 고초를 겪은 것을 판단하셔서 살펴주십시오.[12]

경홍이 올린 소(疏)에서는 주인 정 씨가 겪었던 일들, 그녀의 억울함, 모해자의 악행 등을 낱낱이 고하여 악인에 대한 처벌을 촉구하고 있다. 경홍이나 쌍란이 비록 하층민이지만 주인을 위해서라면 임금 앞에 가서도 조리 있게 말할 수 있는 여성으로 그려진 것이다. 그런 그녀들을 여주인공이 존중하면서 친구나 지기(知己)처럼 대하는데, 쌍란의 경우도 이 씨가 자매로 대접하면서 은혜를 마음에 새길 거라며 고마워한다.

몇몇 시비와 상궁의 경우, 그녀들의 가문과 성품까지 상세히 설명하는 등 인물형상화에 공을 들이고 있지만 선한 보조인물의 경우에 국한된다. 전체적으로 보면 주인공들을 구하기 위한 수단으로 기능하는 것에서 그치는 듯한데, 〈조씨삼대록〉의 조웅현의 아내 변 씨의 악한 보조인물의 경우 등이 그러하다. 진 씨의 시녀였던 난영이 변 씨의 심복이 되어 진 씨를 모해하다가 발각되자 변 씨는 그 즉시 그녀에게 독주를 먹여 죽인다. 반대로, 선한 보조인물이 선한 주인공을 도울 경우에는 그 주인공과 함께 격상되며 소장이나 초사를 능숙하게 쓰는 등 글재주까지 지닌 것으로 그려지는데 이렇게 함으로써 도술이나 꿈, 보살의 현신 등 비현실적인 장치보다 현실적인 개연성을 높이는 효과를 낸다.

③ 위에서 본 것처럼 여성보조인물들은 공적인 절차를 통해 주인공을 구해내기도 하지만, 자신이나 주인공이 남장(男裝)을 하게 한다든지 자신이 주인공인 것처럼 옷을 바꿔 입는다든지 주인공이 죽지

12 〈조씨삼대록〉 10권 9~10쪽.

않았는데 죽었다고 연극을 하게 하는 등 지혜로 위기를 모면하게 하기도 한다. 〈소씨삼대록〉에서 운경의 처가 될 위 소저를 보필한 여종 영춘은 소저의 계모 방 씨가 소저를 미워해 조카에게 첩으로 주려하자 소저와 함께 남장을 하고 소현성 가문이 있는 운수동으로 도망을 하여 위기를 모면한다.

〈조씨삼대록〉에서 쌍란의 경우도 그러한데, 주인인 이 씨를 잡아가려고 하는 두 씨 일행을 속이려 이 씨의 옷을 입고 대신 잡혀 가 두씨와 혼인하여 3년을 살면서 때를 기다린다. 시부모에게 부모님 삼년상 기간이라고 거짓말을 하여 절개를 지키다가 도망 나와 주인을 위해 등문고를 울린 것이다. 그녀는 처음 소개될 때부터 다른 시비들과는 달리 '눈서리 같은 절조가 강개하여 푸른 송죽(松竹) 같았고, 이 씨가 사랑하기를 수족같이 하였기에 명분은 노비와 주인이었지만 실제로는 규방에서 마음을 알아주는 친구'[13]였다고 되어 있다. 충절과 의로움을 지녔으며, 이 씨가 시문(詩文)을 짓거나 시화(詩畵)를 그릴 때에 곁에 둘 만큼 재주가 있기도 한 것이다. 그런 자질을 지녔기에 주인이 곤경에 처하자 지혜를 발휘하여 개착(改着)을 하여 주인을 구할 수 있었을 것이다.

〈조씨삼대록〉의 경 상궁은 운현의 아내 남 씨가 연왕의 궁궐에서 핍박받는 것을 보고 그녀를 구하려고 연왕에게 그녀를 한왕의 궁궐로 보내라고 회유한다. 그곳에서 세자와 남 씨가 혼인하게 될 날이 되자 시녀를 남 씨처럼 꾸며 착각하게 한 뒤 불을 질러 혼란스럽게 하고 남 씨가 칼로 자결한 것으로 꾸며 가짜 시신을 궁궐 밖으로 빼

---

13 〈조씨삼대록〉 7권 81쪽.

내는 연극을 한다.

　말을 마치고 고운 손에 두어 마디 칼을 잡으니, 경 상궁이 급히 달려 들어 구하는 체하는데 등불이 거꾸러져 꺼졌다. 경 상궁이 소리 지르기를, "제가 걸음이 노둔하여 벌써 일이 났습니다. 애들아, 빨리 불을 밝혀라."라고 하였다. 이때 세자가 어찌 진위를 알겠는가? 마음이 급하고 정신이 놀라 바삐 소리 질러 불을 밝히고 보니, 남 씨가 엄연히 가슴에 칼을 꽂고 누워 유혈이 낭자하여 옷이 젖었고 피가 자리에 고였다. 세자가 두 눈을 멀정게 뜨고 낯빛이 흙 같아 발을 굴리며 말하였다.
　"사람들이 있어서 언짢게 하지 못하는 일이 이와 같으니 어떻게 처리하겠는가?"
　경 상궁이 눈물을 흘리며 말하였다. … (중략) …
　급히 비단을 가져다가 남 씨의 낯을 가리고 덮어 놓으니 누가 능히 진위를 알겠는가? 한왕이 이 말을 듣고 크게 놀라 어찌할 줄을 모르고 급히 시신을 치우라고 하였다. 경 상궁이 이때를 틈타 남 씨를 염하여 풀로 엮은 상자에 담아 가만히 후원 문을 나서니, 소 황후가 진 씨와 여러 궁인들이 작은 가마를 가지고 와 뒷길에서 지키고 있었다. 여기에 남 씨를 내어오는 것을 보고 일시에 와 남 씨를 옮겨 가마에 넣고 바로 궁궐 안으로 들어갔다. 경 상궁이 빈 상자를 실려 문 밖으로 내보내니, 메고 가는 군인도 진위를 모르니 누가 알겠는가? 경 상궁이 메고 나온 군인을 잠깐 비키라고 하고 의복을 동여 맨 것을 상자에 실었던 것이다. 그것을 구덩이에 밀어 넣고 "시신을 감추는 것일 뿐이니 수고로이 무덤을 만들 필요가 없다."라고 말하였다. 흙을 덮고 얼른 돌아오며 말하기를 "엉뚱한 사람을 죽였으니 한궁과 연궁에서 경계하는 일이다. 너희들은 이런 말을 입 밖으로 내지 마라."라고 하였다. 경 상궁이 한궁으로 돌아와 한왕 부자를 보고 남 씨의 시신을 남들 모르게 처리하고 왔으니 아무도 모를 것이라고 하였다. 왕 부자가 이 말을 듣고 다행스러워 하였다.[14]

경 상궁의 남 씨 구출 작전은 10여 면에 걸쳐 흥미진진하고 박진감 넘치게 연출되는데 국면마다 그녀의 지혜가 돋보인다. 남 씨도 그녀를 장량과 진평과 같은 꾀를 지녔다고 칭찬하며 고마워한다. 그녀는 비록 상궁이지만, 사람을 사랑할 때에 자기 몸을 잊을 정도이고 정과 의리를 중시하는 인물이라고 평가된다.

2) 악한 보조인물 – 도술, 공모, 지속적 기획과 주도적 실행

① 〈조씨삼대록〉에서 가장 비중 있게 등장하는 악녀는 천화 군주, 곽 씨, 이 씨인데, 이 중에서 여성보조인물의 활약이 두드러지는 것은 천화 군주의 경우이다. 그녀는 연왕의 딸인데, 진왕의 셋째 아들 운현의 아내가 되고 싶어 하지만, 혼인하기가 어렵자 그의 첫째 부인인 남 씨를 해치려 하기도 하고, 장 씨로 개명하여 운현과 혼인하는 여성이다. 그 과정에서 '술사(術士)'의 도움을 받으니 그녀를 장 씨의 보조인물이라 할 수 있다. 그녀는 변신술에 능하고 사람의 혼을 빼서 원하는 대로 조종할 수도 있는 사람이다. 남 씨를 나비로 만들어 데리고 오기도 하고, 심복들을 시켜 롱 안에 넣어 강물에 던지고 오라고 하기도 한다. 술사는 또 남 씨와 그 아들을 제거한 뒤 아들을 낳지 못하는 장 씨에게 아이를 사올 것을 권하는데, 거짓으로 임신한 것처럼 하고 있다가 낳은 체하면 운현을 비롯한 조씨 가문의 사람들을 모두 제어할 수 있을 거라고 확신을 준다.[15] 그러나 이 대화를 빌미로

---

14 〈조씨삼대록〉 17권 20~25쪽.
15 〈조씨삼대록〉 18권 111~118쪽.

그간의 일이 드러나 중형을 받는다.[16]

〈임씨삼대록〉에서 가장 두드러지는 여성보조인물은 옥선 군주를 돕는 능운과 묘월 도사이다. 그녀는 군주라는 지위에 있기에 시녀나 유모, 도승을 보조자로 부릴 수가 있어서 천화 군주와 비슷한 양상을 보인다. 다만, 천화 군주보다 음욕(淫慾)이 두드러지게 많은 여성으로 묘사되어 있어, 자신이 혼인하고 싶어 하던 임창흥과 사랑을 나눌 수 없자 식음을 전폐하고 상사병이 나는가 하면 양왕과 사통하면서 분을 풀기도 한다. 능운은 묘월의 제자인데, 도술로 창흥의 마음을 혼란하게 하거나 그 아내 설성염을 삼켜버리려 하지만 그의 기세에 눌려 실패한다. 새가 되어 날아가 설성염을 염탐하다가 화앵이라는 시녀가 쏜 화살에 눈이 맞아 군주에게 돌아와 정신을 잃기도 하는 등 못미더운 구석이 있는 여도사이다. 하지만 능운이 학으로 변신하는 묘술을 처음 본 순간 옥선 군주는 탄복하면서 "내 이제 사부를 얻었으니 남편의 사랑을 얻고 설 씨를 쓸어버릴 것"[17]이라면서 천금을 내어놓으며 그에 의지한다. 이에 부응하는 듯 능운은 개용단(改容丹), 도봉잠, 회면단(回面丹)을 주면서 시험해 보라고 한다. 또 군주가 성급하게 혼자서 설 씨를 해치러 갔다가 실패하여 갇히게 되자 능운은 날아가 그녀를 구한다. '능운이 급히 옥선 군주를 가둔 옥 앞으로 가 아홉 번 절하고 열 번 진언(眞言)을 한 후 손으로 옥문을 어루만지니 잠긴 것이 저절로 열렸다'라고 할 정도로 신통하다. 구출해온 군주의 상처에 약을 바르고 위로하니 군주가 마음 깊이 칭찬하면서 "나를 낳

---

16 〈조씨삼대록〉 19권 9쪽.
17 〈임씨삼대록〉 9권 17쪽.

은 이는 부모이고, 나를 살린 이는 스승입니다. 이 은혜를 살아서는 다 갚지 못할 것입니다."라고 한다.[18]

이 작품에서는 다른 작품들보다 군주가 직접 나서서 살인하거나 납치, 구타를 하는 장면이 자주 연출되는데 이런 행위들도 늘 실패로 돌아가 곤경에 빠지곤 한다. 임씨 가문의 사람들이 미리 알아차리고 대비하기 일쑤이기 때문인데, 그럴 때는 도사들이 그녀를 구해오거나 상처를 낫게 해준다. 능운이 곤경에 처했을 때에는 묘월이 나타나 구해오는데, 이렇게 군주나 능운은 허둥지둥하며 도망치는 모습이 종종 묘사되어 웃음거리가 된다.[19]

② 악한 주인공을 돕는 보조인물 중 어떤 유모나 시녀는 자신의 친인척을 동원한다거나 자객, 관리, 이웃 등을 매수하여 영아 매매, 살인 교사, 겁탈 조장 등 강도 높은 악행을 지속적으로 도모하기도 한다. 그럼으로써 악행이 현실감 있고 흥미진진하게 진행되게 되는데, 〈소씨삼대록〉에서는 명현 공주의 보모 양 상궁, 〈조씨삼대록〉에서는 곽 씨와 이 씨의 유모 취파, 〈임씨삼대록〉에서는 옥선 군주의 시녀 춘교가 그러하다.

〈유씨삼대록〉에서 계영의 경우를 보자. 그녀는 유세형의 아들 유현의 둘째 부인인 장 씨의 유모인데 장 씨가 적국 양벽주를 모해하고

---

18 〈임씨삼대록〉 10권 46~48쪽.
19 옥선 군주는 대낮에 설성염으로 변신하여 목지란이라는 여성을 죽임으로써 설 씨에게 살인죄를 씌우려 하거나 칼을 시험해보려 시녀들을 죽이기도 하는 등 끔찍한 일들을 저지르지만, 정작 임창홍이나 설성염을 모해하려 할 때에는 늘 실패하여 우습게 되어버린다는 면에서 치밀했던 천화 군주와 다른 양상을 보였다.

자 할 때에 적극적으로 행동하는 인물이다. 시녀 춘섬과 함께 자신의 친척 전기라는 남성을 동원하여 일을 벌임으로써 주변인들과 공모하는 모습을 보이기는 하지만 실패하여 죽는다. 〈조씨삼대록〉이나 〈임씨삼대록〉에서처럼 악한 이들의 공모가 길게 이어지지 않는 것이다. 그런데 특이한 것은 계영이 죽음으로써 끝나는 것이 아니라 3권쯤 뒤에 그녀의 딸 모란이 등장하여 악행을 이어간다는 점이다. 계영이 양벽주를 모해했던 것처럼 모란도 그녀를 모해하는데, 규모가 더 커진다. 모란은 궁녀가 되어 장황후의 총애를 받아 유씨 집안에 재앙을 내리려 한다. 장 씨의 시아버지 진공을 모해하고 양벽주를 궁궐로 불러들이게 하여 북쪽 전각에 가둬놓고 핍박하는 것이다. 하지만 양씨는 초란이라는 궁녀의 도움을 받기도 하고 땅의 형세를 보고 물을 찾아내기도 하면서 연명한다. 이렇게 모란은 황후까지도 동원하여 양씨를 모해했지만 실패하여 결국에는 유현에게 베임을 당한다.

〈조씨삼대록〉에는 주변인들과 공모하여 서사의 규모를 확장하고 지속적으로 악행을 저지르는 여성보조인물들이 여럿 등장한다. 유현의 넷째 부인 강 씨를 도운 추향은 주방의 시비 설매와 공모하기도 하고, 강 씨의 유모 경파는 자신의 양모(養母)와도 같은 존재인 계양공주를 동원하여 악행을 성사시키려 한다. 양인광의 둘째 부인 곽씨의 유모 취파도 시종이나 지인을 동원하여 치밀하게 여러 가지 일을 계획하는데, 다른 집 아이를 사와서 곽 씨의 아이인 것처럼 꾸민다거나 곽 씨에게 임신한 것처럼 연기하라고 권하며, 사람을 죽여 머리를 베어오는 일까지 도모한다는 면에서 매우 극악하다.

이런 점들은 〈임씨삼대록〉의 경우에도 비슷한데, 옥선 군주의 시비 춘교가 여러 가지 꾀를 내는 중심에 있으면서, 그녀 주변의 사람들과 남성 악인 목지형과 결합하여 악행의 규모가 더 커지고 독해지게 된다. 춘교는 목지형의 정부(情婦)이기도 하여 그와 의기투합하기 수월하며, 그를 설득하여 그의 여동생인 목지란을 죽이는 것을 묵인하게 하는 등 온갖 수완을 부린다. 군주가 목지란을 죽인 후 설성염에게 살인죄를 덮어씌우는 대목에서도 춘교는 옥리(獄吏)에게 가 뇌물을 주고 술을 먹여 설 씨의 착한 시녀 취영을 빼내와 강물에 던진다. 어떤 일이 잘 풀리지 않을 때에는 친척을 끌어들이기도 한다. 목지란을 자기들 편으로 만들기 어렵자 아주머니 교홍을 그녀의 시비로 주어 소식통으로 쓰며 일을 도모한다.

옥선 군주를 돕는 보조인물 중 묘월은 악녀 남영설과 연계하는데, 남 씨는 임재홍을 보고 반하여 그를 유혹하고 그의 정혼자 소 소저를 모해하기 위해서 묘월에게 도술을 배운다. 군주와는 달리 직접 도술을 배운 남영설은 남장(男裝)을 하고 간부(姦夫)로 위장하거나 소저를 납치하는 등 많은 일을 해낸다. 임천홍에게 반한 곽교란도 그녀의 도술에 기대기 위해 의자매를 맺고 천홍의 아내 성 소저를 없애주라고 부탁하지만 천홍에게 잡힌 남영설과 곽교란 등은 함께 죽는다. 즉 군주의 보조인물 묘월은 비록 실패하기는 하지만, 남영설, 곽교란 등 악한 여성들과 공모하여 여러 악행을 실행하면서 규모를 키우고 서사를 흥미롭게 하였다.

③ 악녀들은 자신의 심복 시녀와 모든 것을 공유하면서 지속적으로 악행을 기획하고 의지하고 해결책을 간구한다. 선한 여성들이 목숨이 끊길 위기에서만 시녀나 유모의 도움을 받는 것과 달리, 악녀들은 거의 모든 일이 모해에 해당하기에 그럴 때마다 보조인물들과 함

께 하는데, 보조인물들은 그 기대에 맞게 악행을 적절히 기획하며, 주인이 좌절할 때에는 해결사 노릇을 훌륭하게 해낸다.

〈소씨삼대록〉에서 운명의 셋째 부인 정 씨는 심복 시녀 취란과 함께 음모를 꾸미며 둘째 부인 이 씨를 모해한다. 이 씨가 성영이라는 이와 사통하여 아이를 가진 것으로 거짓말을 하여 화 부인과 운명이 오해하게 한다. 결국 이 씨는 자신의 처소에 갇혀 운명의 아이를 낳지만 몸조리도 하지 못하고 죽을 위기에 놓이게 된다. 취란의 흉계 때문에 운명은 이 씨가 낳은 아이가 자기 아이인 줄을 모르고 죽이려고까지 하는 등 사태가 매우 심각해진다. 소현성의 딸 소수빙의 적국 취 씨의 시비도 취 씨와 수빙 사이를 수없이 이간질하는 등 악행을 기획하지만 지혜로운 수빙이 그녀의 말을 믿지 않아 뜻대로 하지는 못한다. 이렇듯 〈소씨삼대록〉에서는 여성보조인물인 시비가 악행을 기획하기는 하지만 활약이 두드러지지는 않다.

하지만 〈임씨삼대록〉에 오면 심복 시녀가 악행을 치밀하게 기획할 뿐만 아니라 직접 나서서 악행을 실행하다가 곤경에 처하는 여주인공을 구해내는 해결사 역할을 하는 등 그 존재가 훨씬 부각되는데, 춘교가 바로 그런 인물이다. 그녀는 옥선 군주와 똑같이 '요사스럽고 악랄하여 둘이 뜻이 맞고 정이 친밀하여 주인과 종 사이가 아니라 동기 같았다'[20]고 할 정도이다. 춘교는 군주가 임창흥에게 사랑을 받지 못해 전전긍긍하면 그녀를 더 충동질하면서 계교를 만들어 내는데, 도사에게 목지란을 삼키고 오도록 하여 미끼로 삼자고 제안하기도 한다.[21] 우여곡절 끝에 군주는 창흥과 혼인을 하기는 하지만 첫날

---

20 〈임씨삼대록〉 6권 71쪽.

밤도 함께 보내지 못하고 분해한다. 이때에도 춘교는 군주를 부추기면서 악행을 기획하는데, 둘의 대화 장면을 보자.

이렇게 혀를 차며 한탄하고 있을 때 춘교가 군주의 귀에 대고 속삭였다.

"오늘 옥주께서는 영원히 씻지 못할 욕을 무수히 보셨으나 월왕(越王) 구천(句踐)이 쓸개를 맛보았던 일을 본받아 아직 잠자코 안색을 지어 사람들의 마음을 얻으십시오. 모사 장량(張良)을 일으키고 상공의 은총을 얻으면 적국(敵國)을 제어하여 천하를 통일하시게 해드리겠습니다."

이 소리를 듣고 군주가 숨을 돌리며 말하였다.

"내 가슴이 답답했는데 너의 상쾌한 말을 들으니 어지간히 시원한 듯하다. 그러나 오늘 성염이 사람들이 모두 모인 데서 자리를 삼중으로 높이고 나의 절을 받은 것을 생각하면 창자가 터질 듯하니 어찌 참을 수 있겠느냐?"

그러자 춘교가 웃으며 말하였다.

"어차피 상공의 은총을 먼저 얻으셔야 합니다. 그 가운데 목지란을 일으켜 일을 크게 만들고 설 씨를 구렁텅이에 몰아넣어 시부모와 남편이라도 그 죄를 벗길 길이 없게 하겠습니다."

군주가 이 말을 옳게 여기고 서찰을 써서 부왕께 보내었다. 그리고 세자에게 온갖 수단을 다하여 목지형과 친교를 맺고 미인을 낚아 차차 비밀스런 계책을 일으켜 누이의 분함과 원망을 풀어달라고 편지하였다. 그런 후 군주는 서찰을 봉하여 춘교에게 맡기고 촛불 아래 단정히 앉아 신랑이 들어오기만을 눈이 빠지게 기다렸다.[22]

21 〈임씨삼대록〉 7권 50~55쪽.
22 〈임씨삼대록〉 8권 55~57쪽.

춘교는 군주가 월왕 구천처럼 와신상담(臥薪嘗膽)하면서 사람들의 호감을 사고, 자신을 모사꾼 장량처럼 믿어준다면 임상공의 사랑을 얻을 수 있을 것이며 그의 또 다른 아내인 설 씨는 제어할 수 있을 것이라고 속삭인다. 이를 들은 군주는 '부아가 치밀어 손으로 가슴을 어루만지고 이를 갈면서 속으로 설 씨를 꾸짖던' 것을 잊고 마음이 시원하다고 하게 된다.

그 뒤로도 춘교의 이런 모습은 자주 언급되는데, "옥선이 임씨 가문에 들어가니 춘교가 꾀를 써서 군주의 적국을 쓸어버리고 설 씨를 한나라 조정으로 잡아다가 죽일 방법을 의논하고 능운과도 이 일을 의논하니 능운이 기쁜 마음으로 응낙하였다. 춘교가 군주의 눈으로 그 신통한 능력을 본 후에 대사를 의논할 바를 말하자…"[23]라고 하거나, 옥선 군주가 흥분하여 앞뒤를 생각하지 못하고 성급히 행동하려 하자 "옥주는 서두르지 마십시오. 제가 사람들의 마음을 모으고 물정을 자세히 안 후에 일을 시작"[24]하겠다고 하면서 구체적으로 계획을 말한다. 그리고 나서 다른 시녀 옥앵과 홍악까지 끌어들여 군주를 도와 꼼꼼하게 계교를 정한다. 목지란을 죽인 후에 설성염을 모해하는 일이 녹록치 않자 또다시 춘교와 상의하는 대목[25]에서도 군

---

23 〈임씨삼대록〉 9권 13~14쪽.

24 〈임씨삼대록〉 9권 24쪽.

25 <u>옥선 군주가 춘교와 함께 상의하며 말하였다. "지금 막 태자가 명령을 내리시고 형부(刑部)가 정도(正道)를 잡았으니, 우리가 계교하던 것이 그림의 떡이 되겠구나." 춘교가 이윽히 앉아 생각하고 헤아리다가 말하였다. "능히 이러저러한 계교를 하면 큰일을 이룰 수 있을까 합니다." 옥선이 기뻐하며 말하였다. "이렇게 한다면 형부시랑이 잘 주선할 것이다." 춘교가 금과 개용단을 가지고 홍악을 데리고 목 씨 부중으로 갔다. 목지형이 말하였다. "옥사(獄事)가 글렀으니 이를 어찌 해야 하느냐?" 춘교가 목지형의 귀에 대고 계교를 말하니 목지형이 몹시 기뻐하며 말마다 묘함을 칭찬하였다.</u> 〈임씨삼

주가 얼마나 춘교를 신뢰하는지, 춘교의 기획력이 어떠한지를 잘 알
수 있다.

군주가 계속해서 실패하던 중 임재홍의 빼어난 모습을 보고나서
그를 속여 욕정을 풀어보자고 하면서 춘교와 대화하는 장면[26]에서도
여실히 드러난다. 6면 이상이나 되는 긴 길이를 할애하여 둘의 대화
를 실감나게 제시하는데, 춘교는 시녀임에도 불구하고 군주보다 더
상황을 적확하게 꿰뚫고 있으면서 일의 성패에 대해 신중하게 판단
한다. 반대로 군주는 감정이 앞서서 성급하게 실행하는데, 그녀가
또 실패할까봐 춘교는 몰래 뒤따라가 망을 본다. 군주가 품고 간 칼
로 효장 공주를 찌르려고 숨어 있다가 고양이가 할퀴는 바람에 굴러
떨어지자, 지켜보던 춘교가 업고 도망 나오는 것으로 이 장면은 끝
난다.

이렇게 춘교는 옥선 군주가 일마다 실패하고 창흥의 사랑도 얻지
못해 슬퍼하자 마지막 꾀를 내어 양왕을 찾아가 군주의 음욕을 풀어
주기도 하고, 나중에 군주가 창흥을 죽이려다 실패하고 갇히게 되자
대신 심한 고문을 당하면서도 끝까지 군주를 보호하면서 진상을 말
하지 않고 버틴다. 그러다가 10면이나 되는 긴 초사(招辭)를 써서 올
리는데[27] 상서가 군주에게 금슬의 정을 베풀었다면 군주의 한이 이
지경에 이르지는 않았을 것이라는 점을 강조하여 주인의 원한을 말
하면서 죽는다.

대록〉 12권 74쪽.
26 〈임씨삼대록〉 14권 1~6쪽.
27 〈임씨삼대록〉 14권 71쪽~15권 6쪽.

3. 여성보조인물 서사의 역할과 의의

1) 서사의 확장과 갈등의 첨예화

국문장편 고전소설이 서사문학의 완성도와 세련된 장편화 방식을 보여주고 있는 것은 문무(文武)와 강온(强穩)을 조화롭게 설정[28]한다든지 유사 형태를 반복적으로 병치하거나 상반된 내용을 대조적으로 병치[29]하는 등의 서술 전략을 사용한 것과 더불어 여러 가지 전략들이 숨어 있기 때문이다. 사건의 요약 서술이나 뒤에 일어날 사건의 사전 제시를 통해 독자의 이해를 돕는 방식, 대화를 나누는 가운데 상대방을 공격하여 권위를 격하하거나 웃음을 유발하는 방식, 인물들의 과도한 행위를 간접적으로 제시하여 상황을 재현하는 방식, 다른 장편고전소설의 인물과 서사를 차용하여 교차적으로 서술하는 방식[30] 등을 보여준다. 또는 서술자가 지향하는 의식을 담기 위해 어떤 상황이나 문구를 반복적으로 묘사하는 서술을 활용[31]하기도 한다.

이러한 방식 이외에 이 글에서 주목하는 여성보조인물의 기능이나 역할과 관련한 서사전략적 측면도 국문장편 고전소설의 중요한 특징 중의 하나라 할 수 있겠다. 우선, 여성보조인물의 숫자와 역할이 늘어나면서 생기는 서사의 확장과 갈등의 첨예화 측면을 들 수 있다. 국문장편 고전소설 중 〈소씨삼대록〉과 〈유씨삼대록〉[32]에서는

---

28 조용호, 「삼대록소설 연구」, 서강대 박사학위논문, 1995.

29 박일용, 「현몽쌍룡기의 창작방법과 작가의식」, 『정신문화연구』 26권 3호, 2003.

30 김문희, 「〈조씨삼대록〉의 서술전략과 의미」, 『고소설연구』 26집, 2008.

31 조혜란, 「취향의 부상-〈임씨삼대록〉의 반복 서술을 중심으로」, 『고전문학연구』 37집, 2010.

여성보조인물의 활약이 그다지 두드러지지 않았다. 여성보조인물은 선한 여성이 고난을 당하거나 악한 여성이 악행을 저지를 때에 주로 등장하는데, 이들에서는 선한 여성인 석 부인, 형부인, 이부인 등이 남편 소현성의 오해, 소운성이 집착, 시어머니 화 부인과 남편 운명의 무지와 오해가 고난의 원인이었으므로 보조인물이 불필요했다. 또 악한 여성 여부인과 명현 공주도 시녀나 유모 등을 동원하기 보다는 자신이 개용단을 먹고 악행을 저지르거나 발악을 하는 것으로 그쳤기에 행위의 규모가 커지지는 않았다. 이 두 작품의 경우, 여성 보조인물들이 많지 않기에 작품 전체의 길이도 장편소설 중에서는 짧은 편에 속한다.

그러나 〈조씨삼대록〉이나 〈임씨삼대록〉에 이르면 여성 보조인물이 늘어나고 활약도 많기에 서사를 늘리고 사건과 갈등을 다양하게

---

32 국문장편 고전소설의 창작연대를 확정할 수는 없지만, 이 글의 대상이 되는 네 작품의 선후 관계는 연구자들 사이에서 대략 합의되어 있는 상황이다. 지금까지의 연구사를 반영하여 추정된 것은 다음과 같다. 자세한 것은 제시한 연구들을 참고하기 바란다. 〈소씨삼대록〉은 17세기 중후반 창작(박영희, 「〈소현성록〉 연작 연구」, 이화여대 박사학위논문, 1993. ; 정선희 외 역주, 『소현성록 1』, 소명출판, 2010, 5쪽 참조.), 〈유씨삼대록〉은 연암의 청나라 여행 시에 청나라에서 파본을 볼 만큼 〈열하일기〉보다 앞서야 하므로 18세기초 창작(최길용, 「연작형 고소설 연구」, 전북대 박사학위논문, 1989, 22~26쪽. ; 한길연 외, 『유씨삼대록 1』, 소명출판, 2010, 5쪽, 10쪽 참조.), 〈임씨삼대록〉은 〈구운몽〉과 중국소설 〈평요전〉이 열독된 이후인 18세기 이후 19세기 중반 이전 창작(최수현, 「임씨삼대록 여성인물 연구」, 이화여대 박사학위논문, 2010, 21~22쪽 참조.), 〈조씨삼대록〉은 〈소현성록〉 연작의 영향을 받아 창작되었고 18세기적 어휘 특징, 가장 후대인 1917년에 구활자본으로도 출간된 점 등으로 미루어 보아 18세기 이후 19세기 중반 이전 창작(허순우, 「〈현몽쌍룡기〉 연작 연구」, 2009, 2~3쪽, 10쪽 참조.)되었을 것으로 본다. 이 글에서는 네 작품의 추이를 살피는 것도 하나의 목표였는데, 여성보조인물의 양상으로 보아도 〈소씨삼대록〉과 〈유씨삼대록〉은 초기작의 성격을, 나머지 두 작품은 후대작의 성격을 더 많이 지니고 있다. 여타 연구들에서도 이 두 작품은 통속적이어서 삼대록계 국문장편소설 중에서는 후대적 변용으로 보고 있는 상황이다.

만들 수 있어 장편화가 용이해져 40권이나 될 수 있었을 것으로 생각된다. 특히 이들에는 악녀형 인물이 흥미롭게 양각화되어 있는데, 물론 이 작품들도 여타의 국문장편소설들처럼 작품 내에서 긍정되고 칭탄받는 선한 인물들의 훌륭한 자질과 인내, 정절 의식 등을 통해 교훈을 주려는 서술자의 의식이 강하게 반영되어 있는 것이 사실이지만, 악녀 형상에 변화를 주고 그 악행의 강도와 비중을 높임으로써 긴장감을 고조시키며 주변인들과의 공모를 통해 현실성을 강화하고 서사를 확장하는 효과를 내면서 특별한 재미를 주는 것이다.[33] 즉 여성 보조인물들은 자신의 친척과 이웃들을 동원하여 다른 가문의 일원이나 관원들도 개입하게 하였고, 술사나 자객 등 하층민들을 대거 투입하여 치밀하게 계획을 세움으로써 흥미를 강화하고 규모를 확대해가면서 갈등도 첨예하게 구축해 나가도록 한 것이다. 따라서 이 작품들이 장편화되고 통속화된 데에는 여성 보조인물의 역할이 컸던 것으로 볼 수 있다.

2) 여성의 힘과 욕망의 환상적 표출

삼대록계 국문장편 고전소설들은 여성 보조인물을 통해 여성들의 단합된 힘을 과시하고 환상적으로 욕망을 표현하는 흥미소를 강화했다는 면에서도 주목할 만하다. 장편고전소설의 여성 독자들은 소설 속 여성 인물을 통해 자신에게 잠재되어 있는 본능과 무의식적 욕망

---

33 정선희, 「〈조씨삼대록〉의 악녀 형상의 특징과 서술 시각」, 『한국고전여성문학연구』 18, 2009.

을 발견하기도 하고, 여성 인물의 질투나 애정욕망을 동정적으로 보거나 이해하면서 자신의 욕망을 성찰하기도 한다. 소설 속의 악한 아내 유형의 인물을 희생양으로 삼아 집단적 자기 방어 심리를 충족시키거나 자기 내면에 숨어 있던 어두운 그림자를 꺼내 보면서 자신의 진정성에 대한 성찰을 하게 된다고도 한다.[34] 장편고전소설의 여성인물은 대략 선인과 악인으로 나눌 수 있지만, 〈소씨삼대록〉의 화부인 같은 경우에는 부정적 자질을 지녔으면서도 전형적인 악녀는 아니기에 독특한 인물형이라고 평가받기도 한다.[35] 그녀의 언행은 거칠거나 조급하거나 편협하여 부정적으로 평가되기에 소설의 독자들은 극악한 악녀의 행위를 볼 때보다 더 현실감 있게 느낄 수 있다. 현실 속에서 자주 볼 수 있는 일상적인 인물이며 자신들과 비슷한 잘못과 실수를 저지르기도 하고 비슷한 억울함과 답답함을 호소하는 인물이기에 감정 이입하기에 용이한 것이다.

그러나 〈임씨삼대록〉이나 〈조씨삼대록〉에서는 그런 현실감이나 공감보다 더 중요한 소설적 장치로 통속적 흥미소가 필요해진 듯하다. 그래야만 전편을 이어 더 재미있는 서사를 만들어 낼 수 있을 것이고 장편화도 가능할 것이기 때문이다. 그럴 때에 악녀들의 흥미진진한 서사가 여성 독자들을 사로잡게 되었을 듯한데, 악녀들 자신은 상층 여인들이라는 한계 때문에 극악하게 몰아붙이거나 하층인들과 연계하기에 부적절하다. 따라서 그녀 주변의 여성 보조인물들을 통해 서사의 현실성과 환상성을 동시에 확보할 수 있도록 한 것이다.

---

34 김현주, 「'악처'의 독서심리적 근거」, 『한국고전연구』 22, 2010.

35 정선희, 「가부장제하 여성으로서의 삶과 좌절 – 〈소현성록〉의 화부인」, 『동방학』 20, 2011.

그런데 이런 서사 전략은 여성 독자층의 현실과 욕망을 그대로, 또는 굴절하여 반영하였기에 인기를 얻을 수 있었을 것이다. 특히 〈임씨삼대록〉이나 〈조씨삼대록〉처럼 악녀와 그 보조인물의 극악성이 큰 경우는 여성의 현실 반영이라기보다는 다소 비현실적인 욕망 반영이라 볼 수 있겠는데, 예를 들어 인간은 누구나 자신의 애정 상대를 스스로 선택하고 싶은 욕망이 있을 테지만 조선 후기의 여성의 현실로는 감히 상상할 수도 없는 일이다. 그런 일을 악녀로 형상화된 천화 군주와 옥선 군주는 해내기에, 독자들은 현실에서는 불가능하지만 환상적인 허구 속에서 누구나에게 잠재되어 있다고 할 수 있는 애정욕이나 권력욕 등을 실행하는 힘 있는 여성의 모습을 보면서 대리만족을 느꼈을 것이다. 하지만 소설 속에서는 그녀들을 심하게 징치하고 비웃는 것으로 맺기 때문에 독자들은 그런 욕망을 억누르고 사는 자신들의 도덕적 우위를 맛볼 수 있었을 것이다.

특히 악녀들은 애정욕을 분출했기에 악녀로 지칭되어 시가나 남편에게 무시 받거나 소외된 여성들이기에 나중에는 그 시가 전체를 적대시하면서 오랑캐 세력을 끌어들여 반란을 일으키기까지 한다. 비록 악한 여성이지만 자신의 세력을 이끌고 전쟁을 일으키기까지 하는 모습을 보면서 여성 독자들은 시원함을 느꼈을 수도 있는 것이다. 선한 여성인물들이 심한 폭력적 박해를 끝없이 감내하여 결국에는 행복하게 되고 주변인들을 교화하니, 이를 읽으면서 여성 독자들이 지금 나의 현실은 아주 힘들지만 소설 속 그 주인공보다는 낫다는 위안을 삼을 수 있었던 것과 또 다른 측면에서 말이다.

3) 개연성 제고와 여성 독자층의 삶 반영

이렇게 국문장편 고전소설에서는 여성 보조인물들의 활약을 통해 여성의 힘과 욕망을 더 실감나게 보여줄 수 있었는데, 그러면서도 현실적인 개연성을 제고하고 당대 여성들의 삶을 반영했다는 면에서 의의가 있다. 장편고전소설에서 여주인공들은 선하든 악하든 말과 행동에 많은 제약을 받는다. 중심 가문의 위상 확립과 계승을 위해 기여하는 쪽으로 인물들이 형상화되어 있는데 특히 여성의 경우 그 강도가 세다. 따라서 자신의 욕망과 감정에 휘둘리는 여성은 부정적으로 평가되기에 절대 평정심을 유지해야 하며 설사 악심(惡心)을 품었더라도 악행을 몸소 실행하지는 않아야 한다. 그래서 그 실제적인 행동, 치밀한 계획 등은 곁의 보조 인물들이 담당한 것이다.

여성 보조인물이 자신의 주변인들을 동원하거나 등문고를 울리고 소장을 올리는 등의 행동을 함으로써 서사는 현실적인 개연성을 부여받는 것이다. 또 〈임씨삼대록〉의 춘교처럼 여주인공의 곁에서 지속적으로 일을 기획하고 그림자처럼 따라다니면서 해결사 노릇을 하는 등 그 역할이 강화되어 서사가 매끄럽게 진행되게 할 뿐만 아니라 활력을 불어 넣는 경우도 있었다. 매번 실패한 군주가 전전긍긍하자 꾀를 내어 구해오기도 하고 그 욕망을 풀어주기 위해 완벽한 계획을 세우기도 하며, 일이 발각되었을 때에는 심한 고문에도 불구하고 끝까지 주인의 편이 되어 변호하면서 죽어가기도 하였다. 즉 소설의 여성주인공들은 상층여성들이었기에 어떤 행동을 스스로 하는 데에 제약이 있었고, 특히 악녀들의 경우 심하게 악한 행동을 하거나 하층민들과 자유롭게 연계하는 것이 부적절하였기에, 그러한 역할을 여성 보조인물들이 담당하게 된 것이다.

한편, 여성 보조인물 중 상궁과 관련된 서사가 많다는 것은 장편 고전소설의 여성 독자층의 실상에 대한 중요한 예증이 되기도 한다. 이들 중 많은 작품은 궁중 사람들이나 그들과 밀접한 관련이 있는 사람들이 주로 읽었다는 낙선재본 소설들이다. 특히 〈조씨삼대록〉의 전편인 〈현몽쌍룡기〉와, 〈임씨삼대록〉은 낙선재 소장본들을 옮겨 놓은 한국학중앙연구원 소장본이 선본(善本)으로 판정되어 있고 독자층이 궁중 생활에 관심이 많은 이들이었음을 짐작할 수 있다. 〈소씨삼대록〉을 필사했다고 하는 용인 이 씨는 왕실과 인척간이었고, 〈유씨삼대록〉도 혜경궁 홍씨의 친정 동생이 읽고 슬퍼하며 눈물을 흘렸다는 기록이 있을 정도로 궁중 사람들과 맞닿아 있다. 그래서 이들 작품에는 지혜롭고 선한 상궁이 등장하여 공주나 군주의 스승 역할을 하며, 선한 여주인공이 곤경에 처했을 때에는 지략을 발휘하여 구해내는 등의 모습을 보여주는 것이 공감을 불러 일으켰을 것이다. 〈소씨삼대록〉에서 명현 공주를 바르게 이끌려고 노력하는 한 상궁이나 〈유씨삼대록〉의 선한 상궁들도 있으며, 〈조씨삼대록〉에서 경 상궁의 활약이라든지 상궁·궁녀와 착한 여주인공들과의 유대, 공감도는 무척 크다.

유모(乳母)나 시비의 경우에도 소설향유층과의 관련 속에서 이해할 수 있다. 유모는 어머니가 출산하다가 죽거나 아이가 어렸을 때에 죽었을 경우 대신 젖을 먹이고 기른 사람이기에 비록 하층 출신이 많지만 '어머니'의 하나로 생각한 사대부들도 있었다. 17세기 후반에서 18세기의 문인 박필주, 신정하, 이익, 조귀명 등이 유모에 대한 기억을 떠올리면서 묘지명이나 제문을 썼으며, 심육이나 정약용 등은 유모의 상복(喪服)을 입는 것에 대해 긍정적인 의사를 표명한 글을 남겼다. 『주자가례』에서도 여덟 가지로 나눈 어머니의 종류에 유모가 포함되어 있으며, 『경국대전』에도 유모의 상(喪)에는 시마(緦麻) 3월의 복을 입는 것으로 규정되어 있다.[36] 시비(侍婢)도 마찬가지로 양반의 수족과 같은 존재로 일상을 같이 했으며 여성은 시집갈 때에 친정에서 부리던 시비를 데리고 가는 경우가 많았다. 몇몇 제문을 보면[37], 시비들을 자신의 골육과 같은 사이로 여기고 인간적으로 그리워하며 살았을 때에 보답해주지 못한 미안함과 측은함이 가득 담겨 있으며, 주인이 유배를 가거나 복직을 할 때에도 늘 함께했음을 알 수 있다. 유모와 시비는 이렇듯 당대인들 특히 여성들에게는 어머니, 형제, 자매와 같은 존재, 어쩌면 더 믿음이 가는 존재였다. 그렇기에 소설 속에서도 여주인공들 곁에 늘 붙어 있으면서 무슨 일이든 함께하는 대상으로, 선행이든 악행이든 전적으로 의존하는 존재로 그려졌을 것이다.

⊠ 지금까지 이 글에서는 17·18세기의 대표적인 장편고전소설들에서 여성 보조인물의 양상과 역할 변화의 추이, 그 의미를 탐구하여 소설 장편화 전략을 파악하고, 이것이 여성 독자층의 사유와 욕망과 관련되어 있음을 논하였다. 연구의 대상으로 삼은 작품들은 국문장편 고전소설의 형성과정 및 사적 흐름과 변모의 양상, 유형적 특징

36 김경미, 『가(家)와 여성-18세기 여성생활과 문화』, 도서출판 여이연, 2012 참조.

37 문집 자료 중에는 시비 즉 여종에 관한 기록도 존재하는데, 송시열이 자기 집의 여종이 죽자 그 충성스러움을 기린 제문을 남겼고, 홍세태와 이이명도 여종의 제문을 남겼다. 김경미, 앞의 책, 153쪽.

등을 보여줄 수 있는 작품들이다. 요컨대, 17~18세기에 향유된 삼대록계 장편소설들 〈소씨삼대록〉, 〈유씨삼대록〉, 〈조씨삼대록〉, 〈임씨삼대록〉을 분석하였다. 각 작품들에 나타난 여성 보조인물의 특성과 역할 변화의 추이를 밝힘으로써 장편고전소설 내부의 편차와 역동성을 알 수 있었으며, 조선 후기 여성 독자들의 삶과 욕망, 독서취향에 대해서도 탐구할 수 있었다.

국문장편 고전소설은 서사의 진행이 주인공 가문의 일원을 중심으로 이루어지는데, 그 중 선하여 고난을 당하거나 악하여 주변 인물들을 동원해 악행을 저지르는 인물들 곁에는 늘 그들을 돕는 조력자 즉 '보조인물'이 있다. 이들이 갈등을 증폭하거나 해소하는 등 서사에 활력을 불어 넣기도 하고 또 다른 주변인들과 공모하여 규모를 확장하기도 하며 지혜와 기획력을 발휘하기도 하는 등 서사에서 큰 역할을 한다. 그럼에도 불구하고 기존의 연구들에서는 주로 주인공을 중심으로 하여 그들의 부부관계, 부자관계, 형제관계 등을 살폈었다. 이에 필자는 삼대록계 장편소설군을 대상으로 하여 '여성 보조인물'의 형상화 양상을 살피고 다른 인물과의 관계 안에서의 역할과 서사적 기능을 세밀하게 분석함과 동시에 여성 독자층의 현실과 욕망을 담아냈음을 고찰하였다.[38]

장편소설들에 등장하는 여성 보조인물 중에는 여주인공들을 교육하거나 조언하는 역할을 하는 상궁이나 유모들이 있다. 이들은 선한 주인공 곁에서 조언을 하고 하늘의 뜻을 미리 계시받기도 하여 그녀들을 돕거나 위기에서 구한다. 하지만 악한 주인공의 보조인물

---

38 추후에는 남성 보조인물의 형상화 양상을 살펴 둘의 차이를 규명해 보고자 한다.

일 경우에는 주인들에게 예의와 도리를 직언하다가 서운한 대우를 당하고 스스로 물러나기도 하였다. 또 선한 보조인물들은 자신의 주인들이 곤경에 빠져 있을 때에 등문고를 울리거나 초사(招辭)를 써서 갈등 상황을 타개하는데, 이러한 면모는 〈조씨삼대록〉에서 두드러졌다. 〈소씨삼대록〉이나 〈유씨삼대록〉에서는 보조인물들이 아니라 여주인공 자신이 이런 일들을 한다는 면에서 차이가 있었다. 한편, 선한 보조인물들은 주인공이 위기에 처했을 때에 그들을 대신하여 남장을 하거나 옷을 바꿔 입거나 연극을 하여 이를 모면하게 하는 지혜를 발휘하곤 하였다. 〈조씨삼대록〉의 쌍란이나 경 상궁이 대표적인 예이다.

악한 보조인물의 경우 그 활약이 더 두드러졌는데, 주로 악녀형 인물 곁에서 악행의 강도와 비중을 높이고 긴장감을 고조시키며 주변인들과의 공모를 통해 현실성을 강화하고 서사를 확장하는 역할을 하였다. 〈유씨삼대록〉의 시비 계영이나 〈조씨삼대록〉의 시비 추향 등은 다른 시비나 자신들의 친척을 동원하기도 하였고 〈임씨삼대록〉의 시비 춘교는 남성 악인들과 연계하면서 극악한 계교들을 만들어 내었고, 옥선 군주와 모든 행동을 같이 하면서 조언자, 해결사 역할을 지속적으로 해낸 비중 있는 보조인물이었다. 특히 〈조씨삼대록〉의 천화 군주 곁의 도사인 신법사, 〈임씨삼대록〉의 옥선 군주 곁의 묘월, 능운 도사 등은 묘술과 단약을 사용함으로써 변신과 공간 이동을 자유롭게 하여 작품의 환상성을 높이기도 하였다.

삼대록계 장편소설 중에서 〈조씨삼대록〉과 〈임씨삼대록〉은 여성 보조 인물의 숫자와 역할이 전편들에 비해 대거 늘어났다는 면에서 비슷한 경향을 보였다. 하지만 〈조씨삼대록〉에서는 심리 묘사나 사건의 현실적 개연성을 높이는 방향으로 서사가 진행되고 통속적이고 일상적인 재미가 강화되었다면, 〈임씨삼대록〉에서는 여성들의 활약상에 초점을 맞추어 환상적이고 골계적이기까지 한 흥미소가 강화되었다는 점에서 차이가 있었다. 이렇게 두 작품에서는 여성 보조인물의 역할이 증대되면서 서사의 확장과 갈등의 첨예화가 실현되고 장편화가 가능해졌음과 동시에, 여성들의 힘을 과시하고 환상적으로 욕망을 표현하는 흥미소가 강화된 것이다. 〈소현성록〉이나 〈유씨삼대록〉에서는 현실 속에서 볼 수 있을 것 같은 일상적인 인물들이 보통 사람들과 비슷한 잘못을 저지르거나 비슷한 억울함을 호소하면서 감정 이입을 유도했지만, 〈조씨삼대록〉과 〈임씨삼대록〉에서는 이러한 공감보다는 극단적인 선악 대비를 통한 교훈성과 대리만족적인 성격이 커진 것이다. 현실에서는 불가능하지만 한 번쯤은 꿈꿔봤을 애정욕이나 권력욕을 실현하려고 발버둥치는 악녀들과 그 곁에서 많은 일을 주도하고 실행하는 보조인물들을 통해 카타르시스를 느끼면서도, 늘 실패하는 그녀들이 웃음거리가 되거나 징치되는 것을 보면서 그런 욕망을 누르며 사는 자신들의 현실에 만족하게 되고 도덕적인 우월감까지 느끼게 되었을 듯하다.

18세기의 대표적인 장편고전소설 〈완월회맹연〉에서도 시비와 유모, 상궁 등 여성 보조인물의 활약은 어느 정도 유사하게 지속된다. 이 작품의 최대의 악녀 소교완은 녹빙, 계월 등 시비들과 함께 이복아들 정인성과 며느리 이자염을 끊임없이 힘들게 하고, 교한필의 첫째 부인 여 씨도 유모 노 씨, 시비 녹이 등을 동원하여 악행을 저지른다. 특히 녹빙은 남편을 동원하여 정인성을 죽이려고 하거나 자신이 개용단을 먹고 변신하기도 하며, 유모 노 씨도 교숙란을 음해하기 위해 변신하기도 하고 남에게 약을 먹이거나 아이를 사와 바꿔치기를 하는 등 〈조씨삼대록〉이나 〈임씨삼대록〉에서 봐왔던 방식의 이야기들이 전개된다. 다만, 소교완의 경우 집안의 어른 즉 시어머니의 지위에 있기 때문에 보조인물들이 계속하여 실패한 후에는 자신이 직접 이자염을 철편으로 때려 죽을 지경에 놓이게 하고 얼굴 가죽을 벗기고 시체를 연못에 버리는 등 강도 높은 악행을 실행하는 점이 다르다. 다른 작품들의 경우, 주로 동렬의 부인들을 모해하는 것이기에 자신이 직접 나서기 보다는 시비나 유모를 동원했던 것과는 차이가 날 수밖에 없는 것이다. 여 씨의 경우에도 유모나 시녀를 동원하기는 하지만 자신이 주도면밀하게 계획하여 지시하는 면이 강하고 자신이 웃음거리가 되는 경우가 없어 천화 군주나 옥선 군주와는 차이가 있다. 또 삼대록계 소설들에서 도사나 묘승들이 보조인물로 등장하여 해결사 노릇을 하거나 다채로운 흥미소와 환상적인 장면들을 제공했던 것과는 다르게 이 작품에서는 그들의 비중이 크지 않고 선한 여주인공들을 돕는 역할을 조금 할 뿐이다. 큰돈을 주어 도사를 마음대로 부릴 수 있으면서도 다른 사람들의 눈치를 보지 않아도 될 만한 지위인 군주와 같은 악녀가 등장하지 않기 때문일 텐데, 이는 이 작품의 관심이 현실과 일상, 도덕적 교훈에 있어서일 것이다. 이처럼 장편고전소설에서 여성 보조인물들의 존재는 작품의 지향과 서사전략과 긴밀히 연계되어 있는 중요한 인물군이라 할 수 있다.

고전서사문학의 번역과
세계화 방안

1. 고전서사문학 번역의 필요성

우리 고전문학의 세계적 전파와 확산은 어떤 방식으로 가능할까? 우선 외국어로 번역하여 출판하는 일을 생각해 볼 수 있다. 우리 문학의 최초 한영(韓英) 번역물인 『한국의 민담(Korean Tales)』이 1889년에 출간되었고, 이후 1892년에 〈춘향전〉 한불(韓佛) 번역물이, 1893년에 〈춘향전〉, 〈토끼전〉 등 이야기 모음집이 『동화와 전설집』으로 한독(韓獨) 번역물이, 1922년에 〈구운몽〉 한영 번역물이 출간된 것을 필두로 하여 많은 설화집과 고전소설, 고전시가 등이 번역·출판되었다.[1] 특히 90년대 이후 한국문학 전반의 외국어 번역이 급속히 늘어 1,500여 종에 이르고 있으나 현대소설과 현대시가 주류를 이루고 있다.

---

[1] 송영규, 「한국 번역 문학의 전망과 과제」, 『문예운동』 95, 2007. ; 조동일 외, 『한국학 고전 자료의 해외 번역 : 현황과 과제』, 계명대 출판부, 2008.

하지만 2007년부터 한국학중앙연구원에서 주도하는 '한국고전100선 영문번역사업'을 통해 지금까지 40여 편의 한국고전문학 작품의 영역(英譯)이 지원받은 것은 매우 고무적인 일이다. 고전서사문학 중에서도 이미 〈금오신화〉, 〈장화홍련전〉, 〈박씨전〉, 〈삼국유사〉, 〈열하일기〉 등이 지원받았으며, 이후 애정소설, 영웅소설, 우화소설, 세태소설, 전기소설, 한문장편소설 등 다양한 소설 작품들의 번역자를 공모하였다. 하지만 2013년에 최종 선정된 것은 두 과제[2]뿐이었으며 그것도 역사학과 철학 관련 분야여서 아쉬움이 남는다. 따라서 번역하는 작품이나 이본 선정의 면, 번역 수위의 면, 지원 정책의 면 등에 대해 좀 더 고민하고 논의할 필요가 있다.

또한 우리 고전문학의 세계문학으로서의 위상을 정립하기 위해서는 우선적으로 전 세계인에게 널리 알리고 서로 소통하는 일이 필요하다. 그러기 위해서는 이 글에서 집중적으로 다루고자 하는 '번역'의 문제와 더불어 외국인 교육에 있어서의 활용과 문화콘텐츠의 스토리텔링 소재로 활용하는 일 등을 생각해 볼 수 있다. 우리나라에 와서 한국어와 한국문화를 배우고자 하는 외국인 학생들을 위한 교재 구성에 고전서사문학을 적극 활용한다면 우리 고전문학의 세계적 확산이 가능할 것이기에, 한국어와 한국 전통문화, 전통적 가치관을 체계적으로 정리하고 적합한 교육 제재를 선택하고 효과적인 교육 방법을 개발할 필요가 있는 것이다. 또한 영화나 연극, 드라마, 광고, 게임 등 문화콘텐츠를 만들 때에 고전서사문학을 소재로 하여 스토

---

2 다산 정약용의『논어고금주』, 〈시화총림〉과 〈지봉유설〉, 〈병자록〉 등을 함께 묶어 한국의 근세사를 소개하는『조선후기 문헌』임.

리텔링을 한다면 우리 고전문학이 급속도로 세계화될 수 있을 것이다. 전 세계적으로 문화산업이 커다란 부가가치를 창출하는 추세임에도 불구하고 우리나라의 경우 한정된 소재 때문에 박차를 가하지 못하고 있는 실정이므로 이럴 때일수록 우리의 고전문학에 관심을 기울여 소재의 원천으로 삼는다면 보편성과 함께 독창성을 담보할 수 있을 것으로 보인다. 이 중에서 외국인 교육에 있어서의 고전서사문학 활용 문제, 문화콘텐츠의 스토리텔링의 소재로 고전서사문학을 활용하는 방안 모색은 앞에서 다루었다.

그렇다면, 왜 우리 고전문학 중에서 유독 '고전서사문학'의 번역과 세계문학으로서의 가능성을 이야기하는가? 물론 우리 고유의 정신과 문화는 여러 문화유산에 들어 있지만, 그 중에서 고전서사문학에는 우리 민족의 풍속과 생활 문화 등 일상생활과 가치관, 인간관계 등이 구체적으로 드러나 있으면서도 이를 흥미로운 서사로 덧씌워놓았기에 재미가 있다. 따라서 우리나라의 역사나 문화, 문학, 언어 사용 등에 대해 학문적으로 접근하기 어려워하는 외국인 학습자나 독자들이 조금은 쉽게 접근할 수 있을 것이다. 또한 우리의 전통문화나 고전문학에 문외한이거나 거부감마저 지니고 있는 외국인이 있다면 그들의 생각을 바꾸는 데에도 효과적일 것이다.

이에 이 글에서는 한국고전서사문학의 번역 상황을 고찰하고 앞으로 어떻게 발전시켜나가야 할지를 제안하려 한다. 적절하고도 효과적인 번역을 위해 필요한 사항, 주의해야 할 점 등에 대해 고민할 것이며, 어떤 작품들을 어떤 방식으로 번역하면 우리 고전서사문학이 좀 더 많은 외국인들에게 읽혀 세계문학으로서 자리매김할 수 있을지 논의해 보려 한다. 또한 우리 고전서사문학의 번역물이 확산됨으로써 전체 세계문학사에는 어떤 새로움이 더해질 수 있을지, 우리 문학계에는 어떤 지평이 열릴 수 있을지 등에 대해서도 생각해 볼 것이다.

2. 고전서사문학 번역의 양상

앞에서 잠깐 살폈듯이 우리 문학의 번역은 19세기 말부터 시작되어 1990년대 이후 급격히 증가하였고, 최근에는 비교적 정확하고도 효과적인 번역이 이루어져가고 있다. 특히 한국문학번역원에서는 2001년에서 2009년까지 총 29개 언어권으로 466작품을 선정하여 번역을 지원했는데, 이 중에서 고전은 62작품이며 문학과 역사, 철학서가 섞여 있으므로 고전문학의 비율은 10% 정도 된다. 대산문화재단에서도 1993년부터 2009년까지 190작품을 번역 지원했는데 고은, 박완서, 김지하 등의 현대문학 작품이 큰 비중을 차지한다.[3] 이후 2010년에 우리나라에서 출간된 공지영의 〈우리들의 행복한 시간〉은 그 다음해부터 번역 지원을 받아 영어, 불어, 스페인어, 중국어, 일본어, 네덜란드어, 터키어, 핀란드어 등 무려 13개 국어로 출간되었으며, 황석영의 〈바리데기〉는 9개 국어로 출간되는 등 다양한 언어로 번역된 점이 고무적이다. 김애란, 김연수, 김영하, 신경숙, 성석제 등 최근에 활발하게 활동하는 현대소설 작가들의 작품이 비교적

---

3 윤여탁, 「세계화 시대의 한국문학 : 세계문학과 지역문학의 좌표」, 『국어국문학』 155, 2010, 23~24쪽.

신속하게 번역되어 출간되고 있는[4] 점도 바람직하다.

하지만 위에서 본 바와 같이 번역물들은 주로 현대문학에 치중해 있다. 지금까지 황순원, 김동리의 소설이 가장 많이 번역되었고, 채만식의 〈태평천하〉, 최인훈의 〈광장〉, 이문열의 〈황제를 위하여〉, 황석영의 〈무기의 그늘〉 등 장편소설들도 번역되었다. 현대시의 경우는 서정주와 김지하의 시가 가장 주목받았으며, 한용운, 정지용, 박목월, 박두진, 모윤숙, 고은, 황동규 등의 시선집도 번역되었다. 박태원의 〈천변풍경〉은 독일 학자 아우구스틴과 한국인 박경희가 공동 번역하였는데, 작가의 유머와 세태를 꿰뚫는 예리함 등을 잘 살린 색다른 도시 소설로 평가받고 있다.[5]

이렇게 현대문학 작품들이 많이 번역되는 만큼 이에 대한 연구도 속속 나오고 있는데, 이인화의 장편소설 〈영원한 제국〉을 프랑스어로 번역한 것에 대한 논의[6]에서 우리가 참고할 만한 사항이 있다. 한국의 역사와 문화의 특수성이 강조되어 있거나 조선 후기의 어휘들과 풍속들, 동양 고전과 한문 문헌에 대한 작가의 해박한 지식이 녹아 있는 철학적이고 현학적인 작품의 경우, 프랑스 독자 즉 도착어권의 독자가 이해하기 쉽도록 번역하거나 번안하는 것이 반드시 바람직한 것은 아니라는 견해다. 작가가 작품 속에 숨겨 놓은 접혀져 있는 깊고도 많은 주름들은 상징성이 풍부하여 다양한 해석과 울림을

---

4 한국문학번역원 번역출간도서 목록, 2013년 10월 번역원 홈페이지 참고.

5 권영민, 「한국문학의 세계화 방안에 대한 연구」, 『세계비교문학연구』, 1996, 10~11쪽. ; 김재현, 「한국시 영역의 현황 및 방법론적 고찰 – 문제와 전망」, 『영어영문학』 34권 1호, 1988.

6 이인숙, 「한국문학 프랑스어 번역에 대한 고찰 – 이인화의 〈영원한 제국〉을 중심으로」, 『불어불문학연구』 56, 2003.

갖도록 되어 있는데, 도착어권 독자의 흥미를 끌 수 있도록 줄거리 위주로 번역을 하다 보니 그 주름들이 사라져 버렸다는 것이다. 따라서 에즈라 파운드가 말한 번역의 세 가지 기능 즉 독서, 비평, 시적인 재생산 중 시적인 재생산의 기능에 소홀한 결과라고 할 수 있다.

이 외에 1995년에 정종화가 번역한 김동리의 〈무녀도〉, 1998년에 서지문이 번역한 신경숙의 〈그 여자의 이미지〉, 1999년에 전경자가 번역한 박완서의 〈지 알고 내 알고 하늘이 알건만〉 등이 최근에 연구되면서 이러한 번역물에서 인간관계가 어떻게 반영되었는지, 등장인물의 성격과 내면을 얼마나 섬세하게 번역하였고 문체의 특성도 잘 살려내었는지를 점검하고 있다.[7] 이들을 통해 볼 때에, 원문의 어휘가 도착어권에서 통용되지 않을 경우, 단어 그대로 번역하면 의미 전달이 어려운 경우, 축어적 번역을 하면 원문의 의미가 약화될 경우에 번역하기가 어렵고, 공손함을 드러내는 경어법이나 우리나라 고유의 인간관계, 은유적인 표현 등을 번역하기가 어렵다는 것을 알 수 있다.

그렇기 때문에 우리 문학 작품을 번역할 때에는 우리 문화와 역사를 알아야 제대로 할 수 있을 것이다. 그래서 이런 점을 파악하고 있던 하버드 대학의 데이비드 맥캔 같은 이는 김소월의 시를 번역할 때에 한국의 현대사와 한국 시의 특성 등에 대한 긴 설명을 책 앞에

---

7 박옥수, 「한영 문학번역에서 드러난 인간관계의 반영 : 〈무녀도〉의 영역본을 중심으로」, 『비교문학』 58, 2012. ; 박옥수, 「한국 단편소설의 번역에서 드러난 가독성의 규범 -신경숙의 〈그 여자의 이미지〉 영역에 근거해서」, 『겨레어문학』 48, 2012. ; 박옥수, 「한영 문학번역에서 의미의 정착 - 〈지 알고 내 알고 하늘이 알건만〉의 영역본의 분석에 근거해서」, 『비교문학』 60, 2013.

덧붙여 놓아[8] 서구 독자들의 이해를 도왔다. 또한 시를 번역할 때에도 김소월 시인의 시적 표현의 단순성 속에 영원불멸한 시 정신을 담아낸 점, 현실과 이상의 괴리를 수용하면서 체념을 통한 삶의 달관에 도달한 점 등을 고려하였고, 율격이나 반복 등의 형식적인 면도 살려내면서 하였다. 하지만 '접동새'를 뻐꾸기를 뜻하는 cuckoo로 번역하여 접동새가 암시하는 슬픈 정조와 한을 드러내지 못하거나, '아우래비 접동'을 my little brother로 번역하여 아홉 오라비를 뜻하는 방언인 아우래비를 제대로 전달하지 못하는 한계를 드러냈다.[9]

이상에서 고찰한 바와 같이 우리 문학의 번역은 주로 현대문학을 중심으로 이루어졌기에 고전문학 특히 고전서사문학은 활발하게 번역되지 못하고 있다. 그러나 고전문학은 현대문학의 사상적, 문학적 연원이 되므로 이를 소개하고 보급하는 일은 반드시 필요하다. 현대문학에 대한 정확한 이해는 그 전통적·역사적 맥락을 함께 이해할 때 가능한 것이기에 현대문학과 고전문학의 연계 속에서만이 한국문학에 대한 총체적인 이해와 감상이 이루어질 수 있을 것이다. 또한 외국의 대학에 주로 제공되어 왔던 동서양의 고전문학 목록에 한국의 고전문학을 다양하게 소개하고 제공할 필요도 있다. 이렇게 되어야만 한국학 관련 학과나 과목에서 고전문학을 통한 문학 교육 등

---

8 McCann David, 『The Columbia Anthology of Modern Korean Poetry』, Columbia University Press, New York, 2004. 그를 비롯한 몇 명의 번역가가 참여한 이 책에는 김소월, 한용운, 정지용, 김영랑, 이상, 노천명, 백석, 윤동주, 서정주, 박목월, 조지훈, 박두진, 김춘수, 박재삼, 신경림, 고은, 황동규, 김지하, 강은교, 김혜순, 황지우, 박노해 등 많은 시인의 시들이 번역되어 있다.

9 김효중, 「한국 현대시의 영역에 관한 고찰 – 김소월 시의 영역을 중심으로 하여」, 『비교문학』 42, 2007.

다양한 접근이 가능하게 될 것이고, 더불어 교육 자료로서 활용될 수 있을 것이다. 아울러 한국의 고전 서사문학 번역물은 한국과 한국어에 대한 관심에서 비롯된 한국어 배우기 열풍에도 적극적으로 활용될 수 있을 것이기에 이에 대한 논의는 매우 시의 적절한 사안으로 보인다.

고전문학 중에서는 예전부터 '시조'가 주로 번역되었다.[10] 고전서사문학 중에서는 길이가 짧은 설화들이 주로 번역되었으며, 고전소설 중에서는 판소리계 소설, 가정소설, 연암의 소설 등 대략 30여 편의 중·단편이 번역되었다.[11] 이들은 비교적 충실하게 번역된 책들이기는 하지만, 대상본의 선택이라든지 미묘한 문맥 파악, 고유문물과 생활풍습의 전달, 문체나 운율의 전달, 속담·관용구·고유명사 번역 등의 면에서는 보완의 여지가 있다. 이에 필자는 몇 년 전에 외국 독자들에게 번역될 필요가 있는 서사문학 작품들을 제안했었다. 우리 서사문학의 다양성과 문학성을 제대로 보여주기 위해서 김시습, 허균, 박지원 등 최고의 지성을 지녔던 문인들의 소설들과 함께 소외된 문사들의 애정전기소설들, 서민들의 삶의 실상과 염원을 담은 가정소설과 군담소설, 민중들이 구전으로 향유하던 이야기를 채록한 야

---

10 박진임, 「한국 문학의 세계화와 번역의 문제: 시조의 영어 번역을 중심으로」, 『번역학 연구』 8권 1호, 2007, 153쪽.
11 〈구운몽〉, 〈배비장전〉, 〈사씨남정기〉, 〈심청전〉, 〈장끼전〉, 〈장화홍련전〉, 〈전우치전〉, 〈양반전〉, 〈열녀함양박씨전〉, 〈허생전〉, 〈호질〉, 〈옹고집전〉, 〈운영전〉, 〈이생규장전〉, 〈이춘풍전〉, 〈인현왕후전〉, 〈임경업전〉, 〈임진록〉, 〈장끼전〉, 〈장화홍련전〉, 〈춘향전〉, 〈콩쥐팥쥐전〉, 〈토끼전〉, 〈한중록〉, 〈황새결송〉, 〈흥부전〉 등이다. 오윤선, 「〈춘향전〉 영역본의 고찰 – 삽입시가를 중심으로」, 『판소리연구』 23집, 판소리학회, 2007, 401~402쪽 참조.

담집 등을 고루 선정하여 시리즈물로 구성하여 번역할 필요가 있다고 하였다. 아울러 우리 고전 서사문학 작품을 번역할 때에는 그 독창적인 표현과 구체적인 묘사, 인물들의 입체성 등을 최대한 완벽하게 전달할 수 있어야 하므로 고전문학 전공자들이 적극적으로 참여할 것을 촉구하였다.

그러나 지금도 여전히 고전서사문학의 번역은 그다지 활발하게 이루어지지 않고 있다. 2000년 이후 한국 고전텍스트의 영어 번역의 동향을 보면, 2000년에『초기 한국문학 선집』이 번역되었고, 이후 2006년에『한국의 시가문학』이 번역되기는 했지만, 그 외에는 한국 역사의 근원에 대한 기록, 14~19세기 조선의 의사교환 공간, 한국왕조의 역사, 〈삼국사기〉, 〈목민심서〉 등 우리 역사와 사회·정치를 알수 있는 고전 텍스트와, 불교문화를 알 수 있는 기록들을 중심으로 번역되었다. 서사문학 중에서는 연암 박지원의 〈열하일기〉와 소설 〈운영전〉, 〈심청전〉, 〈장끼전〉, 〈콩쥐팥쥐〉, 〈토끼전〉, 〈흥부전〉, 〈춘향전〉이 번역·출판되었을 뿐이다.[12] 또 2013년까지 한국문학번역원에서 번역을 지원한 인문·사회분야 고전 209종 중에서 고전문학은 단 22종에 국한되어 있어 고전 중에서도 고전문학작품은 더욱 소외되고 있는 상황이다.

최근에는 한국학중앙연구원에서 영역(英譯) 사업을 진행하고 있는데, 고전서사문학 중에서 다음의 작품들이 영역 대상으로 제시되어 있다. 이미 지원된 고전서사문학으로는 〈동야휘집〉, 〈용재총화〉, 〈동

---

12 노상호,「최근 10년간 한국 고전텍스트의 영어 번역의 동향과 전망」,『한국문화연구』 24, 2013. ; 노진서,「한국 고전소설의 한영 번역 연구 – 문화소 번역의 양태와 문화적 요소를 중심으로」,『이중언어학』 52, 2013.

국이상국집〉, 〈보한집〉, 〈장화홍련전〉, 〈박씨전〉, 〈금오신화〉, 〈서유견문〉, 〈규합총서〉, 〈열하일기〉, 〈삼국유사〉, 〈간양록〉, 〈이향견문록〉, 〈택리지〉 등이 있으나 아직 출간되지는 않았다. 2013년 지원대상으로 지정된 고전서사문학으로는 〈파한집〉, 〈태평한화골계전〉, 〈어우야담〉, 몽유록들, 연암집선, 전기소설들, 신재효 판소리 사설들, 〈홍길동전〉과 허균의 한문소설들, 〈유충렬전〉, 〈전우치전〉, 〈방한림전〉, 〈삼한습유〉, 〈숙향전〉, 〈숙영낭자전〉, 〈서대주전〉, 〈장끼전〉, 〈배비장전〉, 〈오유란전〉, 〈이춘풍전〉, 〈육미당기〉, 〈바리데기〉, 〈봉산탈춤〉 등이 있다. 전기소설, 영웅소설, 애정소설, 우화소설, 세태소설, 한문장편소설 등 고전소설이 대거 진입한 것이 특징적이다. 하지만 이들은 지원후보 대상일 뿐이었고 2014년에는 한 편도 지원대상으로 선정되지 않았기에 고전서사문학 번역의 속도는 더디다.

한국문학번역원의 번역출간 도서 중, 2003년 이후에 영어 이외의 언어로 번역·출간된 고전서사문학 작품들을 보면, 독일어로 번역된 것으로 〈홍길동전〉, 〈숙향전〉, 〈운영전〉, 판소리 〈춘향가〉·〈심청가〉·〈수궁가〉, 〈배비장전〉, 〈구운몽〉, 연암 소설 등이 있다. 불어로 번역된 것으로는 〈열녀춘향수절가〉, 〈변강쇠전〉, 〈수궁가〉 등이 있고, 러시아어로는 〈춘향전〉, 〈금오신화〉, 〈구운몽〉 등이 있다. 특히 〈구운몽〉은 스페인어, 이태리어, 폴란드어, 루마니아어 등으로도 번역되었고, 〈홍길동전〉은 이태리어로도 번역되었으며, 〈흥부전〉과 〈심청전〉, 〈춘향전〉을 엮은 『한국고전소설선』은 힌디어로도 번역되었다.[13] 이렇게 꾸준히 번역되고는 있지만 몇몇에 국한되어 있어 새롭

---

13 한국문학번역원 번역출간도서 목록, 2013년 10월 번역원 홈페이지 참고.

게 번역되는 작품이 드물다는 아쉬움이 있다.

이와 같이 고전서사문학을 번역하는 일이 예전보다는 많이, 그리고 체계적으로 진행되고는 있지만, 우리 고전문학 작품을 적절하게 번역하기는 결코 쉬운 일이 아닌 듯하다. 번역 대상인 고전서사문학들은 비록 현대에 한글로 번역해 놓은 상태일지라도 그 속에 담긴 깊은 문제의식이라든지 주제의식, 인명과 지명 등 고유명사의 함의와 중의성, 다른 고전 문헌에서 차용한 내용 등에 대한 정확한 파악이 용이하지 않는 경우가 많기 때문이다. 따라서 이렇게 깊고 세밀한 부분까지도 정확하게 번역하면서 더 상세한 설명이 필요한 부분에는 주해(註解)를 달아, 외국의 독자들이 우리 문학의 이야기 구조와 주제의식뿐만 아니라 미학적 특질과 문화적 기반까지도 파악할 수 있도록 해야 할 것이다.[14] 하지만 주해가 많으면 독자들에게 부담을 주거나 학술적인 서적으로 받아들여질 수 있어 전파에는 불리할 수도 있다. 따라서 번역자는 번역의 저본이 되는 고전문학 작품의 현대역본의 주해를 정확히 이해하고 나서 번역어 독자들의 수준과 기호에 맞게 재가공하는 일을 반드시 병행해야 할 것이고, 그렇기에 외국어 번역자와 고전서사문학 전공자의 공조는 필수적[15]이라고 할 수밖에 없다.

---

14 예를 들어 우리 고전소설에 자주 등장하는 주인공 호칭으로 '김생', '한생'등이 있는데, 이를 영역할 때에 적절한 단어는 무엇일까? 'Kim Saeng'이라고 쓰든지, 독신의 젊은 남자라는 의미로 'Mr. Kim' 또는 서생(書生)이라는 점을 살려 'Student Kim' 등으로 번역하고 있는데 합의점이 필요하다.

15 더 자세한 것은 정선희, 「고전 서사문학 영역의 필요성과 추진방안 연구」(『한국고전연구』16, 2007, 39~65쪽)을 참조하기 바람.

3. 고전서사문학의 번역 대상과 번역 방안

1) 번역 대상 작품 제안

한국의 고전 문학은 한국인의 정체성을 형성하고 있는 문화적·정신적 근원을 가장 흥미롭게 보여줄 수 있는 문화유산이라고 할 수 있다. 그러나 그 영역이 광범위하므로 효율적인 번역 작업을 하기 위해서는 대상을 한정할 필요가 있다. 그래서 필자는 운문 영역 보다는 상대적으로 번역의 성과물이 더 적은 산문 영역을, 그 가운데에서도 한국인의 구체적인 삶과 의식을 잘 보여줄 수 있는 장르인 소설과 야담을 중심으로 '고전 서사문학'시리즈를 기획할 수 있을 듯하다.[16] 한국인의 정신과 사상 그리고 문화를 담은 고전이면서, 번역되어 소개되었을 때 독자들의 요구를 충족시킬 수 있는 텍스트를 선정할 필요가 있는 것이다. 이때 상정한 독자층으로는 해당 분야의 전문가나 한국학 전공자를 가장 크게 염두에 두었다. 외국의, 그것도 아시아의 작은 나라인 한국의 고전문학을 영어사용권의 일반 대중이 선택하여 독서할 확률은 매우 낮기 때문이다. 따라서 우리는 우선 전문 연구자들, 고급 한국어 학습자들을 위한 번역본을 출판하는 것이 적절하다고 본다. 이후 이들 전문 연구자들이 그곳 일반 독자들에게 적합한 방식으로 재가공하여 출판하는 것이 효과적일 것이라고 판단하기 때

---

16 지금 이 시리즈물을 제안한다고 해서 바로 번역 작업을 할 수 있는 토대가 마련된 상태는 아니다. 하지만 이렇게 구체적으로 대상작품을 선정해 보고 추진 방안을 고민하는 과정을 통해 고전서사문학 번역 작업의 필요성이 강조되고 공감대를 형성하는 계기가 되리라 기대한다.

문이다.

또한 효과적으로 한국의 고전 서사문학의 정수를 보여주기 위해 시기적으로는 서사문학의 유산이 가장 풍부한 조선시대의 작품을 대상으로 하면서 다음의 세 범주를 포괄하였다. 먼저, 지식인 작가층에 의해 창작된 상층의 문예물로서의 한문소설, 다음으로는 서민층의 삶과 정서를 대변하는 대중적 국문소설, 마지막으로는 여항 시정인들 사이에서 구전되던 이야기나 여항의 견문을 기록한 야담집이다. 야담집은 한문과 국문 모두에 문맹이었던 사람들, 즉 국문소설보다도 더 저층이었던 사람들의 서사문학적 욕구에 부응하였던 문학 장르이면서 이를 상층의 시각을 통해 읽을 수 있는 장르적 특성이 있다. 결과적으로 이러한 작품 선정은 조선 시대의 상하층을 아우르는 서사문학의 정수를 보여주는 최선의 선택이라 할 수 있다. 각 작품의 특징[17]을 번역의 필요성을 중심으로 하여 살펴본다.

① 『금오신화』

『금오신화』는 매월당 김시습에 의해 창작된 우리나라 최초의 한문소설로, 〈만복사저포기〉, 〈이생규장전〉, 〈취유부벽정기〉, 〈남염부주지〉, 〈용궁부연록〉 등 5편으로 이루어져 있다. 현실에서 있을 수 없는 신이한 만남과 이별 그리고 현실과 비현실의 공간 이동 속에서 결국은 비극적인 혹은 허무한 결말로 끝을 맺는 전기소설(傳奇小說)의 전범적인 양상을 띠고 있다. 또한 다른 고소설들이 대체로 중국을

---

17 이하, 각 작품의 특징을 논하는 부분은 기존 연구들을 두루 참고하여 서술하였지만 일일이 거론하지는 않기로 한다.

배경으로 하고 있는 것과 달리, 조선을 배경으로 하고 있으며 인물 또한 그러하다. 이처럼 최초의 소설이라는 점 이외에도 본격적인 전기소설의 시대를 연 작품이자, 조선이라는 배경 설정을 통해 우리 전통문화를 담아내고 있다는 점 등에서 고전 서사 문학의 영역에서 가장 우선시되어야 할 대상 작품이라고 할 수 있다.

② 애정전기소설선 ; 〈주생전〉·〈위경천전〉·〈최척전〉·〈상사동기〉

15세기의 『금오신화』를 통해 고전 소설의 주요 유형 혹은 장르로서 전개된 전기소설은 17세기에 와서 애정이라는 모티브가 강화되면서, 더욱 탐미적이고 서정적인 분위기를 띠게 된다. 그러면서도 귀신과의 만남이나 비현실 공간 체험과 같은 낭만적이고 환상적인 성격은 약화되고 인물들의 현실 속에서의 만남이 주가 되는 현실적 성격이 강화된다. 이러한 17세기 애정전기소설은 애정이라는 대단히 보편적인 주제를 다루고 있으므로 번역되었을 때 독자층에 대한 강한 흡인력을 가질 수 있다는 점과 함께 조선의 서사문학사를 거칠게 구분하였을 때 중반기의 한문소설을 대표할 수 있는 의의가 있다는 점에서 적절하다. 〈주생전〉, 〈위경천전〉, 〈최척전〉, 〈운영전〉, 〈상사동기〉는 바로 그러한 17세기 애정 전기소설을 대표하는 작품들인데, 이 가운데 〈운영전〉은 기존의 영역본이 있고 또 새로운 영역본이 곧 출간될 예정이므로[18] 선정에서 제외한다.

---

18 같은 이유로 본 시리즈 구성에서 제외한 작품이 〈구운몽〉이다. 한국학중앙연구원의 목록에 의하면, 하인즈 인수 펜클이라는 번역자가 현재 영역 중이라고 한다.

③ 연암 박지원의 소설

실학자이자 문장가인 연암(燕巖) 박지원(朴趾源)이 조선 후기의 문단을 대표할 만하다는 것은 주지의 사실이다. 따라서 그의 한문소설들을 모두 대상으로 선정하였다. 〈열하일기〉(연암집 11~15권)와 〈방경각외전〉(권8)에 〈양반전〉, 〈허생전〉, 〈호질〉, 〈마장전〉, 〈예덕선생전〉, 〈민옹전〉, 〈김신선전〉, 〈광문자전〉, 〈우상전〉, 〈역학대도전〉, 〈봉산학자전〉, 〈열녀함양박씨전〉 등 12여 편의 한문소설들이 실려있다. 〈허생전〉, 〈양반전〉, 〈호질〉, 〈열녀함양박씨전〉 네 편이 이미 번역되어 있기는 하지만 연암 소설의 다양성과 문학성을 효과적으로 전달하기 위해서는 전체를 묶어 출간하는 것이 좋을 것이다. 이들 작품들은 당대의 사회의 여러 계층에서 나타나는 부조리와 모순, 허위의식 등에 대한 작가의 통렬한 비판 의식과 풍자적 기법이 교묘히 접합된 소설로서 조선 후기 풍자소설의 대표작이자 독보적 작품들이라 할 수 있다.

④ 〈홍길동전〉·허균의 한문소설

〈홍길동전〉은 우리 문학사에서 전통적으로 내려오던 영웅 일대기의 구조에 연산군 때의 실존인물이었다는 민중 영웅 홍길동과, 임꺽정·서얼 이몽학 등을 통합하여 소재로 삼은 작품이다. 고귀한 혈통의 인물이 비정상적인 출생을 하였으나 비범한 지혜와 능력을 지니고 있으며, 어려서 위기를 겪지만 이를 극복하고 승리한다는 영웅일대기의 구조를 소설에서 최초로 보여준 작품이다. 주인공 홍길동이 천부적인 힘과 도술을 지닌 것으로 되어 있기는 하지만 비교적 사실적인 묘사를 통해 〈금오신화〉 이후의 전기적(傳奇的) 성격을 탈

피하고 비로소 완정한 소설의 형태를 갖추었기에 최초의 본격적인 국문소설이라는 평가를 받는다. 〈홍길동전〉의 작자에 대한 연구자들의 견해에 다소 차이가 있기는 하지만 현재로서는 허균 창작설이 가장 유력하다. 허균은 〈호민론(豪民論)〉·〈관론(官論)〉·〈정론(政論)〉·〈병론(兵論)〉·〈유재론(遺才論)〉 등에서 민본사상과 국방정책, 신분계급의 타파 및 인재등용과 붕당배척의 이론을 전개하기도 하였으며, 한문으로 된 전(傳) 작품들을 통해 숨겨진 인재, 도사들에 대한 이야기를 하였다. 이에 〈홍길동전〉[19]과 함께 〈엄처사전〉, 〈손곡산인전〉, 〈장산인전〉, 〈남궁선생전〉, 〈장생전〉과 같은 허균의 한문소설들을 함께 묶어 영역하는 것이 필요하다고 본다.

⑤ 〈이고본 춘향전〉

〈춘향전〉은 한국문학을 대표하는 작품으로 17세기 후반부터 지금까지 지속적으로 애독되고 있다. 춘향과 이 도령의 사랑 이야기를 중심으로 하면서, 기생 춘향과 기생 아닌 춘향의 갈등을 통해서 신분적 제약에서 벗어난 인간적 해방을 이룩하고자 한 작품이다. 자아의 신장과 꿈의 형상이 조선 후기 민중들에게 갈구되던 새로운 시대의 이미지를 심어 주었기 때문에 독자들에게 열렬히 환영받았다. 춘향과 이몽룡의 계급을 초월한 사랑과 신의, 그 당시 봉건윤리에 합치되

---

19 〈홍길동전〉처럼 이본이 많은 경우에는 어떤 판본을 택하느냐 하는 문제도 중요하다. 현전하는 〈홍길동전〉이 허균 당대의 원작으로부터 상당한 첨가가 이루어진 적층문학적 성격을 지니고 있음을 고려한다면 구술적 전통이 우세하며 풍부한 디테일과 함께 사회의식이 고양된 면모를 보여주는 완판본을 번역 텍스트로 선택하는 것이 효과적이라는 장효현(앞의 논문, 711쪽.)의 논의를 참고하여 완판본을 대상으로 선정한다.

는 춘향의 열녀적인 행실이 민중의 공감대를 얻었고, 변학도와 같은 특권 계급층의 전횡(專橫)을 응징하는 이몽룡의 모습 등이 양반은 물론, 하층민 누구에게나 환영받을 수 있는 국민문학적 요소를 가졌기 때문인 것으로 분석된다. 〈춘향전〉은 몇 차례 영역되기도 하였지만 그 대본이 주로 〈열녀춘향수절가〉였다.[20] 춘향전은 100여 편에 이르는 다양한 이본이 존재하는 소설인데, 그 이본마다 특색이 있다. 〈열녀춘향수절가〉는 19세기 말에 향유되던 이본으로 춘향의 열절이 강조된 작품이다. 이 작품이 근현대에 이르러 가장 많이 읽힌 이본이기는 하지만, 소설 〈춘향전〉의 저본이라고 할 수 있는 판소리 〈춘향가〉의 축제적 분위기와 골계적 요소들이 많이 남아 있고 민중들의 해학적인 면이 강조되어 있는 〈이고본 춘향전〉(필사 및 저작 연대는 1900년경으로 추정)이 영역될 필요가 있다고 여겨진다. 우리나라의 '판소리'는 2003년에 유네스코의 세계무형유산으로 지정될 정도로 그 가치를 인정받고 있는 예술이다. 따라서 외국인들의 관심도 지대할 것으로 보이므로 판소리의 미학이나 유머 등 장점들을 많이 포함하고 있는 이본을 선택할 필요가 있다.

⑥ 〈장화홍련전〉·〈박씨전〉

〈장화홍련전〉과 〈박씨전〉을 함께 영역 대상으로 넣은 이유는 조선의 아녀자들이 가장 즐겨 읽던 국문소설이라고 판단했기 때문이

---

20 연구의 대상으로 삼을 만한 〈춘향전〉 영역본은 총 12종이 있다. 그 중 4종은 판소리 공연 시의 보조자료로서의 성격이 짙으므로 제외한다면 8종이 있는 셈인데, 이 중 6종이 〈열녀춘향수절가〉 또는 완판계열을 영역한 것이다. 오윤선, 앞의 논문, 2007, 402~406쪽 참조.

다. 먼저 〈장화홍련전〉은 소위 '가정소설' 유형에 속하는데, 이 유형은 17세기 후반에 처음 출현한 이래로 성별을 초월한 폭넓은 독자층을 확보함으로써 본격적 소설시대를 여는 선도적 역할을 담당했다. 가정소설은 한마디로 '일부다처제(一夫多妻制) 아래에서의 문제적 가족구성에서 기인된 가족갈등이 서사의 중심축이 되고 있는 소설'로 정의된다. 여기서 말하는 가족갈등은 크게 '처-첩(처) 갈등'이나 '계모-전처자식 갈등'을 말하며, 이러한 양반의 축첩에서 파생되는 갈등 상황들이 가정의 비극을 초래하는 것이다. 이렇듯 사회적 이데올로기의 모순과 한계를 문제 삼고 작품을 통하여 가정운영에 가장 문제성 있는 인물들을 작중 인물로 등장시켜 가부장적 양반사회의 병폐를 폭로한 소설들이다. 그 중에서도 〈장화홍련전〉은 후처제(後妻制) 하의 '계모-전처 자식'간의 주도권 다툼 문제를 다룬 소설로, 흔히 '계모형 소설'로 분류된다. 이는 후대에 〈김인향전〉 등의 많은 모방작들을 남겼으며, 특히 오늘날 영화 〈장화 홍련〉의 모티브가 되기도 하는 등 끊임없이 재해석되고 있다는 면에서 그 의의가 크다.

다음으로 〈박씨전〉은 소위 '군담소설'로 분류되는 작품이다. 군담소설은 전쟁을 통해서 주인공의 영웅적인 활약상을 담고 있는 작품군인데, 이 작품의 특징은 여성을 주인공으로 등장시켜 가정적 갈등을 먼저 제시하고 순차적으로 사회적 갈등으로 확산하여 전공(戰功)을 세우는 이야기로 마무리하고 있다는 점이다. 박색이었던 박 씨가 이시백과 혼인하여 피화정에서 지내던 중 혼인한 지 13년 만에 친정에 다녀온 후 추한 허물을 벗게 된 박 씨가 절대가인, 요조숙녀가 되고 신통력도 점점 커져 병자호란 시에 남편 이시백과 조선의 장수 임경업 등을 도와 호적들을 물리친다는 이야기가 주된 줄거리이다.

이런 이야기를 통해 당시의 여성 독자들은 대리만족을 느꼈을 것이며, 남성을 포함한 모든 독자들이 실제 겪었던 병자호란에서의 패배를 승리로 바꿔 놓은 통쾌함으로 위안을 느꼈을 것이다. 저작 연대는 밝혀져 있지 않지만 대체로 17세기부터 읽혔던 것으로 추정되며, 이본이 많이 남아 있는 것으로 보아 많은 인기를 누린 듯하므로 대상으로 선정한다.

⑦ 『삼설기』

『삼설기』는 방각본으로 출간되었던 국문 단편 소설집이다. 최초의 방각본 소설로 1848년부터 간행된 것으로 보아 상당히 일찍 형성된 작품이면서 독자도 많이 확보했던 작품으로 판단되므로 선정하였다. 9편의 단편이 한 데 묶여 있지만, 〈오호대장기〉, 〈서초패왕기〉, 〈삼사횡입황천기〉, 〈삼자원종기〉 등이 애독되었으며 이들은 현대역되어 있기도 하다. 이 소설들은 대체로 설화, 한문단편, 가사 등에 근원을 두고 발전되었다고 생각되며, 주제 상으로는 입신양명보다는 근심 걱정 없는 편안한 삶을 원하는 변모된 선비사회의 행복관, 강자들의 경화된 권위의식과 허세에 대항하는 약자들의 실력과 논리, 부패된 사회상과 인간성의 결점에 대한 풍자, 인간 본연의 정리(情理)에 충실할 것 등을 보여주고 있다. 이를 통해 사소하고도 평범한 인간상에서 인간의 삶에 대한 보편적 진실을 탐구하고자 한 것이다. 그리하여 그 이전의 고전소설의 주류를 이루었던 군담소설이나 애정소설 등에서는 볼 수 없었던 치밀한 인간성 탐구의 결과를 함축하게 되었다고 생각된다. 이들에서 보이는 삶에 대한 인식태도는 서민의식의 성장을 보이며 봉건적 세계에 대한 비판과 저항의 모습을 보인다는 면에서 특징적이다.

⑧『어면순』

연산군 때의 송세림(宋世琳)이 편찬한 것으로, 남녀의 성희를 노골적이며 해학적으로 표현하고 남녀의 호색을 풍자하는 내용이 주를 이루는『고금소총(古今笑叢)』에 들어 있다. 저자가 만년에 은거해 있을 때 지은 것으로 보이며, 아우인 송세형의 서문과 정사룡의 발문을 참고하면 대략 1530년 전후에 편찬했을 것으로 추정된다. '잠을 막아주는 방패'라는 뜻의 제목답게 저자가 마을에서 들리는 이야기 가운데 잠을 쫓을 수 있는 것을 수록해 지었다고 한다. 이렇게 한 의도는 단지 웃는 데에만 있지 않고 세상인심을 깨우치기 위한 것이라고도 했다. 이후 성여학의『속어면순』등과 같은 아류들이 많이 지어졌다는 면에서 소화집(笑話集)의 대표격이라고 할 수 있다.

⑨『어우야담』

1622년 어우당(於于堂) 유몽인(柳夢寅)이 지은 한국 최초의 야담집으로, 전대(前代)의 필기(筆記)·잡록(雜錄)류의 전통을 이으면서 후대에 본격적으로 전개될 야담문학을 선도했다는 점에서 의미가 크다. 야담은 한국 고전문학사에서 새롭게 등장한 문학 장르로, 당시 시대정신의 중요한 변화를 다채로우면서도 현실감 있게 반영하고 있다. 저자는 문학적인 흥미를 지니면서도 역사 기술로서의 성격을 강하게 지니는 이야기들을 한 데 모아 기록하여, 독자들이 세상에 대해 새롭게 인식하도록 하려는 교훈적 의도를 살리기도 하였다. 흔히 민간에 유포되어 있던 음담패설이 아닌 풍자적인 설화와 기지가 있는 야담들을 담고 있어 조선 중기 서사문학의 좋은 자료이다. 왕실·귀인에서 상인·천민·기녀에 이르기까지 다양한 인간의 삶과 시문에 얽힌 사연, 꿈·귀신, 풍속·성에 관한 이야기를 생동감 있게 기록한 설화 문학이기에 대상으로 선정한다.

⑩『청구야담』

한문 단편을 비롯한 민담, 전설, 소화(笑話), 일화(逸話) 등이 포함되어 있는 야담집으로 1840년경에 편찬됐을 것으로 추정된다. 조선후기의 야담류 문헌 가운데 가장 많은 작품을 수록하고 있으며, 편찬자는 미상이다. 〈어우야담〉과는 달리 새로운 사회관계의 형성, 지배층 내부의 부패와 모순, 몰락양반의 비참한 현실, 신흥부자의 대두, 지배층에 대한 하층의 항거, 자유분방하고 생기발랄한 시정 풍속, 상품화폐경제의 발달에 따른 새로운 윤리관 및 가치관의 형성 등의 사회상을 특징적으로 보여주면서 무너져 가는 봉건 사회와 변화하는 피지배계층의 의식을 잘 반영하고 있다. 또한 높은 문학적 안목으로 비교적 문예성이 높은 야담만 선별해 이야기 하나하나에 일관된 방식으로 제목을 붙여 놓고 있어서 한국 야담문학의 최고 수준을 보여준다고 평가되기에 대상으로 선정한다.

2) 바람직한 번역 방법 모색

이제 좀 더 구체적으로 우리 고전서사문학을 제대로 번역하는 방법을 생각해 보자.

앞에서도 언급했다시피, 문학 작품을 번역할 때에는 번역자가 원작을 정확하게 전달하는 것에 더하여 그 작품이 새로운 생명을 얻어 도착어권의 언어로 다시 태어나게 하는 데에도 주의를 기울여야 한다. 서투른 번역은 오히려 원작의 질을 떨어트려 원작과는 다른 우스운 작품으로 만들어 버릴 수도 있다[21]는 점에 주의해야 하는 것이다. 즉 우리 고전문학을 번역하는 사람은 우리 고전문학의 독자이면서, 이를 새롭게 창작할 수 있는 작가의 자질도 있어야 한다는 것이다. 번역 작품을 '주어진 주제'라고 생각하고 그에 따라 새로운 글을 짓는 마음으로 임해야 하면서도 항상 원작자의 상상력을 따라가면서 원문의 방향을 벗어나서는 안 된다.

이렇게 하려면 번역자는 빈틈없이 원전을 알고 있음과 동시에 양국의 문화에도 정통해야 하며, 훌륭한 언어학자이면서 민속학자여야 한다. 즉 작품의 내·외적 상황에 민감해야 하는데, 작품 속 등장인물의 인품, 사회적 지위, 경력 등등에 대한 번역에 있어서 필요한 부분이기 때문에 그렇다.[22] 그런데 이런 부분을 다른 언어를 전공한 번역자가 잘 알기는 어려우므로 그들과 긴밀하게 공조할 수 있는 고전문학 전공자가 있어야 정확하고도 적절한 번역물이 탄생할 수 있을 것이다.

이렇게 원전의 내용과 의도, 문화를 잘 전달하는 것과 함께, 독자들의 수용성을 고려해서 번역의 초기 단계에는 텍스트를 독자에게 가까이 다가가게 하기 위한 도착어권 독자 중심의 번역 전략을 세워

---

21 기존의 번역물들 중에는 우리 문학의 전체적인 이미지를 용렬하게 비춰지게 할 만큼 질적으로 낮은 수준의 것들도 꽤 있다고 진단되기도 하였다. 이성일, 「우리 고전 번역의 필요성」, 『민족문화연구』 31집, 1998.
22 송영규, 앞의 논문, 86~87쪽.

야 한다. 그러다가 일정 수준의 독자층을 확보할 수 있을 때에 궁극적으로 출발어 텍스트 중심의 번역 전략이 가능해질 수 있을 것이다.[23] 그러나 이 경우에도 앞에서 논의한 것처럼 우리 고전문학을 제대로 이해하지 못한 번역가는 결코 정확하게 번역해낼 수가 없을 것이다. 따라서 도착어권의 번역가가 우리 고전문학을 번역하는 것이 좋기는 하나, 여기에 더하여 동시에 한국어에도 능통한 번역가를 찾기는 어려우므로 영어권 번역가와 한국 고전문학 전공자의 공역이 필요하게 된다. 번역가는 단순히 언어 번역을 세밀하게 해내는 데에서 그치지 않고, 작품의 주제적인 면, 시대·공간적인 배경에 대한 면, 독자층의 흥미와 감동을 유발하는 면 등을 다각적으로 파악하고 조절하는 역할도 해야 하는 것이다.

번역의 세부적인 면으로 들어가 보자. 먼저 어휘의 면에서, 우리 고전문학에는 있는데 도착어권에서 사용되지 않는 경우는 어떻게 번역할 것인가가 아직 합의되지 않았다. 고유명사로 처리할 것인지 유사한 어휘로 대체할 것인지 애매하다. 예를 들어 '쌍화차'라는 것을 음역할 것인지 도착어권의 음료 중 적절한 것으로 대체하는 동의어 표현 방식을 쓸 것인지를 결정하기 힘들다. 현대소설을 번역한 예를 보면, 나물을 steamed vegetables라고 하거나 사잣밥을 the funeral meal이라고 번역하는 방식을 '서술적 등가'의 방식이라고 하고, 찌개 국물을 stew라고 하거나 신김치를 kimchi라고 한 것을 '상위어 표현', 우거지 찌개를 miso soup으로 한 것을 '동의어 표현' 방식이라고 할 수 있다. 그런데 이 번역들을 조금 수정·보완할 수도 있으니, 나

---

23 이형진, 「한국문학 영역(英譯)의 전망과 과제」, 『문예운동』 95, 2007.

물은 한국의 대표적인 음식이므로 앞의 번역보다는 Namool이라고 음역하는 것도 좋을 듯하고, 찌개 국물은 Korean pot stew라고 하는 것이, 신김치는 구체적인 맛을 담아 over-fermented kimchi라고 하는 것이, 사잣밥은 문맥적 의미를 담아 the meal for the death angel 이라고 하는 것이 나을 수도 있다.[24] 인물의 호칭, 인물의 성격이나 외양 묘사도 서술적 등가의 방법을 쓸지, 음역(音譯)을 할지, 문화적 등가의 방법을 쓸지 경우마다 다르다. 사회적 현상이나 관용어의 경우 우리 사회에서만 성행하거나 우리 고유의 것이면 더욱 번역하기가 어려운데 대체로 의미 번역을 많이 한다. 이때 주의할 것은 표현의 표면적 의미만 옮기는 것이 아니라 저자의 의도, 텍스트의 함축적 의미 등도 전달할 수 있도록 해야 한다는 것이다. 더욱 중요한 것은 이런 문화 표현들을 번역하는 방식이 번역의 품질에 중요한 영향을 미친다는 점이다.[25]

또 〈심청전〉이나 〈춘향전〉 같은 고전소설에는 서왕모, 태상노군, 후토 부인, 동방삭, 석숭 등의 고유명사들이 나오는데 이를 일일이 본문에서 해설하면서 번역하기보다는 각주(脚註)로 처리하는 것이 좋을 듯하다. 그런데 어떤 번역본에서는 이런 부분들을 음역만 해놓았기에 원문의 분위기와 의미를 온전히 전달하지 못하는 경우도 있다. 춘향이가 옥에서 울면서 부르는 〈장탄가(長歎歌)〉를 〈Jangtanga〉라고만 옮겨 놓았기에 길게 탄식하며 부르는 노래라는 의미가 전해지지 않는다. 반대로 '요순우탕(堯舜禹湯) 임금님도'라는 구절은 고유명사

---

24 박옥수, 「한영 문학번역에서 의미의 정착」, 『비교문학』 60, 2013, 36~37쪽.
25 박옥수, 앞의 논문, 35쪽, 45~46쪽.

를 살리지 않고 'A King in a peaceful period'라고 옮겨 놓아, 한 권의
책 안에서도 통일된 원칙이 없었다.[26] 그러나 〈흥부전〉에서 놀부가
언청이와 곱사등이에게 품삯을 주면서 박을 타게 하는 대목 같은 것
은 도착어권의 언어에 맞으면서도 원문의 느낌을 잘 살려 번역해 주
기도 하였다. 판소리 특유의 흥겨움과 골계미까지 전달될 수 있을
듯하다.

> 곱사등이 톱을 먹인다. "슬근슬근 톱질이야"
> 언청이가 소리를 받아서 하는데, "흘근흘근 흡질이야"
> 곱사등이 하는 말이, "이 놈 째보야, 흡질이란 말이 무슨 소리냐?"
> "입술 없는 녀석이 무슨 소리를 잘 하겠느냐마는 이 다음은 잘 할
> 것이니 염려 마라."
> 곱사등이 소리를 먹인다. "슬근슬근 톱질이야. 힘을 써서 당겨 주소."
> 언청이가 깨진 입을 억지로 오므리며 소리를 받아 넘기는데, "어이
> 여라 끙이야, 캉키어 주소."
> 별안간 곱사등이가 언청이의 뺨을 딱 붙이며, "이 놈 누구더러 흐끙
> 흐끙이야 하느냐?"
> 언청이가 하는 말이, "너더러 욕을 하였으면 네 아들놈이다."

> The hunchback began to saw first. "Smoothly, Smoothly, we're
> sawing"
> The harelip responded to it. "Zmoothly, Zmoothly, we're zawing"
> The hunchback asked. "You, Stupid. What means zawing?"
> "How can I pronounce well without lips? But next time I'll do
> my best. Don't worry."

---

26 『The story of Chunhyang(춘향전)』, The Korean classical literature series 6,
Korean Classical Literature Institute, Baek Am Publishing Co, 2007, 170·179쪽.

The hunchback hummed a tune. "Smoothly, Smoothly, we're sawing. Pull it hard"

The harelip responded to a tune, puckering of his lips, "Hey, fuck, bull it har."

Suddenly a hunchback hit the checks of the harelip. "You fellow! Whom are you fucking?"

The harelip said, "Never did I curse you!"[27]

한편, 등장인물의 성격과 내면을 충실하게 묘사하면서 독백과 대화를 자주 섞어서 서술하는 등 문체가 특별한 작품의 경우에는 이를 잘 번역하는 것도 중요하므로 쉼표, 마침표, 따옴표 등을 적절하게 사용하여 도착어권 독자들이 형식적 묘미도 느낄 수 있도록 해 주어야 할 것이다. 또한 우리나라에는 고유의 경어법이 발달되어 있으므로 이들이 제대로 전달될 수 있도록 해야 하는데, 자신을 낮추는 방법, 상대를 높이는 방법, 높이는 격조사를 넣는 방법 등 다양하므로 문맥에 맞게 번역해야 할 것이다. 상대를 높이는 경어법이 없는 언어의 경우 존경의 뜻을 담은 호칭을 사용한다거나, 반대로 상대에게 친근함을 섞어 말할 때에는 상대를 낮추는 호칭을 사용하는 방법을 생각할 수 있다.[28]

위와 같이 여러 상황을 고려하여 번역을 한 후에는, 도착어권 번역자가 번역물의 현지 독자에의 수용에도 적극 개입하여야 반향을

---

27 『The story of Heung-bu(흥부전)』, The Korean classical literature series 1, Korean Classical Literature Institute, Baek Am Publishing Co, 2007. 132~133쪽.
28 박옥수, 「한국 단편소설의 번역에서 드러난 가독성의 규범 - 신경숙의 〈그 여자의 이미지〉 영역에 근거해서」, 『겨레어문학』 48, 2012. ; 박옥수, 「한영 문학번역에서 드러난 인간관계의 반영 : 〈무녀도〉의 영역본을 중심으로」, 『비교문학』 58, 2012 참조.

일으킬 수 있을 것이다. 특히 우리 고전문학은 외국인들에게 인지도가 높지 않기 때문에 작품의 작가와 작가론 소개의 글 발표, 일간지나 문학잡지의 서평과 학술적 비평 발표 등을 병행해 준다면 더욱 효과적으로 전파될 수 있을 것이다.[29] 아울러 번역 작품을 소재로 한 간단한 공연이라든지 사인회, 간담회, 강연회 등을 기획할 필요가 있다. 번역서 출간을 계기로 하여 양국 간의 교류 기회도 확대할 수 있어야 할 것이다.

한편, 번역 대상의 선택에 있어서도 도착어권의 문화와 취향을 잘 파악하여 그들이 선호할 만한 작품을 고르는 것이 좋겠다.[30] 우리 문학사에서 중요하다고 생각되는 작품만을 선택할 것이 아니라 그들이 선호하는 환상적인 작품이라든지 탐미적인 작품들을 대거 포함시킬 필요가 있다. 우리 역사나 문화에 대한 선지식이 거의 없는 외국 독자들에게 우리 작품을 읽도록 만드는 것은 매우 어려운 일이기에 일단 읽어보도록 하는 일이 매우 중요하다. 그러므로 너무 보편적인 소재보다는 한국적인 소재나 속성을 지닌 것을 고르되 예술적인 아름다움이 느껴질 수 있는 작품들을 선택해야 할 것이다. 지금까지는 〈춘향전〉도 〈열녀춘향수절가〉만을 주로 번역했다면, 이제는 〈남원고사〉,

---

29 일본 문학 〈설국〉, 〈겐지 이야기〉 등을 번역한 이들이 모두 미국 대학의 일본문학 전공 교수들이어서, 도착어권 번역가이면서 번역 이후의 일련의 수용 과정에 주도적인 역할을 했기에 일본문학이 미국에서 효과적으로 수용될 수 있었다고 한다. 이형진, 앞의 논문, 98쪽.

30 출판으로 연결되는 문학 작품의 번역은 독자의 수요를 감안해야 하기에 도착어권(주로 서양)의 문화에 맞추는 전략을 종종 사용한다. 그럼으로써 원천 문화의 이데올로기를 약화시키기에 식민주의 헤게모니를 주입하는 결과를 낳는다고 하기도 한다. 하지만 현대의 독자들은 다른 텍스트를 도착언어로 자연스럽게 번역한 텍스트를 선호하기 때문에 그럴 수밖에 없는 면도 있다. 박옥수, 앞의 논문, 2012.

〈이고본 춘향전〉 등 다른 장점과 특색이 있는 이본들도 번역했으면
한다. 〈남원고사〉는 〈춘향전〉 이본 중 가장 길며 당시에 향유되었던
여러 장르의 문학들이 수용되어 있는 독특한 독서물이다. 〈이고본
춘향전〉은 판소리 〈춘향가〉의 축제적 분위기와 골계적 요소들을 많
이 담고 있으며 민중들의 해학적인 취향이 반영된 이본이다. 한편,
중국어권에는 그들의 고전문학 작품인 〈서상기(西廂記)〉의 비평 방법
을 변용하여 조선 후기의 문인이 〈춘향전〉을 한문으로 재창작한 〈수
산광한루기〉를 번역하여 출간하면 관심을 가질 듯하다. 〈서상기〉에
대해 잘 알고 있을 것이기에 책머리에 〈춘향전〉의 줄거리를 요약하고
이 이본의 특징을 설명하면서 그 연관성 등을 알려 준다면 충분히
이해할 수 있을 듯하다. 또한 〈운영전〉같이 특별한 사랑 이야기도
외국인들에게 흥미를 끌 듯하다. 궁궐이라는 특별한 공간에서 궁녀
라는 특별한 신분의 여성들이 왕에게 시(詩)를 비롯한 문학을 배우는
상황, 궁녀와 선비의 사랑, 궁녀를 아끼는 왕의 은근한 애정과 질투,
궁녀들의 욕망과 의사 표현, 팽팽한 긴장감과 안타까운 비애 등이
잘 전달되면 좋을 것이다. 중국에 유학하여 이름을 떨쳤던 우리 문인
최치원을 주인공으로 한 〈최치원전〉을 번역하는 것도 좋을 듯하다.

또한 우리 고전소설 중에서 환상성이 두드러지는 〈숙향전〉, 〈삼
한습유〉 등과, 신화와 설화들이 풍부하게 들어 있는 『삼국유사』를
고전문학의 맛을 잘 살려 번역했으면 한다. 그리고 외국의 독자들은
단편보다는 장편소설을 선호하므로,[31] 장편이면서 환상성도 있는
〈옥루몽〉, 〈삼한습유〉, 우리 민족이 특히 중요하게 생각하는 가치관

---

31 권영민, 앞의 논문, 14쪽.

인 효나 우애를 강조하는 장편 〈육미당기〉 등도 번역하면 관심을 끌 것이다. 실제로 러시아에서는 〈육미당기〉의 소재 원천인 〈적성의전〉이 이미 1996년에 번역되어 읽혔다.[32] 서구의 독자들이 아시아 문학에서 기대하는 주제들이 사랑, 자연, 인생의 덧없음이라고 하니[33] 〈구운몽〉 같은 소설이 인기를 얻을 듯하다. 실제로 2004년에 프랑스어로, 2007년에 스페인어와 폴란드어로, 2009년에는 루마니아어로 한국인과 현지인의 공동번역본이 나왔으며, 2011년에는 알브레히트 후베라는 독일인이 몇 해에 걸쳐 공들여 번역한 책이 출간[34]되었다.

� 지금까지 필자는 우리 고전서사문학의 번역이 질적으로나 양적으로 성장·발전했으면 하는 바람으로 그 현황을 짚어보고 적절한 발전 방안에 대해 논의하였다. 이렇게 우리 문학을 외국어로 번역함으로써 우리나라와 전 세계 간에는 번역물을 매개로 하여 상호 문화 이해와 소통의 장이 열려야 할 것이다. 우리 고전문학을 전파함과 동시에 우리에게 그들의 문학이 전파될 수 있는 계기로도 작용했으면 하는 것이다. 번역물을 읽음으로써 그동안 전혀 몰랐던 우리의 고전문학에 대한 관심이 커지고 그 관심으로 우리나라에 대한 심리적 거리감이 줄어들어 자국의 문학을 우리 언어로 번역하여 출간하고자 하는 시도가 생겼으면 하는 것이다. 그렇게 하여 서로 소통하게

---

32 최인나, 「러시아에서의 한국 고전 문학 : 러시아어로의 번역 역사에 관하여」, 조동일 외, 『한국학 고전자료의 해외 번역 : 현황과 과제』, 계명대학교 출판부, 2008.
33 마리온 에거트, 「근대 이전 한국 작품들의 독일어 번역에 관해」, 조동일 외, 앞의 책.
34 한국문학번역원 번역출간도서 목록 참고. 2013년 10월 번역원 홈페이지.

된다면 나라 간의 문학과 문화, 언어가 고립되지 않고 공유하는 일이 가능할 것이며 그 결과 세계문학사는 풍부해질 것이다. 최근 들어 세계문학사가 강대국 중심으로 쓰이는 것에 대한 우려와 반성의 소리가 높아지면서 제3세계 문학이나 소외된 이들의 문학에도 주목하자는 논의들이 일고 있는데, 우리 문학의 번역의 활성화는 이러한 흐름에도 적극 부응할 수 있을 것이다.

또한 고전서사문학 번역물들은 요즘 부쩍 늘어난 외국인 유학생과 결혼 이주 여성, 한국학 전공자들에게 한국어와 한국문화 교육 제재로 사용하기에도 유용할 것이다. 특히 중·고급 학습자의 비율이 높아지고 있는 것에 비해 적절한 한국고전문학 교재가 많지 않기에 잘된 번역본들을 활용한다면 우리의 고전서사문학을 통하여 한국의 문화와 언어를 잘 가르칠 수 있을 것이다. 고전문학을 활용한 외국인 교육이 아직 초기 단계여서 다양한 모색과 실질적인 연구가 이루어 지지는 않았기에, 교육하기에 적절한 고전문학 작품을 선택하고 이를 적당하게 분절 또는 재가공하여 교육 현장에 제공하는 것에 대한 깊이 있는 논의가 필요한 때다. 물론, 고전문학을 통해 한국의 전통적인 가치관과 문화를 가르치는 일은 몇 가지 전제가 필요하지만, 이들에서 드러나는 부부관이나 세계관 등이 현대인 지금까지도 이어지는 등 우리 전통의 계승과 변화를 보여주기에 외국인 교육의 제재로 적절하며, 이를 통한 우리문학의 세계화 또한 가능하다고 생각하는 것이다. 지금까지는 〈춘향전〉, 〈단군신화〉, 몇몇 설화 등이 교육 제재로 사용되었고, 최근에 〈숙영낭자전〉, 〈소대성전〉, 〈심청전〉을 활용할 것을 제안하는 논문이 발표되기도 하였다. 여기서 더 나아가 이들 작품 외에 〈장화홍련전〉, 〈홍길동전〉, 〈심청전〉 등의 고전소설을 통해 우리 민족 고유의 가족관, 윤리, 신분제도 등을 가르칠 수 있을 것으로 보인다. 예를 들어, 〈장화홍련전〉을 통해서는 계모와 전처 자녀 간의 팽팽한 신경전, 전처 집단의 지위, 가족구조 내의 역학 관계, 가장(家長)의 중요성 등을 고찰하고 교육할 수 있다. 〈홍길동전〉을 통해서는 조선시대의 재취나 첩의 위상, 서얼들의 사회적 제약과 설움, 신분제도, 유토피아 사상 등을 설명할 수 있을 것이며, 서양의 〈로빈 후드〉 이야기와 비교하면서 그 서사구조와 주인공의 저항의식의 정도 등을 논할 수도 있다. 〈심청전〉을 통해서는 효(孝)에 대한 생각, 혈연 중심 사고, 따뜻한 정 문화 등을 이야기하면서 외국의 가치관과 비교하거나 결말 다시 쓰기 등의 활동을 할 수 있다. 지역 전설을 활용한다면 좀 더 현실감 있게 교육할 수도 있는데, 예를 들어 대전 지역의 교육 기관에서 외국인 학생들을 교육한다면 보문산 전설, 벙어리샘 전설, 돌다리 전설 등을 읽은 뒤에 그곳을 답사하고 그에 얽힌 이야기를 설명한 뒤 내포하고 있는 윤리관, 가치관 등에 대해 논의할 수 있다. 이들 고전서사문학 작품을 함께 읽고 그 이야기 속의 갈등이나 중요 사건을 중심으로 하여, 작중 인물들의 입장이 되어 이야기해보거나 찬반을 나누어 토론하게 할 수 있을 것이다.

또한 고전서사문학의 번역물들은 이를 소재로 하여 전 세계적으로 인기를 얻을 수 있는 문화콘텐츠를 만드는 일에도 일조할 것이다. 외국에서 인기를 끌 수 있는 영화나 뮤지컬, 게임 등 문화콘텐츠를 만드는 것은 우리의 힘만으로는 부족한 면이 많다. 따라서 외국인 콘텐츠 기획·제작자들에게 우리 고전서사문학 번역본들이 많이 읽힐 수 있도록 하여 그들이 이를 읽고 감발받아 콘텐츠 제작에 활용하도록 유도한다면 더 큰 효과를 낼 것이다.

참고문헌

1. 작품

김경미·조혜란 역주, 『19세기 서울의 사랑 – 절화기담, 포의교집』, 여이연, 2003.

김문희·조용호·정선희·전진아·허순우·장시광 역주, 『조씨삼대록』 1~5권, 소명출판, 2010.

김지영·최수현·한길연·서정민·조혜란·정언학 역주, 『임씨삼대록』 1~5권, 소명출판, 2010.

김진세 교주, 『완월회맹연』 1~12권, 서울대학교 출판부, 1987.

김태준 역, 『사씨남정기』, 명지대학교 출판부, 1995.

김풍기 역주, 『옥루몽』 1~5권, 그린비, 2006.

박희병·정길수 역, 『사랑의 죽음』, 돌베개, 2007.

박희병·정길수 역, 『전란의 소용돌이 속에서』, 돌베개, 2007.

박희병·정길수 역, 『이상한 나라의 꿈』, 돌베개, 2013.

송성욱 역, 『구운몽』, 민음사, 2003.

신해진 역주, 『조선후기 세태소설선』, 월인, 1999.

신해진 역주, 『조선후기 가정소설선』, 월인, 2000.

신해진 역주, 『조선조 전계소설』, 월인, 2003.

심경호 역주, 『금오신화』, 홍익출판사, 2005.

이병도 역주, 『삼국사기』 하권, 을유문화사, 2012.

이상구 역주, 『17세기 애정전기소설』, 월인, 2003.

이상구 역주, 『숙향전·숙영낭자전』, 문학동네, 2011.

이재호 역, 『삼국유사』 1~2권, 솔출판사, 2002.

장시광 역주, 『방한림전』, 한국학술정보, 2006.

장효현 역주, 『육미당기』, 한국고전문학전집 17, 고려대학교 민족문화연구원, 1993.

정병헌 외 편, 『쉽게 풀어쓴 판소리 열두 바탕』, 민속원, 2011.

정하영 역주, 『심청전』, 고려대 민족문화연구원, 1995.

조혜란 역주, 『삼한습유』, 고려대 민족문화연구원, 2005.

조혜란·정선희·허순우·최수현 역주, 『소현성록』 1~4권, 소명출판, 2010.

한길연·김지영·정언학 역주, 『유씨삼대록』 1~4권, 소명출판, 2010.

2. 논저

Tran Thi Huong, 「베트남인 한국어 학습자를 위한 문화교육」, 『국제한국어교
　　　육학회 발표논문집』, 국제한국어교육학회, 2017.

간호윤, 『그림과 소설이 만났을 때 – 한국 고소설도 특강』, 새문사, 2014.

강봉근·김풍기·류수열·오윤선·정충권·한창훈, 『고전소설 교육론』, 역락,
　　　2013.

강상순, 「〈운영전〉의 인간학과 그 정신사적 의미」, 『고전문학연구』 39, 2011.

고영화, 「미래사회와 고전시가 교육 – 향가 교육을 중심으로」, 『문학교육학』
　　　25, 2008.

고운기, 「문화원형의 의의와 『삼국유사』」, 『한문학보』 24, 2011.

국제한국어교육학회 편, 『한국문화교육론』, 형설출판사, 2010.

권도경, 「고전서사문학·디지털문화콘텐츠의 서사적 상관성과 고전서사원형
　　　의 디지털스토리텔링화 가능성」, 『동방학지』 155, 2011.

권순긍, 「고전소설의 영화화」, 『고전소설의 교육과 매체』, 2007.

권순긍, 「대학 고전소설교육의 지향과 방법」, 『한국고전연구』 15, 2007.

권영민, 「한국문학의 세계화 방안에 대한 연구」, 『세계비교문학연구』, 1996.

권정혜, 「〈위씨오세삼난현행록〉 연구」, 이화여대 석사학위논문, 2009.

규장각한국학연구원편, 『조선 여성의 일생』, 글항아리, 2010.

김경미, 「주자가례의 정착과 〈소현성록〉에 나타난 혼례의 양상」, 『한국고전연
　　　구』 13, 2006.

김경미, 「18세기 여성의 친정, 시집과의 유대 또는 거리에 대하여」, 『한국고전
　　　연구』 19, 2009.

김경미, 『가(家)와 여성 – 18세기 여성생활과 문화』, 여이연, 2012.

김경숙, 「자하 신위의 아내와 딸에 대한 인식 고찰」, 『한국고전여성문학연구』
　　　13, 2006.

김기형, 「대학 고전소설 교육의 현황과 전망」, 한국고소설학회 편, 『고전소설 교육의 과제와 방향』, 월인출판, 2007.

김남익 외, 「대학에서의 거꾸로 학습 사례 설계 및 효과성 연구」, 『교육공학연구』 30권 3호, 2014.

김대행 외, 『문학교육원론』, 서울대 출판부, 2008.

김문희, 「〈조씨삼대록〉의 서술전략과 의미」, 『고소설연구』 26, 2008.

김문희, 「국문장편소설의 중층적 서술의식 연구」, 『한국고전여성문학연구』 18, 2009.

김미현·정선희 외, 『한국어문학 여성주제어 사전』 1~5권, 보고사, 2013.

김민라, 「문학텍스트를 활용한 한국어 문화교육 연구 – 전래동화 〈선녀와 나무꾼〉을 중심으로」, 『한국어교육연구』 1, 2014.

김수연, 「〈최고운전〉의 '이방인 서사'와 고전 텍스트 읽기 교육」, 『문학치료연구』 23, 2012.

김수연, 「〈주생전〉의 사랑과 치유적 독법」, 『문학치료연구』 29, 2013.

김순임 외, 「대학 교양교육의 흐름과 발전방안 – 전남대학교 사례를 중심으로」, 『교양교육연구』 7권 1호, 2013.

김시연, 「육미당기 연구 – 구성과 인물을 중심으로」, 『성신어문학』 5, 1992.

김용기, 「여성영웅의 서사적 전통과 고소설에서의 수용과 변모」, 『우리문학연구』 32, 2011.

김용범, 「문화콘텐츠 창작소재로서의 고전문학의 가치에 관한 연구」, 『한국언어문화』 22, 2002.

김일렬, 『숙영낭자전 연구』, 도서출판 역락, 1999.

김재현, 「한국시 영역의 현황 및 방법론적 고찰 – 문제와 전망」, 『영어영문학』 34권 1호, 1988.

김정녀, 「고소설의 '여성주의적 연구'의 동향과 전망」, 『여성문학연구』 15, 2006.

김정녀, 「가부장적 가족구조 속의 여성의 존재 방식」, 『한민족문화연구』 28, 2009.

김종철, 「19세기 중반기 장편영웅소설의 한 양상」, 『한국학보』 40, 1985.

김종철, 「장편소설의 독자층과 그 성격」, 『고소설의 저작과 전파』, 아세아문화사, 1994.

김종철, 「고전소설교육의 과제와 방향」, 한국고소설학회 편, 『고전소설 교육의 과제와 방향』, 월인출판, 2007.

김종철, 「한국어교육에서 한국문화교육의 쟁점과 전망」, 『국어교육』 133, 2010.

김지혜, 「영화 〈달콤한 인생〉속 욕망과 삶 – 〈조신전〉, 〈구운몽〉과의 주제론적 대화를 중심으로」, 『영화와 문학치료』 7, 2012.

김학수, 「고시공부는 비교도 안 될 처절한 과거 공부」, 규장각한국학연구원 편, 『조선 양반의 일생』, 글항아리, 2010.

김현, 「문화콘텐츠, 정보기술 플랫폼, 그곳에서의 인문지식」, 『철학연구』 90, 2010.

김현주, 「'악처'의 독서심리적 근거」, 『한국고전연구』 22, 2010.

김현주, 「인문교양교육과 독서토론」, 『교양교육연구』 5권 1호, 2011.

김효주·엄우용, 「대학 교원의 수업 개선을 위한 액션 러닝 적용 사례」, 『교육공학연구』 30권 4호, 2014.

김효중, 「한국 현대시의 영역에 관한 고찰 – 김소월 시의 영역을 중심으로 하여」, 『비교문학』 42, 2007.

남정희, 「동양고전과 대학 글쓰기의 만남」, 『대학작문』 3, 2011.

남정희, 「『삼국유사』소재 설화 〈조신〉이 현대매체로 수용된 양상과 그 의미 – 이광수의 소설과 신상옥·배창호의 영화를 중심으로」, 『국제어문』 57, 2013.

노상호, 「최근 10년간 한국 고전텍스트의 영어 번역의 동향과 전망」, 『한국문화연구』 24, 2013.

노진서, 「한국 고전소설의 한영 번역 연구 – 문화소 번역의 양태와 문화적 요소를 중심으로」, 『이중언어학』 52, 2013.

류수열, 「문학교육과정의 경험 범주 내용 구성을 위한 시론」, 『문학교육학』 19, 2005.

문리화, 「〈운영전〉의 인간관계와 심리적 갈등에 대한 문학치료학적 독해」, 『문학치료연구』 46, 2018.

박기수, 「『삼국유사』 설화의 스토리텔링 전환 방안 연구」, 『한국언어문화』 34, 2007.

박기수, 「원소스 멀티유즈 활성화를 위한 문화콘텐츠 스토리텔링 전환 연구」,

『한국언어문화』 44, 2011.

박기수·안승범·이동은·한혜원, 「문화콘텐츠 스토리텔링의 현황과 전망」, 『인문콘텐츠』 21, 2012.

박영희, 「소현성록 연작 연구」, 이화여대 박사학위논문, 1994.

박영희, 「17세기 소설에 나타난 시집간 딸의 친정 살리기와 '출가외인' 담론」, 『한국고전여성문학연구』 13, 2006.

박옥수, 「한국 단편소설의 번역에서 드러난 가독성의 규범 – 신경숙의 〈그 여자의 이미지〉 영역에 근거해서」, 『겨레어문학』 48, 2012.

박옥수, 「한영 문학번역에서 드러난 인간관계의 반영 : 〈무녀도〉의 영역본을 중심으로」, 『비교문학』 58, 2012.

박옥수, 「한영 문학번역에서 의미의 정착 – 〈지 알고 내 알고 하늘이 알건만〉의 영역본의 분석에 근거해서」, 『비교문학』 60, 2013.

박일용, 「〈현몽쌍룡기〉의 창작방법과 작가의식」, 『정신문화연구』 26-3, 2003.

박일용, 「〈소현성록〉의 서술시각과 작품에 투영된 이념적 편견」, 『한국고전연구』 14, 2006.

박일용, 「〈포의교집〉에 설정된 연애 형식의 전복성과 역설」, 『고소설연구』 37, 2014.

박지훈, 「문화적 세계화에 대한 비판적 성찰」, 『글로벌문화콘텐츠』 6, 2011.

박진임, 「한국 문학의 세계화와 번역의 문제 : 시조의 영어 번역을 중심으로」, 『번역학 연구』 8권 1호, 2007.

백순철, 「〈소현성록〉의 여성들」, 『여성문학연구』 1, 1999.

부산대 점필재연구소 고전번역학센터, 『한국 고전번역학의 구성과 모색』, 소명출판, 2013.

서대석 외, 『우리 고전 캐릭터의 모든 것』 1~4권, 휴머니스트, 2008.

서영숙, 「딸-친정식구 관계 서사민요의 특성과 의미」, 『한국고전여성문학연구』 18, 2009.

서유경, 「고전문학교육 연구의 새로운 방향」, 『국어교육』 123, 2007.

송성욱, 『조선시대 대하소설의 서사문법과 창작의식』, 태학사, 2003.

송성욱, 「고전소설과 TV드라마 – TV드라마의 한국적 아이콘 창출을 위한 시론」, 『국어국문학』 137, 2004.

송승철, 「인문대를 해체하라 – 전공인문학에서 교양인문학으로」, 『안과 밖』

34, 2013.

송영규, 「한국 번역 문학의 전망과 과제」, 『문예운동』 95, 2007.

신동흔, 「21세기 구비문학 교육의 한 방향 – "신화의 콘텐츠화" 수업 사례를 중
심으로」, 『한국고전연구』 15, 2007.

신선희, 「고전 서사문학과 게임 시나리오」, 『고소설연구』 17, 2004.

신영지, 「외국인 유학생을 위한 한국어 문학 교육의 방법 연구」, 『우리말교육
현장연구』 10-1, 통권 18, 2016.

신원선, 「한국고전소설의 영상콘텐츠화 성공방안 연구 – 영화 〈전우치〉와 〈방
자전〉을 중심으로」, 『민족문화논총』 46, 2010.

신윤경, 「한국의 가치문화 교육과 문학 활용」, 『한국어문교육』 9, 2011.

신재홍, 『고전소설과 삶의 문제』, 역락, 2012.

심치열, 「〈육미당기〉의 문화론적 의미 연구」, 『돈암어문학』 15, 2002.

심치열, 「육미당기 연구 – 〈옥루몽〉과의 친연성을 중심으로」, 『고소설연구』 7,
1999.

양민정, 「대하 장편가문소설에 나타난 여성인식과 의의」, 『연민학지』 8, 2000.

양민정, 「디지털콘텐츠 개발을 위한 고전소설의 활용방안 시론 – 〈숙영낭자
전〉을 중심으로」, 『외국문학연구』 19, 2005.

양민정, 「외국인을 위한 한국문화 교육 방안 연구 – 한국 고전문학을 중심으
로」, 『국제지역연구』 9권 4호, 2006.

양민정, 「디지털콘텐츠화를 위한 조선시대 애정소설의 구성요소별 유형화와
그 원형적 의미 및 현대적 수용에 관한 연구」, 『외국문학연구』 27,
2007.

염은열, 『고전문학의 교육적 발견』, 역락, 2007.

오길영, 「대학의 몰락과 교양교육 – 미국 대학의 교양교육 현황」, 『안과 밖』
34, 2013.

오세정, 「수로부인의 원형성과 재조명된 여성상 – 『삼국유사』〈수로부인〉과 극
〈꽃이다〉를 중심으로」, 『한국고전여성문학회 제43차 학술대회 발표
집』, 2014.

오윤선, 「한국 고소설 영역의 양상과 의의」, 고려대 박사학위논문, 2005.

오윤선, 「〈춘향전〉 영역본의 고찰–삽입시가를 중심으로」, 『판소리연구』 23,
2007.

오윤선, 「한국설화 영역본의 현황과 특징 일고찰 – 〈견묘쟁주설화〉를 중심으로」, 『동화와 번역』 21, 2011.

유강하, 「인문학 고전의 대화적 해석과 소통 – "인문학 고전 읽기와 토론"수업을 예로」, 『중어중문학』 54, 2013.

윤승준, 「우리 고전을 읽고 쓴다는 것」, 『대학작문』 3, 2012.

윤여탁, 「세계화 시대의 한국문학 : 세계문학과 지역문학의 좌표」, 『국어국문학』 155, 2010.

이가원, 「문학텍스트를 활용한 한국어교육방안 연구 – 외국인 유학생을 대상으로 한 패러디 활동 중심으로」, 『한국문예비평연구』 38, 2012.

이강옥, 「〈구운몽〉과 〈육미당기〉에 나타난 세속적 삶의 두 모습과 그것의 극복 방식」, 『국문학연구』 2, 1998.

이기대, 「19세기 한문장편소설 연구 – 창작기반과 작가의식을 중심으로」, 고려대 박사학위논문, 2004.

이기대, 「시아버지에 의한 며느리 박해의 소설화 양상」, 『우리어문연구』 30, 2008.

이병직, 「〈육미당기〉의 작품구조와 작가의식」, 『국어국문학』 34, 1997.

이병찬, 「고전소설 교육의 전제와 실제 – 〈구운몽〉과 〈춘향전〉을 중심으로」, 『반교어문연구』 27, 2009.

이상익 외, 『고전문학 어떻게 가르칠 것인가』, 집문당, 2007.

이상진, 「문화콘텐츠 '김유정', 다시 이야기하기 – 캐릭터성과 스토리텔링을 중심으로」, 『현대소설연구』 48, 2011.

이숙정 외, 「대학 교양교육의 방향과 과제 : 역량기반 교양교육 사례연구를 중심으로」, 『교양교육연구』 6권 2호, 2012.

이순구, 「조선시대 여성의 일과 생활」, 한국여성연구소 여성사 연구실 편저, 『우리 여성의 역사』, 청년사, 1999.

이순구, 『조선의 가족, 천 개의 표정』, 너머북스, 2011.

이승복, 『고전소설과 가문의식』, 월인, 2000.

이승은, 「대학 영어수업에서 거꾸로 학습 적용 사례 – 실패 내성과 선호도 중심으로」, 『영어영문학 21』 28권 3호, 2015.

이연숙, 「절리와 통합으로 본 통과의례의 공통성과 그 의미 – 혼례와 장례를 중심으로」, 『새얼어문논집』 16, 2004.

이인숙, 「한국문학 프랑스어 번역에 대한 고찰 – 이인화의 〈영원한 제국〉을 중심으로」, 『불어불문학연구』 56, 2003.

이재선 외, 『한국문학 주제론 – 우리 문학은 어디에서 왔는가』 재판, 서강대 출판부, 2009.

이정원, 「15세기 불교계 국문서사 연구」, 『한국고전연구』 5, 1999.

이지하, 「여성주체적 소설과 모성이데올로기의 파기」, 『한국고전여성문학연구』 9, 2004.

이지하, 「고전장편소설과 여성의 효의식」, 『한국고전여성문학연구』 10, 2005.

이지하, 「대하소설의 문화콘텐츠화에 대한 전망」, 『어문학』 103, 2009.

이현수, 「지역문화를 소재로 한 공연콘텐츠 활용방안 연구 – 〈정선아라리〉와 〈양반전〉을 중심으로」, 『온지논총』 33, 2012.

이현주, 「외국인을 위한 한국문학교육 연구 – 설화를 통한 초급과정 문학 교육」, 『새국어교육』 82, 2009.

이형진, 「한국문학 영역(英譯)의 전망과 과제」, 『문예운동』 95, 2007.

이황직, 「고전읽기를 통한 교양교육의 혁신 – 숙명여대의 '인문학 독서토론'강좌를 중심으로 」, 『독서연구』 26, 2011.

임경순, 『한국어문화교육을 위한 한국문화의 이해』, 한국외국어대학교 출판부, 2009.

임금복, 「한국문화 교육의 현황과 한국학의 한 통로로서 한국문화 – '연세 한국어'에 나타난 한국문화를 중심으로」, 『국제한국학연구』 4, 2010.

임치균, 『조선조 대장편소설 연구』, 태학사, 1996.

임치균, 「고전소설의 이해 확산을 위한 교육 방안」, 한국고소설학회 편, 『고전소설 교육의 과제와 방향』, 월인출판, 2007.

장시광, 『한국고전소설과 여성인물』, 보고사, 2006.

장시광, 「조선후기 대하소설과 사대부가 여성독자」, 『동양고전연구』 29, 2008.

장주옥, 「육미당기 연구 – 적층적 소재원을 중심으로」, 『돈암어문학』 11, 2005.

장효현, 「서유영의 士 의식과 사상의 추이 – 시세계 연구의 일환」, 『어문논집』 27, 1987.

장효현, 『서유영 문학의 연구』, 아세아문화사, 1988.

장효현, 「한국 고전소설 영역의 제 문제」, 『한국고전소설사연구』, 고려대 출판부, 2002.

전성운, 「〈구운몽〉의 서사전략과 텍스트 읽기」, 『문학교육학』 17, 2005.

정길수, 『한국고전장편소설의 형성 과정』, 돌베개, 2005.

정병설, 「옥원재합기연의 여성소설적 성격」, 『한국문화』 21, 1998.

정병설, 『완월회맹연 연구』, 태학사, 1998.

정병설, 「대학 고전소설 교육의 현실, 방향, 과제」, 한국고소설학회 편, 『고전
　　　소설 교육의 과제와 방향』, 월인출판, 2007.

정병헌, 「입문기 외국인을 위한 한국문학교육의 과제와 전망」, 『한국어교육학
　　　회 발표논문집』, 2002.

정병헌, 「대학 고전문학 교육의 현상과 전망」, 『한국고전연구』 15, 2007.

정선희, 「고전서사문학 영역(英譯)의 필요성과 추진방안 연구」, 『한국고전연
　　　구』 16, 2007.

정선희, 『국문장편 고전소설의 인물론과 생활문화』, 보고사, 2012.

정선희, 「소선 태자의 이방 체험으로 본 〈육미당기〉」, 『한국고전연구』 25,
　　　2012.

정선희, 「『한국어문학 여성주제어 사전』의 체제와 내용 – 고전소설 분야를 중
　　　심으로」, 『한국고전여성문학연구』 24, 2012.

정선희, 「외국인을 위한 한국문화·가치관 교육 제재 확장을 위한 시론 – 〈숙
　　　영낭자전〉을 중심으로」, 『한국고전연구』 27, 2013.

정선희, 「조선후기 여성들의 말과 글 그리고 자기표현 – 국문장편 고전소설을
　　　중심으로」, 『한국고전여성문학연구』 27, 2013.

정선희, 「한국 고전서사문학의 번역과 세계문학으로서의 가능성 모색」, 『한국
　　　고전연구』 28, 2013.

정선희, 「대학 교양교육에서 고전문학의 역할과 의의 – 고전소설 활용을 중심
　　　으로」, 『한국고전연구』 30, 2014.

정선희, 「고전소설 연구와 교육의 소통 – 대학 고전소설 교육의 개선을 위하
　　　여」, 『고소설연구』 38, 2014.

정선희, 「문화콘텐츠 원천소재로서의 고전서사문학 – 〈삼국유사〉와 한문소설
　　　활용을 중심으로」, 『우리말글』 60, 2014.

정선희, 「17세기 소설 〈소현성록〉연작의 여성인물 포폄(襃貶)양상과 고부상
　　　(姑婦像)」, 『문학치료연구』 36, 2015.

정선희, 「장편고전소설에서 여성 보조인물의 추이와 그 의미 – 여성 독자층·서

사 전략과 관련하여」, 『고소설연구』 40, 2015.

정선희, 「고전소설 속 일상생활의 양상과 서술 효과」, 『한국고전연구』 35, 2016.

정선희, 「고전소설의 문화콘텐츠화를 위한 수업방안 연구」, 『한국고전연구』 37, 2017.

정선희, 「국문장편 고전소설을 활용한 한국문화교육 방안 연구」, 『한국고전연구』 41, 2018.

정인모 외, 「고전읽기를 활용한 수업모형」, 『교양교육연구』 7권 1호, 2013.

정창권, 「소현성록의 여성주의적 성격과 의의 – 장편 규방소설의 형성과 관련하여」, 『고소설연구』 4, 1998.

정창권, 『문화콘텐츠학 강의 – 쉽게 개발하기』, 커뮤니케이션북스, 2008.

정창권, 「대하소설 〈완월회맹연〉을 활용한 문화콘텐츠 개발」, 『어문논집』 59, 2009.

정창권, 『문화콘텐츠 스토리텔링』, 북코리아, 2010.

정출헌 외, 『고전문학과 여성주의적 시각』, 소명출판, 2003.

정출헌, 『김부식과 일연은 왜?』, 한겨레출판, 2012.

정환국, 「전근대 동아시아와 전란, 그리고 변경인」, 『민족문학사연구』 44, 2010.

조광국, 「〈소현성록〉의 벌열 성향에 관한 고찰」, 『온지논총』 7, 2001.

조동일, 『세계문학사의 전개 – 그 양상의 총체적 서술을 위한 기본 설계』, 지식산업사, 2002.

조동일, 『세계·지방화시대의 한국학3 – 국내외 학문의 만남』, 계명대 출판부, 2006.

조동일 외, 『한국학 고전 자료의 해외 번역 : 현황과 과제』, 계명대 출판부, 2008.

조동일, 『세계·지방화시대의 한국학7 – 일반이론 정립』, 계명대 출판부, 2008.

조용호, 『삼대록소설 연구』, 서강대 박사학위논문, 1995.

조춘호, 「육미당기 연구 1 – 작중인물의 삶의 양상을 중심으로」, 『국어교육연구』 16, 1984.

조춘호, 「육미당기의 작자와 창작배경」, 『문학과 언어』 6, 1985.

조현우, 「사씨남정기의 악녀 형상과 그 소설사적 의미」, 『한국고전여성문학연구』13, 2006.

조현우, 「고전소설의 현재적 가치 모색과 교양교육」, 『한국고전연구』22, 2010.

조혜란, 「취향의 부상 – 〈임씨삼대록〉의 반복 서술을 중심으로」, 『고전문학연구』37, 2010.

조혜란, 『옛 여인에 빠지다』, 마음산책, 2014.

조효제, 「유럽 대학의 교양교육」, 『안과 밖』34권, 영미문학연구회, 2013.

존 프랭클, 「새로운 시작 : 북미 대학의 한국문학 연구」, 『현대문학의 연구』29, 2006.

진재교, 「월경과 서사 – 동아시아의 서사체험과 '이웃'의 기억 – 〈최척전〉독법의 한 사례」, 『한국한문학연구』46, 2010.

최경열, 「한문번역에 대한 몇 가지 견해 :『한비자』를 중심으로」, 『한문교육연구』28, 2007.

최경환, 「조선후기 소설론의 문화기호론적 연구 1 – 〈육미당기〉서를 대상으로」, 『한국고전연구』2, 1996.

최길용, 「연작형 고소설 연구」, 전북대 박사학위논문, 1989.

최수현, 「〈현몽쌍룡기〉에 나타난 친정/처가의 형상화 방식」, 『한국고전여성문학연구』15, 2007.

최수현, 「〈임씨삼대록〉여성인물 연구」, 이화여대 박사학위논문, 2010.

최원오, 「17세기 서사문학에 나타난 월경(越境)의 양상과 초국적 공간의 출현」, 『고전문학연구』36, 2009.

최호석, 「〈옥원재합기연〉의 남과 여」, 『고전문학연구』23, 2003.

표정옥, 「미디어콘텐츠로 현현되는『삼국유사』의 대화적 상상력 연구 –『삼국유사』담론의 현대적 해석을 중심으로」, 『서강인문논총』30, 2011.

한길연, 「대하소설의 능동적 보조인물 연구 – 〈임화정연〉, 〈화정선행록〉, 〈현씨양웅쌍린기〉를 중심으로」, 서울대 석사학위논문, 1997.

한길연, 「〈도앵행〉의 재치 있는 시비군 연구」, 『한국고전여성문학연구』13, 2006.

한길연, 「대하소설의 요약 모티프 연구」, 『고소설연구』25, 2008.

한길연, 「몸의 형상화 방식을 통해서 본 고전대하소설 속 탕녀 연구 – 〈쌍성봉효록〉의 교씨와 〈임씨삼대록〉의 옥선을 중심으로」, 『여성문학연구』

18, 2008.

한길연, 「고전소설 연구의 대중화 방안 – 디지털 매체와의 상관성을 중심으로」, 『어문학』 115, 2012.

한길연, 「중등교육과정에서의 고전 대하소설 교육의 필요성과 내용 – 고등학교 『문학』교과서를 중심으로, 『고전문학과 교육』 32, 2016.

한래희, 「대학 교양 고전교육과 상호텍스트성의 활성화 – 읽기, 토론, 쓰기의 연계를 중심으로」, 『현대문학의 연구』 50, 2013.

한성금, 「고전설화를 활용한 한국어 읽기 교육 방안 연구」, 『한국어교육연구』 2, 2015.

함복희, 「야담의 문화콘텐츠화 방안 연구」, 『우리문학연구』 22, 2007.

함복희, 「〈청구야담〉의 스토리텔링 방안」, 『인문과학연구』 29, 2011.

함정현·민현정, 「대학 교양교육에서 고전 활용에 대한 연구 – 한국·일본·미국 대학의 교양 고전교육 사례 비교」, 『동방학』 30, 2014.

허만욱, 「문화콘텐츠에서 서사매체의 변용과 발전 전략 연구」, 『우리문학연구』 29, 2010.

허순우, 「〈현몽쌍룡기〉 연작 연구」, 이화여대 박사학위논문, 2009.

홍인숙, 「대학 글쓰기 심화과정에서 '인문 교양' 중심의 읽기·쓰기 연계과목의 효과와 의의 – 이화여대 〈명작명문의 읽기와 쓰기〉 수업 사례를 중심으로」, 『어문논집』 51, 2012.

홍혜준, 「고전 작품을 통한 한국어 문화 교육 연구」, 『국어교육학연구』 21, 2004.

황수연, 「17세기 사족 여성의 생활과 문화 – 묘지명, 행장, 제문을 중심으로」, 『여성문학연구』 6, 2003.

황혜진, 「고전서사를 활용한 창작교육의 가능성 탐색 – 〈수삽석남〉의 소설화 자료를 대상으로」, 『문학교육학』 27, 2009.

황혜진, 『애정소설과 가치교육』, 지식과 교양, 2012.

『The story of Kong-jwi & Pat-jwi』, The Korean classical literature series 3, Korean Classical Literature Institute, Baek Am Publishing Co, 2000.

『The story of Rabbit, The story of Cock pheasant』, The Korean classical

literature series 4, Korean Classical Literature Institute, Baek Am
    Publishing Co, 2000.
『The story of Sim Cheong』, The Korean classical literature series 5,
    Korean Classical Literature Institute, Baek Am Publishing Co,
    2000.
『The story of Chunhyang』, The Korean classical literature series 6, Korean
    Classical Literature Institute, Baek Am Publishing Co, 2007.
『The story of Heung-bu』, The Korean classical literature series 1, Korean
    Classical Literature Institute, Baek Am Publishing Co, 2007.

원출전

「대학 교양교육에서 고전문학의 역할과 의의 – 고전소설 활용을 중심으로」, 『한
    국고전연구』 30, 2014.
「고전소설 연구와 교육의 소통–대학 고전소설 교육의 개선을 위하여」, 『고소
    설연구』 38, 2014.
「외국인을 위한 한국문화·가치관 교육 제재 확장을 위한 시론 – 〈숙영낭자전〉
    을 중심으로」, 『한국고전연구』 27, 2013.
「국문장편 고전소설을 활용한 한국문화교육 방안 연구」, 『한국고전연구』 41,
    2018.
「고전소설의 문화콘텐츠화를 위한 수업방안 연구」, 『한국고전연구』 37, 2017.
「문화콘텐츠 원천소재로서의 고전서사문학 – 〈삼국유사〉와 한문소설 활용을
    중심으로」, 『우리말글』 60, 2014.
「소선 태자의 이방 체험으로 본 〈육미당기〉」, 『한국고전연구』 25, 2012.
「『한국어문학 여성주제어 사전』의 체제와 내용 – 고전소설 분야를 중심으로」,
    『한국고전여성문학연구』 24, 2012.
「장편고전소설에서 여성 보조인물의 추이와 그 의미 – 여성 독자층·서사전략
    과 관련하여」, 『고소설연구』 40, 2015.
「한국 고전서사문학의 번역과 세계문학으로서의 가능성 모색」, 『한국고전연
    구』 28, 2013.

찾아보기

정선희 鄭善姬

홍익대학교 국어국문학과 교수.
이화여자대학교 국어국문학과를 졸업하고 동대학원에서 문학박사학위를 받았
다. 저서로『국문장편 고전소설의 인물론과 생활문화』,『고전소설의 인물과 비
평』,『19세기 소설작가 목태림 문학 연구』,『한국어문학 여성주제어 사전』(공
저),『고전서사문학에 나타난 가족』(공저), 역서로『소현성록』(공역),『조씨삼대
록』(공역) 등이 있다. 국문장편 고전소설의 인물형상과 서술 시각, 작품에서 드
러나는 여성들의 생활 문화와 감성 등에 대해 탐구하고 있으며, 대학에서의 고
전소설 교육, 고전소설을 활용한 한국문화교육과 문화콘텐츠기획에도 관심을
갖고 있다.

한국고전소설의 교육적 확산과 문화적 전파

2019년 2월 15일 초판 1쇄 펴냄

지은이 정선희
발행인 김흥국
발행처 보고사

책임편집 황효은
표지디자인 손정자

등록 1990년 12월 13일 제6-0429호
주소 경기도 파주시 회동길 337-15 보고사 2층
전화 031-955-9797(대표), 02-922-5120~1(편집), 02-922-2246(영업)
팩스 02-922-6990
메일 kanapub3@naver.com / bogosabooks@naver.com
http://www.bogosabooks.co.kr

ISBN 979-11-5516-859-2 93810
ⓒ 정선희, 2019

정가 23,000원